織部の妻

織部の妻

諸田玲子

角川書店

人物相関図

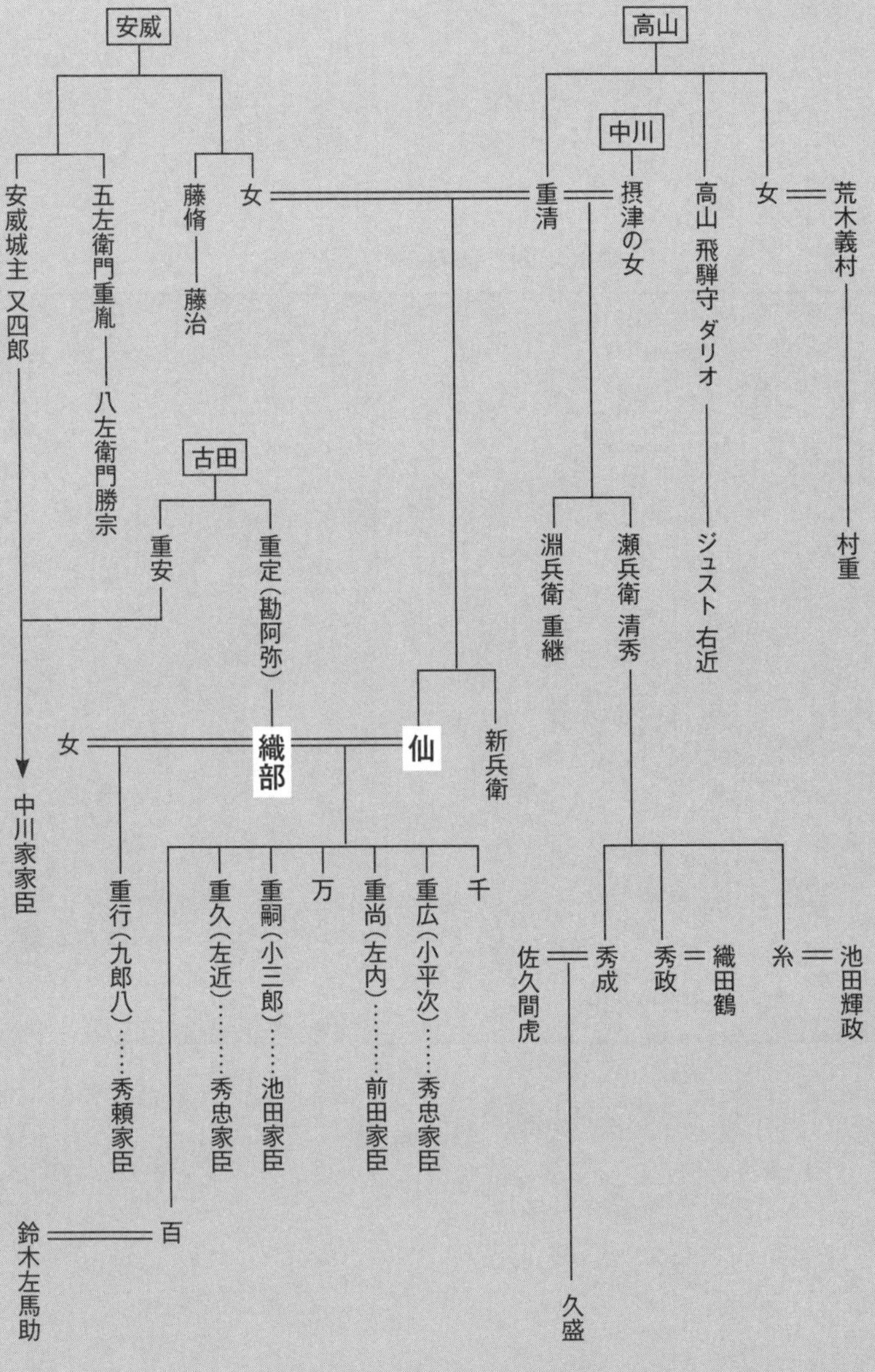

安威
安威城主 又四郎
五左衛門重胤
八左衛門勝宗
藤脩
藤治
女
中川家家臣
古田
重安
重定（勘阿弥）
織部
仙
新兵衛
女
重行（九郎八）……秀頼家臣
重久（左近）……秀忠家臣
重嗣（小三郎）……池田家臣
万
重尚（左内）……前田家臣
重広（小平次）……秀忠家臣
千
百
鈴木左馬助
高山
中川
重清
摂津の女
高山 飛騨守 ダリオ
ジュスト 右近
女
荒木義村
村重
淵兵衛 重継
瀬兵衛 清秀
佐久間虎
秀成
秀政
織田鶴
糸
池田輝政
久盛

近畿地図　仙の移動経路①〜⑬

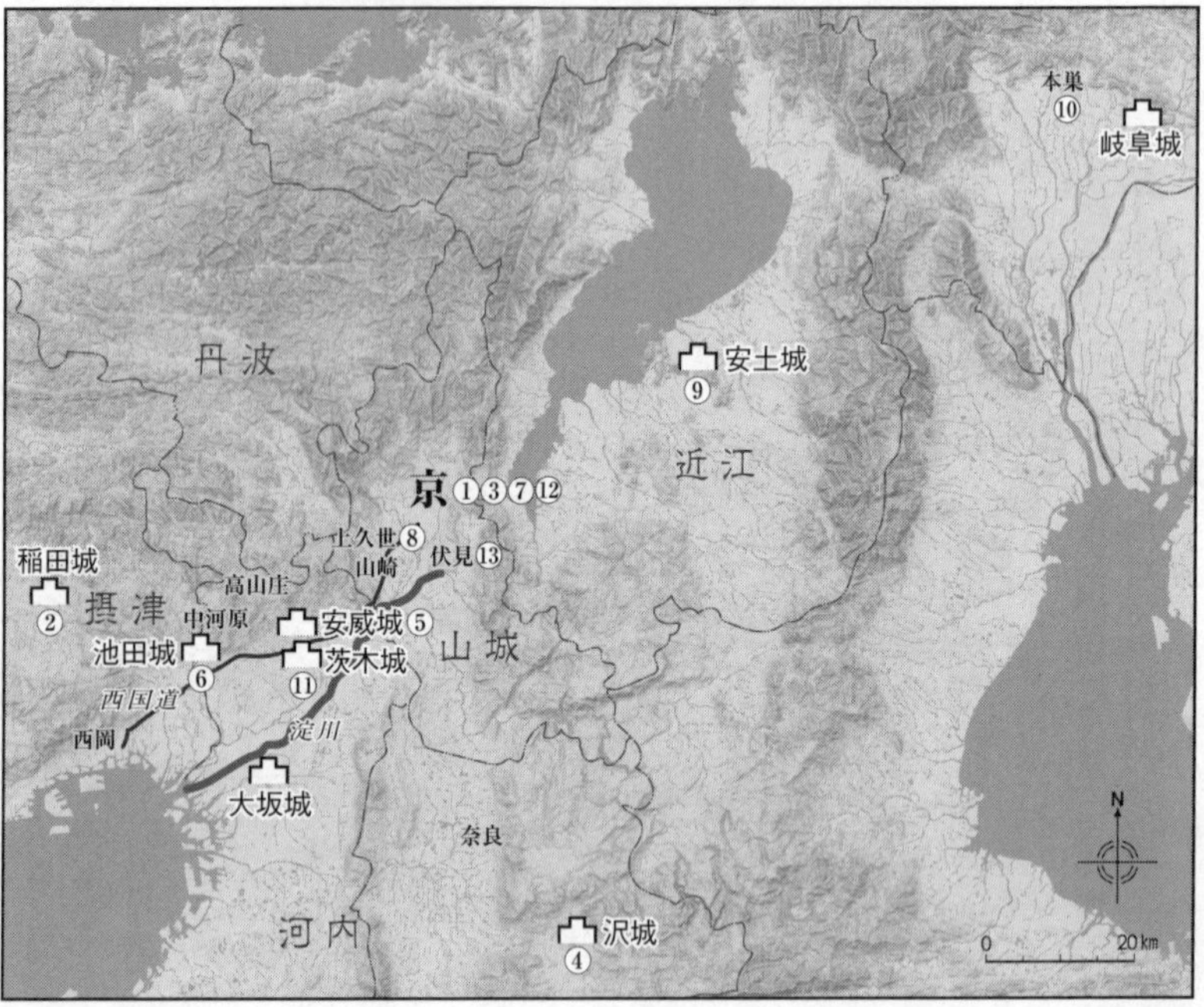

京拡大図

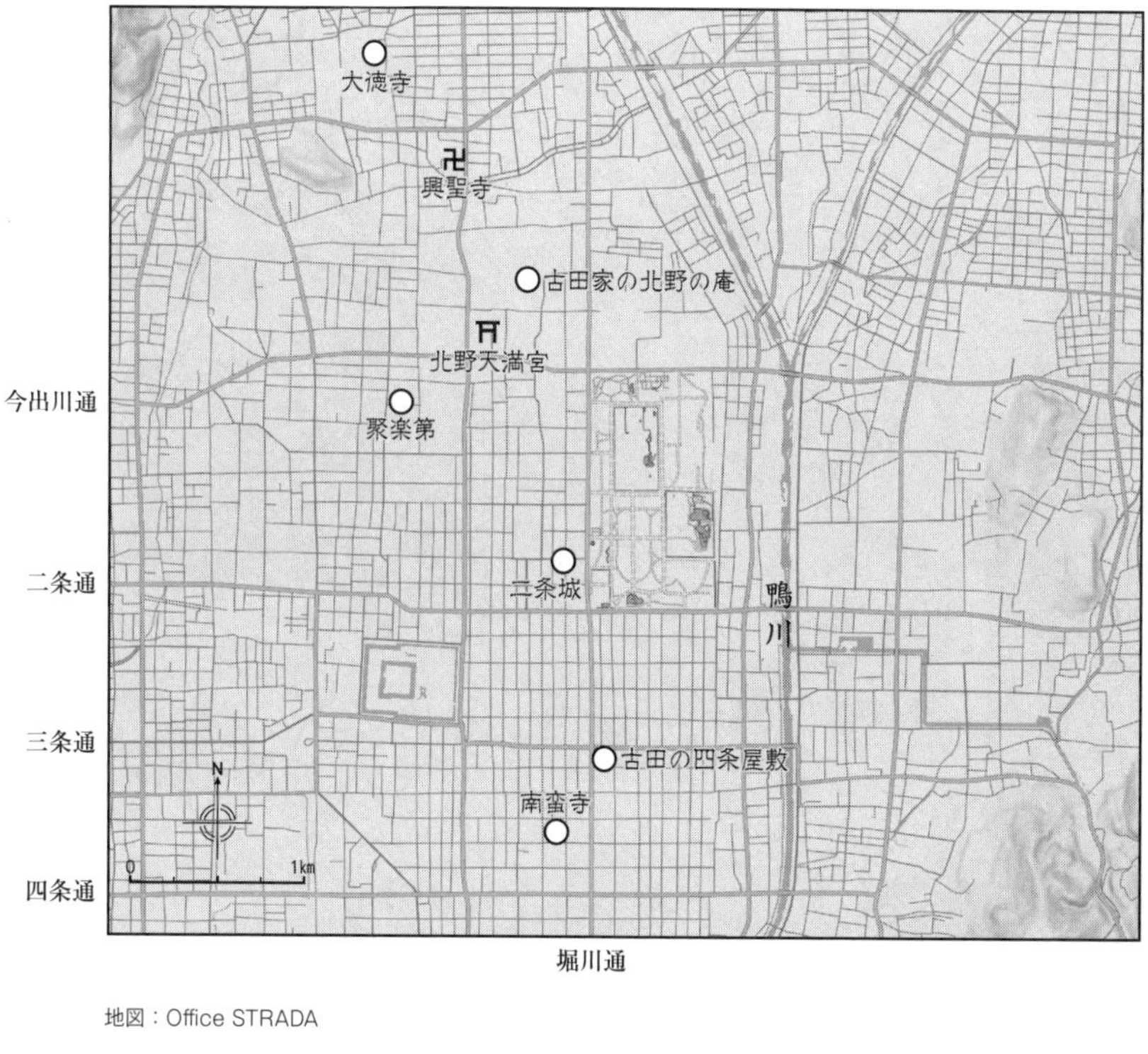

地図：Office STRADA

装幀　原田郁麻
装画　中川　学

第一章

——驚きました。坂の下から一気に駆けのぼってきたかとおもったら、いきなり馬の鼻面を撫《な》でるのですから。

（おう、あのときか。見事な鹿毛《かげ》であったゆえ……）

はるか昔になってしまった古田織部《ふるたおりべ》との出会いをおもいだして感興をもよおしたわたしに、織部は年月を経ても変わらぬ闊達《かったつ》な応答を返してきた。ひょうげているようで真摯《しんし》、辛辣《しんらつ》なようで温かみのある、おなじみの声で。

——尾が茶色いの、足先が黒いのと……おまけに織田《おだ》さまの大鹿毛が見事だとか、それでも武田《たけだ》の馬にはかなわぬとか、奥州《おうしゅう》の名馬がどうのこうのとまくしたてて……。

馬喰《ばくろう》かとわたしは顔をしかめた。安威《あい》城の城館の御門を出て、愛馬の鐙《あぶみ》に足をかけようとしていたときだった。唐突に話しかけられたのだ、額に汗をにじませ息をはずませて駆けてきた見ず知らずの男に。

よくよく見れば、馬喰ではなかった。大柄ではないがひきしまった体に陣羽織《じんばおり》と袴《はかま》、脛当《すねあて》に草鞋《わらじ》。両刀を帯びているところは戦仕度のようにも見えるが、頭は長烏帽子《ながえぼし》ではなく無造作な茶筅髷《ちゃせんまげ》で、口元と顎《あご》に髭《ひげ》をたくわえていた。長槍《ながやり》を担いだ若党が遅れがちに追いかけてくるところを見ると、武士であることはまちがいない。とはいえ急いでいたので、胡乱《うろん》な男の無駄話につきあっている暇はなかった。

「失礼いたします」と馬へ乗ろうとすると、「仙姫《せんひめ》、待たれよ」と呼び止められた。

(怖い顔で睨《にら》まれたのう。頭頂で結んだ垂れ髪に裁っ着け袴がまるで男子《おのこ》のよう、色白ともいいがたく……あ、いや、明るい双眸《そうぼう》に優しげな口許《くちもと》のなんとも愛らしい娘御とおもうたが、どっこい、とんだはねっかえりであったわ)

――さようなこと、いわれとうありませぬ。いくら遠い昔のことだとはいえ。

初対面の際の苛立《いらだ》ちがもどってきて、わたしはつんと顎を上げる。

(こっちはひと目見たときからわかっておったぞ。そなたが仙姫だということは)

――なにゆえわたくしの名をご存じなのか……そうおもったら気味が悪うなりました。

(ふむ。けげんな顔をしておったゆえ、わしもあわてて名乗った。で、今度は仰天された。馬から転げ落ちそうになって……)

――またさような……落ちたりするものですか。なれどたしかに、あれほど驚いたことはありませぬ。目の前にいるお人が、わたくしの夫になる古田重然《しげなり》さまだなんて……。

(驚かせてすまなんだの。出陣する前だった。生きるか死ぬかわからぬ身ゆえ、花嫁の顔をひと目拝んでおきたい、と)

――それを聞いて、こちらは、なんと奇妙なお人かとおもいました。

出陣前にわざわざ花嫁の顔を見にくる男――しかもそれを恥ずかしげもなく口にする武将がいようとは……。あっけにとられ、目鼻のととのった品のよい許婚《いいなずけ》の顔を、京《きょう》で一度ならず見たことがある異人の顔でも見るような目で見入っていたものだ。

兄から縁談が決まったと教えられたのは、この数日前だった。縁談を勧めたのは当時すでに破竹の勢いだった織田信長《のぶなが》である。わたしの異母兄は、頭角をあらわしつつあるとはいえ摂津《せっつの》国中河原《くになかがわら》を領有する一武将で、このころはまだ信長の家臣ではなかった。許婚の古田重然――のちの織部――のほうは織田家の属将で、出身は美濃国《みののくに》、岐阜と京を行き来したり戦場を駆けまわったりして使い番をつとめていた。信長はこのころ摂津国の武将たちを懐柔するために、縁談の仲介役を買って出ていたそうだ。信長に逆らえる者などめったにいなかったから、兄にも織部にも端《はな》から承諾以外の選択肢はなかった。

いずれにしろ、武家の女子《おなご》が嫁ぐのは男子が戦にかりだされるのと同じで、自ら相手を選ぶことはできない。十六のわたしはすでに嫁《い》き遅れになりかけていて、もとより良し悪しをいえる立場ではなかった。兄の命令にしたがうのは当然だ。そうはいっても、祝言の前に花婿と道端で立ち話をするのは、正直、興ざめではあったけれど。

――あなたも興ざめされたでしょうね、男まさりのはねっかえりで。

織部といるとつっかかってみたくなる。昔も今も。いいかえれば、これは織部に、悠然とうけとめるだけの度量があったということだ。

（いや、天下一の嫁御にめぐりおうて小躍りしたものよ。おどおどして口も利けぬような女子は好かぬ。髪をなびかせて馬を駈《か》り、物怖《ものお》じせずに堂々とものをいう……さような嫁御こそ望むところだ）

——そういえば、あなたは〈へうげもの〉がお好きでしたね。

（おう、さようさよう。大ぶりの、少しいびつで、こう、ほっくりと手になじむ……）

瀬戸《せと》茶碗《ぢゃわん》を両手のひらで抱えこむようにして愛《め》でる姿が目に浮かぶ。織部は武将だが、後年は茶人としても名を成した。織部が好んだ茶道具や茶室は、〈織部好み〉と称されて、たいそうな人気を博したものだ。

——お好きと仰せのわりには、祝言のあと、ちっともお越しがありませんでした。

（戦に次ぐ戦だったのだ。御所の警固に京へもしょっちゅう呼び出されて……）

——京にいらしたのは、それだけではありますまい。

（そのことならもう勘弁してくれ。いろいろと、始末をつけねばならなんだゆえ……）

——わかっております。でも、なんでも話せと仰せなのに、ご自分は秘密ばかり。

（そなたこそ、安威城だ高山庄《たかやまのしょう》だと出歩いてばかりおったぞ。わしはなにも知らなんだ、デウスとやらのことも、安威の姫さまのことも……）

——いつ申し上げればよいのですか、お顔も見られないのに。

寂しゅうございました……とつけくわえると、織部の声がにわかに湿りけを帯びた。

（なつかしい思い出をたどろうとしておるのだ。喧嘩《けんか》はすまいぞ）

――さようですね。なにはともあれ、あの秋の午後、爽《さわ》やかな風が吹き渡るなか、山腹の城館へつづく道であなたにお会いできた……戦が無《の》うなる日はとうとう来ませんでしたが、わたくしはずっとあなたのおそばにいられた。それだけで幸せにございます。

（わしにはわかっておったわ。木々の葉が煌《きら》めくなか、その煌めきさえ減じさせてしまうほど潑剌《はつらつ》と輝く馬上のそなたが、ふりむきもせずに遠ざかってゆくのを惚《ほ》れ惚《ぼ》れと見送ったあのときから、この女人こそ、わしが求めておったすべてだ、と）

いつもながら大仰な……と笑いながらも、ふいに目頭が熱くなる。

――そう、あのときが始まりだったのですね、織部の妻の長い旅は……。

もし見ることができたら、おそらく織部の両目もうるんでいるにちがいない。

晩年の織部は、諸侯や豪商との茶会はもとより将軍の茶の湯の御用で遠路江戸《えど》まで出向くなど、茶人としての仕事に追われていた。そのせいか、伏見《ふしみ》の屋敷にこもって骨休めをしているときは客人を寄せつけず、つかのまながらも夫婦水入らずの時をすごそうとした。そんなとき、織部はわたしに子供のころの話をせがんだものだ。戦禍をくぐった壮絶な思い出は、口にこそ出さなくても、織部自身の幼年時代の思い出と重なっていたのだろう。

（永禄《えいろく》七年といえば、尾張《おわり》の信長が桶狭間《おけはざま》の戦で駿河《するが》の太守、今川義元《いまがわよしもと》を討ち果たした四年後だ。戦の噂が聞こえぬ日は一日とてなかったのう）

――京の都も荒廃しておりました。帝《みかど》のお住まいの内裏《だいり》も麦畑にかこまれ、こわれた築地《ついじ》から野犬が出入りするようなありさまで……。といっても、わたくしはこの年、都から十七里ほどはなれた摂津の西北にある稲田城《いなだじょう》におりました。

（うむ。お父上が城主であられた……）

――ええ。城といってもほんのささやかな……それも池田《いけだ》さまの出城でしたが……。

（あのあたりは山ほど城があったのう。播磨《はりま》や丹波《たんば》と国境を接しておるゆえ、しょっちゅうどこかで戦をしておった）

――稲田城も土塁にかこまれ、矢倉門や兵糧倉まである戦城でした。あの春の穏やかな一日も、突然、いずこか知れぬ軍勢に急襲されて……。

（そなたは十か）

――十一でした。弟の新兵衛《しんべえ》はまだ六歳。

桜はとうに散っていた。そこここにひこばえが萌《も》えたち、薊《あざみ》や金鳳花《きんぽうげ》が色をそえて、空を見上げればさっきまでふっていた糸のような雨がやみ、淡い雲もかき消えて、薄衣《うすぎぬ》の模様にも似た虹《にじ》がかかっている……そんな、日没前のひとときだった。

虹が、ゆれた。そう錯覚したのは、時ならぬ金切り声に虚をつかれたからだ。

「仙姫さまッ。中へお入りくださいッ」と、乳母の小浜《こはま》が血相を変えて駆けてきた。小浜は紅《あか》い頬をほおずきのようにふくらませ、肩で荒い息をついていた。

――わたくしは弟の新兵衛にせがまれて、庭でシオデを摘んでいました。ご存じですか。茹《ゆ》でて味噌《みそ》であえると美味《おい》しいのですよ。

（さようなことはよい。軍勢が、押しよせて参ったのだな）

――はい。まるで、ふってわいたように。

小浜に紅梅襲《こうばいがさね》の小袖《こそで》ごと抱きよせられた。そばにいた侍女が新兵衛を抱きあげた。地鳴りが聞こえてきたので、わたしはうなじで切りそろえた振分髪《ふりわけがみ》の頭をかたむけて耳を澄ました。堀も土塁もあるのだ、軍勢など矢で追いはらえばよいとタカをくっていたのだが……。

――皆、ろうばいして我先に母屋へ駆けこみました。わずかなあいだに城内は騒然となり怒号や掛け声がとびかって……。

女たちは奥座敷へこもり、わたしと弟をかこんで身を寄せあった。用人が「動いてはなりませぬぞ。皆の者も、落ちついてご沙汰《さた》を待たれよ」と声をひそめた。攻めてきたのは近隣の三田《さんだ》城の城将で、父は射手を狭間《さま》につかせた上で、迎戦か籠城《ろうじょう》か思案にくれているという。

――むろんそのときは、なんのことやらわかりませんでした。

織部も思案をめぐらせている。

（三田城主は有馬《ありま》、有馬は当時もう三好《みよし》の傘下にあったはずだが……だとすれば、すでに三好の勢力下にある池田の家臣の城を急襲するのは、身内の城を簒奪《さんだつ》するに等しい。なにゆえさようなことが……）

――十一の童女にわかるものですか。

（たしかに。子供でのうてもわからぬか。子が親の寝首をかき、寵臣《ちようしん》が主君を誅殺《ちゆうさつ》する、それが日常茶飯事であったからのう）

人心は荒廃していた。裏切りやだまし討ちはひっきりなし、城の奪い合いは耳に胼胝《たこ》ができるほど聞かされた。敵の腹を探ったところで始まらない……そんな時代だった。

――稲田城は平城《ひらじろ》でした。敵の動きは手にとるようにわかっても、身を隠す場所はありませぬ。難攻不落とは露ほどもいえず……父は頭を抱えていたはずです。

そもそも稲田城に城下町といえるものはなく、道沿いに小商いの家がちらほらあるだけで、あとは田畑の中に農家が点在していた。戦に慣れっこになっている人々は山野へ散ったか城内へ逃げこんだか、動きは素早い。城のまわりは敵兵でかためられてしまった。

ふんだんとはいえないが兵糧はあった。援軍を待つあいだ、籠城できぬことはない。が、その援軍が問題だった。池田城とはおよそ七里離れている。さほど遠くはないものの、池田家中はこの前年に内紛が勃発《ぼつぱつ》、その余波でいまだにざわついていた。家臣へ褒美にくれてやった城を死守するためだけに援軍をよこすかどうかは、大いに疑わしい。

――時は刻々とすぎてゆきました。戸外が暮れてゆくのをぼんやり感じながら、ときおり聞こえてくる馬の嘶《いなな》きや耳障りな武具のぶつかりあう音にびくついているあいだ、わたくしは小声で今様《いまよう》を謡《うた》っていました。花の都をふり捨てて、くれくれ参るはおぼろけか、かつは権現《ごんげん》ご覧《ろう》ぜよ、青蓮《しょうれん》の眼《まなこ》をあざやかに……母から口移しで教えられた今様です。

母は由緒ある奉公衆に属する安威氏の娘で、高い教養を身につけていた。

奉公衆とは、足利《あしかが》将軍家直属の戦人《いくさびと》で、名家や有力な国人衆の中から、文武に秀でた、主に次男、三男などが集められる。安威一族も摂津国に安威城や安威砦《とりで》を有する国人だが、一族から奉公衆を出すことは大変な名誉なので、京と領国に各々家を樹《た》てて、頻繁に行き来をしていた。

一方、わたしの父の重清《しげきよ》は摂津国高山庄の生まれで、近隣の中河原の領主だった中川家の婿養子となり、二人の男子をもうけた。摂津の国人、池田氏の家臣にとりたてられたのは、郷里に家族をのこして京へ出て、十三代足利義輝《よしてる》の御所の警備などを奉公衆と共に担っていたときだった。

父と母は京で知り合い、わたしと弟をもうけた。つまり、母は中川重清の〈京の妻〉というわけだ。父は当時、婿入り先の中川家とは疎遠になっていたようで、父の口から中川の話が出ることはめったになかった。母もわたしも弟も摂津へは一度も招かれなかったし、父の舅姑《きゅうこ》や〈摂津の妻〉、異母兄たちがわたしたちに会うために京へ来たこともなかった。

父は、永禄元年、長らく都をはなれていた将軍が帰京してとりあえず京での戦が回避されたのを機に、池田氏の支城のひとつである稲田城をあずかることになった。さらに昨年は池田家の内紛に駆けつけて手柄をたてたそうで、城将から城主に格上げされた。

父はわたしたちを稲田城へ呼びよせた。やっと水入らずで暮らせる……戦乱の世にあってはまれにみる幸運だ。母はいそいそと仕度にとりかかった。が、安威の親族は案じ顔だった。応《おう》仁《にん》の乱があったのは百年近く前だが、以後は全国各地で戦が絶えず、都でさえ殺伐としていた。こんなときにわざわざ戦城で暮らさなくても……と、眉《まゆ》をひそめたのだ。

母の決意はゆるがなかった。墨子《ぼくし》の言葉『安居《あんきょ》なきに非《あら》ず、われに安心なきなり』とつぶやき、わたしに微笑んで見せた。心さえ満ち足りていればいずこにいても安心して暮らせる――そんな意味だとか。母は何事にも前向きな人だった。

母とわたし、弟の新兵衛、乳母の小浜、安威家から随行を命じられた母の従弟《いとこ》の安威五左衛《ござえ》門《もん》が、侍女や護衛兵に守られて稲田城へ入ったのは、年が明けて寒さが多少やわらいだ二月の初めだった。

それからまだひと月しかたっていない。それなのに予告もなく、予兆すらなく、いきなり戦をしかけられようとは……。

――表座敷へ呼ばれました。正面の一段高くなった御座所に、鎧直垂《よろいひたたれ》姿で頭は揉烏帽子《もみえぼし》と鉢巻、足に大立挙脛当《おおたてあげすねあて》をつけて胡坐《あぐら》をかいた父がいました。右隣には母が、一段下がった左手に安威五左衛門が座していて……。

薄暗い座敷は寒々として、冷気が尻《しり》から背へ駆けのぼってきたのを覚えている。おもわずくしゃみをしてしまったことも。

――母はいつもと変わらず穏やかな眸《め》をして、わたくしにそばへ来るよううながしました。色白で寂しげにも見える美貌《びぼう》、華奢《きゃしゃ》なのに見た目より強靭《きょうじん》な母は、しなやかで芯《しん》の強い人でした。公家《くげ》の姫によくまちがえられたそうで、将軍のご生母、慶寿院《けいじゅいん》さまにお仕えしていたころは公家からも縁談があったとか。母は首を横にふりつづけ、歳が離れている上にどこの馬の骨ともしれぬ——当時はそんな陰口も聞こえていたのですよ——しかも郷里にご妻子までいる父を選びました。

（母者のことは知らぬが、そなたの父のことならわしも存じておるぞ。いつのときも冷静沈着で、非道な行いをしたり怒りに我を忘れたりは、決してなさらぬお人だった）

織部が口をはさむ。

——ええ。一寸の虫にも無益な殺生をしない人でした。武将ですから戦場では敵兵の喉頸《のどくび》を掻《か》き切ることはあったかもしれませんが、盗みをはたらき斬首《ざんしゅ》必至の悪党に糒《ほしいい》をもたせて逃してやるところを見たこともあります。

とはいえ、慈悲深さを長所とおもったのはわたしや母だけだろう。むしろこうしたふるまいは〈頼りないやつ〉だの〈優柔不断〉だのと武将の評価を下げるものだ。容赦なく断罪することこそが人の上に立つ者の甲斐性《かいしょう》だとされる時代でもあった。

父はあのとき、焦燥の只中《ただなか》で、いかに敵軍を撃退するか城を守りぬくかもさることながら、城にいる全員の命——なにより妻や子らの命——を失わずにふりかかった災難をはねのける策をひねりだそうと躍起になっていたにちがいない。黒々とした太い眉をゆがめて、口髭の下の形のよい唇をへの字にむすんでいた顔が忘れられない。隆々たる体をこわばらせて、膝《ひざ》においた両手をかたくにぎりしめていたことも。

わたしの目は父の手に吸いよせられた。射籠手《いごて》をつけた手は巨大な亀の甲羅に見えた。亀甲《きっこう》占いは、吉と出るか凶と出るか。

このときわたしは、城を出て京へ帰ることになったと知らされた。母から「父上にご挨拶《あいさつ》をなさい」といわれて、またもやくしゃみをしてしまった。

――母者と虎寿丸《とらじゆまる》――弟新兵衛の幼名です――を頼むぞと父にいわれて、わたくしはすっかり惑乱してしまいました。戦はまだ終わっていないのに、敵の軍勢にとりかこまれているのに、なぜ父をのこして、わたしたちだけが城を出るのか。

そのあと寝ぼけ眼《まなこ》の新兵衛が呼ばれ、小浜に背中をおされて両親の前に座った。六歳の童《わらべ》に状況が理解できたとはおもえないが、さすがに只ならぬ気配は感じられたのか、母にうながされ、「父上、ごきげんよう」と声をはりあげた。男子は口の中でもそもそしゃべってはならぬと、いつも父に注意されていたのだ。

――父と共に城へのこるといいはって、わたくしは両親を困らせたそうです。めったに叱ることのない母に叱られても、なんとしても父《とと》さまと共に戦うと……。

（そなたらしいのう。いいだしたら聞かぬ姫さまじゃ）

織部はくすくす笑う。

――内心は怯《おび》えていたのですよ。父といっしょに斬り殺されるのではないか、と。膝頭がふるえていたのに強情ゆえ退《ひ》くに退けず……。

必ず京へ帰ると、父はわたしに約束した。わたしはようやくうなずいた。御広間を退出するのを待って、五左衛門が事の次第をわかりやすく説明した。

五左衛門は奉公衆の安威家ではなく、摂津の安威城主の末子《ばつし》である。利発な子供だったので比叡山《ひえいざん》へ送られる話もあったようだが、京の安威家の猶子《ゆうし》となった。跡継ぎには母の兄がいるものの、戦乱の世である。不測の事態が起こっても栄えある役職を手放さずにすむように、京の安威家は五左衛門に文武、遊芸を学ばせた。

母は、五つ下の従弟を実の弟のように愛《いつく》しんでいた。五左衛門も母を慕い……というより、わたしの目には母を崇《あが》めたてまつっているように見えた。母のためなら己の命さえ投げ出してしまうのではないか……と危ぶむほどに。中肉中背で見かけは凡庸、物静かでひかえめながら、二十代半ばにして世の中のすべてを知りつくしているようにも見える五左衛門を、わたしはだれより信頼していた。


（ふむ。女たちを城外へ出し、無事をたしかめた上で稲田城を明け渡す……さよう双方が合意したのだな）

織部がたずねる。

――はい。安威城は京へ帰る途上にあります。当時の城主は母の従兄《いとこ》、五左衛門の長兄でしたから、安威城から無事に着いたと知らせをうければ、父は開城することに……。

（そなたの母者は安威の娘御。有力国人にして奉公衆でもある安威一族を敵にまわすのは得策でないと、急襲した者たちも気づいたのだろう）

――それでもわたくしは不安でした。開城したら父が処刑されてしまうのではないか、でなければ自害なさるやもしれぬ……と。すると五左衛門が申しました。都へ帰ってデウスさまにお頼みすればよいと。

(なるほど。五左衛門は切支丹《キリシタン》であったの。たしか、シモンという名も……)

――わたくしは存じませんでしたが、五左衛門は昨秋からしばしば異教の寺へ通って教えを乞《こ》うていたそうです。京では大流行《おおはや》りだったそうで……。

(そういえば、摂津や河内《かわち》でも話題になっておったわ)

――全智全能の神……などといわれても、わたくしはさっぱり。

それなのに五左衛門にあえなくいいくるめられた。一刻も早く京へ帰って、デウスさまとやらにお願いしなければ、と、わたしは飛び立つようなおもいだった。

――夜が白々と明けるころ、落人《おちうど》の一行は城の西側にある裏門を出ました。といっても、母とわたくし、もう一丁には小浜と新兵衛が乗りました。駕籠《かご》は三丁で、虎寿丸ではなく妹の虎姫だということに……。

散花模様も愛らしい桃色の小袖を着せられて薄化粧をほどこされた新兵衛は、頭頂で結べるまでに伸びていた髪を肩のあたりで切りそろえられる段になると、むずかって泣いた。万が一の用心、御門を出るまでの辛抱だとなだめる小浜も涙ぐんでいた。

駕籠へ乗りこむ前に、母は北へむかって手を合わせた。城の北側を流れる川沿いに熊野《くまの》神社がある。古《いにしえ》の荘園《しょうえん》のなごりか、朽ちかけた社《やしろ》を修復した父は戦のたびに勝利祈願をしていた。

母も藁《わら》にもすがるおもいで、わたしたちが無事京へ帰りつけるよう、なにより父の命が奪われずにすむよう、熊野の神々に祈願したのだろう。

――堀に架けた仮橋を渡り、遠巻きに見物する敵軍のあいだを粛々と進みました。だれも言葉は発しませんでしたが、渡り終えたところで駕籠が下ろされ、簀戸《すど》が細く引き開けられました。駕籠の外にはいかめしい甲冑《かっちゅう》姿の武士がいて……。

寒風に頬を張られたような気がしてわたしは身をすくめた。鋭い目で一瞥《いちべつ》されたものの、何事もなく簀戸は閉められ、駕籠はふたたび動きだした。

――生きた心地がしませんでした。背後でざわめきが聞こえはすまいか、小浜や弟の悲鳴が聞こえてくるのではないかと不安にかられ、ただ一心に手を合わせて……。

織部も息をつめて耳をかたむけているのがわかる。

(幼いころ、似たような目におうたことがある。美濃でも戦の噂を聞かぬ日はなかった。戦は人を選ばぬ、歳を選ばぬ。それでも人は戦いを止めぬ。幼き者には酷なことよ)

――永禄七(一五六四)年三月、母とわたくし、弟、小浜、侍女たちの一行は、先導役として同行を許された安威五左衛門と共に稲田城を脱出、里家のある京へむかいました。

そのころ織部は二十歳をすぎていたはずだ。今一度たずねてみたくなる。

――あなたはどこでどうしていらしたのですか。

織部は無口ではない。とりわけ茶の湯に関する話は立て板に水。なのに、わたしと出会う前のことはあまり話したがらない。

案の定、しばし沈黙が流れる。

(桶狭間の四年後か……。織田さまは小牧山城《こまきやま》を築き、いよいよ美濃攻略に本腰を入れようとしていた。わしも清洲城《きよす》、小牧山城、京の細川家《ほそかわ》などあわただしく飛びまわっておったわ)

美濃国本巣《もとす》にある古田一族の城の城主は織部の父の兄で、古田家はかつて土岐氏《とき》や斎藤氏《さいとう》に仕えていた。が、織部が元服をするころにはもう織田信長の属将になっていた。当時の信長は尾張国清洲城主で、破竹の勢いで頭角をあらわしつつあった。

織部の父は、兄とちがって武より文の人だった。京に住まいをかまえ、和歌や連歌、茶の湯などで名をあげ、武家だけでなく公家からも重用されていた。その薫育もあってか、元服した織部は織田家や細川家の使い番をつとめるかたわら、京で教養を磨いた。

(父のおかげだ。あのころのわしはまだ茶の湯には無関心であったがの、和歌や連歌はなかなかのものだったぞ)

――聡明《そうめい》で好奇心旺盛《おうせい》なあなたなら、なんにでも興味をもたれたはずです。五左衛門どののようにデウスの教えには関心を抱かれなかったのですか。

(噂は聞いておったが、かかわっている暇《はま》がなかった)

――もし関心をもたれていたら、もっと早うお会いしていたかもしれませぬ。

(おう、南蛮寺か。その話をしてくれ)

――お待ちください。まだ、落人の話が終わっておりませぬ。

（そうであったの。一行は、稲田城を無事に脱出した……）

——突然の悲劇がまるで一炊《いっすい》の夢であるかのような、晴れ渡った朝でした。

一行は城の西側の丘陵につらなる道を黙々と南下した。三田城は左の前方、武庫川《むこがわ》の手前の丘の上にあるので、敵軍で埋め尽くされていることは簀戸を開けて見るまでもなかった。いつ矢を射かけられるか、手柄をはやる猛者《もさ》に斬りこまれるか。父とのあいだでかわされた約定が守られるとはかぎらない。敵の気が変わって捕らえられれば、女たちは凌辱《りょうじょく》され、その上で逆さ磔《はりつけ》、弟は串刺《くしざ》しにされる公算が高い。

——もう少し大人になっていたら、残虐非道のあれこれを想像して恐怖にふるえていたでしょう。童女だったのはむしろ幸いでした。

織部はなにもいわない。わたしの身にふりかかったかもしれない惨事をおもって、ぞっとしているにちがいない。

——白昼夢のようでした。往路とちがって女たちのおしゃべりは聞こえませぬ。足音は地にのめりこむように重く感じられて、五左衛門が乗る馬でさえ息をひそめていました。

わずかながら気持ちに余裕ができたのは、三田城から遠ざかり有馬川を渡って生野道へ入ってからだ。有馬温泉へゆく道のひとつでもあるので、数軒の鄙《ひな》びた集落がぽつぽつとつづく道にも、馬に水や飼葉をやる馬継場《うまつぎば》がある。

駕籠が下ろされ、五左衛門が簀戸を開けた。恐る恐る駕籠から出て、深々と大気を吸いこんだ。弟も駆けてくる。二人そろって母の顔を見にいった。

——よう耐えました、お父上も誇らしゅうおおもいになられましょうと、母は簀戸の中から片手を伸ばしてわたくしの頬にふれ、弟の頭をなでました。母の膝の上には、人差し指ほどの長短のふたつの木片を十字形にはめ合わせたものがおかれていました。

(耶蘇《ヤソ》教の十字架だの。母者も切支丹だったのか)

——いえ、五左衛門にもらった御守だと……。わたくしがもっているようにというので、小浜からもらった瑪瑙《めのう》の数珠《じゅず》が入っている守袋へいっしょにしまい、首にかけました。それだけで不安が消えてゆくような気がして……。

小休止をして握り飯を腹におさめ、一行はあわただしく出立した。

生野道が川と合流したあたりからは山道になった。谷間《たにあい》の川沿いを進み、川をはなれて東へゆくと峠が見えてくる。さほど険しい峠ではないので駕籠も馬もそのまま越えた。そこから先は川の周辺に点在する集落をたどりながら下ってゆく。有馬道と交わるところが生瀬宿《なまぜしゅく》だそうで、雑多な店が並び、旅人も行きかっていた。

生瀬宿の先で武庫川に架けられた橋を渡った。そこから小浜《こはま》までは平坦な道がつづいている。小浜は宿場町ではなく寺内町《じない》で、寺内町は浄土真宗《じょうどしんしゅう》の宗徒が寺や御坊——ここでは小浜御坊とも呼ばれる毫摂寺《ごうしょうじ》——を中心に結束、独自の規律を守り、土塁や濠《ほり》で敵の襲撃を防いでいるという、小さいながらも一国一城といったおもむきのある集落のことだ。

——乳母の小浜はこの御坊で生まれ育ったそうです。将軍家の御供衆《おとも》に嫁ぎ、夫を亡くしたのちに安威家へ奉公したと聞きました。

（小浜こそ、波乱の生涯を生きぬいた見事な女人であったの）

——ほんに、小浜がいてくれなければ、わたくしも生きてはいられませんでした。

二人はひととき、しんみりと黙りこむ。

ひと月ほど前、京から稲田城へむかう旅では、母の親戚《しんせき》で五左衛門の実家でもある安威城で一泊、さらにこの小浜の御坊でも宿を借りた。急ぐ旅ではなかったし、あらかじめ知らせを送っていたので、一行は歓待をうけた。とりわけ御坊は都から有馬へ湯治にゆく貴人をもてなす機会が多いせいか、手慣れたもので、わたしたちも心地よい一夜をすごした。

ところがこのときは御坊には泊まらず、池田城で一泊すると聞かされた。

御坊の貫主《かんじゅ》の娘で、三歳になる愛らしい亀姫を、小浜はたいそう可愛がっていた。会えずに素通りすると聞いて落胆しているのがわかったが、むろん今は大事のとき、わたしはなにもいえなかった。

小浜から池田までは京伏見道を二里弱、女の足でも二刻余りあればゆける。遠方につらなる山並みを眺めながら、山麓《さんろく》の平坦な道を東へ向かった。川が見えてきたところで道は北上する。池田城は山の尾根に築かれていて、川を渡れば城下町だというが、一行は川を渡らずに栄根《さかね》という集落へ入った。櫓門《やぐらもん》のある館《やかた》の門前で歩みを止める。

——五左衛門は皆に待つようにいい、館内へ入って行ったきりちっとも出てきませぬ。門前でずいぶん待たされたあと、郎党が出て来て、ようやく館の内へ案内されました。

織部はうなずいているようだ。

（池田ではびっくり仰天したろうな、稲田城から城主の妻子が逃げてきたのだ。しかも城主は池田の許しなく敵に出城を明け渡そうというのだ）

——そのとおりです。わたくしたちが立ち寄ったのは池田家の重臣の館、ここには高山の伯母《ば》、わたくしの父の姉が嫁いでいました。池田城主が激怒するのではないかと、伯父《おじ》も伯母も蒼《あお》くなっていたはずです。

（当時の池田城主は勝正《かつまさ》さまか。そなたの伯父とは荒木義村《あらきよしむら》どのであったの、あの悪名高い荒木村重《むらしげ》の父親の……）

——悪名高いかどうか知りませんが、ええ、村重どのはわたくしたちの従兄です。〈摂津の妻〉が産んだ、わたくしの異母兄の清秀《きよひで》とは肝胆相照らす仲でした。

（そなたがだれより慕《しと》うておる兄者だの。村重とは大違い。中川清秀は織田信長でさえ一目おく、真の豪傑であったわ）

織部はわたしの兄の清秀を敬愛していた。兄は勇猛果敢であるだけでなく、竹を割ったように爽快《そうかい》な人だったから、かの豊臣秀吉《とよとみひでよし》からも重用された。が、このころのわたしはまだ兄に会ったことがなかった。

——荒木家では丁重にあつかわれました。伯母は五十がらみ、細面で目のつり上がった、いかにも厳格そうな女人でしたが、母やわたくしをいたわり、虎姫が実は新兵衛であることをひと目で見ぬいて、あれこれと世話を焼いていました。

長旅の疲労と生きのびた安堵《あんど》に心地よく身をまかせ、その夜は早々と眠りについた。夜中にふと目覚めたわたしは、ふすまのむこうから聞こえてくる母と五左衛門のひそひそ話を耳にした。母は、憤っているようだった。なぜ、どうして……と、五左衛門を問いつめている。五左衛門も陰鬱《いんうつ》な声だった。が、懸命に感情をおさえ、母を説得しようとしているのがわかった。

「あんまりじゃ」

「しかし、抗《あらが》えば……」

「従《したご》うたとてなにをされるか」

「城にのこっておる者、皆の命を救うためにございますぞ」

母は声を押し殺して泣いていた。なにがおこっているのか、わたしにわかるはずがない。起きていって母をなぐさめるべきか。それともこのまま寝たふりをするか。記憶がそこで途切れているのは、知らぬ間にまた眠ってしまったのだろう。

――翌朝、母は何事もなかったような顔をしていました。でも、わたくしはだまされなかった。母は笑顔を見せず、わたくしの頬にもふれず、新兵衛を抱きしめもしませんでした。朝餉《あさげ》もまったく口にせず……。

織部は言葉を発しなかった。うなずいているにちがいない。

――一行は駕籠へ乗りこみました。川を渡って池田の城下町をぬけ、能勢《のせ》道を東進。また川を渡り西国《さいごく》道へ。瀬川《せがわ》の宿で束《つか》の間、駕籠を降りたわたくしは周囲を見まわしました。

(で、弟新兵衛どのの駕籠がなかったのだな)

――はい。五左衛門のところへ駆けていって問いただしました。


乗馬ではなく手綱をひいていた五左衛門は、馬の背を軽く叩《たた》き、落ち着きはらってわたしの目を見かえした。

「若君はおのこりになりました」

荒木家で父を待つという。なぜ……なにゆえ弟だけが……納得がゆかず、なおも問いただそうとするわたしを、小浜が背後から抱きよせた。

「男子と女子は、自《おの》ずと役目がちごうてございます」

新兵衛は池田城へ連れていかれた。わたしでさえわかる。質だ。

「荒木さまにとっても大切な甥御《おいご》、悪いようにはされますまい」

心配無用といわれてもうなずけない。小浜の腕を逃れて母のもとへとんでゆこうとすると、今度は五左衛門がわたしの前に立ちはだかった。


――五左衛門に諭されました。母上も苦しんでおられる、責めてはならぬ、と。

(戦の常とはいえ、酷《むご》いことだのう。年端もゆかぬ童まで……)

織部は吐息をもらす。

──父上の生殺与奪は敵の手ににぎられていました。弟の命は池田城主の手の中にありました。二人が同時に生還する奇跡などあるのか。にわかに息苦しくなって、わたくしはただはくはくと口を動かしておりました。

逃亡の旅はまだ終わりではなかった。

瀬川から京の都までは十里弱。

一行は西国道を北東へ黙々と進んだ。田畑や集落をつなぐ平坦な道は、ひと夜の休息をとったあとでもあり、いつ敵に襲撃されるかとびくつく心配も薄れたので足取り軽く……といいたいところだが、むしろ葬列とまがうばかりの重苦しさだった。

よもや六歳の童子──それも重臣の甥──に危害がくわえられるはずはないとおもいたかったが……。戦乱の世である。なにが起こってもふしぎはない。

つかずはなれず並走していた川に沿ってひたすら歩くと、南北の亀岡《かめおか》道と合流するあたりで中河原の集落が見えてきた。簀戸越しに、わたしは眸をこらした。北摂《ほくせつ》の山麓へつらなる中河原の集落のどこかに父の養家があると聞いていたからだ。そこには父の舅姑と〈摂津の妻〉、異母兄となる二人の息子がいる。

わたしがまだ生まれる前のことだが、守護大名の細川氏が二手に分かれ、将軍家を巻きこんでの大戦──桂川《かつらがわ》合戦が勃発した。この戦で中川家の嫡子が戦死した。同組で戦って意気投合していた高山家から、初めは父の兄が養子に入ったものの子ができず、中川家では他家へ嫁いで子を産んだのち後家になっていた娘を連れもどして、今度は父を婿養子に迎えた。そこでめでたく生まれたのがわたしの異母兄たちだった。

〈摂津の妻〉となった中川の娘は、父よりずっと年長だそうで、中川家が元服まもない父を婿養子に迎えたのは、そもそも跡継ぎの男子を得るためだったらしい。重責をはたした父が息子たちの養育を舅《しゅうと》にまかせて京へおもむき、やがては池田の家臣となって数々の戦場をとびまわっていたのは、養家の居心地が悪かったためではなかったか。

父は満たされぬおもいを母やわたしたち新しい家族で埋めようとしたのだろう。なればこそ〈摂津の妻〉ではなく〈京の妻〉を稲田城へ呼びよせたのだ。

（当時はもう、中川はそこそこ名を知られておったのではないか）

ここでまた織部が口をはさむ。

――荒木家とのかかわりもあってわたくしの父が池田の家臣となり、近辺の知行にあたると共にささやかな土地を安堵されました。あのころは池田の支配下にありましたから、それで中河原一帯でも、中川の名が少しずつ知られるようになっていたそうです。

（しかしこたびのことで、すべてが水泡に帰してしまう怖れもあった。稲田城の開城を知ったら中川家も大騒ぎになったであろうの）

――むろん知らせるべきでした。父の婚家なのですから。少なくとも異母兄たちは、わたくしと血がつながっているわけですし……。

ところがだれ一人、中川の名を口にする者はいなかった。目と鼻の先に父の家があることさえ、気づかぬふりをしている。母の心を乱したくなかったのか。第一の妻をさしおいて父のもとへおもむいたがゆえに我が子を奪われた……その母が、どんな顔で〈摂津の妻〉と対峙《たいじ》できようか。

西国道をさらにゆくと茨木川《いばらきがわ》へ出た。ふたつの川が合流して川幅が広く流れも速くなった。橋を渡ってしばらくゆくと、またもや川が見えてきた。安威川だ。川の手前の道を左へ折れ、川に沿って山道を北進すれば安威の集落。山頂に見えるのが砦で、城館は山麓にある。

五左衛門の一声で城門は開いた。驚きあわてる城兵に、即刻、城内へ迎えられた。竹林にかこまれた城館は、風が吹くたびにさわさわと竹落ち葉のふりつむ音が聞こえてくる。

――忘れもしませぬ、あなたに初めてお会いした御門ですよ。

（なつかしいのう。安威館のことなら、目を閉じるだけで隅々まで浮かんでくるわ。安威一族は鎌倉《かまくら》時代からの由緒正しき名家だったゆえ、瀟洒《しょうしゃ》な館には贅美《ぜいび》をつくした調度が配され、丹精された庭には築山《つきやま》や池泉《ちせん》もあって……）

――でもすでに寂れかけていました。古より守護や国人の攻防が絶えず、桂川合戦で敗者側となってからは出陣する兵力はなく、三好の傘下に組み入れられてしまいましたから。

（ふむ、三好……三好か。安威だけではないぞ。芥川《あくたがわ》、池田、伊丹《いたみ》……当時は皆、三好に恭順を余儀なくされた。つまり、国人が力を有する時代は終わろうとしていた。三好一族の台頭はさらに巨大な織田や豊臣、徳川《とくがわ》といった覇者がのしあがってくる前触れだった）

五左衛門はその夜、父親代わりの兄、安威城主と長々と話しこんでいた。一行が無事に安威城へ到着したとの知らせを稲田城へ送るよう、頼んでいたのだ。池田の質となった新兵衛の安否についても話し合ったにちがいない。夜を徹して策を練った結果は、やはり三好を頼るしかない、というところへ落ち着いた。


——翌朝、小浜から出立が遅れると知らされました。早く京へ帰ってデウスさまにお願いしなければと焦っていましたから、不服そうな顔をしたのはまちがいありませぬ。

(なんでも顔に出すのはそなたの悪い癖だぞ。あ、いや、そこが良きところでもある。嘘のつけぬ、正直なところが……)

——同じことばをお返しいたします。あなたは真正直で、言い訳も取り繕うのも苦手なお人、それゆえあのようなことに……。けれど、なればこそ、わたくしはお慕いしておりました。

二人は哀惜と寂莫《せきばく》の波に身をゆだねる。切なくも温かなひととき……。

——出立が遅れたわけは、異母兄が母と五左衛門に会いに来たためでした。

(異母兄……おう、中川清秀どのか)

——当時は二十三歳の若武者でした。背筋が伸びた筋肉質の体つき、精悍《せいかん》ながらも、わたくしを見て眸をきらめかせ、にっと笑った顔はなんともいえず愛嬌《あいきょう》があって……。

(何度も聞いたぞ。よほど惚れこんだとみえる)

——さようですとも。初対面なのに「仙姫」と親しげに呼んでくれました。「かように愛らしい妹がおったか」とも。その瞬間から、兄はわたくしの憧《あこが》れの人になりました。摂津の家族は父を疎《うと》んじ、〈京の妻〉とその家族を忌み嫌っているとおもいこんでいましたから、そうではないことがわかって、それがなによりうれしゅうて……。

兄はわたしを子ども扱いにはしなかった。おかげでわたしは——すべて理解できたわけではなかったものの——大人たちの話をいっしょに聞くことができた。

兄が訪ねてきたのは、摂津の状況を教えるためだった。摂津の状況とは、すなわち三好一族の動向だ。三好一族の長たる長慶《ながよし》は、江口《えぐち》合戦で細川晴元《はるもと》に勝利し、将軍を追放して京の都に君臨、摂津国の大半を支配下におさめた傑物だった。が、まだ四十代なのに相次ぐ身内の死や自身の病でめっきり気力がなくなったと噂されていた。息子か、ここへきて一気に頭角をあらわした臣下の松永久秀《まつながひさひで》か……だれが跡を継いでも、長慶という重石《おもし》がなくなれば世はふたたび乱れるのではないかと、兄は懸念している。

つまり、こたびの一件で、三好は頼りにならぬとわかった。では稲田城はどうなるのか。父は、新兵衛は……蒼ざめた顔で不安を口にする母や五左衛門に、兄清秀は自ら池田へ談判にゆくといって勇ましいところを見せた。三好一族がごたついている今こそ好機。世の趨勢《すうせい》が定まるまで稲田城など放っておけと兄は進言するつもりだという。父の重清には、無駄死にするな、恭順と見せて敵の内情を探れといってやり、開城しても新兵衛の命は保証するとの誓約書をとどける。はたして池田が同意するかどうか母は案じ顔だったが、あとのことは兄にまかせるしかなかった。

出立が少々遅れたものの、まだ午《ひる》には間がある時刻だった。西国道をたどれば京まで八里余り、日暮れ前に到着できる。

——駕籠へ乗りこもうとしたとき、兄がすっと近づいてきて、母のことを天女のようだと賞賛しました。父が摂津へ足をむけないわけがようわかった……と。

（ほう、どういうわけじゃ）

——兄は自分の母は鬼婆《おにばば》だ、と。会《お》うたら食われておったやもしれぬ、と笑いました。

織部もははは……と笑う。大柄で豪快な兄清秀と、中背で機敏な夫織部は、見た目は似ていない。けれどわたしは後年になって、二人に相似点があることに気づいた。なにより二人は大らかだ。人など意に介さず、前だけを見て突き進む童子のような心をもっている。

——安威の人々に別れを告げて旅をつづけました。芥川を渡り、集落をぬけ、さらに北東へ。やがて左手に天王山《てんのうざん》が迫り、右手には淀川《よどがわ》が見えてきました。山崎《やまさき》をすぎて、なお黙々と歩を進め、橋を渡ってしばらくゆけば長岡京《ながおかきょう》です。

（長岡京から桂川まではゆるやかな下り坂、桂川に架かる橋を渡れば……）

——はい。女たちは手を取り合い、涙を浮かべて大はしゃぎ。小浜に叱られました。新兵衛を質にとられた母がどんなおもいでいるか、小浜はおもいやったのでしょう。

（落人の旅だ。東大寺《とうだいじ》の五重塔が見えればはしゃぎとうもなろうよ）

——そして羅城門《らじょうもん》をくぐって……ようやく、京の都へ、帰ることができたのです。

安威家は上京《かみぎょう》にあった。上京とは大内裏《だいだいり》の東、一条《いちじょう》大路界隈《かいわい》から北の、惣構《そうがまえ》にかこまれた一帯のことである。

いにしえの京の都には惣構はなかった。大内裏と南端の羅城門をむすぶ朱雀《すざく》大路を中心に、碁盤の目のように大路小路がととのえられていた。ところが西の右京《うきょう》は湿地帯であったため住みづらく、荒れはててしまい、町々は東へ東へと広がっていった。さらに応仁の乱で北方の一帯が焼亡。その後の度重なる大火で、都の大半は焼け野原になってしまった。

以後も戦はつづき、治安は悪化する一方だった。上京と下京《しもぎょう》以外はひなびた景色だ。帝も焼け出され、里第を転々としたあげく、上京の東南にある土御門《つちみかど》邸を里内裏としていた。

では、将軍家は――。

三好氏と和睦《わぼく》して京へ帰還した足利義輝は、当初こそ妙覚寺《みょうかくじ》に滞在していたものの、そのころは室町《むろまち》大路に面した新御所に住んでいた。〈武衛陣《ぶえいじん》〉といかめしい名で呼ばれる御所は、一条と二条《にじょう》のあいだの――上京でも下京でもない――麦畑の中にあったが、まわりに町家ができ、奉公衆や御供衆も京での宿舎を御所の近くへもうけるようになって、わたしたちが稲田城へ旅立つころには多少ともにぎわうようになっていた。

いずれにしても、上京と下京の惣構の内や新御所の周囲というごく狭いところで、諸国から出て来た奉公衆や御供衆が、世の動きに取りのこされまいと鵜《う》の目鷹《たか》の目、探り合い競い合ってもいたわけで……。もし父が稲田城の城主にならずに京にいたとしたら、のちに頭角をあらわしたり世を騒がせたりする武将たちと、わたしも知己を得ていたかもしれない。

（おう、あのときか。わしもおったぞ）

織部ははずんだ声でいう。

――では道ですれちごうていたやもしれませんね。

(だとしたら覚えておるはずだ。かような別嬪《べっぴん》は、都広しといえどもそうそうはおらぬ)

――まあ、相変わらずお口の巧《うま》いこと。

織部とわたしは、昔も今もよく思い出を語り合った。

そう。織部も、わたしが父や弟の安否がわからぬままに不安な日々をすごしていた永禄七年から八年にかけて、京を何度か訪れていたという。なにをしに来たかといえば、織田信長の家臣だった伯父の意をうけて、諸国の情勢を集めるためだ。


信長は永禄二年に初めて上京した。が、このときは桶狭間の戦で勝利する前だったのでまだ名を知る都人も少なく、将軍に拝謁《はいえつ》するや早々に帰ってしまった。とはいえ機を見るに敏な信長のこと、都に奉公衆を送りこむ重要性を痛感したはずだ。

織部は幕臣の細川藤孝《ふじたか》(のちの幽斎《ゆうさい》)の使い番となって、信長とのあいだをとりもつ役に任じられた。このころ夫の実父の勘阿弥《かんあみ》は、かつて土岐家に仕えていたころのよしみで京に小家をかまえ、幕臣や奉公衆と和歌や連歌で交流をつづけていた。このことも織部が信長と藤孝の双方の使い番となった理由のひとつかもしれない。

兄清秀は、わたしたちが安威邸に落ち着くや、ほどなく訪ねて来た。

――戦ばかりしているように見えますが、兄は奉公衆となるべく研鑽《けんさん》をつんでいたそうです。

田舎侍だと馬鹿にされとうないと……。

（母者やそなたを見て、自分が由緒正しき安威一族の縁者であることを今さらながらおもいだしたのであろうよ。その伝手《つて》を大いに利用する気になったのだ）

――だとしても、兄が京へやって来たいちばんの訳は摂津の様子を知らせるためでした。兄の話によれば、父上はご無事で、投獄されているかどうかはわからぬものの、それなりの待遇はうけているとのことでした。開城して恭順の意を示したので、敵方は中川重清を身内にとりこむことに決めたのでしょう。

（武将にはめずらしい慈悲深さが敵方の心象をやわらげたこともむろんあろうが、おそらく敵方の耳にも三好の噂が入っておったのだろうよ）

摂津を席巻していた三好一族に大きな変化があった。今後どのようになってゆくかを見定めなければ、各地に散らばる大小の城主たちは皆、己の動きを決められなかったのだ。

――弟の新兵衛も荒木家で大切に養育されていると聞き、母は涙を浮かべて兄に手を合わせました。池田の殿さまに兄が直訴してくれたそうで……安威の血をひく弟が万が一命を奪われるようなことになれば将軍家が黙ってはおらぬぞ、と、脅したとやら。

ははは……と、織部は笑う。あのときは兄も愉快そうに笑っていた。

――兄は母に約束しました。従兄の荒木村重と共に稲田城を奪いかえしてやる、と。父上が池田へ帰参すれば、弟も質を解かれる。兄のそのことばで母もわたくしも希望をもつことができました。

（ところでそなたは、都へ帰ったら真っ先にデウスに会い、お父上の命を救うよう頼むつもり

だったのだろう。行ったのか、南蛮寺へ）

――南蛮寺ができたのは、もっとずっとあとになってからですよ。

（おう、そうか。しかし異人の屋敷はあったはずだ）

――屋敷というほどでは……はい、でもすぐには行かれませんでした。五左衛門どのに何度も頼んだのですが、様子をたしかめるまで待つように、と。デウスの家は下京の物騒なところにあるそうで、それに、デウスさまはお留守のことも多いのだとか。

下京に権勢を誇る武将がいるなら名前くらいは聞こえてくるはずだ。なのに聞いたことがなかった。物騒なあたりというが、そんなところに屋敷をかまえるのも妙な話だ。

――それだけではありませぬ。外出できなかったのは、母の許しが出なかったためです。新兵衛を奪われた母は、京へ帰った当初ひどく警戒していて、五左衛門どのにわたくしを外へつれだすことを禁じていたのだそうです。


母は、秋も深まってきたころ、かつて仕えていた慶寿院から呼び出された。京へもどっているなら、今一度、将軍家の奥へ出仕してほしいと懇願されたのだ。将軍義輝は自ら政務を牛耳るべく精力的に諸大名との交流を深めていた。武衛陣の奥御殿には生母の慶寿院と、同じく近衛《このえ》家出身の正室、そして目下、義輝の寵愛をもっぱらにしている側室の小侍従《こじじゅう》が起居していた。

小侍従は安威家と肩を並べる奉公衆の進士《しんじ》氏の娘で、当時は懐妊がわかったばかりだった。慶寿院は、小侍従のもとへ心利いた女を送りこんで、無事出産を終えるまで世話をさせようと考えた。もしかしたら母が夫を稲田城へのこして京へ帰されたとの噂を聞き、寂しさをまぎらわしてやろうとおもったのかもしれない。

母は迷っていた。娘をおいて宮仕えをすれば夫になんとおもわれるか。夫が京へ帰還したとき――もしそんな幸運がめぐってきたとして――自分が迎えなければいったいだれが迎えるというのか、と。その一方で、奉公衆の娘にとって将軍家のためにはたらくことは、誇りでもあり喜びにもおもえたはずだ。

母は武衛陣の奥御殿へ奉公することになった。小侍従が無事に出産をすませれば役目は終了で、それまで会いたくなったら会いにくればよいという。御所には人知れず出入りできる門があることも教えてくれた。五左衛門に案内してもらうように、と。

それでもわたしは不安だった。

「母さまは生まれてくる赤子のほうが大事なのですね」

すねて見せたわたしを、母は心外だといわんばかりに抱きよせ、じっと目を見つめて聞き分けのない子供をさとすようにこういった。

「ようお聞きなされ。我が安威家が今あるのは、室町殿、すなわち足利将軍家のおかげです。室町殿は清和源氏《せいわげんじ》のご嫡流、それはそれは貴い御方なのですよ」

そのくらいのことはわたしも耳に胼胝《たこ》ができるほど聞かされていた。

「三好さまや、そなたの父上のご主君である池田さまとは格がちがいます。征夷大将軍《せいいたいしょうぐん》であり、左大臣でもあられる」

母はなおもつづけた。

「これだけは心に留めておきなされ。仙姫。ご恩を忘れてはなりませぬ。ご恩に報い、尊い血をお守りすることこそがわれらの役目です。わかりますか」

母の言葉を、わたしはさほど重くうけとらなかった。が、のちにわかることだが、それはわたしの胸の片隅に居場所を見つけて、しっかり根を下ろしていたのだった。

恩に報いるとは、どういうことか。

尊い血を守るとは、なにを意味するのか。

——今も変わりませぬ。戦乱の世はつづいております。人は盗み騙《だま》し凌辱し、親兄弟でさえ殺し合う下剋上《げこくじょう》。なればこそ、この問いを避けてはとおれないと、わたくしはおもうのですよ。

（いかにも。わしとそなたが生涯を懸けて成しとげたのもそのことだった。わしらは同じことを考え、共に苦しみ、助け合《お》うて生きてきたのだ）

わたしはうなずいた。何度も何度も。織部とわたしは同じ彼方《かなた》を見つめていた。まだめぐりあっていなかったこのころから、きっと見えない糸で結ばれていたにちがいない。

第二章

――もし、ねえ、聞いておられますか。

織部に話しかける。

(むろん、聞いておるとも)

即座に返事はするものの、うたた寝でもしていたのか、眠そうな声だ。

――早《はよ》う聞きたいと催促されたデウスの家の話、そろそろ出て参りますよ。

(おう、南蛮……おっと、寺ではないの、当時はただの住まいだったな。いつ行った？　母者からお許しが出たのか。寺の中はどうなっておった？　異人がいたのか)

――まあ、矢継ぎ早に……さように急《せ》かされますな。その前にもう少しだけ。


明けて永禄八年、母は武衛陣の奥御殿へあがった。弟新兵衛が息災でいることは伯母からときおり知らせがあったが、稲田城にいる父の消息については依然、詳細はわからない。それはすなわち、世情が混沌《こんとん》としているしるしだった。

三好長慶はすでに逝去していた。長慶のもとで結束していた三好一族に内紛が生ずれば、世はまた乱れる。ここぞとばかりにのしあがってきた、三好家の重臣で、大和国多聞山城主《やまとのくにたもんやま》の松永久秀の存在からも目がはなせない。そんな状況の下、摂津国高山庄にいた父の弟が松永久秀に重用されて、支城のひとつ、大和国宇陀《うだ》にある沢《さわ》城をあずかることになったと兄清秀から知らせがあった。

城や武将の話はわたしの理解を超えていた。子供のわたしでなくても敵か味方かを判断するのは困難きわまる。居城はしょっちゅうかわるし、いつのまにか主君が別人になっていたり、主従がひっくりかえっていることも……。

それでも三好長慶が君臨していた時代は、摂津の国人や土豪たちの大半が傘下に組みこまれていたので、三好─池田─荒木・中川だったり、三好─松永─高山だったり、小競り合いはあっても、敵味方が二分する大戦はなかった。が、長慶の嫡男の義継《よしつぐ》では若輩すぎて抑えがきかない。昨日の味方は今日の敵となり、世は混乱をきたす──というわけだ。

──兄はわたくしに、ようく耳目を澄ましておけといいました。戦になったとき、どちらにつくか、だれを頼るかで生死が定まると……。

(しがらみがあるゆえ、おもうようにゆかぬことも多々あるぞ)

──ええ。でもわたくしは兄に従うと誓いました。兄はいつか一国一城の主《あるじ》になるつもりでいましたし、わたくしも兄ならきっとそうなると信じていました。

(あのころは皆、野望を抱いておった。あわよくば、己こそ天下人になるぞ、と)

──皆ではありませぬ。父や五左衛門どののようなお人もおりましたよ。五左衛門どのはようわたくしにいいました。城などだれのものでもよい、大切なのはアニマだと……。

（アニマ……なんじゃそれは？）

――魂のことだそうです。くわしゅうはわたくしも……もっと知るためにも、一日も早うデウスさまにお会いしなければと……。ようやく、願いが叶《かな》いました。

その朝、小浜は母の使いで進士家へ出かけていた。五左衛門は好機を逃さず、デウスへの貢物だという米俵《こめだわら》を担いだ下僕を供に、わたしを誘《いざな》って家を出た。

奥歯がカチカチ鳴っていた。鼻は後朝《きぬぎぬ》にかの光源氏《ひかるげんじ》を落胆させたという末摘花《すえつむはな》の鼻と同じくらい赤らんでいたにちがいない。

雪が止み、風もない、おだやかな朝だった。薄い雲間に見え隠れしている太陽のおかげで、道端の雪もとけかけている。

左手に武衛陣の広大な塀を眺めながら、室町小路を南へ下った。妙覚寺をすぎた先で惣構の内へ入り、東西に走る三条《さんじょう》大路をこえてしばらく歩く。四条《しじょう》大路の手前、南北でいえば烏丸《からすま》と堀川《ほりかわ》のふたつの大路のあいだに、デウスが住まうという革棚《かわだな》町があった。

物騒なところだと聞いていたが、たしかにごみごみしていた。びっしりと隙間なく並んだ小家は、いずれも間口の狭い粗末な平屋で、大風で飛ばされぬよう板葺《いたぶき》屋根には無数の石がおかれていた。家の裏は共用の庭になっているのか、樹木の梢《こずえ》がのぞき、子らの声、子らを叱る親の声、罵声《ばせい》や笑い声、雑多な物音が聞こえてくる。しかも柱や壁がひしゃげて屋根がすっ飛び、襤褸《ぼろ》をまとった人々がたむろする小家も一軒ならず。

間口の狭さや粗末なたたずまいは同じでも、人だかりがしている家があった。群れている人々の半数は墨染《すみぞめ》のみすぼらしい衣をまとっていた。

五左衛門にデウスの住まいだと教えられて、わたしは目をしばたたいた。デウスは、父を救う力をもっていると聞いていたからだ。陰陽師《おんみようじ》か呪術師《じゆじゆつし》か。だから皆、ご託宣《たくせん》を得ようと集まっているのかもしれない。

五左衛門も人の群れは予想外だったのか、当惑顔でデウスの家を眺めている。すると初老の武士が五左衛門を見つけ、人混みをかき分けて足早に近づいてきた。

――結城《ゆうき》さまと仰せでした。

名を教えると、織部も打てば響くように応じる。

(結城進斎《しんさい》さまか。奉公衆で、学者としても名高いお人だ)

――結城さまと五左衛門どのとの立ち話ときたら……パードレだのイルマンだの、アンリケだダリオだと、なんのことやらさっぱり……。

後日、五左衛門から教えられた。パードレとはイエズス会の司祭で、イルマンは修道士のことだ。長崎の平戸《ひらど》から追放され、比叡山からも追い払われたパードレのガスパル・ヴィレラと二人のイルマンが、永禄二(一五五九)年に下京で布教を始めた。翌年、将軍義輝より許可が与えられるまではだれも近づかず、餓死《がし》寸前にまで追い詰められたというが、そののち徐々に信者が増えていった。

当初は怖いもの見たさの物好きばかりだった。が、公家や武士が訪れるようになると、今度はちょっとした流行になって、都の知識階級――と、自負する新しもの好き――が集うようになった。その先陣を切ったのが結城進斎や、公家で儒家でもある外記こと清原枝賢《きよはらのえだかた》、そして、わたしの父の弟の高山飛騨守友照《ひだのかみともてる》だった。入信した三人は各々洗礼名まで授かっている。

――驚きました。デウスを信じるお人が、そんなに大勢いると聞いて。

わたしがいうと、織部も同意する。

（噂を耳にして、わしも大いに興味をそそられたものだ。ただ、あのころは織田さまが小牧山城を築き、美濃侵略の準備をととのえている最中だった。美濃で生まれ育ち、縁者が美濃に多く住んでいたわしにとってはまさに手柄の立てどころ、デウスの教えに耳をかたむけている暇などなかったわ）

――デウスの家に集っていたのは、武士や町人だけではありませんでした。法華宗《ほっけしゅう》の門徒も、イルマンのアルメイダさまから医術を学ぼうとおしかけていました。

（医術……うむ。アルメイダという名は聞いたような……）

――一介の商人ながら医術に長《た》けていて、平戸へ上陸してからイルマンとなり、豊後《ぶんご》に病院を建てたそうです。布教のあいまに乳児を育て、病人を治療したとか。

（なるほど。慈悲深いところは仏に似ておるの）

――仏といえば、デウスの家の近くには妙満寺《みょうまんじ》というお寺があって、法華宗の人々が大勢暮らしていたそうです。法華宗徒は日蓮《にちれん》上人の教えだけを尊重する、耶蘇教も偶像崇拝《ぐうぞうすうはい》を禁じているので、むしろ一向宗徒《いっこうしゅうと》や法華宗徒のほうが熱心な信者になりやすいのだと、五左衛門どのから教えられました。

五左衛門とわたしと従者は、群衆をかきわけてデウスの家へ足を踏み入れた。間口の狭さはそのまま奥までつづいていて、おもての明るさから一変、薄闇に目が慣れると両側にもずらりと信者が並んでいるのがわかった。人の足をふみつけたり体にぶつかったりしないよう用心しながら、人いきれと饐《す》えたような臭いが充満する中を一列になって進む。奥へゆくにつれて、えもいわれぬ匂いが不快な臭いをかき消した。〈乳香《にゅうこう》〉というそうだ。異国では太古から珍重されてきたとか。木の樹液を固めたもので、海のむこうからもちこまれた。

奥まった広間の入り口へたどりつくや息を呑《の》んだ。最奥の壁上部の一画が、色とりどりの数珠玉をはりつけたかのように煌めいていた。これは多色のギヤマンをはめこんだ窓で、戸外の陽光をとりこむことで色あざやかに輝くのだとか。このときはただ茫然《ぼうぜん》と見上げるのみ。窓の下には厨子《ずし》がおかれ、その上の燭台《しょくだい》に灯がともされていた。左右対になった燭台の中央にあの、城を落ちのびた際に母から手渡された御守を拡大したような、木製の十字形の細工物がおかれていた。十字の木には人形がはりつけられている。

薄暗い部屋。夢に誘う香り。燭台の温かな光。色とりどりに煌めく窓。十字の木に磔になっている人形は、横木にそって両手を広げ、がくりと首をたれて息もたえだえ、腰のあたりに襤褸布をまいただけの裸体はあばら骨が見えるほどやせ細り、髪はばらけ、目は閉じていた。

身ぶり手ぶりよろしく、わたしがあまりに熱をこめてデウスの家の内部を描写するので、織部も気圧《けお》されているのか。あんなに聞きたがったくせに、感嘆の声ひとつもらさない。

——わたくしの耳元で五左衛門どのが「デウスさまの御子《みこ》」とささやきました。礫になっている、憐《あわ》れな人形のことです。

周囲を見回したわたしは、厨子のかたわらに影のごとくたたずむ男に気づいた。首のつまった黒い袈裟《けさ》のようなものを身にまとい、幅広の紐《ひも》を腰の高い位置でむすび、首から数珠のようなものをかけていた。髪はあらかた禿《は》げているが、老人というほど高齢ではなかった。やつれているわけでもないのに、礫になった人形に似ている。

その男こそ、イルマンのアルメイダだった。ルイス・デ・アルメイダ——。

——目を合わせた瞬間、ふしぎな安らぎを覚えました。あの碧《みどり》がかった茶色の眸に見つめられているだけで、頭のてっぺんから爪先《つまさき》まで温かいものに満たされて……。

五左衛門はわたしをアルメイダに紹介した。かたわらには、肥前国《ひぜんのくに》の郷士の倅《せがれ》で平戸でイルマンになったというダミアンがいて、アルメイダがポルトガルの貴族であることや、人々の罪を贖《あがな》うためにデウスの御子が十字架《じゅうじか》にかけられ、死してよみがえり、天に昇って永遠の命をさずかった話などしてくれたが、正直なところ、なにをいっているか理解できなかった。それなのに心身が軽くなったような気がしたものだ。

ダミアンにうながされて五左衛門と共にその場に膝をつくと、アルメイダは部屋にいる人々にむかって厳かに「祈りましょう」と呼びかけた。おもむろに祭壇にむかい、両手を高くかかげて「天にましますわれらの父よ」と唱える。長い祈りは異国の言葉で聞きとれなかったものの、人々も小声でなにか唱えているようだった。一斉に「アーメン」と唱和して祈りは終わった。そのあとは皆で声を合わせてデウスを讃《たた》える歌をうたった。

——安威邸へ帰ったとたん、すべてが夢の中の出来事のようにおもえました。様々な疑問がふきだして、それから何日も、五左衛門どのにしつこく問いただしたものです。デウスが全能の神なら、なぜ新兵衛を帰してくれないのか、いつになったら父を助けてもらえるのか、と。

五左衛門は内心、閉口していたはずだ。が、ひとつひとつていねいに答えてくれた。もう一度、デウスの家を訪れていたら、わたしも心を奪われていたかもしれないが、その機会はめぐってはこなかった。

なぜなら、永禄八年五月十九日、歴史をゆるがす大惨事が勃発したからだ。

(合戦の話なら何度も聞いたぞ。それでも聞くたびに、おぞましゅうて身の毛がよだつ。まだ十二だったそなたがなんと酷い目におうたか……と)

この話をするたびに、織部はわたしを労《いたわ》ろうとする。ときには、気持ちが昂《たかぶ》って涙がおさえきれないわたしを抱きしめ、落ち着くまでそっと髪を撫でてくれた。

今も夫の力強い腕を感じ、手のひらのぬくもりに慰められているような気がする。わたしを安堵させる、その胸の鼓動さえも感じられるような……。

——殺戮《さつりく》の場に、わたくし自身が居合わせたわけではありませぬ。でもあまりに多くの話を耳にしたせいか、あらゆることがごちゃまぜになってしまい……あの呪われた五月の一日、武衛陣の将軍御所で起きたことは、まるでその場にいたかのように、あざやかによみがえって参ります。

奉公衆の朝は早い。その朝、わたしはいつものように日の出とともに起きて身づくろいをすませ、小浜の給仕で朝餉をすませた。五左衛門はどこかへ出かけていた。安威の子供たちにまじって手習いに励んでいると、不穏な物音が流れてきた。

安威邸は都の惣構の内にあった。初めは皆、どこかの大名が兵をひきつれて上洛《じょうらく》したかとおもった。ところが一変、蒼白《そうはく》になる。あわただしい足音が入り乱れ、戦だ合戦だと叫ぶ声が聞こえてきた。

安威家の用人が駆けてきた。御所へ三好軍がおしよせてきたという。なにゆえ三好が……理由はわからない。が、三好軍と将軍家の戦闘となれば、奉公衆は将軍を守って戦わなければならない。三好軍が奉公衆の屋敷を襲うことも大いにありうるし、その前に都中が猛火につつまれる恐れもあった。

安威家の当主は非番で屋敷にいた。かわりに家老が郎党を伴い、御所の警備についていた。武衛陣の奥御殿には母がいる。

安威の子供たちは各々《おのおの》の乳母につれられて出てゆき、わたしは小浜と、わたしたち一家に与えられている離れへもどった。あわただしく旅装に着替えながらも、「逃げるのは嫌じゃ」と、わたしはいいつのった。母をおいて逃げるなどできない。

(稲田城から京へ落ちのびたのは前年の三月であったか。まだ一年と二か月しかたっていなかったというに、またもや逃げ出すことになるとは因果な話よのう)

——あの時点では、三好軍に急襲されて将軍御所で戦闘がはじまったということ以外、なにもわかりませんでした。ですから小浜もどうしたらよいかわからず……。

母と五左衛門を待つことにした。

屋敷の外は騒然としていた。がらがらと荷車の音が聞こえるのは、都人が家財を積み、我先に逃げようとしていたのだろう。

小浜と息をつめていると、母屋から知らせがとどいた。三好軍は兵の数およそ一万、四方の門をかためた上で御所内へ押し入り、そここで壮絶な戦いがくりひろげられているという。知らせを聞いて駆けつけた奉公衆も中へは入れず、門前で押し問答をくりかえすうちに斬り合いになり、命を落とした者も数多《あまた》いたらしい。安威家の人々は戦闘を止めて将軍一族を救い出すべく、内裏や有力公卿《くぎょう》の助力を得ようと駆けまわっていたようだが、御所に近づけないとあっては為《な》すすべがなかった。

しばらくして新たな知らせがとどいた。

——将軍義輝さまのご正室が、ご実家の近衛家へ送りとどけられたと……。

(近衛家といえば藤原北家《ふじわらほっけ》の嫡流、五摂家《ごせっけ》の筆頭だ。三好方も関白を怒らせて朝廷を敵にまわすのを恐れたのだろう)

——なればご生母の慶寿院さまも近衛家の姫、関白さまの御妹……慶寿院さまが逃れたのなら母も、と、藁をもすがるおもいだったのですが……。

(慶寿院はご自害された。ご自分だけ生き永らえるわけにはゆかぬとおもわれたか)

——ええ、そのとおりです。

(つまり、将軍も命を奪われた。それゆえ慶寿院も……)

——母の安否は、たずねることさえ恐ろしく……わたくしも小浜も凍りついていました。

戦闘は昼前に終わった。安威家の女人や子供たちはとうに所縁《ゆかり》の寺などへ避難していたが、わたしと小浜はどこへも行かず、離れの物陰に隠れて抱きあっていた。母をおいては行けないし、どこへ逃れればよいかもわからない。

(そなたらの判断は正しかった。五左衛門は帰ってきた)

織部がごくりと唾《つば》を呑む。呑んだような気がした。わたしはうなずく。

——ええ。なれど、あのときの五左衛門どののお顔といったら……わたくしは生涯忘れませぬ。二十代半ばのはずが若さは失せ、土気色の顔は眼窩《がんか》が落ちくぼんで眉間《みけん》には深いしわがきざまれておりました。しかも全身泥まみれで、袖は破れてぶら下がり、ところどころに血痕《けっこん》なのか、黒いしみがこびりついて……目にした瞬間、わたくしはデウスの家で見た人形をおもいだしました。

それは、十字架に磔にされたデウスの御子、殉教者の姿とそっくりだった。

五左衛門は両腕に布でくるまれた荷物をかかえていた。無言のまま小浜に抱きとらせる。布づつみの中でなにかがもぞもぞと動いていた。

——小浜の驚きようといったら……室町殿と呼ばれていた将軍義輝の御子だと聞かされ、それも先月、お生まれになったばかりの姫君だと……小浜もわたくしも、ただ絶句するよりありませんでした。

都中が混乱のきわみにあったのでなんとかここまで逃げおおせた。が、敵兵に見つかれば命を奪われるのは火を見るより明らかだったのだ。

(五左衛門どのは、御所にいたのだな)

——はい。このところ不穏な噂が聞こえていました。それで見張りを……。

三好方の動きを察知していたのは五左衛門だけではなかった。義輝自身も昨日、避難の意向を口にしていた。

今朝がた、五左衛門はどうにも気になって御所へ行ってみた。数年来、塀や門、土塁の修築がつづいていたため、人知れず忍びこむ方法を知っていたからだ。その恩恵をうけて、わたしも何度か母に会いにいっている。

「母さまはご無事かッ」

「なにゆえ、この御子を？」

小浜もわたしも母を待つといいはり、五左衛門にさらなる説明を求めた。

「ご無事にございます。赤子をつれては逃げられませぬ。それがしに託され、落ち合う場所を取り決めました」

のちに五左衛門はこのときのことをふりかえって、嘘をつくのは辛《つら》かった、切支丹としてあるまじき行いだった……と悔やんだ。けれどももちろん、あのときはそういうよりほかなかったのだ。でなければ、小浜もわたしもその場を一歩も動かなかったはずだから。

（永禄の政変は後々まで語り継がれた。三好と松永の軍勢が御所を急襲して将軍義輝と近臣を殺害した訳は、三好一族の手に余るようになった将軍義輝や寵姫《ちょうき》小侍従の父である進士晴舎《はるいえ》ら近臣を排除するためだった）

――母が不運だったのは、小侍従付きだったことと、出産後に退職を申し出ていたのに小侍従にひきとめられて御所を去るのが一日のばしになっていたことでした。

三好・松永軍の急襲で御所内は騒然となった。進士晴舎は切腹。慶寿院は自害。一万の兵が相手では勝ち目は皆無、義輝は近臣たちと別れの盃《さかずき》を交わした上で討って出ることにした。腕に覚えありといえども多勢に無勢、あっけなく討ちとられてしまった。

母は小侍従の身代わりになって母子《おやこ》を逃そうとした。が、見破られてその場で斬殺され、小侍従も捕らえられて、後日、四条河原《しじょうがわら》で斬首された。幾星霜《いくせいそう》を経ても、この日の出来事をおもうたびに胸がしめつけられる。騒動の最中、五左衛門が敵兵と斬りむすび御子をかかえて逃げのびたことだけが、唯一の光明だった。

もっとも、そうしたすべては後々わかったことだ。小浜や五左衛門と安威邸をあとにしたときは、御所でなにがあったか正確にはわからなかった。敬愛する母の死を目の当たりにして、まだ生温かな遺骸《いがい》をその場におきざりにして逃げることが、五左衛門にとってどれほどの苦しみだったか、想像することもできなかった。五左衛門はもう耶蘇教の熱心な信者で、シモンという洗礼名まで授かっていたが、もしまだ洗礼をうけていなかったら、母を庇《かば》って華々しく斬り死にをしていたにちがいない。

ところが目の前にややこがいた。室町殿の血をひく御子である。

それだけではない。もう一人、五左衛門には、己の命に代えても助けなければならない娘がいた。わたしだ。

夫と息子の安否が知れぬ状況下で、母は、娘の身をだれより案じていたにちがいない。たとえ口に出さなくても、母は五左衛門に全身全霊をこめて娘を託し、五左衛門は命懸けでそれをうけとめた。そしてそれこそが、五左衛門を生かし、驚くべき力を与えたのではないかとおもう。今は泣いているときではない。さあ、ゆくぞ——と。

――デウスの家へ逃げるのかとおもいました。でも五左衛門どのによると、武衛陣は上京と下京のあいだにあるので敵兵の群れを突破しなければならぬそうで……。

(ふむ。摂津も三好の勢力下にあった。安威や荒木や中川に助けを求めとうても、そこまで行く道で三好勢に捕らわれてしまう)

――ええ。それゆえ沢城を目指すことになったのです。沢城は大和国の宇陀にあります。父の弟の高山飛騨守があずかっている城です。

(しかし大和は松永久秀の領国で、久秀の息子のひきいる軍勢が三好軍と共に御所襲撃を謀ったとの噂が聞こえておったぞ。敵方のふところへとびこむことになる)

――五左衛門どのも危険は承知していたはずです。でも沢城は奈良の町や松永の居城の多聞山城から離れているので身を隠すには都合がよい、詮索《せんさく》を逃れるにもかえって目くらましになるのではないかと考えたのでしょう。それに、叔父《おじ》の飛騨守さまは熱心な切支丹で沢城には教会もあると聞こえていました。

出立前、母屋へ立ちよって残飯を漁《あさ》った。人けのない母屋の台所で、口に入るものならなんでも腹におさめ、背負い袋にもありったけをつめこんだ。

ややこのためには重湯《おもゆ》を竹筒につめた。道中で乳を恵んでくれる女を見つけるとしても、当座は重湯でしのぐしかなかった。実際、ややこさえいなければ、沢城まで逃げなくても上京で身をひそめていられたかもしれない。

「こうなったら命にかえてもお守りします。御方さまのおぼしめしにございますから」

小浜の涙声を、わたしは聞きとがめた。にわかに不安になって、五左衛門に今一度、母は無事かと問いただした。五左衛門は沢城へゆけばわかると答えた。
小浜はわたしに背中をむけていた。その背中がふるえていた。すでにこのとき、小浜は母の惨死を知らされていたにちがいない。

太陽が真上にあるうちに安威邸を出て、大和国宇陀の沢城へむかった。御所とは反対の北方へ歩き、今出川《いまでがわ》通りを東進して大原口《おおはらぐち》へ出た。鴨川《かもがわ》を渡って大原道を離れ、川沿いに南下、鴨川が西方へ離れていったのちも南へ歩を進めた。
遠まわりをして鴨川の東岸を下るという五左衛門の策は的を射ていた。五条《ごじょう》の橋をすぎたころからは宇治《うじ》や伏見へ逃げる都人が増えてきたものの、軍兵の姿はなく、川を越えた先で戦闘があったばかりとはおもえぬ平穏な道中だった。

――とはいえ、わたくしたちにとっては決して楽な道中ではありませんでした。いつなにが起こるか、ややこが泣くたびに周囲に目を走らせ、重湯を口にふくませたり襁褓《おしめ》をかえたり……五左衛門どのと小浜には気の休まる暇とてなかったはずです。
いつものことながら、織部へ語るわたしの口調は熱を帯びてくる。

山道を登りきって八科《やつしな》峠に出た。夕陽をうけて影絵と見まがう眼下の景色に眸を凝らし、わたしは五左衛門に沢城はいずこかとたずねた。山脈を越えた先だと聞いて、まだまだ先は長いとわたしはため息をついた。京から宇治までは、ややこをつれた女の足でも半日あれば足りるが、宇治から木津《きづ》、木津から宇陀の沢城までは、丸二日はかかると教えられた。

峠から坂道を下って六地蔵《ろくじぞう》、さらに南下すると宇治。宇治川に架かる橋を渡れば左手に平等院《びょうどういん》の鳥居が見えてくる。名だたる平等院には諸国から参拝客がやって来るので、周囲に旅籠《はたご》や物を売る店がひしめいていた。

五左衛門はここで一夜の宿を決め、宿の主に頼んで乳の出る女を探してもらった。なまじ知人にかくまってもらったり人目を避けたりすれば怪しまれる。出がけに傷の手当てをして着替えもすませたその姿は、女房子供をひきつれた旅の商人《あきんど》に見えなくもない。母とはどこで逢《あ》うのかと道中しつこく問いただすわたしに、五左衛門も小浜も辟易《へきえき》していたはずだが、幸いその夜は歩き疲れて、横になるや眠ってしまった。


翌朝の旅籠は御所襲撃の噂でもちきりだった。神も仏もあったものじゃない、というのが大方の感想で、だれもが三好や松永を悪鬼のごとくこきおろし、三十歳という若さで横死を遂げた将軍義輝を悼んで憐憫《れんびん》の涙を隠さなかった。

五左衛門は一睡もできなかったのか、昨日にもまして憔悴《しょうすい》した様子だった。食欲がないという五左衛門に無理に朝餉を食べさせようとした小浜も、やはり食事が喉をとおらなかった。ひと晩中泣いていたのか、目のまわりが真っ赤に腫《は》れあがっている。健やかな朝を迎えたのは、乳をたっぷり飲ませてもらったややこだけ。

宇治からは南西にひたすら歩き、南山城《みなみやましろ》の北西にひらけた平坦な道を進んだ。左折して左に山並みを眺めながらさらに南へ。小休止をしながらではあったが、半日以上、歩きとおしたあと、ようやく木津川が見えてきた。

渡船場から舟へ乗りこんだ。木津は「木の津」、奈良時代から木材の運搬など水運で栄えている。この日もにぎわっていたものの……。

「兵が行き来してなにやら物騒やで。また戦がはじまるんやないか」

船頭は都の騒乱をまだ知らないようだったが、京、奈良、大坂《おおさか》の分岐点である木津は様々な噂がとびかって騒然としていた。もっともこのとき、わたしに理解できたのは、こたびの騒動の首謀者の一人が松永久秀の息子で、久秀が大和国を掌握していること、将軍義輝の同母弟が奈良の興福寺《こうふくじ》で覚慶《かくけい》という僧になっているということだけ。五左衛門もその僧の安否が気になるようだったが、危急のときなので訊《き》いてまわることはできなかった。

奈良の都も活気にあふれていた。松永の軍兵に遭遇する危険があるため、町々をぬける際は生きた心地もしなかった。黙々と先を急ぐ。ややこがむずかって泣くたびに、小浜は重湯をあたえ、子守歌をうたってあやした。

――いつしかややこを小姫《おひめ》さまと呼ぶようになっていました。五左衛門どのも名を知らなかったからです。

(名は知れずとも由緒正しき姫だ。将軍義輝さまのお血をひいておられる……)

――ええ。なれど素性は明かせませぬ。たとえ沢城におられる高山飛騨守さまが切支丹で噂にたがわぬ人格者であられたとしても、沢城は松永久秀さまの多聞山城の支城、どこに敵と通じる者がひそんでいるか……。

その日は三輪山《みわやま》の山麓まで歩きとおし、旅籠はないものの旅人を泊めることもままあるという鄙びた茅葺《かやぶき》の家で宿を借り、そこで教えられた農家を訪ねて小姫に乳をもらった。

翌朝は曇天の川を右手に見ながら東進して長谷寺《はせでら》へ出た。参道には絵馬や数珠、草鞋や笠《かさ》を売る店に茶店も出ていて参拝客が行きかっていた。沢城下まであと三里ほどだと茶店の主に教えられて、このぶんなら日没までにはたどりつけそうだと、五左衛門と小浜はようやく安堵の色を浮かべた。

——肉刺《まめ》のできた足をなだめなだめ歩いていたわたくしも、少し元気が出て参りました。となればあと気にかかるのは母の安否。ところが何度話しかけても、五左衛門どのにはぐらかされ、小浜は目を合わせようともしませんでした。

長谷寺をすぎると化粧坂《けわいざか》という急坂で、話をする余裕はなくなった。その先もゆるやかな坂がえんえんとつづき、峠からは下りだ。上ったり下ったりしながら宇陀川へ出た。疲労困憊《こんぱい》してだれも口をきけず、ひたすら川に沿って西へ歩いた。芳野川《ほうのがわ》と合流してからは周囲の山並みや大小の集落を眺めながら次の集落を目指して南へむかう。

大貝《おおがい》集落の左の山が伊那佐山《いなさやま》で、その山の尾根のどこかに沢城があると聞いて、わたしはおもわず歓声をあげそうになった。

かつての城主は沢氏で、その重臣の大貝氏がここに居館を設けた。城へ登る道はあるものの搦《から》め手道だというので、さらに南へ進み、大手道がある沢城下へ入った。こちらは小体ながら、町家、寺社、武家屋敷に馬場まである立派な城下町だった。

稲田城は戦のための平城で、城下町といえるほどのものはなかった。沢城は安威城のように山頂に戦のための砦、山麓には居館と、かつては分かれていたらしいが、このころは山頂に本《ほん》丸《まる》や二の丸、出丸《でまる》などを設けて高山飛驒守と家族が共に暮らしていると、五左衛門は城下町で聞きこんできた。

馬場のかたわらから、城下を流れる川をさかのぼるかたちで大手道がつづいていた。大手道へ足をふみいれたとたん、槍を手にした番兵に行く手をさえぎられた。だが五左衛門が城主の姪御《めいご》の仙姫をつれてきたと伝えると、番兵はわたしたちを大手口の番小屋へ案内して、そこで待つよう命じた。山頂の本丸へ伝令を送ってたしかめようというのだ。兵が大勢いて物々しい雰囲気なので、都の騒動が早くも伝わって皆ぴりぴりしているのかとおもったが、そうではなく、旧城主・沢氏の一党が逆襲にくるとの噂が流れていたためだった。

長々と待たされた。あたりはとっぷり日が暮れて腹の虫が鳴きだしたころ、ようやく高山家の家臣が迎えにきた。叔父は姪の名を聞いていたそうで、歓迎の意を示しているとやら。

山頂へむけて出立した。急勾配《きゅうこうばい》ではないものの、道が狭くて歩きづらかったが、わたしのために用意された山駕籠に小浜と小姫を乗せて、わたしは五左衛門と共に松明《たいまつ》に明々と照らされた山道を、郎党たちにかこまれて登った。

沢城は稲田城よりはるかに豪壮だった。大手門から上る道は空堀を越えて二の丸へつづいていた。それより一段高い山頂に本丸、土塁をへだてた北東の一段低い台地に出丸がおかれ、二重の空堀のさらにむこうには米山城《よねやま》と呼ばれる館が築かれていた。

——といっても、このときは暗闇の山道、息もたえだえで、わたくしは遅れないように歩くのが精一杯でした。はるばるここまでたどりついたのに、弱音を吐くことだけはしたくない。初対面の叔父上から「さすがは兄の娘……」と褒められとうて……。

（おう、それでこそ我が妻、仙姫じゃ）

織部は勝ち気で負けず嫌いのわたしを知っている。決して弱音を吐かないことも。

——いったいどこまで登るのかとうんざりしたときです。前を歩いていた五左衛門が「あれはッ」と驚きの声をあげました。前方の高みへ目をやると、大柄な男が満面に笑みをたたえて両腕を広げておりました。

（高山飛騨守か。わしも存じておるぞ。おもいこんだら一歩も退かぬ頑固なところはあるが、熱血漢で心根の温かい、稀《まれ》に見る傑物だった）

——そのとおりです。それになにより、熱心な切支丹で……。初対面のそのとき、叔父上は真っ先にいいました。「わしはダリオじゃ。ダリオと呼んでくれ」……と。

永禄八年五月、十二歳の夏、わたしの身にふりかかった都の騒乱と沢城での夢のごとき数か月については、後年、夫の織部に何度、語り聞かせたかわからない。

織部はこのころ、織田方の属将となった伯父と共に美濃にはりついていた。織田信長が美濃攻めに本腰を入れはじめたからだ。もしそれまでのように京にいる実父のもとで細川家の使い番などしていたら、三好・松永軍による将軍義輝襲撃の騒動にも大なり小なり巻きこまれていたにちがいない。

——ご運がようございましたね、美濃におられて。

（なにをいうか。未曾有《みぞう》の大事に立ち会えなかったのだ、一生の不覚よ）

——だとしても、いいかげん聞き飽きておられるのではありませんか。

（いや、われらにとっては、なにより大事な話だ。そなたの母者に託されて、安威五左衛門が将軍家の姫さまのお命を救うた。小姫さまとそなたは、高山ダリオさまの庇護《ひご》のもと命を永らえ、後年、我が古田とそなたの中川が……）

——先走りすぎです。お聞きになるおつもりなら、順を追ってお話しさせてください。

（わかったわかった。が、その前に、そなたが知らなんだことも話しておかねばの）

——小姫さまの母さまのことは聞きとうありませぬ。あまりにむごたらしゅうて。

（戦とはそういうものだ。妊婦も赤子も戦場では虫けら同然）

——それゆえ小侍従さまは、ご最期のそのときまでご出産したことを隠しとおしたのでしょう。懐妊はもう知られていましたから、身ごもっている女人を斬首したとの噂がひろまり、都人はふるえあがって、三好と松永への怨嗟《えんさ》の声が一気に高まりました。

（しかしそのおかげで、尊い血が絶えずにすんだ）

——小侍従さまが御自らの命とひきかえに守られたお命、ゆめゆめ粗略にはできませぬ。

（沢城の者たちは小姫さまの素性を存じておったのか。ダリオさまは？）

――いいえ。城にいるあいだ、隠しとおしました。気づいていたお人がいたかどうか、そこまでは断言できませんが……。

将軍義輝が弑逆《しいぎゃく》された日に京から逃れたわたしは、合戦の経過を知らなかった。奉公衆の中には将軍を守って戦闘で死んだ者も数多いて、安威家からも戦死者が出たとこれはのちに聞いたが、当時は五左衛門以外の安威の人々が避難した場所もわからず、状況はつかめなかった。

こうしたことについては織部のほうが詳しい。なぜなら都の騒乱は、いち早く織田信長の耳にとどけられたからだ。

(松永弾正《だんじょう》めは、興福寺で僧侶《そうりょ》となっておられた室町殿の弟君を幽閉しおった)

――奈良の興福寺ですね。そばをとおったときはまだ幽閉の話は聞こえませんでした。

(不幸中の幸いだったのう。数日遅かったら行く手を阻まれておったやもしれぬ)

――出家されていた弟さままで、なぜ幽閉されてしまったのですか。

(還俗《げんぞく》させて亡き兄君の後継に……と担ぎだす者が出るのを恐れたのだ)

三好・松永軍が武衛陣を急襲したのは、現将軍を排除して自分たちが意のままにあやつれる新将軍を立てるためだった。弟に出て来られては厄介だったのだ。

――お命を奪われなかっただけでもようございました。

(いや、三好と松永は、手ぬるかったと地団太《じだんだ》をふんだはずだ)

幽閉されていた義輝の弟の覚慶は、救出されて還俗、和田《わだ》氏や朝倉《あさくら》氏に庇護され、やがて信長と手を結んで将軍職を奪還することになる。が、これは後年の話だ。

――そのお膳立《ぜんだ》てをされたのが、あなたが敬愛する細川藤孝さまでしたね。

（いかにも。大したご仁よ、細川さまは）

――同じ大和国でさようなことが起きているとはつゆ知らず……わたくしは沢城で、今おもいだしても現《うつつ》とはおもえぬような日々をすごしておりました。むろんダリオ叔父さまのもとには知らせが入っていたのでしょう。叔父さまは、松永さまのなさりようにひどく腹を立てておられましたから。

（そうじゃ、沢城の話を聞かせてくれ）

――もう何度もお話ししましたよ。

（よいではないか。胸が躍るわ。宇陀の山頂にさような城があったとはのう）

――ええ、本丸の曲輪《くるわ》にあったあの教会は、夢のようで、この世のものとはおもえませんでした……。


沢城の教会の礼拝堂。

高窓から朝の光がさしこんでいた。床や壁や天井、祭壇まですべてが杉材でつくられているので木の香が清々《すがすが》しく感じられた。下京のデウスの家で見たような色とりどりに煌めく窓こそなかったが、それ以外はよく似ていて、祭壇には燭台と十字架がおかれていた。ただし、そこに掲げられている絵は初めて目にするものだった。

あの日、祭壇の前にぬかずいて、わたしは泣いていた。ひざまずいて首をたれることと、両手の指をからめあわせること、祈りを終えたら「アーメン」とデウスを讃える言葉を唱えること。これらは礼拝の作法だそうで、五左衛門から教えられた。このときのわたしの姿は、背後から見れば、熱心に祈りを捧《ささ》げているようにおもわれたかもしれない。

「その絵、なんだか知ってるか」

背後で声がした。男の声のようだが、それにしては甲高く聞こえた。

不意を衝《つ》かれたわたしは、驚いて涙をぬぐった。泣き顔を見られるのが恥ずかしくてふりむかずにいると、声の主はわたしのかたわらまで近づいてきた。

わたしよりふたつみっつ年長――あとで知ったところによればこのとき十四歳――の、やせっぽちの少年だった。少年は興味津々といった目でわたしを見つめていた。

「キリストがよみがえったときの絵だよ」

わたしはくしゃみをこらえ、洟《はな》をすすった。驚いたり緊張したりした拍子にくしゃみが出るのは、歳をとった今も変わらない。

「よみがえるって?」

妙な絵だとおもった。ふしぎな色合いの古ぼけた絵で、画面の大半は紅の焔《ほのお》のようなもので占められていた。その中で白い衣をまとって青い領巾《ひれ》を体にまきつけた男が両腕をひろげている。長髪に髭面だがやさしいまなざしをした男だ。絵の下方には赤や青の衣をまとった人々が群れていて、両手を合わせ、感無量といった面持ちで男を仰ぎ見ていた。

少年は祭壇へ歩みよって、白い衣の男を指さした。しなやかな、かたちのよい指で。

「この御方がデウスさまの御子のキリストだよ。悪いやつらに捕まって磔にされたんだ。だけど死んで葬られたあと、三日目によみがえった」

デウスの家で聞いたような……きょとんとしていると、少年はじれて足をふみならした。

「よみがえるっていうのは、死人がもう一度、息を吹きかえすってことだ」

「生きかえるッ、死んだ人が？」

突然、大きな声を出したので、少年は一、二歩あとずさりをした。

「どうしたら生きかえるの？」

「死人といったのはまちがいだ。おれはデウスさまの御子のことをいったんだ」

失望と同時にまた涙がこみあげてきた。少年はあわてていい足した。

「そうともいえない。人もよみがえるけど、それはずっとあとのことで、この絵とはちがう」

「あとのことって、いつ？」

「最後の審判が下されるとき」

「シンパンって？」

「この世の終わりってことだ。そのときがきたら、死んだ者たちも眠りから目覚めて、善行をしたかしないか調べられる。で、永遠の命を得た者はパライソにゆき、そうでない者はインヘルノへ墜《お》とされる。つまり極楽と地獄ってことだろうな」

「ならばそのとき、わたしも、死んだ人と逢えるの？」

「たぶん、うん、そうじゃないか」

「それなら、母さまは、いなくなってしまったわけじゃない。どこかでシンパンのときを待ってる、ってことね。眠ってるの？」

少年はわたしを見つめ、自らを納得させるようにうなずいた。

「やっぱり。そうじゃないかとおもった。父上が話してた、都から母を亡くした子が逃げてきたって。その子は父上の姪だといってたから、おれの従妹《いとこ》でもある」

わたしも少年の目を見かえした。高山ダリオには子供がいた。少年はその一人か。

「おれは彦五郎《ひこごろう》。けど、いまはジュスト。イルマンから洗礼をさずかったんだ」

主君の松永久秀に命じられて奈良でパードレを接待した際、叔父はヴィレラから洗礼をさずかり、ダリオとなって沢城へ帰った。そののち、堺《さかい》からイルマンのロレンソを招いて、家族や城の者たちに洗礼をうけさせた。これは後年に得た知識だが、彦五郎もそのときに切支丹になったのだろう。

名を訊かれて、わたしは「仙」と答えた。

「中川へ婿入りした伯父貴の娘だな。会ったことはないが、話は聞いてる。奉公衆に顔が利くそうだから、おれも都へ行って伯父貴を頼ろうとおもってたんだ。だけどこんなことに……」

ダリオ叔父はパードレや都の切支丹のことを案じていた。

将軍義輝は切支丹に布教の許可を与えた。だからこそデウスの家も安泰で、武将や公家のあいだにも信仰が広まったのだ。義輝が排除されれば、耶蘇教もどうなるか。新たに権力をにぎった者は、とかく旧《ふる》い秩序をひっくりかえしたがるものである。

もっとも、そのときのわたしはそんなことにまで頭がまわらなかった。なぜなら沢城へ到着した夜、五左衛門から母の非業の死を知らされたからだ。嘘をついていることにたえられなくなった五左衛門は、床に額をすりつけて詫《わ》び、代われるものなら母上さまと代わりたかったと肩をふるわせた。

母ともう逢えない……わたしにはとうてい受け入れがたい事実だったが——。

「ご両親を喪《うしの》うたのは小姫さまも同じにございます。母上さまの生まれ変わりとおもうて、小姫さまをお育ていたしましょう」

五左衛門ばかりか小浜にも諭《さと》され、わたしはなんとか眠れぬ一夜をやりすごした。

ジュスト少年もわたしの母の悲劇を教えられていた。泣きはらした顔を見て、わたしがだれか気づいた。けれど、そのことにはふれなかった。下手なぐさめは傷口に塩を塗るだけだとわかっていたのだろう。

そのかわり、ジュスト少年は、半月ほど前にパードレが城を訪れたときの話をした。しかもそれがあの、デウスの家で会ったアルメイダで、イルマンのロレンソもいっしょだったと聞いて、わたしは奇縁に胸を高鳴らせた。感激のあまり、泣き顔を見られたくないとおもっていたことなど、もう忘れていた。ジュスト少年が城主の息子だということも。実際、城主の息子がこんなふうに供もつれずにひょこひょこやってきて、まるで幼馴染《おさななじみ》と出会ったかのように親しげに話しかけてくるなど本来あり得ないのだが、わたしはそれをふしぎともおもわなかった。

ついてこいといわれて、ついてゆく。断る理由はなかった。

教会は山頂に築かれた本丸内に建てられていた。建物自体は小さいが、礼拝堂と、聖杯などをしまう聖器所の他に、宣教師が宿泊するための小部屋がずらりと並んでいた。そのひとつひとつに木製の寝台がおかれていた。

ジュスト少年がわたしをつれていったのは、教会の一番奥にある、小部屋をふたつみっつ合わせたほどの広さの部屋だった。そこには数人の子供たちがいた。ジュスト少年のように茶筅髷に裁っ着け袴の子供もいれば、唐輪《からわ》や兀僧頭《がっそう》の男児、垂れ髪に小袖姿の女児もいる。子供たちにかこまれているのは初老の男で、床にあぐらをかき、身ぶり手ぶりをつけて話に興じていた。

「城主のドン・フランシスコさまだ」

ジュスト少年の言葉にわたしは首をかしげた。城主はダリオ叔父だとおもっていたからだ。ところがドン・フランシスコも〈城主〉と呼ばれていた。

実は洗礼名ドン・フランシスコの本名は沢守明で、沢城の城主だった。松永久秀が高山飛驒守を沢城へ送りこんだとき、沢城は内輪もめの最中で、沢城主は遠縁にあたるダリオ叔父と手を組み、反対派を伊賀国《いがのくに》へ追い出してダリオ叔父に城主の地位をゆずった。叔父は公には城主としてふるまいながら、城内では旧城主に敬意を表し、その意見を尊重していたのだった。

この一事をみてもダリオ叔父の人柄がわかる。だからこそ叔父につづけとばかり、洗礼をうける者が続出したのだろう。旧城主も率先して入信、ロレンソからドン・フランシスコという洗礼名をさずかったそうで、今や伝道者の役まで買って出ているとか。

「ドン・フランシスコさま。ご紹介します。従妹の仙姫。中川の伯父貴と安威の姫の娘にて、昨夜、都から逃げて参りました」

ジュスト少年はわたしを前へ押し出した。

「ほう、安威の姫さまの娘御か。評判の姫じゃったが、気の毒なことをしたのう」

ドン・フランシスコは武骨な手をわたしの頭においた。立ちあがれば、ダリオ叔父に勝るとも劣らぬ体格のようだった。がっしりとして肩幅もあり、威厳のかたまりといった男だが、顔には無数のしわがきざまれ、うなじでくくった総髪も髭も真っ白だった。

「仙姫と申したの。母者の死をむだにしてはならぬぞ。デウスさまの教えを学び、この大いなる試練に打ち勝つことが肝要じゃ」

　まわりの子供たちもだまってドン・フランシスコを見つめていた。まだ幼くてなにもわからないはずの童子でさえ、目を煌めかせて老城主を見上げていた。

「仙姫、いや、待てよ……わしが洗礼名をさずけるわけにもゆかぬが……ま、よかろう、おまえさんは今日よりセンシアじゃ」

　わたしは驚いた。それはそうだろう。初対面の男から突然、名前をさずかったのだから。しかも、これまで耳にしたことのない響きの……。

　子供たちは驚かなかった。センシア、センシア……とうれしそうにつぶやく。

「よいかセンシア、おまえさんは新たな名を得てよみがえったのじゃ。それゆえもう泣いてはならぬ。アニマは不滅。つまり体は無《の》うなっても魂は死なぬ。いつか、おまえさんも母者も、神の国で永遠の命を得るだろう」

　ドン・フランシスコは頭におかれた手を動かし、わたしの頬にふれた。大きな温かい手につつまれ、思慮深い眸でじっと見つめられると、父に抱かれているような安らぎが満ちてくる。老城主のことばは十二の娘の理解を超えていた。にもかかわらず、わたしは深くうなずいた。最愛の母と死別し、父や弟とも生き別れになってしまった今、魂があるということ、よみがえるということは、なににもまさる救いにおもえた。その言葉だけで、少なくとも今しばらくは生きていけそうだ。

「さて、では話のつづきをしようかの」

ドン・フランシスコはジュスト少年を手招いた。ペドロ、ミゲル、パウロ、サラ、リベカ、ダシ……洗礼名をもつ子供たちは、喜んでわたしと少年を輪の中へ迎え入れた。

朝の光がさしこむ教会には、つかのまではあっても、平和と安らぎが満ちていた。


わたしが沢城の話をしているとき、織部はほとんど口をはさまない。はさむ余裕がないほどによどみなく語りつづけているためもあるが、織部にいわせれば、眸が輝き微笑がこぼれて、わたしがえもいわれぬ幸せそうな顔をするので、その顔に見惚《みと》れてしまい、ことばを忘れてしまうのだとか。

――わずか半年でした、沢城へ逃げこんでから城を出るまで。だからかもしれませぬ。なにもかもが夢幻のようにおもえて……。

(だれにもそういう思い出があるものだ。あらゆるものが浄化されて、晩年おもいおこすたびに、美しいものや愉快なことだけが浮かんでくる)

織部のいうとおりだろう。


この間、わたしはドン・フランシスコや五左衛門、その他、城内の人々からキリストの教えを伝授された。とりわけジュスト少年の信仰には大いに影響をうけた。

これはわたしだけではなかった。あれほど阿弥陀如来《あみだにょらい》ひとすじだった小浜までが、いつのまにか数珠をロザリオに替え、朝夕、礼拝にくわわるようになっていた。耶蘇教に十戒という教えがあり、〈汝《なんじ》、殺すなかれ〉と説いていることに、小浜は感銘をうけたようだった。寺内町に生まれ、一向宗徒への過酷な弾圧の話を聞いて育った女にとって、それこそが切実なおもいだったにちがいない。

わたしには異国の宗教の善し悪しはかれないものの、わたしの父、中川重清の生き方は、無益な殺戮を回避しようとするものだった。そして亡き母は、父のそこに惚れこんだ。

――ドン・フランシスコさまによれば、デウスの国は西方浄土のようなものだそうです。ただし念仏さえ唱えればだれでもそこへ行けるのではなく、この世で善行を積まなければならないそうで……。

(そいつはむずかしい。戦乱の世では、だれ一人、極楽浄土へは行けなくなってしまうぞ)

――なればこそ沢城が極楽浄土におもえたのでしょうね。ジュストさまによれば、極楽浄土とは耶蘇教の神の国で、〈パライソ〉というのだそうです。

(高山父子《おやこ》は後年、摂津国高槻《たかつき》にパライソを創ろうとした)

――ええ。志は半ばで潰《つい》えてしまいましたが……。

織部とわたしは申し合わせたようにため息をつく。

ダリオ叔父と右近《うこん》ジュストの志が頓挫《とんざ》したのはむろん戦のせいだが、わたしたちが半年ほどで沢城を退去しなければならなくなったのも、やはり戦のせいだった。子供たちは気づかなかったが、下界では早くも次なる戦が始まろうとしており、沢城にも戦火が忍びよっていた。今度はだれとだれの戦か。共に手を携えて御所を襲撃、将軍義輝を弑逆してのけた三好三人衆と松永の戦である。そう。権力や富を簒奪した者たちは、そのあとで決まって内輪もめを起こすものらしい。

秋も深まったある午後、わたしは少女たちと聖器所に集まって聖杯を磨いていた。ここでは城主の子供もわけへだてなく仕事をするよう命じられていて、安威家の子供たちと共に学んでいたときとちがって、手を動かしながら気ままにおしゃべりをすることも許されていた。

一歳の小姫も、輪の中にくわわっていた。

——年長の娘もおりました。ダリオ叔父の長女で、ジュスト少年の姉のネリヤです。年齢は十七。母マリアゆずりのふっくらした頰と豊かな髪の姫さまでした。

（甲賀《こうが》の和田家へ嫁いだ姫君か。夫となった和田惟政《これまさ》さまは織田さまにひきたてられて、のちに高槻城主となり、摂津守護職や京都代官をも兼任された）

——はい。当時は三十代の半ばでした。早世した前妻とのあいだにできた十代半ばの嫡子がいらしたそうですが、京のデウスの家でたびたび出会い、時を忘れて語り合うほど意気投合したダリオ叔父は、娘を継室として嫁がせる約束をしていました。

ところがこの話は当時、まだ実現していなかった。なぜなら和田家が臣下の礼をとる六角《ろっかく》氏と、ダリオ叔父の主君の松永久秀がいがみあっていたからだ。久秀の手前、慎重にふるまってはいても、胸中ではもう、叔父は久秀を見限っていたようだ。

実際、ダリオ叔父は都の騒動にひどく腹を立てていた。将軍を弑逆するなどもっての外、その上、襲撃したのは久秀の息子だったとはいえ、事後、入京した久秀は耶蘇教の布教を禁じて宣教師を追放、パードレやイルマンは堺へ逃亡した。それが許せなかった。

一方、奈良の興福寺に幽閉されていた将軍義輝の弟の覚慶も、七月の下旬に逃亡した。覚慶を救いだし、伊賀越えをさせて甲賀の自らの居館にかくまったのは、和田惟政だった。救出の計画を練った中心人物は細川藤孝で、これには伊賀や甲賀の土豪や奉公衆も助勢している。ダリオ叔父も力を貸した。細川と和田のあいだをとりもち、密《ひそ》かに松永軍の動きを知らせて、久秀に知られぬよう道中の警固もつとめたのだった。


――こうしたことはずっとあとになってわかったのですが、わたくしたちが教会で和やかな日々をすごしているころ、ダリオ叔父は松永か和田かの選択を迫られていたのです。

(そのあたりのことなら、わしも存じておるぞ。というより、このころのわしは織田家ばかりでなく細川家のためにも働いておったからの)

――ダリオ叔父は、松永方と決別して和田につく道を選びました。もっとも、それが城を出る直接の原因だったかどうかはわかりませぬ。伊賀へ追い払った沢氏の一党など、沢城は数々の外憂を抱えておりましたから。


十一月も終わろうかという、凍りつくような真冬の朝だった。

ダリオ叔父は家臣たちを集め、城を出るゆえ仕度をせよと命じた。わたしと小浜は五左衛門からその下知《げち》を伝えられた。

沢城の教会にはコンスタンチーノと名乗る堂主がいた。猫背で猫のように歩き、小さな顔は白い髭におおわれて、めったに口を利かぬ影のごとき老人で、わたしもこのときまで挨拶しかしたことがなかった。

城を出ると決まった前夜、夕拝を終えたわたしに老人が手招きをした。

――アンジョさまのお守りに……と、白と黒の石に紐をとおして十字架をあしらったロザリオをいただきました。

（アンジョ？）

――天使、神の使いのことだそうです。小姫さまをアンジョだと……。

わたしは驚いた。皆に〈安威家ゆかりの孤児《みなしご》〉といいつくろっている小姫に、堂主がなぜアンジョと呼んでロザリオを贈ったのか。それも、城を去ることになった、まさにその夕に。

コンスタンチーノは意味ありげに目くばせをしただけで、訳を話さなかった。

翌朝、城を出るとき、コンスタンチーノの姿はなかった。のちに風の便りで聞いたところによれば、尾張国へ帰郷して、余生を耶蘇教の伝道にささげたそうだ。

沢城にいた家臣や家族など三百人ほどの大半がダリオ叔父にしたがい、摂津国高山庄へ移住することになった。高山に城はないが、一族が代官屋敷で留守をまもっている。かつては一向宗の俗道場もあったそうで、何人でも暮らせるゆえ心配はいらぬとダリオ叔父は豪語した。

叔父は郷里の一向宗徒を改宗させて教会を建て、パライソをつくるつもりでいたようだ。このころ、あのデウスの家で会ったことのあるアンリケこと結城進斎と息子のアンタン左衛門《さえもんの》尉《じょう》は、居城の飯盛山《いいもりやま》城へ宣教師を招き、河内国で布教活動に邁進《まいしん》していた。叔父も遅れまいと発奮していたのだ。

沢城から木津までは、半年前にわたしたちが逃げてきた道を反対方向へ進んだ。木津からは西進、いくつもの道をとおり、山間《やまあい》や峡谷をぬけてほぼ二日、枚方《ひらかた》へ出た。寺内町でもあり、交通の要衝でもある枚方宿からは、渡し舟で淀川を渡る。対岸の宿へ出て茨木道を西へゆき、茨木、さらに安威の先が、高山である。

安威城が見えた。安威と高山はいくらも離れていない。


——今度こそ安住の地となりますように……と、心から願いました。

(うむ。長い、辛い旅であったのう。よう生きのびてくれた)

何度聞いても、織部のそのことばはわたしの胸を熱くする。

稲田城からはじまった逃亡の旅は、ようやく終わりを迎えようとしていた。

第三章

永禄八年十一月、大和国宇陀の沢城をあとにしたとき十二歳だったわたしは、十六歳の年の瀬までの丸四年間を摂津国の安威城ですごした。父の動向は依然不明で、弟新兵衛はまだ荒木家で養われていたが、異母兄の中川清秀の力が増したこのころはもう質ではなく、池田の家臣の一人として重用されていた。

わたしは、といえば、小浜と共に小姫を養育するかたわら、高山庄の礼拝堂へ足しげく通って耶蘇教の教えを学んでいた。兄の妻子がわたしを歓迎してくれるようになっていたので、中河原の中川家へも愛馬を駈ってたびたび訪れた。

わたしにとっては平穏な時代だったが、兄や高山父子はもとより争い事の苦手な安威五左衛門でさえもが、しょっちゅう戦にかりだされていた。

とりわけこの前年、織田信長は弑逆された将軍義輝の弟の覚慶、還俗後の義昭《よしあき》を担いで上洛、将軍宣下にこぎつけた。そのため、宿敵の三好三人衆をはじめ行く手を阻む六角氏や池田氏などと、この摂津でも戦闘がくりひろげられた。

——それにしても、戦の噂を聞かぬ日はありませんでしたね。

ため息まじりにいうと、織部もすぐさま同意を示した。

（わしも戦場を駆けまわっておったぞ。それゆえ、さような最中にそなたを妻に……といわれても、屋敷をかまえる暇もなかったわ）

——それで兄が、しばらくは中川館の敷地へ離れを建てて住むように、と。

（うむ。そなたの兄者は織田さまの関心を一身にあびておったからの。脅威でもあり羨望《せんぼう》でもあって、なんとしても身方にひきこもうとしておったのだ）

——このときの兄は池田さまより早《はよ》う、織田方に与《くみ》することに決めましたよ。

（それを知って小躍りしつつ、疑り深い織田さまは、罠《わな》ではないかと不安になられたのだ。そなたが兄者の屋敷におれば、わしは苦も無く中川を探れる）

——わたくしを妻になさったのは兄を見張るためだったのですね。あのときのわたくしはそんなこととは露知らず……。

この話はこれが最初ではない。それでも織部は当惑したようにこほんと空咳《からせき》をする。

（織田さまより半ば強引に勧められた婚姻だった。いたしかたあるまい。さればこそ、祝言の前に安威城までそなたに逢いにいったのよ）

城門の前の坂道で初めて逢ったときのことだ。

——いかがでしたか、逢《お》うてみて……。

（それこそ何度もいうたぞ。胸の内で織田さまに手を合わせた。願《ねご》うてもない嫁御じゃ、わしはなんという幸運を引き当てたか、と）

——相変わらずお上手ですこと。ダリオ叔父から聞いたところによれば、あなたはあの日高山庄にも足をのばして、従兄とわたくしの仲をあれこれたずねたそうですね。

（それは……そなたに想う男子がおるなら無理強いはすまいと……）


当節、惚れ合って夫婦《めおと》になるなどめったにないことだ。男なら略奪もできようが、女はそうはいかない。たとえ気に染まぬ夫でも心を殺して仕えるしかなかった。だが、織部は断じてそれは嫌だという。茶器や茶道具同様、織部の理屈は明快で、好きなものしかそばにおきたくない、と。好きなものとは、すなわち、自分を好きになってくれるものでもあった。

わたしは気にもかけなかったが、たしかにこのころ、中川の仙姫と高山の右近との仲を取り沙汰するような噂がひろまっていた。小浜も二人が夫婦になると信じていたという。わたしは高山庄の礼拝堂へしばしば出かけていたから、そうおもわれてもむりはなかった。

実際のところは、ジュスト右近は高山庄にはいなかった。

ダリオ叔父は、沢城から高山庄へ逃れたあと、娘のネリヤを和田惟政に嫁がせ、その配下となった。この前年に織田信長が義昭を担いで上洛をした際、摂津国の城を次々に攻略、芥川城にいた三好氏を追放してこの城へ入った。義昭は大人気で、摂津や河内の国人衆が続々とおしかけ、まさにお祭り騒ぎだったとか。

それはともあれ、信長は和田惟政に芥川城を与え、有力な国人である池田氏や伊丹氏と共に摂津国を治めるよう命じた。さらなる合戦でも手柄をたてた惟政は高槻城も与えられたため、芥川城のほうは、ダリオ叔父があずかることになった。つまり城将である。すでに初陣を果たしていたジュスト右近も、当時は芥川城で父の補佐をしていた。

そんなわけで、沢城退去以来めったに会うことはなかったが、兄から織部と夫婦になるよう命じられたあと、わたしは一度だけ、芥川城へ従兄に会いにいった。

安威城から芥川城へ行くには、西国道を東へ一里ほど馬で駈け、芥川宿へ出る。芥川宿は繁華な城下町で、城は芥川にそって山間の道を北へ上った山頂にあった。

ジュスト右近は、城の奥庭で郎党相手に剣術の稽古《けいこ》をしていた。四年前より背が伸び、筋肉質の四肢はたくましくなっていたが、肌の白さは変わらない。諸肌《もろはだ》脱ぎであらわになった胸が頰と同様に紅潮して、大粒の汗が光っていた。

愛馬を駈ってきたわたしも汗ばんでいた。懐紙で額や首筋の汗をぬぐいながら稽古を眺めていると、右近はわたしに気づき、郎党たちに退《さが》るよう命じた。

わたしたちは沢城でよくそうしていたように、庭石に並んで腰をかけた。

真っ先に嫁ぎ先が決まったことを告げるつもりでいた。それなのにわたしの口から出たのはまったくちがう話題だった。

「ここへ来る途中で叔父上とすれちがいました。叔父上は物々しい戦支度でしたよ。汝、殺すなかれと教えられたはずなのに……戦《たたこ》うてもよいのですか。敵の首を刎《は》ねても？」

右近は平然と答えた。

「異国には十字軍なるものがあって、異教徒と戦ったそうだ。信仰をひろめる戦いは聖なる戦い、デウスさまもお許しくださる」

「だったら、織田さまや和田さまがなさる戦も、聖なる戦いなのですか」

右近は眉をひそめた。

「そんなことは知らんが、おれは城持ち大名になってデウスさまの国をつくる。そのために戦うのだから聖なる戦いだ」

わたしは違和感を覚えた。これはよくあることで、わかっていながら、右近の顔を見るとつい問いただしたくなってしまう。沢城では水を得た魚のごとく鱗《うろこ》を煌めかせて泳ぎまわっているかに見えた右近が、俗世では、あまりにも生真面目で一途《いちず》なせいか、ひとりだけ浮き上がっているように見えたからかもしれない。

「兄から、嫁げといわれました」

右近ははじかれたようにわたしを見た。十二で出会ったときから、わたしが歳をとっていないとでもおもっていたのか。そんな顔だった。

「へえ、おまえが、嫁に、ゆくのか」

わずかに苛立ちの感じられる声で、「相手はどこのどいつだ?」と訊いてきた。古田重然という武士だと答えると、「知らぬな」といって首をかしげ、わたしの顔へむけていた目を足元へ落とした。地面を睨みつけている。

「おまえは、良いのか」

「良いも悪いも……織田の殿さまのおはからいゆえ逆らえぬと兄上が……」

右近はなにもいわなかった。

わたしはふいに目の奥が熱くなった。洟をすすって初秋の空を見上げた。

どのくらいそうしていたか。帰りますと腰を上げたが、右近は微動だにしなかった。

法師蟬の声が姦《かしま》しいなか、立ち去ろうとすると、右近が「センシア……」と呼び止めた。

「祈りを忘れるな」

たったそれだけ。それも厳格な声音で。

落胆して帰路についた。とはいえ、なんといってほしかったのかと問われても、わたしには答えられなかっただろう。信仰ひと筋の右近になにを期待していたのかもわからない。

この日のことを、わたしは織部に話さなかった。


婚約が成立したので、わたしの周辺もにわかに忙しくなった。

わたしはまず、京にいる五左衛門に文を認《したた》めた。五左衛門は温厚な人柄もさることながら諸芸諸学問に秀でているので、将軍からも重宝がられ、当時は京を離れられずにいた。将軍に仕える細川藤孝はもとより、京の守護職となった明智光秀《あけちみつひで》や木下藤吉郎《きのしたとうきちろう》といった織田信長の側近からも重用されていたそうだ。

五左衛門は手放しで喜んでくれた。その五左衛門によれば、わたしの許婚の古田重然は闊達自在な人で、交友関係が広く、だれからも好印象をもたれているが、かといって媚《こび》やへつらいは大嫌いで、ひょうひょうとしてとらえどころがない。いつぞやわたしの兄の中川清秀と共に、古田の屋敷で実父から茶の湯を学んだおり、立派な奉公衆にならんと熱心に励む兄のかたわらで、「茶の湯など退屈だ」とうそぶいて中座してしまった。が、そうした安易に迎合しないところも見どころがあるという。

一方、小浜は不服そうだった。小浜は当時、もう熱心な切支丹になっていて、わたしがジュスト右近と結ばれることを願っていた。もちろん、兄清秀が決めたことなので、面と向かって異議を唱えるわけにはいかない。

問題は小姫だった。小姫は可愛いさかりで、わたしを姉、小浜を母のように慕っていた。わたしが嫁いでしまえば、亡母が敵兵から命懸けで守ろうとした由緒ある姫君を、いったいだれが養育するのか。

心配には及ばなかった。五左衛門をはじめ安威家の人々が、安威家の姫として大切に養育すると約束をしてくれた。安威家は奉公衆を輩出した家だ。将軍家への忠誠心は他家に後れをとらない。安威家で養育されれば高い教養を身につけることができるし、戦が終わり、世が鎮まったあかつきには——そんな世が来るかどうかは疑わしいものの——京へ住まわせ、父方の近衛家や足利一族、母方の進士家へ渡りをつけることもできるかもしれない。別れの寂しさはぬぐえなかったが、そのほうが小姫のためになるということはわたしにも納得できた。

ジュスト右近、五左衛門、小浜……もう一人、縁談を知らせておきたい人がいた。高山庄にいるドン・フランシスコである。

秋が深まったころ、わたしはドン・フランシスコを訪ねた。老人はこの日も礼拝堂で、沢城から運んできた〈キリスト昇天の絵〉の前に座して祈っていた。大柄な体がここ数年ですっかりちぢまって、両の肩だけが尖《とが》って見える。隣に跪《ひざまず》いて、わたしは心の内にひそんでいた不安を並べたてた。

「デウスさまの御心に逆ろうてはならぬ」

ドン・フランシスコはくぐもった声でそう諭した。

「わたくしが嫁ぐことは、デウスさまの御心だと仰せですか」

「そう信じ、愛しみ合《お》うて真の夫婦になることが、御心にそうことじゃ」

老人は、沢城の礼拝堂で子供たち一人一人にしていたように、枯れ枝のような手でわたしの額にふれた。

このとき、沢城で一緒だったダシの消息を教えられた。高山庄にいたはずだが顔を見ないので心配していた。ダシの亡父は本願寺《ほんがんじ》の社人だった。親族が引き取りにきて、いやがるダシをつれていってしまったという。高槻の近くの富田《とんだ》の寺内町にいるようで、ダリオ叔父もジュスト右近も激怒しているそうだが、どうすることもできないと老人は悲しそうに首を横にふった。

沢城をあとにして四年、城の教会で無心に目を輝かせていた子供たちの身にも各々の変化が訪れているようだ。ドン・フランシスコのいうとおり、わたしはわたしの道を、神に定められた古田重然さまと共に歩いてゆこう……わたしは胸に誓った。


永禄十二年の年末、中川館で古田重然——のちの織部——と祝言を挙げた。本来なら、夫の親族が暮らす美濃国か、実父がいる京の屋敷、もしくは二条城の侍長屋へ嫁ぐ。が、わたしはそのいずれへも行かなかった。

信長は家臣に、岐阜城下へ家を建てて妻子を住まわせるよう命じていた。「命懸けではたらけ」「裏切ったら容赦せぬぞ」という威嚇《いかく》だ。実際、命にしたがわなかった家臣を斬りすてたと聞くから、妻子は質とも考えられる。わたしに岐阜城下へ住む話が出なかったのは、ぐずぐずしていれば短気な信長から怒りを買いかねない、大急ぎで祝言を挙げてしまえ……と中川と古田があわてた事情もあったかもしれないが、このころの織部はまだ織田家の家臣団に正式に組みこまれていなかったゆえだとおもわれる。

尾張と美濃を掌中におさめた織田信長は次なる戦を画策していた。世の人々は、信長の周辺があわただしいのは目前に迫った年賀や二条城完成祝賀の準備によるものだとおもいこんでいたようだが、むろんそれだけではなかった。夫織部も、三好軍の襲撃にそなえて二条城を警備するかたわら、信長の配下にある伯父に都の動向を知らせるため、京と美濃をあわただしく行き来していた。道中の間隙をぬって中川館の離れにいる新妻に逢いには来るものの、ろくに話もしないで帰ってしまう。

そもそも、わたしと織部はまだ真の夫婦になっていなかった。祝言の夜も酔いつぶれたのを理由に手をふれようとしなかった。安威城の門前で初めて逢ったときはわたしと夫婦になることを歓迎しているように見えたのに……嫌われているともおもえないのでふしぎでならない。余人に、小浜にさえ相談することができず、わたしは独りで悩んでいた。

――祝言のあと、わたくしはずっと腹を立てていたのですよ。顧みられず放っておかれて、どんなに心細かったか……。

今さらまた恨み言かと叱られそうだが、いわずにはいられない。当時は十六の花嫁で、わかったつもりでいても世情には疎かったし、早くもわたしは織部という男の、型にはまらぬ闊達自在な人柄に魅せられていたからだ。そう、わたしは織部に恋をしていた。

――ふれもしないのは、嫌われているとばかり……。

年甲斐もなくすねてみせると、織部は心外だとばかりに鼻を鳴らす。

（いや、わかっていたはずだ。己が命より大事とおもうておらねば、我慢などせなんだ。その訳は何度も話したはずだぞ）

織田信長が自らの家来と摂津国人との縁談を奨励する中で、中川清秀の妹、つまりわたしに目をつけた。それは武将としての兄に脅威を感じていたからに他ならない。後年になって織部から聞いたところによれば、「摂津は危ういぞ」「中川から目を離すな」と、会うたびにいわれていたそうだ。織田方へ恭順の姿勢を示しているとはいえ、兄は信長の家臣でも属将でもなかった。摂津では池田氏や荒木氏と行動を共にしている。信長からみれば、獰猛《どうもう》な野獣を相手にしているようなものだった。

――わかっております。中川を懐柔するためにわたくしを妻にした。兄を見張るために中川の館に新妻を住まわせた。なれど、それはあとになって知ったこと。当初は、わたくしがセンシアという洗礼名をもち、高山庄へ通っていたから……高山右近さまとの仲を疑っているのではないかと……。

（馬鹿を申すな。さようなことをいちいち考えておったら妻などもてぬわ。わしは常に先を見る。大事なのはこれからの二人の行く末。それゆえああするしかなかった。どんなに耐えがたくとも、そなたを苦しめることだけはすまいと……）

もちろん、今はわかっている。わたしが悩んでいた以上に、夫も悩んでいたのだと。複雑なその訳をわたしが知るのは、もう少し時が経ってからだ。

新婚早々のわたしは、織部がどこでどうしているのか、さっぱりわからなかった。夫と同じように、兄清秀も神出鬼没で、ほとんど館にはいない。戦仕度にもどる以外は戦に明け暮れていた。

この年、元亀《げんき》元年も、兄は池田軍ともども信長ひきいる三万余りの大軍にくわわって、若狭《わかさ》へ出陣していた。当然ながら池田の重臣、盟友の荒木村重も参戦していた。

この日、わたしは小浜に手伝わせて、兄の子供たちに枇杷《びわ》を食べさせようとしていた。そこへ番兵が駆けてきた。荒木の伯母からの急報だというので、ふるえる指で文を開いた。兄の身になにかあったのかと案じたが、そうではなかった。

「父上が、荒木さまと共に、ご出陣された……」

稲田城で別れて以来、消息の知れなかった父、中川重清である。

父は、早くから池田と通じていたらしい。機を見て敵将を追い出し、城をとりかえした。となれば、池田で質となっている新兵衛も命を奪われる心配が無くなったわけだ。

「御方さまが生きておられたら、どんなにお喜びになられたか」

小浜は目頭をおさえた。

くわしいいきさつを知りたい。弟の新兵衛にも会いたい。これまでは父や弟の安全を気づかって池田へ行くことは禁じられていたが……。中川館の人々の反対を押しきって、わたしは荒木家を訪ねることにした。荒木が属する池田家でもこのときは大半が出陣中で、それも好都合におもえた。

中河原から池田城までは三里弱。そこから少し先の荒木館も馬なら半刻《はんとき》ほどで行ける。

乗馬用の袴を穿《は》き、厩舎《きゅうしゃ》から愛馬をひきだした。婚礼の祝いに、織部は中川から二尺九寸の三原《みわら》の刀を、わたしは安威から馬をゆずられていた。なにがよいかと打診され、即座に『馬』と答えたのだ。

池田城下を駈けぬけた。一刻も早く新兵衛に会いたくて、おさえがきかなかった。猪名川《いながわ》に架かる木の橋を渡って栄根《さかね》の集落へ入ると荒木一族の里だ。五年前、稲田城から落ちのびた際にも立ちよっていた。

息を切らせて馬から降りたわたしに、荒木館の門番は不審そうな目をむけてきた。

「奥方さまに中川の姪が参ったと伝えておくれ」

座敷へとおされ、待つまでもなく伯母、荒木義村の妻女がやって来た。荒木家では老齢の義村にかわり、前城主・池田長正《ながまさ》の娘を娶《めと》って池田の身内となった村重――兄の盟友――が、今は一族をひきいている。

「人妻となった身で、供もつれず、ようもまあ馬を駈るなど……」

伯母は、老いても衰えぬ舌鋒《ぜっぽう》の鋭さでわたしの暴挙をなじった。わたしは神妙に拝聴する。親しみを感じたことはなかったが、気丈で押しの強い、この伯母がいたからこそ、新兵衛は生きのびられたのだと兄から聞かされていた。

このとき弟には会えなかった。十一歳になった新兵衛は城へ上がり、新たな当主、久左衛門《きゅうざえもん》の小姓をつとめていると教えられた。わたしは安堵の胸を撫でおろした。こたびの政変も荒木の身内の新兵衛には吉と出たようだ。

「わらわが弟重清どのは、今ごろは戦場で、倅の清秀どのと再会しておりましょう。戦が終わって無事帰館されれば、新兵衛どのとも晴れて父子の対面が叶いましょう」

わたしは伯母に礼を述べて退散した。


初夏の陽射しあふれる中川館の庭で、安威城から遊びにきた六歳の小姫と、兄の長女で五歳の糸《いと》、長男で三歳の長鶴丸が遊んでいた。きゃらきゃらと笑い声が聞こえていたとおもったら、小姫に突きとばされた長鶴丸が尻もちをついて泣きだした。

長鶴丸の乳母が駆けよって抱き起こすのを見て、わたしは縁側から小姫を手招き、長鶴丸に謝るようにいい聞かせた。

小姫は頰をふくらませた。片方の手で首から下げたロザリオをにぎりしめている。

「これを奪《と》ろうとしたんだもの。泥だらけの手で」

「まだお小さいのです。なんであれ、男子を突きとばすなど、女子のすることではありませんよ」

それを聞いて、となりにすわっていた小浜が忍び笑いをもらした。

わたしは小浜を睨みつける。

「なにがおかしいのじゃ」

「いいえ、なにも。なれど……ほほほ、お館の者は皆、存じておりますよ。お方さまが婿どのを庭へ投げ飛ばされたことを」

「投げ飛ばしなどしませぬッ、だれがさようなッ」

「お帰りの際、額の傷はどうされたかと門番にたずねられて、ご自身で仰せられたとか。それもたいそううれしそうにお笑いになられて」

「あのお人ときたら、嘘ばかりッ」

腹を立てながらも、わたしは真っ赤になっていた。

実は、これは笑い話どころか、わたしたち夫婦にとって忘れがたい出来事なのである。

夫婦になって三月《みつき》の余、夫織部は戦場を飛びまわっていてめったにもどらないため、織部が泥酔していた初夜を除けば一度も同衾《どうきん》していなかった。

その前夜、わたしは頭痛がして早々と床についた。

何刻だったか、物音がしたので寝ぼけ眼で榑縁《くれえん》を見ると、明り障子を隔ててぼんやりと黒い影が浮き上がっていた。とっさに『狼藉者《ろうぜき》だッ』とおもった。戦の絶えない兄と、使い番とはいえ戦場を駆けまわっている夫をもてば、家人とていつ寝首をかかれるか。恐怖がつきあげ、考えるより先に箱枕を投げつけた。枕元には懐剣もあったが、襲われたときに手元になければ戦うことができない。

突然の攻撃に虚をつかれたか、不審者は「うわッ、なにをする」と叫んで、飛んできた箱枕と倒れた明り障子もろとも庭へ転落した。その声を聞いたわたしは――。完全に目覚め、自分がしてしまったことに気づいた。不審者ではなく織部だった。

頭から血が引くおもいで、寝乱れた姿のまま榑縁へ飛び出した。淡い月明かりに照らされた地面に、織部が尻餅《しりもち》をついていた。額に血がにじんでいるのは、かたわらに落ちた明り障子の角が当たったのか。動転のあまり素足で庭へ下りて、夫を助け起こそうとした。

「よもや、あなたさまだとは……お許しくださいい、狼藉者だとばかり……」

織部がなにもいわないので、ますます困惑して涙声になっている。

両腕を支えられて、織部は立ち上がった。薄暗い中なのではっきりとはわからないが、腰か足でも打っているのか、苦渋に満ちた顔である。

「歩けますか。ひどく痛むようなら……」

いい終わらぬうちに、わたしは強い力で抱きよせられた。あっとおもう間もなく、顎をつかまれ、くちびるを吸われる。長く激しい、貪《むさぼ》るような接吻《せっぷん》だった。唇が離れるや眩暈《めまい》がして、わたしは大きく息をあえがせた。茫然として、なにが起こったのかもわからない。

織部は「来い」とひとこと、わたしの腕をひっぱった。額の傷以外、何処も悪くはなさそうだ。それより怒っているのか。怖い顔をしたまま、わたしをひょいと担いで榑縁へ上がり、床の上に放り出す。が、手荒なふるまいはそこまでだった。織部はわたしを、戦場の乱取りのようにはあつかわなかったし、政略でめとった妻のようにおざなりにもあつかわなかった。

白々と夜が明けるころ、めくるめく陶酔のあと疲労困憊したわたしは、織部の胸に抱かれて眠っていた。目覚めたときにはもう織部の姿はなかった。小浜によると、起こさぬようにと命じ、朝粥《あさがゆ》をかきこんで、あわただしく出かけてしまったという。

起こしてくだされぱよいのに……ひとこと、声をかけてくだされば――。

甘やかなけだるさと同時に、切なさ寂しさに身を揉《も》む。

体だけではない、心も夫に奪われてしまったのだと、わたしはおもい知った。

——ずっとお訊きしたいとおもっていました。あの夜なぜ、あそこにいらしたのですか。恥ずかしくて訊けなかったことも、今なら訊ける。

織部は当惑しているようだ。

（あの夜とは……いつのことだ？）

——あなたが庭へ落ちて、額にお怪我をされた夜のことです。

（いうまでもなかろう。戦場へ行く前に、そなたの顔が見とうなったゆえじゃ）

——それだけではないはずです。あのころは池田で内紛がありました。兄がどう出るか、それを探りにいらしたのではありませんか。

ウッと一瞬、ことばをつまらせたようだったが……。

（いかにも、そなたのいうとおりだ。池田の内情を知るには中川を探るがいちばん。しかしあの夜、顔を見にいったのは、無事かどうかたしかめたかったからだ）

——まことに？

（ひとついうておく。信長さまより中川を探れといわれたのは事実だが、その御下知にこれ幸いと飛びついて、祝言のあとも中川邸に住まわせたのは、嫁御の身を守るためだった。そなたに手を出さなかったのも同じ理由だ。織田と池田が戦になればどうなる？　信長さまは、たとえ女や子であっても、質とした者の首を躊躇《ちゆうちよ》なく刎ねる）

織部とわたしが祝言を挙げたころ、世の中は乱れに乱れていた。翌年には織田軍と朝倉軍との姉川《あねがわ》の合戦が始まっている。

　織田と朝倉はもとより犬猿の仲だった。信長が将軍になる前の義昭を担いで上京した際も、信長の再三の要請にもかかわらず、朝倉義景《よしかげ》は居城のある越前国一乗谷《えちぜんのくにいちじょうだに》から動こうとしなかった。朝廷とも交流があり、京風の雅《みやび》な教養を誇る朝倉氏にしてみれば、成り上がり者の田舎武将に頭を下げたくなかったのだろう。一方、劣等感のかたまりゆえに己の力をひけらかさんと突き進む信長は、そんな朝倉が癇《かん》に障ってならない。名門の安威と新興の中川、両者の血をうけついだわたしにはよくわかる。

　敦賀《つるが》の天筒山《てづつやま》城を落とした織田軍は、朝倉を一気に叩きつぶそうと軍を進め、金ケ崎《かねがさき》城を攻めた際に、信長の妹婿でもある浅井長政《あざいながまさ》の謀反にあって朝倉・浅井軍に挟み撃ちをされ、命からがら京へ退却、岐阜城へ逃げ帰らざるをえなかった。

　退却する際に一番危険が大きいのは殿軍《しんがりぐん》である。金ケ崎でしんがりをつとめたのは木下藤吉郎――のちの豊臣秀吉――で、その木下軍を助けて見事な働きをしたのが池田軍だった。

　池田軍には、勇猛果敢な荒木村重とわたしの兄、中川清秀がいた。


――戦から帰った兄はわたくしに、「生きて帰れるとはおもわなんだ」と憔悴しきった顔でいいました。あんなことは初めてです。想像を絶する過酷な戦だったのでしょう。

（ところが、その池田軍には褒賞らしい褒賞が与えられなかった）

　織部の指摘にわたしもうなずく。

――兄によれば、あれから池田家中では織田さまに反感を抱く者が増え始めたそうです。

（非難は城主の勝正どのにむけられた。姉川の戦と相前後して池田家中では政変が勃発して勝正どのは追放された。嫡子の直正《なおまさ》どのが家督を継いだものの、いくらもしないうちに直正どのも追放されてしまった）

——ようご存じですこと。さすがに中川を探っていただけのことはありますね。

（もっと存じておるぞ。第二の追放劇を演出した首謀者は勝正どのの弟の久左衛門どのだとされているが、十三の子供の謀《はかりごと》とみるのはむりがある。池田家では当時二十一人衆の合議制が採用され、その頂点に立った荒木村重どのが城主を追放すべく根まわしをして池田家をのっとった、というのが真相だ。ちがうか）

——そのとおりにございます。

わたしはおもわずため息をついた。

——なんと、わたくしの兄も、その二十一人衆に名をつらねていました。

となれば、織部がわたしの身を案じるのは当然だった。織田と池田は一触即発、そうなれば中川も織田と戦う可能性が高い。わたしは古田の質になってしまう。

しばらく沈黙が流れたのち、織部は明るい声でいった。

（しかしまあ、心配は杞憂《きゆう》であったわ。わしの嫁御は豪傑だ、たとえ織田の大軍が押し寄せても片手ですっ飛ばしてしまうにちがいない）

——おやめください。また、さようなことを……。

（正直に申さば、あの夜、なんとしてもそなたに逢いとうて矢も楯もたまらず、時刻もわきまえずに訪ねていったのだ。あえなく撃退されそうになったあのとき、惚れなおした。織田も池

田も中川も、どうとでもなれ、そなたをまこと、わしの妻にするぞ、と）

わたしは年甲斐もなく頰を染める。が、胸の昂りを教えるつもりはない。

――そんなに想うてくださったのなら、なぜそのあとも放っていらしたのですか。

（何度もいうたぞ。戦がつづいていた）

――それだけ……？

（いや……そう、京のことも。屋敷をととのえ、すべてをきちんと収めた上で、正々堂々そなたを迎えて新たな暮らしを始めたかったのだ）

――ほほほ……そういうことにしておきましょう。

若かった昔は猜疑心《さいぎしん》にとらわれていた。が、とうに疑いは晴れている。


秋も深まったある日のことだった。来客の知らせで母屋へ出ていった小浜は、腰をぬかさんばかりに驚き、両手を泳がせてもどってきた。

「お、お館さまが、お帰りにございます」

兄清秀かとおもったら、父の重清だった。

池田の助勢で稲田城を奪還、敦賀の戦では織田軍にくわわっていたものの、姉川の戦には参戦しなかった。稲田城を守っているはずが、なぜ、中川館へ帰ってきたのか。前触れもなく、城主らしい供ぞろえもなく。郎党をつれていれば人馬のざわめきが聞こえるはずである。

わたしは母屋へ駆けつけようとした。が、その前に、父が離れへやってきた。

「おう、仙姫。母者かとおもうたわ。よう似てきたのう」

父のほうは、わたしが記憶に留《とど》めていた姿とはちがっていた。少し痩《や》せたものの大柄な体は変わらない。それなのに別人のように見えるのは、いでたちのせいだ。結袈裟《ゆいげさ》に葛袴《くずばかま》は山伏さながらで、白髪まじりの不精髭に総髪、鉢巻をしめている。

「ご壮健なご様子、安堵いたしました」

そういいながらも、わたしはけげんな顔だ。父は唇をゆがめ、重苦しい息を吐いた。

「おまえこそ、よう生きのびた」

「母上のこと……お守りできず……申しわけありませぬ」

「おまえのせいではない。無念だが、宿命《さだめ》とおもうよりあるまい」

母の死を知らされ、父は最愛の妻の命を奪った三好・松永軍に激烈な怨《うら》みを抱いた。無益な殺戮は決してしなかった父が、このときばかりは、自らの手で三好三人衆と松永久秀の首級《しゆきゆう》を挙げさせてくれと八百万《やおよろず》の神々に祈ったという。

そんなこともあって、三好方から織田方へ転じた池田勝正に父は忠誠を誓った。城兵の血を流さずに稲田城を奪いかえしたのちは、勝正の股肱《ここう》の臣となった。

「しかし見よ」と、父は腕をひろげて見せた。「今はこの体《てい》たらくだ」

勝正が追放された事実を、父は知らなかった。ある日突然、甥である荒木村重の軍勢が城をとりかこみ「降伏せよ、さもなくば城ごと焼き払うぞ」と威嚇した。

村重が狡知《こうち》に長《た》けた男であることは知れ渡っていた。身内とて戦となれば容赦はしない、非情な男であることも。

「殿を裏切る気などさらさらないわ。降参するくらいなら、この命、くれてやる」

父は城兵を逃がし、自ら囚われの身となって、村重の前で自刃しようとした。

村重は苦渋の色を浮かべた。

「厄介なことになったのう。ま、ここは考えどころじゃ。おれとて、二十一人衆の怨みは買いとうないからの」

自刃は許さぬ、どこへなりと失せろと吐き捨てて、父を放免したそうだ。

「倅から釘を刺されておったのだろう。わしは倅に命を救われた」

「兄上が二十一人衆にくわわったのは父上のためだったのですね。新兵衛のためにも」

父とちがって「池田の家臣にあらず」と豪語していた兄清秀である。信長にも一目おかれ、後ろ盾がなくてもやっていけるだけの力をつけてきた。その兄が池田家の二十一人衆に名をつらねたのは、荒木村重を牽制《けんせい》して父や異母弟の命を守るためだったのだ。

「村重は計算高い男よ。わしの命を救えば中川を敵にまわさずにすむ。倅にも恩を売れる」

けれど城を棄てて、父はこれからどうするつもりか。

「新兵衛は池田に根を張った。わしがいなくても心配はない。わしを稲田城主にひきたててくださった池田の殿は追放されて高野山《こうやさん》におられる。まずはこたびの不面目をお詫びし、殿のご意向をうかがわねばならぬ」

ここは中川館である。婿養子とはいえ、父の実家でもあった。

「せっかくお会いできましたのに……ずっとここにいらしてくださるかとおもいました」

わたしはつい恨みがましい口調になっていた。父と話したいことが山ほどあった。とりわけ母のことを話したかった。母がどんなに父の身を案じていたか、帰りを待ちわびていたか、それを伝えたい。

父は、母の話をしたくないようだった。ときおり苦しげに目をそらすのは、わたしに母の面影を重ねてしまうからかもしれない。

「おまえの母者は、気高く寛容な女人だった……」

摂津の正妻が重篤だという知らせがとどいた際、母は中川へ帰るよう勧めた。が、父は帰らなかった。初めて会ったとき、兄はわたしに「鬼婆に喰《く》われるぞ」などと茶化してみせたが、あのときすでに〈摂津の妻〉は死去していたのだ。

「ここへ来る前、墓参をしてきた。わしとは縁の薄い妻だったが、倅たちを立派に養育してくれた。礼をいわねば……と」

その夜、疲れきった体を休めて英気を養った父は、翌朝には早くも高野山へ出立してしまった。が、出かける前にわたしを呼び、わたしの目をじっと見つめて問いただした。おまえはなぜここにいるのか、どうしたいのか……と。

わたしは答えた。夫織部のそばにいたい……と。

「ではなぜぐずぐずしておる」

「戦場を飛びまわっておられますそうで……」

「おまえの母者は戦城の稲田城へも嬉々《きき》として参ったぞ」

そうだった。母は戦などものともせずに父のもとへ飛んでいった。

わたしはその母の娘だ。招かれないなら、追いかけてゆけばよい——。

心を読んだように父はうなずいた。

「京へゆけ。夫婦は、離れてはならぬ」

そういいのこして、父は去っていった。

父にけしかけられたこともあり、わたしはすぐにも京へ出立するつもりだった。ところが、そう簡単にはいかなかった。織部のせいではない。世情がそれを許さなかった。

池田家の二十一人衆にくわわった兄は、この年、新庄城《しんじょう》の城将となった。新庄城は西国道を越えて茨木川に沿って南下、大坂天満宮《てんまんぐう》へ行く途中にある城だ。織田方に転じた勝正を追放したことで、池田は三好三人衆方に方向転換をしたわけだが、念願の城将になった兄は手放しで喜んでいた。

となれば、兄のいない中川館に住みつづける意味もないわけで……。

「京へゆきます」

早速、夫に知らせをやったが、織部は二条城の家にも父の勘阿弥の家にもいなかった。相変わらず諸国を飛びまわっているらしい。春がすぎ夏がすぎ、待っていても埒《らち》はあかぬと業を煮やしたわたしは、とにかく京へ行ってみることにした。

ところが──。

出立直前に、戦がはじまった。

怖れていたことが現実になったのだ。

池田方の軍勢が和田方の城を包囲したとの知らせに、わたしは蒼白になった。

元亀二年八月のことである。

己こそが摂津の守護だと自負する和田惟政は、このところの池田方の動きに不穏なものを感じていたのだろう。池田城の近くに宿久《しゆく》城と里《さと》城の二城を築いた。芥川城を守っていたダリオ叔父は、息子の右近に留守をまかせて宿久城へ入った……と、そこまではわたしも聞いていた。が、何度もいうように、摂津国では雨後の筍《たけのこ》のように城が建てられていて城主や城将もころころ変わる。その上、織田方だ三好方だといっても確証があるわけではないので、実際はどちらの側に立っているのか、外からは判断しづらい。要するに、摂津の国人たちは、目の前の領地の奪い合いや、隣人同士のいがみ合いから戦をはじめる。そこには織田も三好もない。

兄は池田と気脈を通じていた。池田・荒木・中川の軍が、和田・高山軍と戦をはじめるとなれば、兄清秀とダリオ叔父が殺し合うことにもなりかねない。池田城や荒木館は臨戦態勢に入っているはずだ。いつ戦場となるか。

兄からは中川館も危ういので安威城へ逃げるようにと伝言がとどいた。芥川城や高山庄に近いとはいえ、このとき安威城は和田軍、池田軍のどちらにも属していなかった。

安威氏はかつて三好長慶、のちに織田信長へ恭順の意を示した。これはひとえに将軍家を守らんがためだ。昔日の威勢は衰え、今や安威軍は有名無実と化した。奉公衆としての由緒だけで家名を保っている。

わたしは義姉や兄の子供たちをつれて安威城へ急いだ。眼裏《まなうら》には、攻め寄せる敵軍の中、稲田城から落ちのびた日の光景が浮かんでいた。

安威城では小姫も怯えていた。城館の奥の間に身をひそめ、小さな体を抱きしめながら、わたしは母の最期を想った。自分をとりたててくれた慶寿院への恩義もさることながら、母は、奉公衆の娘として足利将軍家の血を絶やすまいと必死だったにちがいない。小姫を五左衛門に託し、小侍従を逃そうとして自らが討たれてしまった。

一日も早う戦が終わりますように――。

小姫や小浜と共に祈った。

そうしているうちにも、ダリオ叔父が守る宿久城が池田方の軍勢にかこまれているとの知らせが入ってきた。父親の危難を、ジュスト右近がだまって見ているとはおもえない。恐れていたことが起ころうとしている。兄が、叔父や従弟と戦うという……。もしや二人が戦死してしまったら、摂津の切支丹は皆、心の支えを失ってしまうだろう。それは、一国一城を失うよりはるかに恐ろしいことである。

祈りも空しく合戦の火蓋《ひぶた》は切られた。池田軍と和田軍は周辺の国人衆を巻きこんで、馬塚や糠塚《ぬかづか》、白井川など郡山《こおりやま》地方一帯で熾烈《しれつ》な戦いをくりひろげた。河川を血で染めた戦に勝者敗者の別などあろうか。

――あなたはご存じなかったでしょう。あのとき、安威城で、わたくしたちがどんなおもいでいたか。どちらが勝っても塗炭の苦しみになることはわかっていました。

わたしは織部に話しかける。

聞いていないかとおもったのに、織部は即座に応じる。

(その場にはおらなんだが、わしとて、息を呑んで聞き耳を立てておったぞ。八月二十八日に戦は終結した。和田惟政どのが戦死したためだ)

——はい。討ったのは荒木軍、それも、わたくしの兄でした。

正直なところ、詳細ないきさつはわからない。この合戦は摂津国人衆の勢力争いだったので織部も不明な点が多いようだ。だから勝手な憶測になってしまうが、兄が和田惟政の首級をとった時点で、和田軍は戦意を喪失した。それは、主君を喪ったダリオ叔父が荒木村重と中川清秀という二人の甥と戦うことに意味を見いだせなくなったためで、のちの出来事から推測すれば、村重の巧みな交渉が功を奏したものとおもわれる。

——叔父上は戦死を覚悟していたそうです。でも、合戦のあとも和田惟政さまのご嫡子は高槻城から動かず、叔父たちも芥川城を守っていました。

(それこそ二人の甥、中川清秀と荒木村重の温情であろうよ)

——ええ。ダリオ叔父はこのあと、村重どのに心酔するようになりました。

(村重は稀代《きたい》の人たらしだ。このときはもう摂津全土の掌握にむけて、高山父子をまるめこもうとしておったのだろう。恩を売り、耳元で美味しい話をささやいて……)

——ダリオ叔父は人情家で熱血漢でした。その半面、いったん信じこめば黒でも白というようなお人でもありました。狡知に長けた村重どのなら容易《たやす》く手玉にとれたはずです。

ともあれ戦は終結、兄は意気揚々と凱旋《がいせん》した。

わたしたちは中川館へ帰って、兄を労《ねぎら》った。

(中川清秀の名は都でも鳴り響いておったぞ。織田さまはますますそなたの兄者を身方に引き

入れようと躍起になっておられた)

織田信長は松永久秀との戦で手一杯だったため摂津国人衆の郡山合戦にはかかわらなかったが、池田や荒木に不穏な気配を感じ始めていたようだ。

──兄は「織田などどうでもよい」と豪語しました。わたくしに、あなたと離縁するようにとまで命じたのです。自分で勝手に縁談を決めたくせに。

(ほう、それは知らなんだのう。なにゆえじゃ)

──兄と夫が敵味方になるのは辛かろう……と。

(ふむ。なきにしもあらず。そなたはなんと答えた?)

──嫌です、と答えました。京へゆくと……。

(して兄者は?)

──怖い顔で睨みました。が、最後には「好きにせよ」と。兄はこれまでわたくしに教えてきましたから。人のいいなりにはなるな、己を貫け……と。

(たしかに。そなたの兄者はそういうお人だった)

──なれど、京へ行くのは断固、反対だといわれました。京は危うい……と。


わたしは京にいる五左衛門にも文を送り、京へ行く算段を頼んだ。が、五左衛門からも「今は待て」と返事がきた。

年が明けて元亀三年も、わたしはまだ安威城にいた。このころは織部からの文も途絶えがちだった。二月三月と経つうちに、とうとう我慢も限界にきた。

「小浜。問答無用じゃ。だれがなんといおうと、京へ行きます」

中川館には知らせないことにした。安威城の者たちにも口止めをする。ただし一人だけ、どうしても別れを告げたい人がいた。

京へ出立する前、わたしは小姫をつれて高山庄を訪ねた。

ドン・フランシスコは、この一、二年で老いが進み、病にも悩まされているそうで、杖《つえ》にすがって歩くのも大儀そうだった。それでもロザリオを首にかけた小姫を見るや、感慨深げな笑みを浮かべた。

「あのときのややこがのう……」

「ひとつ、うかがいとうございます。沢城の礼拝堂の堂主さま、コンスタンチーノさまは小姫さまをアンジョと呼び、ロザリオをくださいました。なにゆえか、ご存じですか」

「神に祝福された御子だからじゃ。ひと目でおわかりになったのだろうよ。わしにもわかったぞ。この御子こそアンジョだ、と。皆をきっと、パライソへ導いてくれる……」

老人は小姫を〈天国へ導いてくれる天使〉だという。八歳になる小姫ははにかみながらもうれしそうにうなずいた。老人のしわだらけの手をにぎる小姫は、まさに祝福をさずける天使のようで、わたしはしばしその光景にみとれた。

このときドン・フランシスコから、親族によって富田につれ去られたダシの消息を教えられた。ダシは、荒木軍の侵攻時に村重に見初められ、荒木館へ招かれたという。村重の妻になったとか。

「荒木さまにはご妻女がいらっしゃいます。それも、池田家の姫さまでは……」

「切支丹ではないゆえ、妻が二人おってもいたしかたあるまい」

ダシ自身がそれをよしとするなら、わたしが口をはさむことではなかった。いずれにせよ、こうしてドン・フランシスコと語り合うことができるのも、中川と高山が殺し合う前に合戦が終わったおかげである。

そういうと、ドン・フランシスコは一転、眉をくもらせた。

「ネリヤは昨年の合戦で夫を喪《うしの》うた」

わたしははっと息を呑んだ。そう、沢城にいたころ、ネリヤは頬を赤らめて和田惟政のもとへ嫁ぐという話をしていた。幸せそうな顔がまぶたに浮かぶ。わたしの兄は、ダリオ叔父の娘でジュスト右近の姉の夫の首級を挙げたのだ。

「お許しください。つい、ネリヤさまのことを失念してしまい……」

「泣く者がおらぬ戦はない。忘れてはならぬぞ。戦とはそういうものだ」

ネリヤのために祈ってくれとドン・フランシスコはいった。それが、わたしが聞いた、老人の最後の言葉となった。

小姫を安威城の人々に託し、わたしは小浜と小者を伴って、翌朝、京へ旅立った。

第四章

京の都は七年前より活気にあふれていた。上京と下京のあいだにひろがっていた麦畑までが人家に埋めつくされて、武衛陣のあった場所にはひとまわり拡張された二条御所がすでに完成している。前将軍が三好・松永軍の急襲で弑逆されたあとも、三好方は性懲りもなく現将軍に戦をしかけたと聞くが、そんなことはなかったかのように、往来に人々が行きかっていた。


――あのときはどんなに悔やんだことか。なぜもっと早う《はよ》帰京しなかったのか、と。

幼い日々のなつかしい思い出と突然つきつけられた悲劇……悲喜こもごもの感慨は歳月を経ても色褪《いろあ》せはしない。ため息まじりにつぶやくと、織部も待っていたように応じる。

（そなたは知らなんだが、あれは嵐の前の静けさだったのだぞ。それゆえ、わしはそなたを京へ招かなんだのだ。京は、なにもかも変わってしもうた）

――ええ。安威家でもご当主が代替わりをしておりました。五左衛門どのはご妻女を娶り、一家をかまえて……そうそう、あなたのお父上、勘阿弥さまのところで風変わりなお武家さまとご一緒によう茶の湯の稽古をなさっているそうで、そのお方こそ……。

(うむ。のちに太閤《たいこう》となる豊臣秀吉、あのころはまだ木下藤吉郎どのじゃった。当時は明智光秀さまともども京の治安に目を光らせていた。織田家随一の出世頭よ)

――お名は兄から聞いておりました。越前へ侵攻した織田軍が金ケ崎から撤退する際、池田軍に助けられてしんがりをつとめた武将だと。

(田舎者ゆえ諸芸に疎い、お教えくだされと、父に腰を低うして頼みこんだそうじゃ)

威張りくさった武士にはなかなかできぬ芸当で、訪れるたびになんだかんだと――といっても高価なものではなく、腹下しの薬だの農家の婆さんに織らせた反物だの通りすがりに求めた饅頭《まんじゅう》だの――土産を持参しては愛嬌をふりまいていた。

織部の実父、わたしの舅は、かつて古田家の仕えた土岐家が奉公衆を輩出する名家だったため、若いころから都へ出て連歌だ茶の湯だ香道だと諸芸を習得、風流人として都人から一目おかれるようになった。が、世に名高い猿楽の大家、世阿弥《ぜあみ》の父親の名である観阿弥からとって「勘阿弥」と名付けたのは木下藤吉郎だ。藤吉郎は猿と呼ばれていたそうで、折り合いの悪かった継父の竹阿弥《ちくあみ》のむこうをはってあえて舅を勘阿弥と呼んだのは父子の契りをむすぶためだった。それほどに、藤吉郎と勘阿弥は気心が知れていたのだ。

――京でたびたびお見かけするようになって、木下さまがなぜあれほど皆さまに好かれるのか、ようわかりました。

(たしかに、わしも父の家で会うたびに丁々発止とやり合《お》うたものだ。それがなんとも愉快で

のう……あのご仁は織田信長さまにも目をかけられておったわ)

——木下さまは女子のわたくしにも気さくに話しかけてくださいました。そのたびに、おもいだしていたのですよ、あなたと初めて逢ったときのことを……。

織部も木下藤吉郎も、その意味では大半の武士とちがっていた。大らかで、自分だけの流儀を大切にしている。織部のその型破りなところは、舅の勘阿弥から受け継いだものだろう。とはいえ、小浜と小者をつれて上京したこのときは、まだ勘阿弥や木下藤吉郎はもとより夫の織部にも会ってはいない。

——あなたを驚かせてやろうとおもったのです。で、なにも知らせませんでした。歓迎してくださるとおもったのですが……。

(歓迎するに決まっておろうが……ひとこと知らせてくれれば迎えに……)

——いいえ。知らせをやれば、また待てと止められたはずです。

(それは……そなたの身を案じるがゆえに……むろん、他にも、いろいろとなかったわけではないが……)

織部の声は次第に小さくなって、もう聞きとれない。

安威邸で旅装を解いたわたしは、夫に逢いに二条城へ……と勇み立っていた。そのわたしに待ったをかけたのは五左衛門だ。

「中川清秀さまは今や新庄城の城将にあられます。御妹君を嫁御としてお迎えするとなれば、古田家としてもそれなりの仕度をととのえねばなりませぬ」

「お顔を見にゆくだけじゃ。余人には知られぬよう、二人でこれからのことを……」

「ご自重なされませ。二条城の侍長屋は隣近所にお声が筒抜けゆえ、大騒ぎになりますぞ」

明朝にも使者を送って、まずは織部のほうからここへ来てもらう。段取りを相談した上で準備万端ととのえて古田家の嫁として迎えてもらってはどうか、と五左衛門は勧めた。

「何事も最初が肝心。急《せ》いてはなりませぬ」

五左衛門のいうとおりだ。これから古田家の妻女として京で暮らすのなら、軽率なふるまいはつつしまなければならない。

安威家の人々に挨拶をすませ、いったんは客用の座敷に落ち着いた。が、胸が昂って、じっとしてはいられない。

「小浜。デウスさまの家がどうなっているか見てこよう」

「とんでもない。日が暮れてしまいますよ」

摂津なら厩舎から愛馬をひきだして野駈けをしていた。京の都ではそうはいかない。

「なればデウスさまの家へはゆかぬ。この近くを散策します」

都の地理は頭に入っていた。もっとも戦乱のあと京の町は様変わりをしたと聞くから、母につれていってもらった寺社や公家屋敷が今も同じ場所にあるかどうかはわからない。

わたしは小浜と小者を伴って屋敷を出た。なつかしい町並みは健在で、宝鏡寺《ほうきょうじ》も大慈院《だいじいん》も外観は変わらない。細川家の広壮な屋敷も元のままあり、本満寺《ほんまんじ》の北隣にある近衛邸も通りすがりに見たところは七年前と変化がなかった。

ただし、近衛家にかつてほどの威勢はないと噂では聞こえていた。母が仕えていた慶寿院は息子の将軍義輝に殉じて自害してしまった。同じく近衛家の姫である義輝の正室は近衛邸へ逃げ帰ったが、その後、近衛家が三好方に恭順の意を示したこともあって、現将軍義昭の不興を買ってしまった。

「小侍従さまが捕らわれて、ご正室さまが逃れたと聞いたときは、心穏やかとは申せませんでしたが……お気の毒に、死するも地獄、生きるも地獄にございます」

小浜は吐息をもらした。そんな話をしているうちに安楽《あんらく》小路からなじみのない路地へうっかり入りこんでしまった。

「もしやこのへんでは……。古田さまのお屋敷がいずこか、たずねてきておくれ」

わたしは小者に命じた。屋敷の場所はすぐにわかったが、小者によれば、織部は留守だという。それでもせっかく来たので、屋敷だけ見ておくことにした。

路地の奥にひっそりとたたずむ勘阿弥の家は、庭木の上方に見える茅葺屋根が住人の奥ゆかしい人柄を偲《しの》ばせ、風趣を感じさせる。居心地もよさそうで、今を時めく人々が入れかわり立ちかわりやってくるわけがわかったような気がした。

「あの籬《まがき》から中を……」

「およしなさいまし。お顔を見られたら後々厄介にございますよ」

「いいから見張っていておくれ」

足音を忍ばせて近づき、わたしは籬の隙間から屋敷内に眸を凝らした。庭は小体ながらも丹精され、築山や灯籠《とうろう》、蹲《つくばい》、庭石のひとつまでが選びぬかれたものだとひと目でわかる。

濡《ぬ》れ縁で、三つ四つと見える男児がはいつくばっていた。小さな手でカタツムリをつかまえようとしている。

「あきまへん。九郎八《くろはち》はん。こちらへおいでやして。さ、早う」

座敷の暗がりから女の声がした。姿は見えない。若い娘ではなさそうだが、かといって老女の声ともおもえない。男児は声のしたほうへ顔をむけた。男児が動き出す前に、わたしは籬から目をはなし、茫然としてあとずさりをした。

ここには舅と世話をする女しかいないと聞いている。だから織部も心やすく、我が家のようにときたま仮寓《かぐう》しているのだと……。

あの男児はだれだろう。この家の子供のように見えた。それにあの声の主は……使用人なら「九郎八さま」とか「坊ちゃま」とか、別の呼びようがあるのではないか。

「どうかなさいましたか」

小浜がけげんな顔でたずねた。「帰ります」と答え、わたしはこわばった顔で歩きだしていた。怒りと落胆に身をもみながら、胸のどこかで、これは青天の霹靂《へきれき》ではなく、ありうるかもしれないと怖れていた光景ではないかとくちびるを嚙《か》みしめている。

——あれほどあなたに腹を立てたことはありませぬ。悔しゅうて、悲しゅうて……。

いわずにはいられない。織部が聞いていようといまいと。

——なにゆえ、もっと早う真実を打ち明けてくださらなかったのか……。

二十七の男が十六の娘を妻に迎えた。それまで一人の女もいない子もいない、そのほうが不自然かもしれない。だとしても——。

わたしは許せなかった。怒りをごまかして平静をよそおう、などという芸当もできない。

——五左衛門は狼狽《ろうばい》しました。わたくしを宥《なだ》め、あなたへ使いをやるといいましたが、わたくしは断固逢わぬと申しました。こういうとき、わたくしが梃《てこ》でも動かないことは、五左衛門も小浜も承知しています。

二人は困惑の体であれこれ話し合っていたが、わたしはさっさと自室へひきこもってしまった。どうにも怒りがおさまらない。

父は〈摂津の妻〉と〈京の妻〉をもっていた。それすら少ないほうで、三人四人と側妾《そくしょう》ならぬ妻をひけらかす武将もめずらしくない。怒りが的外れだということはわかっていた。

今一度、織部に話しかけてみる。

——なにもあなたを責めているわけではありませぬ。とうに誤解は解けたのですから。わたくしのほうが穴があったら入りたいほど……恥をさらすようですが、でもこれも、わたくしたち夫婦にとっては大事な思い出ですもの。

ややあって、ようやく織部の神妙な声が返ってくる。

（わしが悪かったのだ。そなたに嫌われまいと黙っていた。むろん、機会を見て話さねばとおもってはいたのだが……）

――いいえ。勝手に上京して勝手に実家を訪ね、勝手なおもいこみをして……その上、離縁するなどと息巻いていたのですから。さようなこと、望んでもいなかったのに。

(離縁と聞き頭が真っ白になった。飛んでゆこうとしたが、顔も見とうないと断られ……)

――本当はお待ちしていたのです。いつかのように、強引に押しかけて、弁のたつあなたですから、わたくしをいいくるめてくださるのではないかと……。

織部は逢いに来なかった。三日が五日、五日が十日になっても、うんともすんともいってこない。いったいなにを考えているのか。といって、こちらから声をかけるのも腹立たしいし、今さら五左衛門や小浜には泣きつけないので、わたしは平静をよそおいつつ、内心では不安のあまり七転八倒していた。

(わしとて同様。しかしあのころはどうにも身動きができなんだ)

郡山合戦で和田惟政の首級を挙げて以来、わたしの兄、中川清秀の名声はうなぎのぼりで、傘下《は》に馳せ参じる者はあとを絶たなかった。安威一族の中からも、戦で手柄をたてて出世を夢見る若党たちが中川へ走り、また高山庄にほど近い千提寺《せんだいじ》からも、清秀は切支丹に寛容だと聞きおよんだ上源助の一党数百人が兄の配下にくわわった。妹が勝手に京へ行ってしまったと知ったときは歯ぎしりをしたはずだが、おそらくそんなことも忘れてしまうほど、兄は多忙だったにちがいない。

一方、松永・三好軍を撤退させた織田軍には、将軍直属の軍勢もくわわっていた。その中に夫織部もいた。出陣前後のあわただしい時期に、私事のごたごたで妻の機嫌をとっている暇などなかった……というのが、実は織部が逢いにこなかった主たる理由だ。

——存じませんでした。あのときのあなたが岐路に立たされていらしたとは……。

（うむ。将軍方と織田方との仲が急速に冷えた。どちらにつくか、決断を迫られた）

——美濃国のご親族は織田家とつながりが深く、あなたが親しゅうしておられた細川藤孝さまは名家のご出身で奉公衆でもあられた。しかも義昭さまを還俗ののちに将軍とされた立役者でもありました。板挟みで苦しんでおられたとわかっていれば……。

（いや、細川さまはこのころにはもう将軍を見限って織田さまのお味方をすると決めておられた。それだけではない、わしの父は木下さまと昵懇《じっこん》）

木下藤吉郎は織田の寵臣である。細川と木下、二人が織田につくとなれば、織部も迷わず織田方に身を投ずるのが道理。ではなぜ板挟みになっていたのか。

（そなたは安威の娘だ）

安威を裏切ることになりはすまいかと織部は悩んでいた。が、その安威一族すらが一枚岩とはいかず、五左衛門も織田方についた。これも木下藤吉郎の勧誘による。

——ほんに、人たらしといわれるだけありますね、木下さまは……。そもそも、どうしてお舅さまとご昵懇になられたのですか。

（さあ、ようは知らぬが、木下どのは我が父勘阿弥を〈命の恩人〉といっていた。京に滞在し

ていたとき危難にあい、逃げこんだのが偶然、舅の家だったのやもしれぬ）

いずれにしても、出自の劣等感をかかえる木下藤吉郎にとって、勘阿弥に手取り足取り教えられた諸芸諸学問は、生きる支えとなったにちがいない。一方で、世捨て人のような暮らしをしていた勘阿弥にとっても、実の子のごとく自分に甘えてくれる藤吉郎はことさら可愛くおもえたはずだ。そして父に藤吉郎とひきあわされた夫も、すぐさま親交をむすんだ。となれば、自ずと道は定まる。細川藤孝と木下藤吉郎——二人に導かれて、織部は将軍義昭と袂《たもと》を分かち織田の配下となる決意をかためた。

京にいながら、わたしがこうした状況を知らなかったのは幸いだった。知っていたら、将軍家に背反しようとする織部に衝撃をうけ、止めようとあがいていたはずだ。義昭が将軍の器ではなかったとしても、将軍家はわたしにとって尊崇に値する。なぜなら将軍家のために、わたしの母は命を捧げたのだから。

夫織部と逢えぬまま安威邸で悶々《もんもん》とした日々を送っていたわたしは、翌元亀四年三月半ば、摂津からもたらされた知らせに衝撃をうけた。

知らせは安威城と中川館の双方からあった。いずれも高槻城での政変を伝えていた。

「ジュストさまがお怪我をッ。なにゆえさような……お命は、お命は助かるのですか」

ジュストこと高山右近は敬愛する従兄であり、心の師でもある。

「生死の境を彷徨《さまよ》うほどの深手を負われたそうにございますが、必死の祈りがデウスさまの御許へとどいたようで……」

おそらく一命はとりとめるだろうと五左衛門はわたしを安堵させた。父のダリオ叔父もさぞや肝を冷やしたことだろう。

右近の怪我は高槻城内で勃発した戦闘によるもので、敵の和田惟長《これなが》も負傷し、家臣に抱えられて命からがら逃亡したという。

わたしは事態が呑みこめなかった。

「ジュストさまと、和田のご城主が、諍《いさか》いになったのですか」

「いや、城内の家臣団にいきなり襲われたゆえ応戦したそうで……。事があったのは十一日の夕刻、ジュストさまは城主に呼ばれ、ダリオさまと高槻城へ登城されたその折に……」

「なれど、なにゆえに……和田さまとは主従以上の絆《きずな》があるのではありませんか」

松永久秀の属将として沢城を守っていた高山父子は、将軍義輝の弑逆にくわわった久秀をみかぎり、義昭を奉じる和田惟政の配下に入った。高山家の娘のネリヤが惟政の妻になったことも両家をむすぶ絆となった。

だからこそ、先の郡山合戦でも、高山父子は親族の荒木やわたしの兄を敵にまわしてまで和田方で戦ったのだ。ところが兄が惟政の首級を挙げたため、戦は終結した。本来なら城を奪われても当然だったが、荒木村重は自らの叔父と従弟でもある高山父子の顔を立てて、和田家の嫡子を高槻城主とした。村重の寛容さに、高山父子は大いに感謝したと聞いている。

「そもそも惟長さまは先妻のお子ゆえ、継母のネリヤさまを疎んじていたそうにございます。側近どもの入れ知恵もあり、高山一族を排除しようと企《たくら》んだのでしょう」

高槻城での政変には別の見方もあった。城主に呼び出された高山父子が闇討ちにあい、やむなく応戦した……と五左衛門はいったが、後日、織部は異なる話をわたしに教えた。摂津一国を手中におさめようと企んだ荒木村重が、裏で糸を引き、高山父子をつかって城主を騙し討ちにした……という話だ。

この話になると、わたしは毎回、織部につっかかりたくなる。

——まさか……いくらなんでも、切支丹のお二人が恩ある和田家をつぶすようなことをなさるとはおもえませぬ。

けれど織部は自説を曲げない。

〈高槻城をまかせる、デウスの国をつくってはどうかと耳元でささやかれたらどうだ？　城主のネリヤさまへのむごい仕打ちに、そなたの叔父貴は憤っていたとも聞くぞ〉

下剋上の世である。高山父子が主家の和田を追い落としてもふしぎはない。わたしは信じたくなかったが……。

あとになって、これは和田家中での二派の争いだったという話も流れてきた。この時期は、どこの家も、織田か三好かではなく、〈織田につくか将軍家につくか〉で侃々諤々《かんかんがくがく》としていた。わたしは解《げ》せなかった。荒木村重はいったいどちらの味方だったのか。

織田軍に参戦した。とおもったら、織田方の主君、池田勝正を追放して家をのっとってしまった。織田の属将である和田とも戦い、和田の城を奪うよう高山父子にしむけたのも荒木だとしたら、織田信長に挑戦状をつきつけているとしかおもえない。

（村重どのは高槻城での政変のあと、細川さまと共に大津《おおつ》の逢坂《おうさか》で、京へ出陣してきた織田信長を出迎えておるぞ。ま、反感を買わぬよう、あえてここは信長さまに恭順の意を示しておく気になったのやもしれぬ）

――ほんに、荒木さまほど得体の知れぬお人はおりませぬ。


そんなことよりなにより、問題は織田軍の出陣だ。

京の都は騒然としていた。

その日、わたしは安威邸の座敷にしつらえた祭壇で、デウスに祈りを捧げていた。祭壇といっても、厨子棚に白い布をかけ、その上にデウスの家に飾ってあった絵図を模写した絵と木製の十字架、それに燭台をおいただけ。でもわたしと小浜は、日に何度となくぬかずいて祈っている。

革棚町にあったデウスの家は、松永久秀によって破壊されてしまった。信長によってふたたび布教が許可され、今は玉蔵町《たまくら》や姥柳町《うばやなぎ》に宣教師の住まいができていて、そこに礼拝堂がおかれていた。下京の貧民が暮らす一画ながらも、以前、訪ねたころより信者の数は増えているという。これは三年前に赴任したパードレ、オルガンティノの人気のおかげらしい。

安威邸にいるあいだに、わたしも一度だけ、オルガンティノに会いに行ったことがある。五左衛門から下京は危険だと止められて、戦でもないのになにゆえかと首をかしげた。

「いつ、なにが起きるか。大事があれば、古田さまに申し訳がたちませぬ」

「馬鹿馬鹿しい。逢いにも来ない夫など放っておけばよいのじゃ。どうせむこうも、妻がいることなど忘れておるにちがいない」

しつこく懇願され、五左衛門はやむなくわたしをデウスの家へ伴った。ごみごみした下京にある礼拝堂は雑多な人々であふれかえり、熱気が充満していた。が、わたしを迎えたパードレは物静かで上品な、十字架のキリストを想わせるアルメイダとは似ても似つかなかった。陽気で潑溂とした司祭だ。いでたちも寺僧のようで、鈍色《にびいろ》の袈裟をまとっている。異国といってもいろいろあるそうで、阿蘭陀《オランダ》から来たアルメイダと伊太利《イタリア》生まれのオルガンティノとでは、そもそも気性がちがうのだとか。

「おう、麗しき姫君さま、ようこそ、おいでくださいました。神の祝福のあらんことを」

オルガンティノは片言の日本語で話しかけてきた。言葉だけではない。五左衛門から聞いたところによれば、衣食住のすべてで周囲の人々と平等であるよう心がけているという。なればこそ、だれからも慕われていたのだ。

この日、わたしは祈った。夫織部に一日も早く逢えますように……と。

願いは叶った。翌日、いつものように安威邸で祭壇の前にぬかずいていたとき、人の気配がした。ふりむくと織部が立っていた。

驚きのあまり、「まあ……」としか声が出ない。はじめは生霊かとおもった。久々に見る夫はやつれ、眼窩がくぼみ、頰がそげて、鬼気迫る顔をしていた。

「くわしゅう話している暇はない。ただちにここから出よ」

「出る？　何事ですか。いったいいずこへ？」

「西北へ……七《なな》の社《やしろ》か、いや紫野《むらさきの》あたりへ身を隠せ。うむ、雲林院《うんりんいん》がよかろう。安威の身内なら匿《かくま》ってもらえるはずだ」

「教えてください。どういうことか」

ただ逃げろといわれても合点がゆかない。

織部は重苦しい息を吐いた。

「将軍家が和睦を拒否した。ゆえに織田の軍勢が二条城を包囲した。焼き討ちも辞さぬかまえだ。ここにおっては危うい」

すぐには夫の警告を咀嚼《そしやく》できなかった。以前、武衛陣にいた将軍義輝が三好・松永軍に襲撃された。それと同様のことがまた起きようとしているのか。こたびは二条城にいる将軍義昭を、こともあろうに織田軍が……。

信じられない。

「織田信長さまは将軍家のお味方とばかり……」

わたしははっと目をみはった。

「もしや……城をぬけだしていらしたのですか」

「ああ。もどらねばならぬ。おまえは父の家へ立ち寄り、家人をつれて逃げてくれ」

問いかえす暇はなかった。織部はもう姿を消している。もどるとはいずこへ……二条城の城内か、二条城を威嚇する織田軍へか、それすらわからない。

が、ひとつだけたしかなことは、京の都がふたたび戦乱の舞台になろうとしていることだ。

小浜に仕度を命じた。

「叔父上は？」

「戦仕度をされて、ご一緒に出てゆかれました。当家の皆さまも今お仕度を……」

織部はわたしが舅の住まいを訪ねたことを知っていた。だから急を知らせてくれと頼んだ。あの家にはわたし以外の妻子がいるのに、そのことで激怒しているとわかっているくせに、あえて不愉快な役目をおしつけようとしたのだ。

カッとなった。が、すぐに、織部の切羽つまった顔をおもいだした。

双方へ知らせる時間がないので、織部はわたしに知らせた。状況を理解し役割をまっとうしてくれるとおもったのだ。それは、わたしを信頼しているからではないか。古田家の嫁として、古田家を守る者はわたししかいないと、白羽の矢を立てたにちがいない。

「小浜。皆に先にゆくよう伝えておくれ」

「御方さまは……」

「古田家へ寄ってゆきます。お舅上《ちちうえ》を……夫の身内を見捨てるわけにはゆきませぬ」

いったん決めたら、もう迷わなかった。

小浜と小者、荷を担ぐ下僕をつれて、安威邸を飛び出した。

かつての戦乱の際とちがって、上京の様子にまだ変化はなかった。それでもいつもより往来が閑散としているのは、二条城周辺の動きをいち早く察知して、火の粉がふりかからぬよう身をひそめる人々が少なからずいるからだろう。

日が暮れかけていた。路地の奥の古田家からはかすかに人の気配が流れてくる。聞き覚えのある女の声が聞こえたような気がして、わたしはおもわず棒立ちになった。

夫の第一の妻と子の顔を、正視できようか。

「重然さまの使いが参ったと伝えておくれ」

小浜を玄関にむかわせようとした。と、気配を察したか、女が出てきた。年増ながらも色香を匂わせる女である。

もしや、この女が織部の第一の妻か。でも、もしそうなら、気軽に草履をつっかけただけで出てこようか。使用人かもしれない。

身をこわばらせているわたしをよそに、女は笑顔で「さあどうぞ」と玄関を指し示した。

「奥さまが京へおいでになってはるとうこごうて、うちの人もお待ちしてはりました」

ということは女中か。いや、うちの人とは……。とりあえず丁重にたずねてみた。

「あのう、あなた、さまは……」

女は軽やかに笑った。

「ほほほ、あなたさま、というほどの者やおへん。勘阿弥はんのお世話をさせてもろてるだけどす。せやけど、左介《さすけ》はんは継母上《ははうえ》と呼んでくれはりますのや。ほんなら奥さまには継姑《ましゅうとめ》やねえ。あれ、妙やな」

左介とは、織部と呼ばれる前の若き日の通称である。へなへなと膝をついてしまいそうだった。勘阿弥が噂通りの粋人なら、年若い後添えをもらっていてもふしぎはない。

「お子さまが、おられるのですか」

「いえ。へえ、九郎八はんどしたら、左介はんのお子どす。ご生母さまはお産で亡くならはりました。ほんで、うちがお世話を……」

小浜が目で合図をした。そうだ、立ち話をしている暇はない。安堵の胸をなでおろし、早合点した己の愚かさを笑いとばすのは、今でなくてもよいのだから。

「急ぎの知らせがあって参りました」

わたしは家の中へ招かれ、舅と嫁としての初対面の挨拶もそこそこに織部の話を伝えた。

織部の実父、勘阿弥は、五十代の後半か。大柄ではないが色白の泰然とした面もちが器量の大きさを感じさせる男で、総髪をひとつに括《くく》り、袖無羽織を着た姿は、武士というより連歌師か茶の湯の師匠に見える。

「わざわざ迎えにきてもろうたが、わしは、ここにおる」

書物や骨董《こっとう》など大切な品が山ほどあるので動けないと、勘阿弥は頑《がん》としてゆずらなかった。風貌も語り口も柔和ながら岩のように頑固で、どう説得しても、その決意をくつがえすことはできなかった。

「九郎八を頼むぞ」

事情がわかった上は、四の五のいってはいられない。わたしは九郎八をつれて雲林院へむかうことになった。四歳になるという男児は、当初こそむずかっていたものの、小者に背負われるや、ことんと眠ってしまった。

もしや都が焼き払われるのでは――わたしの不安は杞憂に終わった。上京は安泰で、わたしたちはほどなく安威邸へ帰ることができた。が、かといって何事もなかったわけではない。織田軍は将軍義昭がたてこもる二条城を包囲して、周辺の町家を焼き払った。義昭は正親町《おおぎまち》天皇に泣きついて和睦の勅許をもらい、信長はしぶしぶ包囲を解いた。

「夫にも落胆しましたが、叔父上まで、織田方に寝返るとは……」

安威邸で五左衛門と顔を合わせるや、わたしは早速、非難をあびせた。このときはもう、だれの目にも、信長と義昭との決別は明らかになっていたからだ。

安威は由緒ある奉公衆で、五左衛門は将軍義輝の遺児の小姫を救出した勇者でもある。

「寝返ったといわれれば、さよう、そのとおりやもしれませぬ」

五左衛門は苦渋をにじませた。

「しかし現将軍家には、戦乱を鎮め、世を治める器量はありませぬ。このままでは、それこそ都にかぎらず、どこもかしこも焼け野原になってしまいましょう」

義昭がひそかに三好方と手を結んでいたと聞けば、三好軍に母の命を奪われたわたしとしても考えをあらためざるをえない。

「小姫さまはどうなるのですか」

「しかるべき時が来るまでは、安威城で大切にお育ていたしましょう。それが小姫さまにとって、一番のお幸せかと……」

和睦が成ったので、安威家の当主はこれまでどおり奉公衆として将軍義昭に仕える。五左衛門はこれを機に、木下藤吉郎と行動を共にすることになった。

「皆、木下さまがお好きなのですね」

つい皮肉な口調になっていた。

五左衛門はよいとして、織部とは一刻も早く和解をしたかったが……。

（怖い怖い。わしにとっては、信長さまよりそなたのほうがよほど恐ろしい）

――よしてください。それではわたくしがまるで恐妻のごとくおもわれます。

（しかしあのときは般若《はんにゃ》のごとき顔をしておったぞ）

織部が大仰に声をふるわせるので、わたしはおもわず失笑する。

――いきなり両手をついて、額をすりつけるのです。どんな顔をしたらよいのですか。

戦が鎮まると同時に安威邸へ駆けつけた織部は、九郎八のことを隠していて悪かった、許してくれと平伏した。事情がわかったのでもう怒ってはいなかったが、かといってうれしそうな顔をするのもしゃくである。

――わたくしは何年も騙されておりました。

（騙したわけではない。祝言を挙げる前に話しておこうと安威城を訪ねたのだ。が、そなたは聞く耳をもたず、馬を駈って出かけてしもうた）

――夫婦になってからだって、話そうとおもえばいくらでも機会はあったはずですよ。

（まあ、そうなのだが……先のばしにしているうちについ、いいそびれてしもうた）

――もう、ようございます。昔の話ですし、ご事情はようわかっておりますから。

九郎八の生母は古田家へ奉公していた。正式な妻ではなかったが、織田信長からわたしとの婚姻をいいわたされたときは懐妊中だった。織部は子が生まれたら母子の身の立つ方法を考えようとおもっていたものの、女はお産で死んでしまった。

（やむなく九郎八は父にあずけた。女子も憐《あわ》れだが、赤子はなおのこと不憫でのう、いかにし

たものかと悩んでおったんじゃ)
わたしはこのときまだ子がいなかった。夫婦の交わりがほとんどないのだから、子ができなくて当然。そんなとき別の女の産んだ子があらわれたら……織部はわたしの気持ちをおもんぱかって、告白を一日延ばしにしていたのだった。

――早う話してくだされればよかったのです。どのみちわかることなのに。

九郎八はわたしが育てると申し出ると、織部は安堵の息をついた。

(あのときはそなたが天女に見えた。良き嫁御をもろうて、なんという果報者かと……)

――それが大仰だと申すのです。妻なら当たり前のことを申したまでですよ。


九郎八は愛らしい男児だった。雲林院で匿われているあいだにすっかりなついて、夜もわたしのかたわらで眠るようになった。勘阿弥の家へ送りとどけたときは、わたしの小袖をつかんでなかなか放さなかった。

織部は、勘阿弥の家では手狭なので、どこかに家をかまえてから九郎八を迎え、三人で暮らせるようにすると約束した。和睦が成ったはずだが、まだ役目が終わっていないのか、この日もあわただしく織田方の陣へもどってしまった。

わたしは知らなかったが、将軍義昭は信長が退去するや和睦を放棄、二条城を確保した上で自らは宇治の槇島《まきしま》城へ立てこもった。つづく織田軍と義昭軍との戦もあっけなく織田方の勝利に終わった。建造したばかりの大船で迅速に琵琶湖《びわこ》を渡り、京の妙覚寺に陣を敷いて威嚇した信長は、易々と二条城を開城させ、義昭を降伏に追いこんだのである。

七月二十日、囚われ人となった義昭は、河内国若江《わかえ》城へ移送された。

同月二十八日に、信長の申請で年号が元亀から天正《てんしょう》へ変わった。織田軍の勢いは止まらない。三好三人衆の一人を討ち取り、越前国一乗谷《いちじょうだに》では朝倉氏を滅ぼし、余勢をかって小谷《おだに》城の浅井久政《ひさまさ》・長政《ながまさ》を自刃させて、恭順を申し出てきた松永久秀を味方につけた。

一方、摂津国では、信長という鬼のいぬ間に荒木村重が伊丹氏を攻め、その勢力を増大させた。信長からお墨付きをもらった和田、池田、伊丹の三大国人を、荒木村重はいずれも滅ぼしてしまったことになる。にもかかわらず村重が信長の不興を買わずにすんだのは、伊丹氏が義昭方についたためだ。


この混迷した時代のことは、いまだに夫婦でよく話題にする。

(わしのいったとおりだろう。村重は剣呑《けんのん》。自らの主君、池田勝正を追放したころから、信長さまにとってかわる気でおったのよ。表向きは恭順したように見せて、着々と摂津国を占拠する算段をしておったのだ)

――そのひとつが高槻城ですね。村重どのが有岡《ありおか》城を居城とした天正二年に、ダリオ叔父は高槻城主となっています。

このころ、兄のもとへも地元の豪族が続々とあつまっていた。兄と村重は従兄弟同士、単なる主従ではない微妙な関係を保っていたのだ。

わたしは、といえば、戦の勝敗以上にある出来事が気になり、耳をそばだてていた。河内国の砂《すな》というところに教会が建立された。これはアンタンこと結城左衛門尉の尽力によるもので、わたしはかつてデウスの家でアンタンの父のアンリケ——ダリオ叔父と同様、松永久秀の家臣で切支丹となった結城進斎——と遭遇している。

砂で教会が建てられたことは、高山父子を大いに発奮させたようだ。小浜のもとにはダリオ叔父の妻女のマリアからときおり知らせがある。高槻城下でも切支丹が日に日に増えていた。

——高槻がデウスさまの御国になると聞き、わたくしは胸を躍らせました。

(こっちはそれどころではなかったぞ。将軍を追放して室町幕府を終焉《しゅうえん》させ、宿敵の朝倉氏を滅ぼし、松永久秀や筒井順慶《つついじゅんけい》まで配下にくわえ……そこへまた次なる敵があらわれたのだから)

——本願寺やら、一向一揆やら。あなたも戦にかりだされてばかり。

(とうとうわしも織田さまの家臣団にくみこまれてしもうたわ。といっても、あっちの陣こっちの陣と駆けまわっておったゆえ、使い番とさして変わりはせなんだが……)

——九郎八と三人で暮らす、などという約束はちっとも果たせませんでしたね。

わたしは二、三年の間、舅の勘阿弥の家と、奉公衆の役目がなくなって活気の失せた安威邸とを行き来して気ままに暮らしていた。織部はかたくるしくて嫌いだというけれど、わたしは茶の湯にいたく興趣をそそられ、舅から手ほどきをうけるのが愉《たの》しくてならなかった。静謐《せいひつ》な茶室で無心に茶を点《た》てていると、祭壇の前にひざまずいてデウスに祈るひとときと同様、心身が清められてゆくような心地がしたものだ。

夫婦らしく、ひとつ家に住んでむつみあうことができるようになったのは、織部が信長から山城国上久世庄《かみくぜのしょう》の代官に任じられたおかげだった。

天正三年の十月に本願寺と和睦した信長は、十一月、嫡子の信忠《のぶただ》に家督を譲り、翌年、安土《あづち》城の築城を始めた。同じころ、織部は代官赴任をいいわたされた。代官の仕事は年貢の徴収や諍いの調停である。

上久世は京の南方の荘園地帯にあり、先の戦で義昭がたてこもった槇島城が浮かぶ巨《お》椋《ぐら》池や宇治の集落も近い。この一帯は、信長の家臣となってから長岡《ながおか》姓で呼ばれている細川家の所領で、夫の養父の古田重安《しげやす》も信長から隣接する西岡《にしのおか》に砦を与えられていた。細川家の使い番をしていたことのある織部には所縁の地である。

安土城が完成すれば、家臣の妻子は城下に住むことになる。安土の武家町に屋敷を拝領するまではこのまま京にいればよいといわれたが、わたしは上久世へついてゆくことにした。

母も、父と離れがたくて稲田城へおもむいた。わずかな月日ではあったが、もしあのとき行かなかったら、稲田城でのむつまじい日々の思い出さえないまま死に別れていた。

この機を逃したくない。

もう、決して、夫のそばを離れたくなかった。

――上久世ですごしたあの春と夏は、わたくしの生涯でいちばん幸福な日々でした。

織部の少し照れたような微笑を、わたしは眼裏におもい描く。

第五章

蓮池橋に立てば左手前方、北東の方角に、大手門と数棟の武家屋敷、さらに山腹の二の丸と山頂の本丸の威風堂々たる城が見える。天正五（一五七七）年のこの年にはまだ後世に語りつがれる絢爛《けんらん》豪華な天主閣は完成していないが、青々と煌めく湖を見晴らす安土城は、織田信長が技術の粋を集めたというだけあって、これまで目にしたどの城より堅固で美しく、神々しくもあった。

「あ、母上。あそこ」

九郎八がわたしの袖を引いた。もう一方の手の小さな指がさし示す先は沼の畔《ほとり》の叢《くさむら》で、風もないのにざわざわとうごめいている。枯れ色の葦《あし》の中、黒地に黄や赤の斑点《はんてん》が見えかくれしているのは――。

「よう見つけましたね。あれは鴫《しぎ》という鳥、虫や魚を食べているのですよ」

山城国上久世の代官屋敷から、安土城下の新町《しんちょう》にある家中屋敷へ移り住んで一年近く、継子の九郎八は八歳、わたしは二十四歳になっている。

「お体にさわります。もうそろそろ……」

小浜が帰りをうながした。小浜の心配性は年々ひどくなる。

「久々の秋晴れじゃ、屋敷へこもってなどいられませぬ」

「真っ先にお知らせになりたいお気持ちはわかりますが……ここでお待ちになられても、いつお帰りになるか……」

「ほら、いらしたッ」

大手門から数人の男たちが出てきた。中の一人、馬上の武士が夫の古田重然――のちの織部――であることは遠目でもわかった。大手道をとおって蓮池沼のこちら側、わたしたちがいる橋へつづく下街道を粛々と近づいてくる。

織部はここ数日、登城したきりだった。摂津国天王寺《てんのうじ》界隈ではいまだに石山《いしやま》本願寺との戦が継続している。信長自身は安土城にいるので、織部も行ったり来たり。今回も摂津からもどったとおもったら、寸刻おかずに呼びだされた。城内の大名屋敷に滞在していたようだから、なにか重大な事態が発生したのはまちがいない。

それは、次第にはっきりと見えてきた夫の表情からも明らかだった。織部は泰然自若、些事《さじ》にこだわらない。闊達で饒舌《じょうぜつ》、明るい気性でひょうひょうとしている。ところがこのときの織部は――。

わたしたちに気づくや、馬の歩みを速めた。けげんな顔である。

「どうした？　なんぞあったか」

ろくに寝ていないのだろう、はりつめた表情を目の当たりにして、わたしは真っ先に知らせたかった吉事を口にする好機を失ってしまった。

「いえ、なにも。わたくしこそ、なにかあったのではと心配で……」

「それはすまなんだの。だが、妻子に迎えられるとは男冥利《みょうり》につきるわ」

軽口を叩きながらも目は笑っていない。

「急な御用にございますか」

「うむ。これより堺へゆく」

「堺……」

「松井友閑《まついゆうかん》さまに、上さまの御下知をお伝えせねばならぬ」

「堺の代官にございますね。舅上同様、茶頭をよくつとめられる……」

「さよう。この大事を丸くおさめられるのは友閑しかおらぬ、と上さまの仰せだ」

大事とは、松永久秀の謀反だとか。三好と共に将軍弑逆をしてのけた松永は、そののちも三好方についたり織田方についたりと二転三転。近年は織田の傘下にくわわり、こたびの石山本願寺攻めにも出陣していた。ところが先日、自陣の天王寺砦を焼き払って、信貴山《しぎさん》城にたてこもってしまった。

「なにゆえ、さように無謀な……」

「宿敵の筒井順慶が大和の守護を命じられたことに、腹を立てたのではないか」

久秀は石山本願寺の顕如《けんにょ》と通じ、上杉《うえすぎ》軍とも手を組んで、織田軍を蹴散らそうという肚《はら》らしい。

「昔から信のおけぬお人でした」

実際に手を下したのは息子の軍勢とはいえ、母を惨殺された。久秀自身も切支丹をさんざんな目にあわせた。昔、高山父子が沢城から逃亡せざるをえなくなったのも、松永久秀のせいだと聞いている。それでも信長は、松井友閑を遣わして、久秀を説得させようというのだ。久秀にはまだなにか使い途《みち》があるのか。

「すぐご出立にございますか」

「うむ。仕度を頼む」

織部は九郎八に腕をさしのべた。ひょいと抱きかかえて馬に乗せる。

「あれまあ、せっかくのお出迎えが……」

小浜は不服そうな顔。遠ざかる父子を見送り、わたしもため息をついた。


──あのときは落胆しました。真っ先にお知らせを……と意気ごんでおりましたのに。

わたしは織部に話しかける。共に思い出をたどるのは、今や日課のようになっている。

(こっちこそ、なにゆえあんなところで待っておるのかと首をかしげた。なぜいわなんだ？ 夫にはいちばんに教えるものだぞ、なによりめでたきことなのだ)

喜びがよみがえってきたのか、織部の声ははずんでいる。その声を聞いているだけで、わたしの胸も温かくなる。

──いざとなったら、どう切りだそうかと……。どんなお顔をなさるか不安で……。

(どんなもなにも決まっておろう。そなたとわしの初子だ。一国一城を得るよりはるかにうれしい。それこそ歓喜のあまり、馬から飛び下りてそなたを抱擁しておったやもしれぬ)

織部は豪快に笑う。わたしもつられて微笑む。

――でしたら、やはり、あそこで申し上げなくてようございました。皆の前で抱きつかれたら、恥ずかしゅうていたたまれませぬ。

屋敷へ帰って、それでもなかなかいいだせず、織部があわただしく出かけるという間際にようやく懐妊したことを伝えた。「ようやったッ。でかしたぞッ」と雄叫《おたけ》びをあげた織部はわたしを渾身《こんしん》の力で抱きしめ、失神しそうになるまで放そうとしなかった。妻から懐妊を知らされたとき、武将がどういう反応を示すかは千差万別だろうが、父だったら兄だったら、叔父の五左衛門や従兄の右近だったら……少なくともこのときの織部のような手放しの喜びようはしなかったにちがいない。

(八年、いや、九年だ。九年経って子をさずかった。まわりに遠慮などできるか)

――なれどそのうちの半分以上は中川館におき去りにされていましたよ。あなたはあの戦この戦と飛びまわってばかり。ようやく夫婦らしい暮らしができたのは上久世でした。

(うむ。そなたはわしの良妻だけでなく、九郎八の良き母にもなってくれた)

――九郎八どのはわたくしになついてくれました。わたくしも愛しゅうて……。でも、なればこそ、内心では実子がいないことがうしろめたくて、なんとしてもあなたのお子を産みたいと焦っておりました。

念願が叶って妊娠した。喜びもひとしおである。わたしは夫のため、古田家のために丈夫なやゝこを産もうと胸に誓った。それも、できることなら立派な男子を……。

――それなのにあなたは、女子でよい、女子のほうがよい、などと……。

織部は「そなたに似た愛らしい女子がほしい」といったが、実はそれをいうにはいうだけの訳があった。

――女なら戦場へゆかずにすむ、敵兵の首級を挙げずともよい……あなたはそうおもわれたのですね。

（うむ。結局は、案じていたことが現実になってしまったが……）

――そのことはもう……今さら嘆いても詮無いことにございます。それにね、わたくしはおもうのですよ、生きのびた者が落命した者より幸せだったかどうかはわからぬ……と。

いつだったか、小浜がそんなことをいっていた。

織部とわたしはしばしば、しんみりと物思いにふける。


新町の家中屋敷は安土城の築城にあわせてつくられたもので、広々とした庭のある屋敷から独り者用の長屋まで、様々な家が建ち並んでいた。美濃国古田一族の身内にして、この当時は茨木城主に出世をしていた中川清秀の妹を妻としていたこともあり、古田重然の屋敷は五本の指に入る立派な門構えだ。

屋敷へ帰った織部は、美濃から呼びよせ近習とした早川小市の介添えで着替えをすませ、腹ごしらえに粥をかきこむや、すぐさま堺へ出立してしまった。あわただしい最中に懐妊を知らせることができただけで、わたしは満足しなければならなかった。

のちに聞いたところによると、松井友閑をもってしても松永久秀を調略することはできず、織田信長は久秀のこもる信貴山城攻撃の命令を下した。織田家の嫡子、信忠を総大将として、佐久間《さくま》や丹羽《にわ》、羽柴《はしば》秀吉（木下藤吉郎改め）の軍勢も出陣、これには織部もくわわっていた。信貴山城は天守から火を噴いて焼け落ち、久秀父子も奮戦むなしく城と命運を共にしたという。

「御方さまの母さまの敵《かたき》を、殿さまがとってくださったのでございますね」

奥座敷に設《しつら》えた祭壇の前にぬかずいて、小浜はデウスに感謝の祈りをささげた。

織部が首級を挙げたわけではないものの、将軍弑逆をしてのけた松永久秀の息子を夫の属する軍勢が討ち果たしたと聞けば、わたしも自ずと溜飲《りゅういん》が下がる。もっとも、松永久秀が敗死したからといって亡母が帰ってくるわけではなかった。ジュスト右近に教えられたように、最後の審判の日が来て、母が眠りから覚めるのを待つしかない。

耶蘇教についていえば、河内国の砂に教会が建立された翌年、わたしが上久世から安土へ移ってきた年に、昔訪れたことのある下京の一画、姥柳町に南蛮寺が建てられた。三階建ての礼拝堂の周囲には、パードレやイルマンの住まいのほか、諸国から礼拝にやって来た人々のための宿坊も用意されているとか。南蛮寺の建立に尽力したのは人気者のパードレ、オルガンティノで、献堂式のミサをとりおこなったときは路地まで人があふれ、大評判になったと聞いている。残念ながらわたしは安土へ移ったあとだったので、参列はできなかった。

安土にセミナリヨが建立されるのは、さらに三年後である。

信貴山城攻めから帰った織部は、ひと息つく間もなく、中国征伐へかりだされた。武田や上杉がなぜか戦意を喪失したことから、織田信長は一気に毛利《もうり》に戦いを挑もうと考え、羽柴秀吉に出陣を命じた。秀吉は以後五年間、姫路《ひめじ》城を拠点として播磨攻めを続行する。秀吉の家臣となった安威五左衛門も――戦闘要員ではなく右筆《ゆうひつ》だったが――姫路城へ詰めていた。夫の実父の勘阿弥も――あんなに京を離れるのを嫌がっていたのに――秀吉に呼ばれて姫路城へおもむいた。茶の湯を介して京の状況を知らせるためだ。

一方、夫織部の役目は信長と秀吉の仲介役といったところで、相変わらずひょっこり帰ってきては、「変わりはないか」「腹の子は無事か」「食欲は、眠りは、ほしいものはないか」とひとしきり大騒ぎをしては、また忙しげに出かけてゆく。そんな織部から「西岡にいる」との知らせがとどいたのは、翌天正六年が明けて早々だった。この〈西岡〉とは、のちに兄清秀からゆずられる摂津国東倉垣内《ひがしくらかきうち》の西岡郷ではなく、古田一族が当時、所領としていた山城国西岡万吉領である。

「伯父貴が死去した。しばらく帰れぬ」

古田一族の本拠は美濃国本巣にあった。旧主の土岐氏滅亡後は斎藤氏に没収されたが、信長が美濃へ侵攻、織田家の傘下となったのちも郷里に留まった者たちがいた。一方、織部の伯父で養父の古田重安は将軍義昭の御伽衆《おとぎしゆう》にくわわったものの、不興を買って追放され、細川（長岡）家を頼った。細川の所領の山城国長岡に隣接した西岡万吉領を与えられている。

織部が代官をつとめていた上久世は、西岡の一隅にあったので、わたしは夫と共に当地の古田館まで挨拶に出向いたことがあった。織部が〈伯父貴〉と呼ぶ重安は、当時、六十前後、嫡男に早世され、晩年の子はまだ幼く、織部が古田一族を率いることになったという。

わたしも西岡へ駆けつけたかったが、身重なので動けない。

「体を厭《いと》え。丈夫な子を産んでくれ」

筆まめな織部は何通も文をよこした。

織部は西岡の古田一族だけでなく、郷里の本巣に在住している一族からも兵を募り、軍をととのえて秀吉の待つ播磨へ出陣。三月には三木《みき》城攻めにくわわり、いったん帰ったが、七月には織田信忠を総大将とする播磨の神吉《かんき》城攻めでも使い番をつとめた。

織部が相変わらず戦場を駆けまわっているころ、湖面がやわらかな陽光で煌めく季節に、わたしは初子の女児を出産した。安土にいる信長に戦況を伝えるため播磨から帰った夫は、まだ目鼻も定かではない娘の顔を見てわたしにそっくりだといいはり、「せん」と名付けた。

「仙はわたくしの名にございますよ」

「よいではないか。母者にあやかるように」

長女は「千」となった。わたしは長いこと子ができなかったし、九郎八の生母がお産で死んでいることもあって、織部の心配は滑稽なほど度を越えていたのだが、案に相違して安産だった。愛馬で野を駆けまわっていたことが、むしろよかったのかもしれない。

「待っておれ。本巣へつれていってやる。風光明媚《ふうこうめいび》で心地よきところだぞ」

神吉城攻めで播磨国へおもむく際、織部はわたしに約束した。年内に戦が終わったら郷里へつれていってやる、正月は本巣で迎えよう……と。

わたしは心待ちにしていた。ところが、それどころではなくなってしまった。

荒木村重の謀反のせいだ。

織田信忠ひきいる約三千の軍勢には荒木軍も参戦していた。荒木軍には、兄の中川清秀や高山父子もくわわっている。

「義兄上《あにうえ》は意気軒昂《いきけんこう》だったぞ。ややこを見せに来いと仰せだった」

「ジュスト右近さまにもお会いになられましたか」

「おう。お怪我もすっかり癒《い》えたそうだ」

播磨での毛利方との戦はまだつづいていた。石山本願寺との争いも終わる気配がない。そうしたなかで神吉城が落城し、手柄を立てた織部は大いに面目をほどこした。褒美の意味もあったのか、九月下旬から十月初旬にかけて、織部は信長の堺への旅に随行した。鉄甲船を見学したり鷹狩をしたり、堺の豪商、今井宗久《いまいそうきゅう》から茶をふるまわれたりして、上機嫌で安土へ帰ってきた。

ところがそこへ、旧知の細川藤孝より荒木村重謀反の急報がとどいた。藤孝は、古田家にとっても他人事《ひとごと》ではすまぬとわかっていて、あわてて知らせたのだ。

織部は真っ先にわたしに伝えた。どうせわかることなら自ら教えようと考えたのだろう。いや、織部にはわたしが必要だったのだ。この未曾有の危機をのりきるには、夫婦が力を合わせるしかない。

「荒木さまが謀反を企てておるそうな。事実なら、義兄上はいかがなさるのか」

織部は血の気が失せ、視線が定まらず、体までちぢんで見えた。地獄を見たようなその顔にわたしは背筋が凍りついた。

「謀反……まさか……」

否定しようとして声をつまらせる。いつかこんなことが起きるのではないかと、実は危ぶんでいた。荒木村重は摂津国を我がものにすべく、入念に足固めをしてきた。ほぼ叶った今になって、信長に頭をおさえつけられるのは我慢がならないのだろう。

知らせによれば、村重と石山本願寺の顕如とのあいだで交わされた書簡がひとつならず見つかったそうで、このことはすでに信長の耳にも入っているという。

兄清秀は村重の従弟であり、属将としても共に戦ってきた。兄は村重に心酔して、常にその背中を追いかけてきたのだ。二人は切っても切れぬ絆で結ばれている。

兄だけではなかった。同じく二人と血縁のある高山父子も、今は荒木の傘下に組みこまれていた。はじめは敵対していたが、高槻城を与えられて村重びいきに転換、とりわけダリオ叔父は甥の村重のいうことならなんでも従っているらしい。

「兄やダリオ叔父、ジュスト右近どのが、荒木さまに反旗を翻すとはおもえませぬ」

信長はしょせん余所者《よそもの》、侵略者であって同胞ではなかった。

「さようなことになれば、われらにも火の粉がふりかかる」

「兄に文を認めます。ジュストさまにも……」

「いや、かえって疑いの種を撒《ま》くようなものだ」

織部はただちに登城した。疑いを払拭《ふっしょく》するには信長のそばにいるしかない。

その夜は恐ろしさのあまり食事も喉をとおらなかった。ひたすら祈りつづける。疲れ果てて眠りにつけばついたで、兄やジュスト右近の断末魔の顔が浮かんできた。怒り狂った信長に夫が手討にされる光景も……。

翌日の午後になって、織部は疲労困憊した顔で帰ってきた。周囲の諫言《かんげん》を聞き入れて、信長は荒木村重に、松井友閑、明智光秀、万見仙千代《まんみせんちよ》の三名の特使を遣わしたという。母親を人質とし、安土へ出頭するように、というのが織田方の和睦の条件だった。

「伯母は高齢にございます」

村重の母はわたしの伯母だ。温かみは感じられないが、きりりとした女丈夫だから、もう少し若かったら質なにするものぞとばかり、安土へやって来たかもしれない。けれど、最近は足腰が弱って歩くことさえおぼつかないと聞いている。

「高齢でのうても質に出すかどうか」

信長はかつて敵方に寝返った自身の伯母を捕らえて、毎日手指を一本ずつ切り取るという残虐な拷問をくわえて磔刑《たっけい》にした。血を分けた伯母にさえ憐れみをかけぬ男のもとへ、村重が母をさしだすとはおもえない。

質に母親を出せと命じたのは、わたしの兄や高山父子への牽制の意味もあったらしい。村重の母は兄にとっても伯母、ダリオ叔父にとっては実の姉である。

「荒木さまはどうなさるのでしょう」

「さて、翻意なさるかどうか……」

聞くところによれば、村重はいったんは和睦を承諾、安土へ弁明にゆこうとした。ところが「安土へ行けば命を奪われる」との知らせが耳に入り、ひきかえしてしまった。

昔の話である。今さらどうにもならないこともわかっている。

それでも、わたしは織部に話しかけずにはいられない。昔も今も、独りでは、どうしてもこの凄惨《せいさん》な出来事をうけいれることができないからだ。

——信長さまは、まことに荒木村重さまを騙し討ちにするおつもりだったのでしょうか。

織部は少しのあいだ思案していたものの……。

（信長さまは荒木が毛利や本願寺と結びつくことをなにより怖れていた。もしそうなれば天下布武はおろか西国侵攻の夢も露と消えてしまう。しかも荒木は松永のような老齢ではない、働き盛りだ。わしが信長さまでも……生かしてはおかぬだろうな）

村重は人の心の内を読む男だ。安土城へのこのこ出かけてゆくわけがない。

和睦が失敗に終わったと知るや、信長は村重追討の軍勢をひきいて京へ出立した。京から摂津へ攻めこむ段取りだった。

（わしは内心ふるえていた、義兄上と戦うことになるやもしれぬ、と）

——ご出陣のおり、わたくしはあなたにすがって頼みました。どうか、どんな方法でもよいから兄を翻意させてください、と。兄の許には弟の新兵衛もおります。二人の身になんぞあったら、わたくしは……。

池田家の質を解かれ、家臣にとりたてられていた新兵衛は、清秀が茨木城を託された際、中川家への帰還を許された。華奢で色白の男児は武より文を好む青年に成長して、このときは兄の許で右筆見習いをつとめていた。

（新兵衛どのと面識はなかったが、義兄上は武勇の誉れ高い、まさに武将の中の武将だった。それゆえ、激烈な戦に身を投じても軍神に守られてきたのだろう。荒木村重に殉じて命を落とすとはおもえなんだが……）

――兄は信長さまに恩義を感じていました。このときも荒木さまを諫《いさ》めたと聞いています。もし、それが真《まこと》なら……。

(だとしても火蓋は切られた。覚悟しておけと、そういう以外になかった)

織部を送りだしたあとは祈るしかない。兄の許へ駆けつけて、村重は剣呑、袂を分かってくださいと泣きつきたいところだったが、有岡城の周囲には数多の砦が築かれていた。戦闘の最中では、兄の茨木城だけでなく、高山父子がいる高槻城や小姫が預けられている安威城にも近づくことはできなかった。

――なにもできぬとわかっていても、じっとしてはいられませんでした。

(それでそなたは舅上《ちちうえ》に文を認め、大あわてで高野山へとどけさせた)

――ええ。父は、村重どのが稲田城を急襲して父を追いだしたことにも、旧主の池田勝正さまを追放して家をのっとったことにも、腹を立てていました。息子たちが窮地に立たされていると知ったら、黙ってはいないはずです。

(それが、功を奏した)

――そのとおりです。父は、わたくしの兄と弟の命を救うてくれました。

織田軍は十一月九日に京から山崎へ進軍した。山崎は山城と摂津の国境で、木津川が淀川へ流れこむあたり、京街道もあって交通の要衝である。この進軍が可能になったのは、数日前に木津川口へ攻めよせた毛利の水軍を、織田方の九鬼《くき》水軍が撃破していたためだ。織田の軍勢は高槻城と茨木城を包囲した。高槻城では荒木派と織田派に意見が割れ、大騒動となった。高山父子でさえ、「村重の恩に報いるべし」とするダリオ叔父と、「本願寺と結んだ村重は許せぬ、織田につくべし」とするジュスト右近のせめぎあいとなり、父が息子を説き伏せ、村重に加担することで決着がつき、ジュストの息子と姉妹が質として有岡城へ送られた。

(信長さまは高山父子の葛藤《かっとう》を耳にするや、これはつかえると膝を打った。右近どのが父に勝る熱心な切支丹であることは周知の事実だったから、高槻城下に切支丹があふれていることも承知していた)

——それで、信長さまはオルガンティノを送りこんだのですね。

(うむ。切支丹皆の命とひきかえに、織田方へつくよう、パードレに説得させたのだ)

己一人の命なら、ジュスト右近は惜しみはしなかったろう。けれど切支丹全員の命、となると……。一方で、信長に従えば、息子や姉妹は命を奪われかねない。

この話を聞いたとき、わたしは神に祈りをささげるジュスト右近の、あの清冽《せいれつ》な横顔をおもい浮かべた。逞《たくま》しく成長した姿ではなく、少年のときの華奢で色白な、それでいて刃物のように研ぎ澄まされた顔だ。

——ジュストさまはどんなにか苦悩したことでしょう。命の重さにちがいはありませぬ。数が多いほうを優先するか、より親密なほうを優先するか、わたくしも容易に答えを出すことはできませぬ。

（さよう。追いつめられて、武士を棄てた）

――ええ。驚きました。まだ敗《ま》けてもいないのに、領地も家臣も、財も名も持てるものすべてを棄ててしまったのですから。

敗戦の将が頭を丸めて高野山へ逃避するのはよくあることだ。ジュスト右近は一人の切支丹として、城を出て、教会で奉仕の日々を送ると宣言した。

高槻城は開城となった。息子の決意を知ったダリオ叔父は、自分に従う家臣のみをひきつれて有岡城へ走った。村重に事情を打ち明けて質を解放させ、自らは荒木軍にくわわった。

（信長さまは、高槻城が白旗を掲げたことを大いに喜び、浪々の身となった右近どのが粗末ないでたちで挨拶に訪れると、自らの小袖を脱いで着せ、秘蔵の馬まで与えて、今後は切支丹武将として忠義をつくすよう命じられた）

――信長さまは、現世の欲得より信仰を選んだジュスト右近さまに感服し、敬意を抱いたのでしょう。なればこそ、荒木軍が敗れたあと、加勢したダリオ叔父を高野山へ追放するだけにとどめ、命を奪わなかったのです。

わたしは信長の残虐なふるまいに嫌悪を感じていた。一方で、畏敬《いけい》の念も抱いていた。信長にはきわめて切支丹的な、というより大司教にも似た確固たる意志を感じる。パードレによれば、切支丹の長たる教皇は、異端者とみれば火刑に処すこともためらわないとか。信長も逆らう者は容赦しない。信長が宗教に寛容にみえるのは、己こそが神で、唯一無二の己があらゆるものの上に君臨していると考えていたからだ。宗教など、どれでもいいとおもっていたのだ。

こうした考えを、わたしは織部に話さなかった。織部はもとより切支丹ではなかったし、わたし自身も胸を張って語れるほど、耶蘇教を理解してはいなかった。それは今も同様。

——高槻城は織田方の手に落ちました。オルガンティノの働きで……。でも、兄や弟が籠城していた茨木城が開城となったのは、あなたと父のおかげです。

信長は、茨木城の東北にある総持寺《そうじじ》に砦を築かせ、北西の郡山に本陣をおいて茨木城を威嚇した。一方で、織部に福富《ふくずみ》と野々村《ののむら》、下石《おろし》の三人を帯同させて、茨木城へ遣わした。織田方へ寝返らせるための調略である。

(後にも先にも、あれほど重き役目はなかった。義兄上はあのとおり、褒賞や利害では梃でも動かぬお人ゆえ……)

——聞きました、兄は首を縦にふらなかった、と。

(いかにも。たとえ村重に非があるとしても、長年のよしみ、裏切るわけにはゆかぬ)

——なれど、最後には開城に同意しました。

(そなたが舅上に文を送ったおかげだ)

そう。わたしが放った矢は見事に的を射た。雲水か山伏か、みすぼらしい僧形の男は難なく敵兵の間をかいくぐり、茨木城へ入りこんだ。手引きをしたのは田近《たちか》党をひきいる田近新次郎で、のちに清秀の股肱の臣となった。父は新次郎に理を説き、清秀の説得にあたらせた。

——とはいえ、信長さまは非情なお方にございます。開城したとたんに皆殺しということもありうる。兄としても、口約束だけで信じるわけには参りませぬ。

(そこはむろん、信長さまも承知の上だった)

古田一族で、美濃国細目《ほそめ》に居住する古田家の女が信長の側室になっていた。その女が産んだ信長の末娘は鶴姫《つるひめ》といって、永禄十年生まれの十二歳。清秀の嫡男の長鶴丸は十一歳だ。この二人の婚約を、織部はあらかじめ信長からとりつけていた。

長鶴丸と鶴姫が夫婦になれば、中川と織田は親族になる。織部にとっても片や義兄の息子で片や一族の娘、中川や織田と盤石の絆で結ばれるのは悪い話ではなかった。

(何度でも自慢してやるぞ。どうだ、妙案だろう)

——耳に胼胝《たこ》ができました。が、何度うかごうてもうれしゅうございます。

形のよい鼻を得意げにうごめかせる織部の顔を、わたしはおもい浮かべる。

兄清秀は織田に降《くだ》った。戦闘が一段落したのちのことになるが、安土へ招かれた清秀は、信長や信忠など織田家の面々から馬や太刀を贈られ、下へもおかぬ歓待をうけた。織部も黄金や銀子、装束を褒美として与えられている。

茨木城は織田の城となった。織部は城にとどまり、荒木軍の襲撃にそなえて警固についた。以後、兄清秀の御附人として兄からも知行を支給される身となり、戦場においても行動を共にするようになる。

では高槻城と茨木城を織田方に奪われた荒木村重はどうなったのか。

翻意を促すためにやって来た黒田官兵衛《くろだかんべえ》を拉致《らち》したまま、村重は有岡城で孤軍奮闘、戦は膠《こう》着《ちゃく》状態がつづいていた。籠城中の有岡城では、わたしの伯母である村重の母や妻子も不安な日々をすごしていたはずだ。村重の二番目の妻は、十年以上も昔、沢城で共にデウスに祈りをささげたあのダシである。当時からジュスト右近はダシの行く末を気にかけていた。村重に見初められて妻になったダシの安否を、さぞや案じているにちがいない。

季節が秋から冬へ移ろい、蓮池沼にうっすらと氷が張るころ、わたしは身辺の雑事に追われていた。兄清秀の妻子が茨木城から護送されてきたからだ。妻女の稍《やや》と長女の糸、嫡男の長鶴丸と次男の石千代。表向きは戦乱の地からの避難だったが、もちろん体のよい質でもあったのだろう。

長鶴丸は元服後は秀政《ひでまさ》と名乗ることになっていた。本年中に鶴姫と祝言を挙げる。村重が謀反を起こす前の清秀は荒木家の属将だったが、今後は織田家の家臣団に組みこまれ、安土城下に屋敷を拝領することになった。

わたしへの配慮もあったのか、兄は一行を送りとどける役を新兵衛に託した。槍や刀を手に戦うより学問を好む新兵衛は、茨木にいるより安土で若年の長鶴丸の補佐をするほうが適任だと考えたのかもしれない。

「新兵衛ッ。なんとまあ、あの、小さな新兵衛が……」

軽やかに馬から下りたった弟を見た瞬間、熱いものがこみあげた。稲田城から京へむかう逃亡の旅で、突然、池田方に質として奪われてしまった弟……。亡母の怒りと涙がまざまざとよみがえる。あれからの長い歳月、無事を祈り、再会を待ちわびてきた。

「ああ、そなたをずっと案じていたのですよ、わたくしも、母も……」

幼いころのように抱きよせようとして、新兵衛がもう立派な若者であることに気づいた。とまどっていると、新兵衛は照れくさそうに一礼をした。

「ご心配をおかけしました。それがしも、姉さまに、お会いしとうて……」

わたしの瞼《まぶた》には六歳の弟の姿がくっきりと刻まれていたが、幼かった新兵衛の記憶はそこまで鮮明ではないのだろう。どう応じたらよいか、困惑している。

「さあ、お入りなさい。あとでゆっくり話を聞かせてくださいね」

そういうにとどめ、新兵衛と兄の家族を屋敷内へ誘った。

数日後、またひとつ、おもいがけない再会があった。

憎形の父、中川重清が安土へやって来た。わたしの文を読んで驚きあわて、高野山を下りて茨木城へ潜入した父である。息子たちに無駄死にはならぬと懇々と説き、織部とも協力し合って茨木城を開城させることに成功した。

父はそのあと、安威城の様子を見に行っていたという。安威は最愛の妻、わたしや新兵衛の母の一族である。父にとっては憧憬《しょうけい》と敬愛の的でもある、由緒正しき家系だった。

「城は無事だった。なまじ兵力が衰えておったのが幸いしたのだろう」

こたびの戦に、安威一族は巻きこまれずにすんだ。

「小姫さまはどうしておられましたか」

「熱心に祈っていた。一日も早《はよ》う京へ行き、南蛮寺を詣《もう》でたいそうじゃ」

小姫は将軍義輝と小侍従の娘だ。足利の血を引いている。五左衛門は、いつか京へつれ帰って公家の縁者に会わせたいと考えているようだが、小姫は、京は京でも南蛮寺に関心があるらしい。沢城にいたとき、教会の堂主のコンスタンチーノは小姫を「アンジョ」と呼んだ。もしかしたら、小姫は本当に天使なのかもしれない。

ともあれ、小姫の無事を知ってわたしは安堵した。

その夜は父と弟と三人、亡母の思い出を語り合ってすごした。際限のない苦難や悲哀がこののち待っていたことをおもえば、つかの間ながらも至福のひとときだった。


十二月、安土城で秀政（元服した長鶴丸）と鶴姫の婚儀がとりおこなわれた。中川家と織田家の和睦の証《あかし》だから、中川家の面々は、めでたさよりほっとした面もちだった。

新婚夫婦は安土城内の屋敷で暮らすことになったが、十一歳の秀政は憂鬱そうだった。それもそのはず、父清秀は摂津国で合戦の真っただ中だ。新兵衛とちがって槍や刀をふりまわすのが大好きな秀政は、一刻も早く茨木へ帰って、初陣を飾りたいとうずうずしていた。

年が明けて天正七年の正月、織部は義兄の清秀をともなって帰宅した。安土城の信長に賀詞を述べるためである。わたしが兄と再会するのは何年ぶりか。最後に会ったのは郡山合戦で和田惟政の首級を挙げ、意気揚々と新庄城へ帰っていったときだから、少なくとも七、八年は経っていた。

「男子を産め」

豪胆な見かけこそ変わらなかったが、野心あふれる双眸の煌めきは失われて、兄の顔には疲労の影が色濃かった。従兄でもあり良き競争相手でもあった村重を裏切る結果になってしまったことが胸に重くのしかかっていたのだろう。

それでも、父、異母兄、弟、そして夫と娘……と最愛の家族にかこまれて、わたしは満ち足りた正月を迎えるはずだった。そうはならなかったのは、父重清が重篤だったからだ。

父は年明け早々に高野山へ帰るつもりでいた。もとより争い事の嫌いな父は、絶えることのない摂津国の領土争いを目の当たりにしてすっかり嫌気がさし、あらためて高野山で余生をすごす決意をかためていた。安威城へ立ちより、安土城下にまで足をのばしたのは虫の知らせ、皆に別れを告げるためだったのかもしれない。

父は古田邸で旅装を解いた数日後、病に伏してしまった。正月に織部が清秀をともなって帰宅したときはすでに重篤だった。が、少なくとも顔を合わせ、ことばをかわした。戦乱の世で家族に看取《みと》られながら息をひきとることができたのは、父の人徳によるものだろう。

織部と清秀はあわただしく摂津へもどり、その春には伊丹表田中の砦の警固についた。織部は丹波や丹後《たんご》の戦にもかりだされた。さらには羽柴秀吉の播磨攻めにもくわわっていたから、戦闘ではなく使い番が主たる役目だったとしても、あまりに多忙で、気の休まる暇のない過酷な日々だった。

各地で戦闘がくりひろげられているあいだも、安土城では天主の普請がつづけられていた。城下へ移り住んだときにはもう始まっていたから、わたしは下街道と蓮池沼越しに毎日欠かさず山上の天主が空へ伸びてゆくさまを眺めてすごした。

それはまるで、山の土塊の底で息を吹きこまれた異界の生き物が眠りから目覚め、頭をもたげて両手を高く掲げ、天をつかもうと雄叫びをあげる姿のようだった。礎《いしずえ》が築かれる。何層もの甍《いらか》が鈍色に煌めく。朱色の欄干と黄金の壁が毒々しいまでに華やかな姿をあらわすのを見て、何度、息を呑んだか。

見よ、おまえは見張られている、身を隠すところはどこにもないぞ――。

山頂から信長の声がふってくるようで、そのたびに金縛りになってしまう。

そんなときは祭壇にぬかずいて手指をからめた。礼拝には小浜や九郎八も参列した。かなたの安威城でも、おそらくアンジョの小姫が熱心に祈っていたにちがいない。

安土城の五重七階の天主は五月に完成。六階は廻縁《めぐりえん》のある八角形、七階は鹿苑寺《ろくおんじ》を模した金《きん》箔《ぱく》貼り、随所に鯱《しゃち》や龍をあしらうという壮麗な姿は人々の度肝をぬいた。信長は得意の絶頂で、家族をひきつれて天主へ移り住んだ。

わたしはこの年、安土城の天主の完成よりうれしい噂を耳にした。七月に来日したパードレのバリニャーノが信長に謁見、安土城下にセミナリヨを建てる土地を得たという。しかも、わたしの家からは目と鼻の先だった。そしてもうひとつ、わたしは第二子をさずかった。父重清ゆずりの優しい目鼻をした息子は「小平次」と名付けられた。

古田家にはすでに長男の九郎八がいたものの、正妻の子でないために嫡子とはみなされていなかった。九郎八も子供ながらに自分の立場をわきまえていたようだ。わたしは我が子として分けへだてなく愛しんできたつもりだったが、わたしに男子が生まれたことで、多感な年ごろの九郎八には考えるところがあったのだろう。

「父上が九郎八を京へよこせと仰せだ。九郎八が文を送ったそうな」

織部からそう聞かされたとき、わたしは胸を衝かれた。荒木村重の謀反以来、気を揉むことばかりだった。次々に人が訪れ、屋敷はざわついていて、しかもわたし自身は懐妊中……九郎八の気持ちをおもいやる余裕がなかった。九郎八を手放したくなかったが、武ばったことが苦手な九郎八にとってはそれが最良だと夫にいわれれば、うなずくしかなかった。都に居をかまえ、連歌や茶の湯を通して交友をひろげてきた舅の勘阿弥は、羽柴秀吉と父子のごとき絆を結び、還俗して重定《しげさだ》と名を変え、今では秀吉の一家臣として働いている。

「寂しゅうはなりますが、九郎八どのが望むなら、それがよいやもしれませぬ」

同じく学問好きな新兵衛につきそわれて、九八郎は京へ旅立った。

父の死去から始まった天正七年は、安土城天主の完成やセミナリヨ設立の許可、嫡子の誕生や九郎八の上京など、様々な出来事がつづいたが、もうひとつ、この年には忘れがたい大事があった。できるなら記憶から消して、なかったことにしてしまいたいほど陰惨で、おぞましい出来事である。

荒木村重は、昨年の冬以来、いまだ有岡城に籠城していた。が、高槻城や茨木城だけでなく周囲の城や砦が次々に織田方の手に落ち、いよいよ孤立無援を余儀なくされた。頼みの綱は毛利だけだが、待てど暮らせど援軍は来ない。

こうしていても埒が明かない――そう判断したのだろう。尼崎《あまがさき》城で毛利方の使者と密談をするために、数人の従者をつれて有岡城をぬけだした。

織部の話によれば、村重があわてたのは、備前国《びぜんのくに》の宇喜多直家《うきたなおいえ》が秀吉に降参したとの知らせが耳に入ったせいもあったらしい。この時期、秀吉は備前の三木城攻めにとりかかっていて、宇喜多が毛利から織田へ寝返ったことは、毛利に大いなる痛手を与えた。村重も足元が崩れるような恐怖を感じたにちがいない。

ところが、村重の行動は織田方に筒抜けになっていた。織田軍は有岡城と尼崎城を分断すべく、ふたつの砦を築いた。片方にはジュスト右近らと共に織部が、もう片方の砦の守備には兄清秀もくわわっていた。

つまり村重は、城を脱出したはよいが帰れなくなってしまったのだ。やむなく嫡男ともども花隈《はなくま》城へ逃げこんだ。窮地に立たされたのは有岡城にのこされた人々である。

――織田軍の攻撃で砦が次々に破壊されたのですよ。城内は騒然となったでしょう。わたくしには他人事とはおもえませぬ。稲田城も同じ目にあったのですから。

何年経っても、この話題になるたびに、わたしは冷静さを失ってしまう。

それがわかっているので、織部の口調も重く途切れがちだ。

（村重どのに降参をうながすため、武将たちは次々に城から脱出した。城内の女たちを守って

いた池田 某《なにがし》も、絶望のゆえか、自害してしまった……）

——見棄てられたのですね、女たちは。

有岡城が開城となったのは十一月の末だった。囚《とら》われの身となっていた黒田官兵衛は解放され、女たちは城兵ともども織田軍に捕縛された。

——あのとき、わたくしは心から安堵しました。これでもう、あなたも兄もジュスト右近さまも親族である村重どのと戦をしなくてすむ……。快哉《かいさい》を叫んだのですよ。それなのにああ、わたくしはなんと無知蒙昧《もうまい》だったか……。

昂りを鎮めるすべがわからないのか、織部は応答をしない。

——あのときは安土城へ談判にゆこうとしたのです。たとえお手討にされてもよい。このままにはしておけぬ……と。小浜は泣きながらわたくしに体当たりを……あんな小浜を見たのは初めてです。わたくしたちは床に倒れてもまだ揉み合い……。

（当時わしは播磨にいた。が、その場におっても、なにもできなんだろう）

——ええ。そのあと安土城の秀政どのから知らせがあり、もう手遅れだとわかりました。

信長は、有岡城で捕らえた者たち数百名を、尼崎城外の七松《ななまつ》で磔に処したり小屋に押しこめて焼殺したりしたという。そればかりか、捕らえた女たちを京へ送り、六条河原《ろくじょうがわら》で打ち首に処すよう命じたとも。老病の伯母が生き永らえているかどうか、いたとしても処刑の場までもちこたえられるかどうかはともあれ、村重の妻のダシがその中にいることはまちがいなかった。

――なぜ女たちを……なんの科《とが》にございますか。逃げようにも逃げられなかっただけなのに、あまりに理不尽、こんなむごたらしい話は聞いたことがありませぬ。

（泣くな。泣かんでくれ）

――泣きはいたしませぬ。わたくしの涙はとうに涸《か》れてしまいました。あのころのように手放しで泣くことはもうできませぬ。

深々とため息をついたのはわたしか、織部か。

（そなたが話していたダシという妻女のことだが……）

――沢城で会《お》うたときは信心深い可憐な娘さんでした。親族に拉致されるかのように富田へ連れていかれ、そこで村重どのに見初められて……。

（そもそも妻女の一族は石山本願寺と深いかかわりがあったそうな。妻女も寺内町で育っている。それが災いとなったのではないか。信長さまは子細な噂にも耳をそばだてる。荒木村重が織田から石山本願寺方へ寝返ったのはそのダシという年若い妻への執着のゆえだとおもいこんだ。それゆえ、許せなんだのだ）

――ダシどのは熱心な切支丹だったのですよ。村重どのと石山本願寺との間をとりもつなどあろうはずがございませぬ。

だとしても、このわたしになにがわかるのか。人は変わる。ダシが流転の半生でなにをおもい、なにと戦っていたのか、だれにもわかりはしない。

――この話はもうおしまいにしましょう。おもいだすことさえ辛《つろ》うございます。

（うむ。かようなことをいうても慰めにはならんだろうが、妻女は有岡城に囚われていたころから死を覚悟し、心おだやかな日々をすごしておられたと聞いている）

――ダシどのの辞世なればわたくしも……。

消ゆるこの身は惜しまぬが、みどり子を遺《のこ》してゆくことだけが案じられるという意味の歌がいくつかあったそうだ。耶蘇教で〈みどり子〉といえばデウスの御子だ。キリストが磔にされて葬られたからこそ、わたしたちは救われるのだとも。

――磨くべき心の月の曇らねば　光と共に西へこそ行く……そんな歌もございましたね。

〈西〉とは西方浄土だろうか。いや、それは海のむこうにある神の国にちがいない。デウスか阿弥陀如来か、ダシが死の間際、いずれに祈ったかは知るところではないけれど、澄みきった心の眸で永遠の魂「アニマ」だけを見ていたような気がする。

――この歌を口にすると、いつもながら気持ちが鎮まります。

（それを聞いて安堵した。思い出をたどるのはよいが、そなたが悲しむ姿は見とうない）

――ご安心ください。あなたと共に歩んでこられたのですもの、悲しいことと苦しいことも今となっては大切な思い出にございますよ。

翌天正八年早々、播磨国三木城が開城となった。城主の他二名は切腹したものの城内にいた人々は助命された。これが秀吉の尽力によるものかどうかはともかく、有岡城の悲惨な結末と比べれば、多少とも秀吉の寛容さが影響したのではないかとおもわれる。その秀吉は但馬国《たじまのくに》も平定。織部によれば、近ごろは兄清秀と意気投合して〈兄弟の契り〉まで結んだという。

「お舅上も安威の叔父上も、なにかといえば羽柴さま羽柴さま、今度は兄上まで……羽柴さまとはふしぎなお人ですね」

首をかしげるわたしに、織部はうなずいた。

「あの信長さまでさえ例外ではないぞ。癇癪《かんしゃく》をおこしても苦笑しつつ許してしまう。さような芸当ができるのは、天下広しといえども羽柴さましかおらぬわ」

羽柴秀吉の屋敷は安土城の大手門の近くにあったが、姫路城にいることがほとんどで、安土ではまだ顔を見る機会がなかった。

春、石山本願寺との和睦が報じられた同じころ、安土城下にセミナリヨが完成した。セミナリヨとはイルマン養成の場である。

安土城と古田邸とのあいだに、三層の階を有するセミナリヨが日々かたちを成してゆくさまに、わたしは胸を躍らせていた。ダシとセミナリヨは無関係だとわかっていても、セミナリヨがダシの死によって購《あがな》われたものであるようにおもえた。残虐非道な処刑で領民を震撼《しんかん》させた信長が、セミナリヨには寛容で、城下でも有数の好立地を提供したばかりか、安土城で使用した瓦《かわら》を下げわたしたり、数々の便宜をはかったと聞いていたからだ。

「御方さま。女人はセミナリヨに入れないのですか」

小浜は高山庄の教会のようなものを期待していたようだ。

「無理でしょうね。なれどオルガンティノさまがこっそり招いてくださいますよ」

セミナリヨには、京の南蛮寺で献堂式をとりおこなったオルガンティノが招聘《しょうへい》された。信長から高槻城を安堵されたジュスト右近もセミナリヨの開校を寿《ことほ》ぎ、順調に運営されるようにと高山家の武士たちを送りこむと聞いている。

「高槻は右も左も切支丹で、まるでデウスさまの御国のようだとか」

「パライソですね。わたくしも噂を聞きました。ダリオ叔父やジュスト右近どのは、城下で行き倒れになった者の棺《ひつぎ》を御自ら担がれたとか」

死や病は穢《けが》れで、だれもが目をそむける。貧しい者の死体、まして行き倒れは、掘った穴へ放りこまれるのが常だった。

「異国では慈善院《じぜんいん》というものがあって、切支丹たちが身寄りのない貧民のお世話をしているのだそうです。豊後国でも、お殿さまの居館のとなりに似たようなものがつくられたと聞きました。病の人々の魂を救い、心をこめて埋葬することが、耶蘇教ではとても大事なのですって」

かつてドン・フランシスコからそう教えられた。

陽光に青い甍が煌めく、小ぶりの城のようなセミナリヨが完成すると、黒い僧服姿の若者たちが長屋門を出入りする光景が見られるようになった。ときおり列になって出かけてゆくときなど、なにやら楽しそうだ。なんという楽器か、えもいわれぬ優しい音色が聞こえてくることもあった。讃美歌の合唱が流れてくることも。下京のデウスの家を訪ね、人々の合唱を耳にしたことのあるわたしは驚かなかったが、城下の人々は、大の男たち――それも武士まで――が声を合わせて歌う光景を目にして、さぞや仰天したにちがいない。

高槻城下では礼拝堂がいくつも建てられて、切支丹の数が日々増加していた。が、安土では城下の人々がセミナリヨに招かれることはなかった。パードレが辻々《つじつじ》へ出て人々を勧誘することもない。信長は安土城下が寺内町のようになるのを警戒して、あらかじめオルガンティノに命じていたようだ。切支丹の教育は許しても、城下での布教は許さぬ……と。

ともあれ、そうしたなかで宣教師たちも知恵をしぼった。民衆に布教をするより、高山父子のような力のある者たちを熱心な切支丹へ導くほうが効果的だ。そのため、セミナリヨに茶室をもうけることにした。

そう、セミナリヨには茶室があった。茶の湯の席なら、名だたる武将たちも敵味方の別なく膝をつきあわせ、腹を割った話ができる。

幸い信長も茶器に造詣《ぞうけい》が深かった。家臣団や武将たちをまとめるのに茶の湯は都合がよい。高価な茶器を下賜したり茶席への参列を許可したりすることで、有象無象の武士たちの自尊心をあおり、巧みに統制しようというのだ。茶の湯の知識は、武将たるものには必須《ひっす》になりつつある。となれば、パードレも布教の一助に茶の湯を利用しない手はない。


——安土城下のセミナリヨでしたね、あなたが茶の湯にお心を奪われたきっかけは。

織部に話しかける。

——オルガンティノから茶の湯の手ほどきを頼まれたあのとき、初めはあまり乗り気でないご様子。それが二度目からはいそいそとセミナリヨへお出かけになりました。それからはすっかりお目の色が変わられて……。

(うむ。あのときまでは、茶の湯も連歌と同じ、武家や公家の嗜《たしな》みとしかおもわなんだ。父から基礎を叩きこまれて、才がある、なんぞと褒めそやされたこともあったが、どうも堅苦しゅうて肌に合わぬと……)

――面倒なお作法もそうですが、茶道具もお好きではないようでした。

当時の織部は、おかしなものを土産に持ち帰ることがままあった。歪《いびつ》な壺《つぼ》だったり、襤褸《ぼろ》にしか見えない布だったり……。ところが掃き清められた座敷の床の間にその壺をおいてみると、なぜか静謐さが増したようにおもわれ、それでいて眺めていると胸がはずみ、なにやら楽しくなってくる。襤褸と見えた布に小さな白磁の花瓶をおき、蛍袋《ほたるぶくろ》の花を一輪さしてみると、なんとも初々しく、しかも神々しくさえもおもえて、襤褸布までが希少な宝物に見えてきたことも。「なにに使うものですか」とたずねると「知らぬ、好きに使《つこ》うてみよ」……一事が万事、そんなふうだった。

――今ならようわかります。あなたは反骨心のかたまり、安易に迎合するのがお嫌だったのでしょう。

（なにが美しく、なにが醜いか、美醜を判断するのは自分だ。価値があるかないか好きか嫌いかは己が決める。余人が愛《め》でた器、高価な茶器をありがたがるなどまっぴらごめん）

――それが、なにゆえお変わりになったのですか。

（なにゆえかのう）

織部はすぐには答えない。

（戦ばかり見てきた。城を奪い合うところ、人が殺し合うところも。目の前で人がばたばた死んでゆく。セミナリヨでは、武器を手にしているはずの武人たちが一様に首を垂れて祈っていた。森閑としたなかで目を閉じると、なぜか茶室にいるような気がした。ふしぎよのう。胸が安らぎ、空の高みへ浮遊してゆくような……そんな心地がした）

——あなたは突然、堺へ行きたい、とも仰せられました。

（安土城で千利休《せんのりきゅう》さまの噂話を耳にした。信長さまの茶頭だと聞き、ぜひとも教えを乞いたい、と。突然つきあげたのだ、茶の湯を究めたいというおもいが）

——茶人になられたきっかけをお教えしたら、お舅上はさぞや驚かれたでしょうね。

（いや、大いに納得されたやもしれぬぞ。父上は、ようわかっておられた）

なにを……と問うように、わたしは首をかしげる。

（茶の湯とはの、ほれ、そなたがいつかいっていた……アニマだと）

第六章

戦は絶えない。不穏な世情がつづいている。

播磨、甲斐《かい》、四国……夫の織部は相変わらず忙しげに飛びまわっていたが、天正八年から十年にかけて、わたしの暮らしはほぼ平穏だった。安土城の壮麗な天主を仰ぎ、セミナリヨの鐘の音に耳を澄ましながら、信長の下でほどなく戦はおさまり、この平安が全国津々浦々まで波及して、末永くつづくのではないかとの期待も芽生えはじめていた。京で大々的に催された馬揃えの壮観さが伝わってきたことや、バリニャーノと謁見した信長が異国風の袈裟をなびかせ、黒い肌の大男をひきつれて帰還したことも、人々の弾んだ気分を増幅させた。

天正九年の秋に、わたしは左内《さない》を出産した。九郎八は京の舅のもとにいるので、ここ安土には長女の千、次男の小平次、三男の左内の三人がいて、各々乳母の手を借りながらも、わたしや小浜は大忙しだった。

翌年の三月、織田軍は大挙して武田征伐に出陣した。武田氏は巨星たる信玄《しんげん》が病死したあと四男の勝頼《かつより》が跡を継いでいたが、信長は今のうちに壊滅させてしまおうと考えたのだ。これにはもちろん織部も兄清秀も古田軍、中川軍をひきいて出陣していた。

たとえ勝利が確実であっても、実際に勝利したとしても、戦闘にくわわる以上、死とは隣り合わせだ。無事に帰ってくるかどうか、身内は一瞬も気が休まらない。いつもながら、わたしはデウスに祈った。その甲斐あってか織田軍は大勝利をおさめ、武田氏は滅亡した。四月下旬に信長は安土城へ凱旋、夫も兄も無事に帰還した。

勝利の高揚が冷めやらぬまま、信長は徳川家康《いえやす》を安土城へ招いて饗応《きようおう》の宴《うたげ》を催した。その最中に織部と清秀は播磨へ出陣を命じられた。羽柴秀吉の援軍である。

「また、ご出陣にございますか」

わたしは落胆を隠せなかった。

「そろそろ播磨もカタをつけようというのだろう。明智さまも援軍にくわわる。上さまも上京されるそうゆえ、御自ら陣をととのえ、一気に討って出るおつもりやもしれぬ」

織部はまず清秀の茨木城へおもむき、そこで西岡から馳せ参じることになっている古田一族の軍勢と合流、中川軍と共に播磨へむかう計画を立てていた。

「ご武運をお祈りしております」

古田邸の門前で、わたしは織部一行を見送った。

天正十年六月二日の夕刻。

セミナリヨの中にある礼拝堂で小浜と祈っていた。城下の人々を集めて礼拝を行うことは禁じられていたが、お忍びで訪れる者のための扉は常に開かれている。怖いもの見たさで訪れた人々が、いつのまにか熱心に祈っている姿を見るのも珍しくなかった。礼拝堂へ足をふみいれた者は光と音が醸しだす美しさに酔いしれ、信徒たちののびやかさに目を開かされる。わたしも笛の音——フルートというそうだ——を耳にしたときは優美な音色に酩酊《めいてい》した。箱のようなものの前に座って両手の指で小さな盤を叩く楽器——こちらはオルガン——は、柔らかく温かな音色でつつみこんでくれる。なにより男たちが異国の祈りを唱える声は、甲冑姿で出陣してゆく光景よりはるかに力強く、聴く者たちの身内をふるわせる。

祈りを終えて腰を上げたときだった。早川小市が騒々しく飛びこんできた。

「しッ。静かになさい。なにをあわてておるのじゃ」

小市は声が出ないのか、赤い顔で息をはずませている。

「す、すぐに、屋敷へ、おもどりください」

「なにゆえ……」

「京で、大戦が……」

セミナリヨからどうやって帰ったか記憶にない。驚天動地の出来事に、古田邸は騒然としていた。京には信長父子が滞在している。播磨へ出陣する前に島井宗室《しまいそうしつ》など茶人を招いて茶会を催すそうで、宿舎には自慢の茶器が運びこまれていたはずだ。主だった武将たちは播磨や越中《えっちゅう》で戦の最中なので、信長の手勢はごく少数のみ。

大戦とは、いったいだれとだれが戦っているのか。

小市の他、家老の馬場弥平太と留守居役の田中源助に、登城して子細を聞き集めてくるよう命じた。何事があったかわからなければ、どうすべきかもわからない。動転している家人を落ち着かせ、三人が帰るのを待った。

真っ先に帰ってきたのは源助だった。

安土城に第一報がもたらされたのは未《ひつじ》の刻。京へむかっていた前田《まえだ》家の嫡男、利長《としなが》からの急報だ。都へ入る手前の瀬田《せた》の唐橋《からはし》で、信長の滞在先の本能寺《ほんのうじ》をぬけだして猛然と駆けてきた草履取りの岩隈某から異変を教えられたという。利長は新妻――信長の娘の永姫《えいひめ》――に身を隠すよう命じ、自らは安土城へ駆けつけた。

つづいて小市が、さらに弥平太が帰ってきて、それぞれ聞き集めてきた話を伝えた。いずれも現とはおもえぬ恐ろしい話だった。未明、本能寺が敵兵に急襲された。信長は応戦したものの多勢に無勢、寺に火をかけて絶命したという。もっとも屍骸《しがい》の行方が定かでないため、真偽のほどは不明だとか。

「敵兵とは、何者じゃ」

「明智の軍勢だそうにございます」

「明智ッ。あの、明智さまがッ」

明智光秀の温厚な老顔をおもい浮かべる。いったいなぜ……疑問はつのる一方だ。昨年の馬揃えでも、丹羽、蜂屋《はちや》につづく三番手として並いる家臣の中でも別格の待遇をうけたと聞く。武田侵攻でも手柄を立て、つい先日の徳川家康の安土城来訪の際も饗応役を命じられた。この役目は間際になって解任されたそうだが、織部や清秀と相前後して帰国したと聞いたので、今ごろは播磨へむかっているとおもっていた。

凶報はそれからも次々にもたらされた。明智軍は、正親町天皇の皇子の誠仁《さねひと》親王を助命した上で、妙覚寺から二条城へ移っていた信長の嫡男の信忠を自害に追いこんだという。

「もしや、まことに、織田のご当主が討たれたとなれば……」

明智軍が余勢をかって安土城を奪いにくるのは必定。主を喪った城内では大混乱が生じているにちがいない。

「城下も火の海になるやもしれませぬ。ここにいらしては危のうございます」

「なれど殿のお指図がなくては……いずこへゆけばよいのじゃ」

京の方角から攻めてくるなら西へは行けない。岐阜か尾張か、伊勢《いせ》か加賀《かが》か……。

「城の女子衆は、日野《ひの》城へ退去されるそうにございます」

信長の娘の一人が日野城の蒲生《がもう》家へ嫁いでいた。女や子供たちは蒲生家で匿ってもらうとして、それ以外の者たちは岐阜城へ退却して援軍を待ち、態勢をたてなおした上で明智軍との決戦に挑むのではないか。ただ、もし信長父子が討ち死にしていたとしたら、だれが采配《さいはい》をとるのか。明智方に寝返って岐阜城を占拠しようとする輩《やから》が出ることも考えられる。

「お逃げになられませ。殿もさよう仰せられましょう」

家臣たちに勧められて覚悟を決めた。そう。わたしは三人の幼子の母である。我が身にかえても子らの命を守らなければならない。いや、ここにいるすべての者たちを安全な場所へ避難させるのは、家刀自《いえとじ》であるわたしに課せられた使命だ。

「弥平太。いずこへ逃げればよい？」

「岐阜城が危ういとなれば……やはり古田一族ゆかりの本巣にて殿のご帰還をお待ちになられるのがよろしいかと……」

馬場弥平太がいえば早川小市もあとをつづける。

「よもや明智も本巣まで攻める余裕はありますまい。あそこなら安全にございます」

「それがしの里は大垣《おおがき》の手前の室原《むろはら》にて。かつて殿も我が村で蟄居《ちっきょ》されたことがございます。室原のゆかりの寺に一時、御身をひそめ、様子を探った上で、本巣へおゆきになられるがよろしいかと……」

田中源助も進言した。どこに敵の伏兵がひそんでいるかわからない。用心にこしたことはなかった。織部に知らせを送りたくても茨木城へゆく道は危うい。だいいち、織田家存亡の危機に古田や中川がどう動くかも不明だ。とりわけ兄清秀は、荒木村重の一件で心ならずも織田方に寝返っていた。これを機に明智方に加勢することも、ないとはいえない。

つまり、織田と明智、どちらからも目をつけられない場所に逃げるしかなかった。

「本巣へゆきます。ただちに仕度を。弥平太、皆を集めておくれ」


――あなたは、わたくしたちよりずっと早《はよ》う知らされたのですね。

(本能寺で戦が始まったのが未明、同日午前には茨木城へ急報がとどいた。が、混乱の最中ゆえ、話は錯綜《さくそう》して、なにが真かわからず……ともあれ、義兄上と相談して播磨への出陣は見合わせることにした)

本能寺の変は、わたしと織部にとっても生死にかかわる一大事だった。離れた場所にいて相談することもできず、各々が自身で生きのびるすべを模索しなければならなかった。

けれどわたしたちは、あのときも共に戦っていたのだ。互いの存在を心の支えとして、なんとしても無事に生きのびて再会を果たそうと胸に誓っていた。

こうしてふりかえるたびに、あのときのせっぱつまった思いがよみがえってくる。

――わたくしは案じておりました。あなた以上に兄は、複雑なおもいを抱えているのではないか、と。織田方につくか明智につくか、迷っていたのではありませんか。

(さよう。われらは困惑顔を見合わせた。だれの命令に従えばいいのか。だれと戦うのか。指示を仰ぎたいが主君の安否さえもわからぬ。迷うたすえに、播磨侵攻中の羽柴秀吉さまに問い合わせの文を送った)

――のちのなりゆきをみれば、懸命なご判断だったというわけですね。

(うむ。姫路城には父がいる。そなたの叔父上もおられる。勝手なまねはできなんだ)

織部の父の重定や安威五左衛門を敵にまわすわけにはいかない。織部は秀吉に文を送った。一方、兄清秀も秀吉の判断に従うつもりでいた。秀吉の人柄に魅了されて義兄弟の契りを結んでいたからだ。

秀吉は、異変を知らせる急使が到着したとき、高松《たかまつ》城で毛利方との和睦を進めている最中だった。信長の横死は伏せたまま、ただちに決着をつけ、姫路城へ帰ったのは七日か。その前に織部や清秀からの文を見ていて、五日にはあわてて返信を送っていた。

(羽柴さまからはすぐに返信があった。そこには、信長さまも信忠さまも難をのがれ、膳所《ぜぜ》ケ《が》崎《さき》におられると記されていた)

――なにゆえさような嘘を記されたのか……安土では、ご両人討ち死にの報がその日のうちにひろまっておりましたよ。

(われらを動揺させまいとしたのだろう。信長さま亡きあと足並みが乱れれば明智方のおもう壺だ。実際、明智は、諸将に明智方へつくよう誘いの文を送りつけておったゆえ)

――あなたも兄もその誘いにはのらなかった……ほんにようございました。

(明智どのでは世は乱れる。だれもついてはゆかんだろう)

三好長慶が死んで三好氏は衰退した。信玄が死んで武田家は滅亡した。松永久秀も荒木村重も傑物だったが、最後は孤立無援となって破滅した。強者《つわもの》だというだけでは人はついてこないし、かといってわたしの父のように人柄がよいだけでも人心は掌握できない。

――いつの世も、天下を治めるのは楽ではありませんね。

(兵力、知力、財力、人望、いずれも必要だが、それ以上に大事なのは周囲に畏怖を感じさせる力だろう。わしのように軽々しゅうおもわれては、一家の重石にもならぬわ)

織部の苦笑する顔が目に浮かぶ。

――さようなことはありませぬ。余人にはない、ふしぎな力がおありです。上手《うま》くいえませんが、皆を愉快にさせるような……。

(それをいうなら、そなたよ。皆が無事だったのは、そなたの底力があったればこそ)

茨木城の織部と兄清秀が、播磨の秀吉と書状のやりとりをしているころ、わたしたちは美濃国室原へむかう道を急いでいた。三人の幼子、小浜、侍女や乳母、留守をまもっていた家臣郎党の総勢三十人ほどの一行である。できることなら中川家の人々にも声をかけたかったが、安土城内はごったがえしていて中へは入れそうになかった。

（しかし、たいしたものだ。そなたの機転と機敏さには舌を巻く）

――あのときは子供たちを室原へ、と、そればかり……。

（室原……室原とは、ようおもいついたのう）

――源助の話では、昔、あなたも滞在されたことがあるそうで……。

（土岐家が滅亡したころ、敵方に攻めこまれそうになっての。一時、室原へ避難しておったのよ。なつかしいのう、福源寺《ふくげんじ》とは……）

――寺は荒れはてておりました。ご住職はご高齢で、跡を継ぐ者もいないようで……。

（うむ。様子を見に行こうとおもいつつ、長年、忙しさにまぎれ……源助も水臭いのう、早う話してくれればよかったのに）

――でも、騒動が鎮まったあと、あなたは福源寺の再興に力を尽くされました。田中一族の一人に住職を継がせて。

（源助も隠居後に室原へ帰郷したそうじゃ）

――はい。これもめぐりあわせにございますね。荒れ寺ではひもじいおもいもしましたが、おかげで敵兵に見つかることもなく、無事に本巣へたどりつきました。

本能寺で信長、二条城で信忠を討ち取った明智光秀は、六月二日の夕刻には居城の坂本《さかもと》城へ帰った。翌日と翌々日は近隣の諸将に書状を認めることに費やした。この間、洛中は落人狩りで騒乱状態がつづいていた。織部や清秀のように信長父子の生死すらわからぬ者たちは、動揺の極みにあった。

瀬田橋を落とされるなど妨害はあったものの、明智軍は五日に安土城へ入った。城内にいた女たちも異変の翌日には日野城へ避難、明智軍の到着より先に安土城が空になっていたのは不幸中の幸いだった。

光秀は七日、安土城で朝廷からの勅使と面会、城を家臣にたくし、八日に坂本城へ帰った。が、翌九日には再び上洛、このとき朝廷は光秀を歓迎したとも聞くが、兄清秀をはじめ摂津衆や細川藤孝、筒井順慶など主だった諸将は光秀の呼びかけに応じなかった。

（上さまが横死されたことは、もはや隠しようがなかった。羽柴さまの先の書状に「生存」とあったのは偽りだとわかった）

——それでも、明智さまの誘いにはのらなかったのですね。

（さよう。父からも、そなたの叔父上からも、知らせがあったのだ。細川さまも早まるなと仰せられた。羽柴軍が猛烈な勢いで京へむかっているから、待つように……と）

この機に乗じて毛利軍が戦をしかけていれば、羽柴軍は播磨に釘付《くぎづ》けになっていたかもしれない。が、それはなかった。羽柴軍が織田の弔い合戦に立ち上がれば、織部も清秀も秀吉に加勢する。気心が知れているし、光秀よりはるかに戦上手で人望があったからだ。

（羽柴さまに尼崎で会《お》うたのは十二日だった。姫路から不眠不休で馬をとばし、前日に到着したそうじゃ。上さまの死を悼んで断髪しておられての、皆を集め、御目をうるませて無念を語

り、明智許すまじと憤怒《ふんぬ》のこぶしをつきあげた。皆、もらい泣きをしたものよ）

明智光秀は驚愕《きょうがく》した。毛利方との戦の最中で播磨を離れられないとみていた羽柴秀吉が、こんなにも迅速に、こんなにも多くの諸将を味方につけて、弔い合戦に挑んでくるとは、おもいもしなかったはずだ。

羽柴軍は、先陣がジュスト右近、第二陣が中川清秀、第三陣が池田恒興《つねおき》という陣立てで、おびただしい軍勢が京めざして侵攻した。織部の古田軍はもちろん義兄清秀の中川軍と行動を共にしていた。

このころ明智軍は京を出て、山崎の南、八幡《はちまん》近くの洞ヶ峠《ほらがとうげ》に陣を構えていた。筒井順慶や細川藤孝が援軍に駆けつけてくれるだろうと期待して待っていたが、期待ははずれた。

一方、羽柴軍は十二日の夜、山崎へ入った。即刻鉄砲の撃ち合いとなり、夜明けには天王山の争奪戦となった。清秀も噂にたがわぬ戦巧者としての面目を躍如、本隊が到着する前に、中川隊は天王山を占拠した。秀吉の本隊はこのとき円明寺《えんみょうじ》川付近に布陣して、織田信孝《のぶたか》や丹羽長《なが》秀《ひで》の到着を待っていた。全軍が山崎にむけて出陣したのは十三日の正午で、山崎で戦闘が始まったのは、申《さる》の刻（午後四時ごろ）だった。

羽柴軍は明智軍の三倍近かった。明智軍はあっけなく敗退。勝龍寺《しょうりゅうじ》城へ逃れた光秀は、居城へもどって再起を図るべく夜陰にまぎれて近江へむかう途中、藪《やぶ》の中にひそんでいた農民に竹槍で刺殺された。

（明智どのの屍骸は、市中引きまわしの上、三条河原《さんじようがわら》で逆さ磔にされた）

――時は経っておりましたが、本巣にも聞こえて参りました。怒りのあまり、皆が屍骸を辱めたと……。

（うむ。羽柴さまは怨みをこめて杖で何度も打っておられた。石を投げる者も……）

信長は暴君で、だれからも畏怖されていた。が、一方では憧憬と尊崇に値する主でもあった。凡庸な老武将光秀は、信長の命を奪ったことで憎悪の的になってしまった。

（裏切り者の末路……他人事とはおもえぬのう）

闇に沈んでゆくような織部の声音に、わたしの背筋も寒くなる。


本巣は岐阜城から北西へ約三里、峻険《しゆんけん》な根尾《ねお》の山々を背景に、根尾川の清流と、南方の肥沃《ひよく》な濃尾《のうび》平野を見晴らす風光明媚な土地である。

わたしはひと目で合点した。いくつのとき、どれほどのあいだ、この地ですごしたかはわからないが、織部の大らかな気性、奔放でいながら他人へのこまやかな気くばり、温かな人柄は豊かな水と広々とした大地に抱かれて育《はぐく》まれたものにちがいない。

このあたりは古より戦の際の要衝だった。根尾川の水運の他、美濃と越前を結ぶ根尾街道がとおっていて、権現山《ごんげんやま》の山頂にある一族の城――このときはすでに昔日の面影をのこすだけだったが――からは、はるか大垣や岐阜まで見渡せる。

山上の戦城とは別に山麓に土塁や堀でかこまれた城館があり、古田一族が居住していた。安土城下と比べればささやかながらも、周囲には大小の武家屋敷や商家が軒をつらねている。

「ごらんあれ、あちらも……どれも柿の木にございます。それは美味にて……」

源助が子供たちに教えた。まだ実の生《な》る季節ではなかったが、周囲を見まわせばどこの家にも柿の木が植えられている。

「柿はたいそう役に立つ大地の恵みゆえ、大切に育てておるのでございます」

太古の昔から柿染めは衣類に欠かせなかった。柿渋は虫よけにもなるし水もはじく。幹は家具や飾り物に細工され、葉は飲料に、果実は美味なだけでなく滋養強壮にもなる。

「柿が大好物だと仰せなのは、それゆえだったのですね」

織部にとってはなつかしい郷里の味でもあったのだ。

「今ごろどうしておられるか……。安土でも戦が始まっておるやもしれませぬ」

夫に居所を知らせようと、安土を出る際も室原にいるあいだも何度か伝令を送ったが、無事たどりつけたかどうか。京で合戦があったこと以外はなにもわからず、真偽をたしかめるすべもなかった。

「こちらに知らせがとどいておるやもしれませぬ。さ、館へご案内いたしましょう」

弥平太が城館の門前で大声をはりあげると、待ちかまえていたように門扉が開いた。先触れをしておいたので、筑摩光隆や青木茂右衛門など古田一族の旧地を守っている老臣たちの出迎えをうけた。長旅を気遣い、心から歓迎してくれたのは、織部への親愛が篤《あつ》いせいか。

「こちらになにか、知らせはありませんでしたか」

真っ先にたずねる。

「御書状によれば、いまだ茨木城においでのようで……。今後のことは羽柴さまのご意向次第と記されておりました」

「安土からはなにか……」

「明智の軍兵であふれておるそうにて。城下は焼失したらしゅう……」

「焼失ッ。セミナリヨは……まさか、セミナリヨも焼けてしまったのでしょうか」

「さあ、そこまでは……少なくともここにいらっしゃれば安心にございます」

わからないまま気を揉んでいるのは耐えがたい。夫は、兄は、京にいる九郎八は、京の安威家や安土城内の中川家の人々は、無事でいようか。下京の南蛮寺や安土城下のセミナリヨのことも気にかかる。

京の状況は、そのあと刻々と伝わってきた。

「我が軍は優勢にて……」

「中川軍は目覚ましいお働きとか」

「明智は総崩れとのことにございます」

「光秀めは、名も無き野武士の槍に討たれて、絶命した由にございます」

主君を裏切り、寝首を掻くという大罪を犯した光秀を、だれもが悪しざまにいう気持ちはよくわかる。とはいえ、数日後、三条河原で光秀の屍骸が辱められ、逆さ磔にされたと聞いたときには、おぞましさに身をふるわせた。光秀の身内はどうなったのか。妻は、姉妹は、娘たちは……。娘の一人は細川家の嫡男のもとに嫁いでいたはずだ。たとえ生きのびたとしても、辛苦の余生が待っているにちがいない。

そんなことを考えたのは、荒木村重の妻ダシのことが頭から消えなかったからだ。〈みどり子〉に心をのこしつつ「光とともに」神の国へ召されたダシ……。村重には村重の、光秀には光秀の理屈があったのだろうが、巻きぞえをくった女たちこそ不幸の極みというしかない。

織部自筆の文は数日後にとどいた。義兄清秀ともども尼崎で秀吉と対面、合戦の手柄を称賛されたと自慢げにつづられていた。「宗易《そうえき》さまにも大いにお褒めいただき……」と記されていたが、宗易とは千利休、本能寺の変を知るや堺から馳せ参じたそうで、清秀に戦勝祝いの品をとどけてきたとも書かれていた。


「お、光った。やはりおったのう。見よ、ほれ、あそこだ、あそこ……」

「まあ、童のように……」

「いいから、そこじゃそこじゃ」

根尾川の支流の糸貫川《いとぬきがわ》の河岸に蛍が集まる場所がある。子供のころよく見にきたそうで、もう七月ですよ……といぶかるわたしを織部が誘い、外出ついでの寄り道となった。葎《むぐら》の陰に弱々しい碧光《へきこう》がひとつ。かろうじて生きのこった蛍が羽を休めている。

織部のはしゃぎぶりにあきれながらも、わたしまで小袖の裾《すそ》をまくりあげ、身をのりだして夫の指の先に眸を凝らした。

「見えたか」

「見えましたッ。光っております」

「おっと危ないッ。うわッ」

「あれ、お怪我はございませんか」

妻の腕をつかもうとして足をすべらせ、尻餅をつきそうになってたたらをふんだ夫を見てあわてて支えようとしたわたしを、織部は有無をいわさず抱きしめた。遠い昔、中川館で初めてむすばれたあの夜を再現するかのように。

従者がそばにいなかったのは幸いだった。

織部は昨日、本巣へやってきた。半月も骨休めをしたら京へもどるそうで、多忙は相変わらずだったが……。

「これから、どうなるのですか」

明智光秀を成敗したのはよいが、織田家は信長も信忠も死んでしまった。いったいだれが跡を継ぎ、諸将をまとめてゆくのか。

「信忠さまにはご嫡子三法師《さんぼうし》さまがおられる。常道どおり家督を継がれる」

「三つか四つか、まだ幼いとうかがいました」

「さよう。名代なくしてお家は治まらぬ」

合戦のあと、三法師のいる尾張国の清洲城へ織田家の重臣である柴田《しばた》勝家《かついえ》、丹羽長秀、羽柴秀吉、池田恒興の四者が集まって、名代をだれにするか、談合が行われた。信長の次男の信雄《のぶかつ》か、庶子の三男だが戦で手柄をたてた信孝《のぶたか》か。三法師が家督を継承、両者が後見人となり、信雄が尾張国、信孝が美濃国を所領とすることで合意した。

「柴田さまは上さまの御妹、お市《いち》さまを娶り、ご所望の長浜《ながはま》城を手に入れた。が、羽柴さまは長浜城を明けわたすかわりに、丹波と山城、河内を我がものとされた」

弔い合戦で明智光秀を成敗したのは秀吉だから、だれも逆らえない。

盤石だった織田家も、信長を喪ったことでほころびが生じた。信雄と信孝の覇権争いも、柴田勝家と羽柴秀吉の角の突き合いも、今後は予断を許さない。

織部の話に、わたしは眉をひそめた。

「ではまた戦になるのですか」

「さにあらず、といいたいが……」

織部もやれやれとため息をついた。

「柴田さまはご不満をつのらせておられる。もとより、柴田さまと羽柴さまは水と油のようなお二人ゆえ……」

「もしや戦になれば、やはり羽柴さまにしたがうおつもりなのですね」

「うむ。羽柴さまでのうては世は治まらぬ。こたびのことで、義兄上もますます羽柴さまびいきになられたぞ」

舅の重定、叔父の安威五左衛門、従兄のジュスト右近も兄清秀も、いつのまにか、だれもが秀吉の傘下にとりこまれている。

「それで、今度はどちらへいらっしゃるのですか。羽柴さまはいずこに？」

「まずは上さまのご葬儀があるゆえ、京でお仕度をせねばならぬ」

柴田勝家とお市が京の妙心寺《みょうしんじ》で信長の百箇日法要を行うというので、それに対抗して、秀吉は大徳寺《だいとくじ》で盛大な葬儀をとりおこなうことにした。

「子供の喧嘩ではあるまいし……ご一緒になさればよいのに」

「まあ、そうもゆかんだろう。ご葬儀が終われば、山崎城へゆくことになる」

「山崎？　合戦があったところですね」

「明智が陣を敷いていたところだ。が、退却したのちは羽柴方の本陣となった。今はこの城に諸将が続々と集まっておる」

山崎は山城国と摂津国の境にあり、木津川の流域でもある。西国道もとおっていて交通の要衝だ。居城の姫路城では不便なので、秀吉は山崎に新たな城を築こうと考えていた。そういうことならむろん、織部ものんびりすごしてはいられない。

「武将である以上、戦は、逃れられぬ宿命《さだめ》にございますね」

わたしたちはこのあと、待機させていた従者たちと合流して、古田一族の菩提寺《ぼだいじ》である祐國寺《ゆうこくじ》へおもむいた。クヌギやクロマツ、コナラなどの大木にかこまれ、池泉の美しい庭園と入母屋造《いりもやづくり》の堂宇《どうう》が荘厳なたたずまいを見せながらも、どこか素朴で温かな雰囲気を感じさせる寺である。住職の宗純は三十代の半ばか、色白の温顔に滋味深い表情を浮かべていた。

「格段のお働き、お喜び申しあげまする」

今や古田一族をひきいる織部を丁重に迎え、わたしにはいたわりの目をむけた。

「奥方さまには、さぞやお辛い旅にございましたでしょう。お子さまがたも、皆さまご無事でようございました」

先代住職の噂話などしながら手製のわらび餅に舌鼓をうち、なごやかなひとときをすごしたのち、本堂でご本尊に手を合わせた。宗純はわたしの横顔をじっと見つめている。

「いつか、お教えを乞いとうございます」

わたしはおもわず声をかけていた。オルガンティノやジュスト右近の眸の中で燃えていた焔と宗純の眸の中で燃えている青い炎が重なって見えたからだ。

「いつなりと、お待ちしております」

宗純は合掌して、わたしたちを送りだした。


——あの夜でしたね、真剣なお顔で、お話があると……。

蛍とたわむれた夜、織部は寝床でむくりと身を起こし、「聞いてくれ」とわたしの手をにぎりしめた。わたしも起き上がって対座する。けれどなにもいわないので、わたしは片手をのばして織部の頬にふれた。

あのときのように手をのばしても、今は、ただ空しい闇があるばかり。

——あなたは居住まいを正し、これまで見たことがないようなお顔を……いったい何事か、もしや悪い知らせかと肝が冷えました。

(すまぬ。真っ先に話さねば、とおもうたのだが、いざとなると……どうもその……)

——なにもそんなにしゃちほこばることはなかったのに。

(そうはいかぬ。わしにとっては大事なことだ。悩みぬいたすえの決断だった)

大仰な……と返そうとして、わたしは口をつぐんだ。今も軽々には返せない。なぜならそれは、織部の今後の人生を左右する重大な決意だったのだから。

日ごろは饒舌な織部が、このときばかりは訥々《とつとつ》と語り始めた。茶の湯の話だった。織部は千宗易に会ったという。

(宗易さまに会うて、己が気づかぬものに気づいた。身近にあったのに、気づこうとしなかったものに……)

——あなたはあのとき、茶人として生きていきたい、と仰せになられました。(戦三昧《ざんまい》の世がつづくだろう。武将として戦をせねばならぬ。が、これよりは茶の湯を究め精進して、ゆくゆくは宗易さまのように茶人として身を立てたいと……)

——茶の湯こそ戦場だと、さようにも仰せでしたね。

(いかにも。刀槍《とうそう》や甲冑に頼れぬだけに、ごまかしのきかぬ壮絶な戦いだ。相対するのはむきだしの心と心——いや、それは、己の魂と対峙することでもある。となれば覚悟をもたねばならぬ。それゆえ、そなたにはいちばんに伝えたかったのだ)

——うれしゅうございました。あなたは一国一城の主にはなれぬやもしれぬ……と仰せでしたが、さようなものにならずともよい、立派な茶人におなりくださいと申しました。

(うむ。そのことばにどれほど救われたか……。わしは良き妻をもろうた)

——わたくしこそ、良き夫とめぐりあいました。あなたは、おことばどおり、天下に名だたる茶人になってくださったのですから。


翌日から織部は本巣の山野を自在に歩きまわり、つかの間ながらも村人たちと心ゆくまで旧交を温め、京へもどっていった。大徳寺で行われる信長の葬儀の準備をするためだ。

「京か山崎か、早々に迎えをよこすゆえ、今しばらく待っていてくれ」

上京する際、織部はわたしに約束した。が、この約束はすぐには果たされなかった。

織田家の家中で不穏な動きが高まっていたからだ。

修復を終えた安土城の二の丸へ三法師を移そうとした秀吉に盾突いたのは、名代の一翼を担った織田信孝だった。秀吉は、越前北ノ庄《きたしょう》城を居城とする柴田勝家が雪で動けないことを見越した上で岐阜城へ侵攻、信孝を降伏に追いこんだ。これが十二月。

年が明けて天正十一年の正月早々、今度は織田家の重臣の一人、滝川一益《たきがわかずます》が秀吉に反旗をひるがえした。本能寺の変のあとに開かれた清洲での会議に参加できず、そのため不満を抱いていたようだ。秀吉は即刻、伊勢国へ討伐の軍を進めた。いうまでもなく、秀吉の主力軍には兄清秀の中川軍と夫織部の古田軍もくわわっていた。

ここでも、兄はめざましい働きをした。滝川方の亀山《かめやま》城を猛攻、味方からも多数の死傷者を出したものの、長島《ながしま》城、桑名《くわな》城とたてつづけに攻めたてた。

そんな最中、伊勢で戦闘がくりひろげられている隙をねらって、柴田勝家が近江へ侵攻してきた。羽柴軍は急遽、長浜城へもどって木之本《きのもと》へ出陣した。中川軍も古田軍ももちろん羽柴軍に合流した。賤ヶ岳《しずがたけ》合戦といわれる大戦の始まりである。

筆まめな夫からの文が途絶えたのは、中川軍と共に伊勢へ侵攻したあとだった。滝川軍との壮絶な戦がくりひろげられていると聞こえていたので、懐妊中だったわたしは日々気を揉み、生きた心地がしなかった。

四月の半ばになって、知らせがとどいた。

伊勢侵攻は羽柴軍優勢に推移していたが、柴田軍との戦のために木之本へ移動。味方は十三の隊に分かれ、十三番が中川軍で、古田軍も加勢して大岩山《おおいわやま》に砦を築いた。大岩山は余呉《よご》湖の東岸にある。柴田軍とは睨みあったまま膠着状態がつづいていたので、大将の清秀にあとをまかせ、弓や鉄砲の隊をのこして、古田軍は他の諸将ともども茨木城へ帰った。

同じころ、織田信孝が岐阜で挙兵したとの急報があり、秀吉は木之本を離れて美濃大垣へ進軍した。その間隙をぬって、柴田勝家の甥の佐久間盛政《もりまさ》が挙兵、清秀が守る大岩山砦をとりかこんでしまった。

死闘が始まった。急報により羽柴軍が木之本へひきかえしたために佐久間軍は退却、柴田軍の本隊も大多数の兵を失い、北ノ庄城へ逃げ帰った。その後、新妻のお市と共に自害することになったのだが……。世の中の趨勢を左右する秀吉と勝家の決戦の顛末《てんまつ》はともあれ――。

兄清秀が、戦死した。

空へまっすぐにのびる青竹のように、野心にあふれ、勇猛果敢で、だれからも愛された中川清秀――わたしの憧憬の的であった異母兄――が大岩山砦で戦死した。行年四十二。

四月二十日の早朝、余呉湖のあたりは霧がたちこめていたという。中川軍の数人が湖岸へ出て馬を洗い、草を食べさせているとき佐久間軍と遭遇、戦闘となった。

近場には中川軍の大岩山砦の他にも、ジュスト右近ひきいる高山軍の岩崎山《いわさきやま》砦や、桑山重晴《しげはる》の守る賤ヶ岳砦があったが、兵の数が少ないので、分断されれば勝ち目はなかった。

賤ヶ岳の砦へ退去するようにとの桑山からの指令を、兄は拒んだ。なぜか。

敵を見かけて戦わずして退くのは「勇者の本意にあらず」と考えた。「快く一戦すべし」といい放って桑山からの伝令を追いかえし、大岩山砦を動かなかった。

もちろん、壮絶な死闘の場ゆえ、経緯を克明に知ることは不可能だ。中川軍の者たちがことごとく討ち死にしてしまったとなれば、なおのこと。

ただひとつ、生きのこった敵兵から流れてきた話で多少とも信じられそうなものがある。清秀の弟、わたしのもう一人の兄にあたる重継《しげつぐ》が清秀を名乗って敵陣へ突っこみ、目をみはる働きをして討ち死に、この間に清秀は砦の本丸で自害した。

重継は常に兄のかたわらにいた。兄とは対照的に無口で実直、風貌も地味だった。が、彼は彼なりに、中川家の繁栄を願い、兄の役に立ちたいと願っていたにちがいない。もしかしたら華やかな兄を羨望の目で眺め、自分が清秀だったらとおもったこともあったかもしれない。最期に、重継は清秀になった。そして、持てる力以上の力を発揮した。重継はおそらく満足して果てたのではなかったか。

兄たちの戦死を知るや、わたしは早川小市に案内をさせて権現山へ出かけた。足ごしらえは長旅のときの甲掛草鞋、小袖の裾《はしょ》を端折り、菅笠《すげがさ》に杖といういでたちである。清須《きよす》口から竹林の道を登った。頂上に遺る山城の手前で、視界は一気にひらけた。無数の鳥の声が降る中、眼下を見わたした。

根尾川を越えた西南のかなた、琵琶湖へ出る手前に賤ヶ岳がある。二人の兄があの付近の大岩山砦で戦死したのだとおもうと胸がぎりぎりと痛んだ。亡父は、中川家の血統をつなぐために高山家から婿に入り、清秀と重継をもうけた。その兄弟が二人ながら戦死してしまうとは……黄泉《よみ》の父も悲嘆にくれているにちがいない。

小市にうながされるまでその場を動かなかった。いや、動けなかった。背をむけたままだったのは、涙にぬれた顔を見られたくなかったからだ。

数日後、織部から書状がとどいた。

わしのせいだ、許してくれ――。

義兄二人が戦死にいたった状況を書きつらねた上で、織部はわたしに詫びた。全員が大岩山にのこっていたら、兄たちは生きのびていたかもしれない。織部が悔恨の念にとらわれ、憔悴しているのは無理もなかった。

しかし、これは戦である。戦の勝敗は時の運だ。そのことをだれよりもわきまえていたのは兄清秀だろう。

わたしも折り返し文を認めた。

あなたのせいではありませぬ。兄は為すべきことを為しただけにございます。これよりは遺された甥たちのために、どうかお力をお貸しください――。

茨木城へ訃報が伝わるや、兄と懇意にしていた梅林寺《ばいりんじ》の和尚が大岩山へ駆けつけ、兄たちの供養塔を建立した。遺髪《ひでしげ》は持ち帰り、梅林寺へ埋葬したという。

遺児となった秀政と秀成は、北ノ庄城の落城を知ったのち、京の粟田口《あわたぐち》で凱旋してきた秀吉を迎え、祝意を述べた。秀吉は清秀の命を棄てた働きを称賛、生け捕りにした佐久間盛政を二人にひきわたそうとした。親の仇《かたき》の首級を自らの手で刎ねよ、というのだ。

二人は辞退した。父清秀の戦死は義であり、ゆえに敵を怨むべきものではないと、若者ながらにきっぱりと答えた。秀吉はいたく感心したそうだ。話を聞いた佐久間盛政も涙を流し、清秀の奮闘を讃えたという。

後日談になるが、弟の秀成は、秀吉の仲介で佐久間盛政の娘の虎姫《とらひめ》を娶った。虎姫にしてみれば、自分の父が殺した武将の息子の妻となっただけでなく、父を斬首した敵方に嫁いだわけで、さぞや複雑な心境だったにちがいない。

中川家は十六歳の秀政が家督を継ぐことになった。急な相続だったので、織部は秀吉から、しばらくのあいだ秀政の後見をするよう命じられた。

そなたの助けが要る。茨木へ来てくれ――。

夫は矢継ぎ早に文をよこした。

わたしは無事に次女の万を出産、産後の体が回復するのを待って茨木城へ出立することにした。夫婦は離れるなと、亡父の教えが胸にきざまれている。

中河原を皮切りに、京、上久世、安土、本巣、そして茨木へ……織部のいるところこそ生きる場所だと、わたしは心に決めていた。

茨木城は西国道と淀川を結ぶ要衝にある。西国道からは南へ八里ほど、三島路《みしまのみち》と亀岡道が交差する平原地帯にあった。陸路水路に恵まれた地の利と野趣に富んだ城のたたずまいに魅《ひ》かれるのか、信長だけでなく秀吉もこの城を訪れ、茶会などを催していた。

中河原からも、安威や高山、高槻からも、さほど離れてはいない。再び摂津国で暮らすことになって、わたしは感無量だった。

織部も初めは新たな役目に意欲満々で、まずは家中の動揺を鎮め、若き当主の秀政に諸芸諸作法を教え……などと悠長なことを考えていたようだ。が、そんな暇はなかった。翌年にはもう次なる戦が始まっていた。秀吉方に与していたはずの織田信雄が、安土城をとりあげられたことに腹を立て、家康をひきこんで秀吉に反旗をひるがえしたのだ。

小牧・長久手《ながくて》の合戦である。

あっちで勝てばこっちで敗ける……決着がつかぬまま、合戦は八か月余りもつづいた。織部も古田軍をひきい、秀政の中川軍と共に出陣していた。といっても不承不承の出陣なのは隠しようがない。理由は、秀政である。

秀政は十七歳、戦経験に乏しいのはいたしかたないとして、父清秀ゆずりの勇猛果敢がむしろ厄介だった。手柄に逸《はや》って織部の忠告には耳を貸さない。癇癖《かんぺき》で家臣に当たり散らす。これでは家中の心が離れてしまう。

織部が出陣をしぶるわけは他にもあった。信長につづき、義兄が戦死した。その前後に千宗易（のちの利休）と交誼《こうぎ》を結んだ。宗易から茶の湯の手ほどきをうけるうちに、心は戦から離れ、茶の湯にかたむいていった。戦はもうよい、これからは茶の湯だ……と。

織部はもともと欲のない人である。兄清秀のように一国一城の主になる野心など、端からもちあわせてはいなかった。都暮らしが長かったせいか、連歌は玄人はだし、ひととおりの教養を身につけ、時の権力者から重宝がられて、諸将諸公のあいだを嬉々として泳ぎまわっているように見えた。

けれど、胸の内では葛藤していた。このまま戦の使い番でよいのか……と。絶え間ない合戦や、めまぐるしい興亡をくぐりぬけてきた男が、信長や清秀の死に衝撃をうけたまさにそのとき、宗易と出会ったのだ。幼いころ父の重定（当時は勘阿弥）に教えられ、身近なものであった茶の湯が、宗易の導きで新たな輝きを発しはじめた。

安土のセミナリヨで、本巣の山野で、茶の湯の価値を再認識した織部は、ほどなく茶人としての一歩を踏みだした。

――大坂城での大茶会でしたね。あなたは興奮して、お帰りになるや茶会の様子を事細かに話してくださいました。

わたしは高揚をおさえきれず、おもわず織部に話しかける。

（うむ。度肝をぬかれるほどの豪勢な茶会であったわ）

織部の声もはずんでいる。

大坂城の普請は天正十一年からはじまっていた。小牧・長久手の戦のあいだもつづき、翌年八月には本丸が落成、秀吉は大坂城へ移った。十三年の四月には天守閣も落成している。大坂城へ移った秀吉は大茶会を催した。このころから千利休と呼ばれるようになった宗易や今井宗久、津田宗及《つだそうぎゅう》など錚々《そうそう》たる茶人が集ったその席に、織部や秀政、ジュスト右近も招かれていた。

――利休さまの茶の湯には見習うべきところが多々あると……そのお話は、何度聞かせていただいたか。

（利休さまにいわれたんじゃ、他人と同じことをしておってはいかん、と）

新たなものを創りだすことこそが〈数奇《すき》〉だと教えられたそうで、津田宗及や住吉屋《すみよしや》宗無《そうむ》を招いて、初めて織部が自ら催した茶会では、だれもが用いる瀬戸茶碗や高麗《こうらい》茶碗ではなく、あえて唐物天目《からものてんもく》で茶を点て、参会者を驚かせた。

——あのころのあなたは利休さまのお話ばかり。

(うむ。利休さまもわしの顔を見るたびに親しゅうお声をかけてくださった。とはいえ、あのお方は、茶の湯だけに専心しておられたわけではないぞ。羽柴さまの軍師として諸将をまとめる役目も担っておられた)

千利休だけではない。織部も茶の湯三昧の暮らしなど夢のまた夢だった。小牧・長久手の戦が終わった翌年も戦はつづいた。三月、秀政のお目付け役を兼ねて、中川軍と古田軍は根来衆《ねごろ》や雑賀衆《さいか》と戦い、六月には秀吉の四国侵攻にもくわわった。長宗我部《ちょうそかべ》軍との戦である。

この四国遠征で中川軍は秀吉の弟の秀長《ひでなが》と甥の秀次《ひでつぐ》がひきいる主力部隊に名をつらねた。ひと月ほどで敵方は降伏、秀吉は秀政の働きに大いに満足し、独り立ちを許した。

(あのときはおもわず快哉を叫んだものだ)

——覚えております。帰っていらっしゃるなり、「喜べッ、後見役を解かれたぞ」と。

古田家の伯父が急死したため甥である嫡子の後見役をつとめ、清秀が戦死したために中川秀政の後見役に任じられた。ここでようやく、織部は後見役から解放されたのだ。

ところが待っていたのは、さらなる重圧のかかる役目だった。

第七章

天正十三年七月、四国侵攻から大坂城へ凱旋した秀吉は、戦勝の報告に京へおもむき、帝から関白の位を賜った。信長は生前、朝廷の最高職である太政大臣になっている。足利家の当主は代々、武家の棟梁《とうりょう》たる征夷大将軍を継承していた。

「なにゆえ関白に……関白と太政大臣では、どちらが偉いのですか」

わたしは織部にたずねた。武家の束ねが将軍だというのはわかるが、関白と太政大臣のちがいなど考えたこともなかった。

織部は眉間にしわを寄せた。

「太政官は朝廷でいちばん重き役割を果たすもの、その長が太政大臣だとおもうが……。一方の関白は帝の代理をつとめる御役ゆえ……」

帝に次ぐ権限があるという。

「では、信長さまよりお偉くなられたのですね」

「ま、そういうことになるか」

秀吉はかつて、上京のたびに、当時勘阿弥と呼ばれていた織部の父重定の家へ入りびたって楽しげに笑いころげていた。織部とも競うようにしゃべりちらしていたそうだ。その秀吉が、今や豊臣姓まで賜り、帝に次ぐ偉人になったとは驚きである。

おかげで秀吉のとりまきも恩恵をこうむった。重定は主膳正となり、三千石を賜った。夫は従五位下《じゅごいげ》織部助《おりべのすけ》という官職に任じられ、以後、織部と呼ばれるようになる。そして安威五左衛門も右筆役の筆頭となった。

「われらもこれからはひんぱんに京や大坂へ行き来をすることになろう」

「わたくしや子供たちはどこへ住めばよいのですか」

秀政の後見役を解かれたのだから、もう茨木城にいる必要はない。

「京か、大坂か」

「京に住みとうございます。新兵衛や九郎八どの、それに小姫さまにもお会いしたいし……」

九郎八は、祖父重定の後継者として、ゆくゆくは豊臣家に仕えることになっていた。新兵衛は衰退の一途をたどる安威家にとどまり、安威のささやかな家財を守りつつ朝廷や公家衆のためにも働いている。池田一族の血をひく妻とのあいだにできた娘は、五左衛門の嫡子、八左衛門との縁談がすでに定まっていた。

新兵衛の娘と五左衛門の息子――。

黄泉の両親が知ったら感涙するにちがいない。

では、小姫はどうしているのか。

小姫は京の安威邸に身を寄せていた。出自は伏せられたままだが、安威家の養女として高い教養を身につけ、さらには類《たぐい》まれな美貌もあいまって、都で評判になっているらしい。とはいえ小姫自身は、かつてわたしにいっていたとおり、熱心な切支丹として南蛮寺へ出入りして、パードレやイルマンの世話をすることに情熱をそそいでいた。

「小姫さまのこと、これからどうしたらよいか、五左衛門どのと相談しなければとおもっているのですが……早二十一におなりなのですよ」

「焦ることはない。特別な姫さまゆえ、慎重に事をはこばねばの」

そんな話ができたのはつかの間だった。

秀吉は諸将を坂本城へ集めて領地替えを命じた。中川家は播磨国三木城へ転封となった。

「兄は摂津国で身を興し、名をあげたのです。播磨へ転封されるなんて……」

憤懣《ふんまん》やるかたないわたしを、織部は諫めた。

「関白殿下は秀政さまのお力を認めたればこそ、三木城十三万石に抜擢《ばってき》されたのだ。義兄上も草葉の陰で感涙にむせんでおられよう」

織部のいうとおりだった。秀政は破格の出世に鼻高々だった。大坂にも屋敷を得たので、正室の鶴姫は大坂へ移住するという。

茨木城は秀吉の居城のひとつとされ、安威五左衛門が城代として入ることになった。シモンという洗礼名をもつ五左衛門だが、秀吉の許しを得て重胤《しげたね》と名のり、これからも右筆の一人として近侍する。

ジュスト右近は、播磨国明石《あかし》へ転封をいいわたされた。明石は六万石、禄高《ろくだか》に不足はないはずだが、織部によれば、右近は落胆しているという。なぜなら高槻に「デウスの国」をつくろうとしていたからだ。仏教の寺を破壊して教会にしてしまったのは少々やりすぎだったが、高槻城下には今や切支丹があふれ、一向衆徒の寺内町のような様相を呈していた。それが秀吉に警戒心を抱かせたのかもしれない。いずれにしても、領主が明石へ移ってしまったら、高槻の切支丹たちは拠《よ》り所を失ってしまう。

それでは、古田家は――。

秀吉には考えがあった。中川秀政に十三万石を与えたのは、古田とのつながりによるところが大きい。旧臣の古田重定はもとより、後見人の任を解かれた織部も今は秀吉の側近である。それはよいとして、中川と古田の縁もつなげておきたい。そこで考えだされたのが、「古田一族から中川家の家老を出す」という案だった。

中川が反旗をひるがえすことのないよう、念には念を入れて、秀吉は西岡を所領としていた織部の甥の重続を中川の家老とし、わたしたち夫婦の長女千と夫婦にするよう命じた。千はまだ八歳だが、織部の身内に娘を嫁がせるというなら反対のしようがない。

織部は、あらためて山城国西岡の万吉領を安堵された。隣接する細川藤孝の領地には遠く及ばないものの、三千石は小大名並みだ。くわえて丹波国船井《ふない》にも飛び地を得た。

もっとも、織部は変わり者なので、領地や石高にはとんちゃくしなかった。戦となれば石高に見合うだけの軍兵を出さなければならない。それが厄介なのだ。

「城も軍馬もいらぬ、茶器さえあれば十分」

冗談めかしていったのはむろん本心だ。このころの織部はもう、ひとかどの茶人になることしか頭になかった。

それでも翌々年の九州遠征には、百三十の兵をひきいて出陣、前備えの役目を果たした。当時の織部は、秀吉だけでなく千利休の使い番もつとめていて、陰の軍師でもある利休も、織部の茶の湯の才とは異なる――人々のあいだを機敏に駆けまわって、だれからも信頼と好感を抱かれる――才を買っていた。おもえばこの才こそが最大の不運をもたらす元凶となってしまうのだが……それはまだ先の話だ。

織部が九州遠征にかりだされていたころ、京では聚楽第《じゆらくだい》の普請がたけなわだった。これは関白秀吉が京にも住居――それも公家衆が目をみはるような豪華絢爛な城――をつくろうと考えたためだ。大坂城でも二の丸の普請が始まっていたから、大名諸将は出陣させられるわ、普請の人手を要求されるわで、おおわらわだった。

わたしは、といえば、千の婚礼をとどこおりなくすませたあと、西岡館で、まだ幼い子供たち――小平次や左内、次女の万――の養育に忙しい日々をすごしていた。古の物集女《もずめ》氏の居城を修築したささやかな館は城下も小さな集落があるだけだったが、わたしはこの住まいが気に入っていた。なつかしい上久世が近くにあるからだ。初めて織部と夫婦水入らずですごした日々は、短いながらも、わたしの人生のひとこまとして今も燦然《さんぜん》と輝いている。

天正十五年、織部は中川秀政やジュスト右近らと共に九州へ遠征した。合戦自体は五月には島津義久《しまづよしひさ》との和睦が成立、終了していたようで、六月初めには吉報が京でもひろまっていた。秀吉軍の凱旋も近い。秋には聚楽第も完成して、秀吉が入城するはずで、大名諸将も競うように屋敷を建てていた。

織部も堀川《ほりかわ》の東、焼亡した本能寺にほど近い四条の一画に屋敷を建築中だった。これまで京では舅の屋敷に仮寓していたが、どちらも家族が増え、秀吉から各々の役目を与えられている今は、そうもいかない。舅は九州遠征にはくわわっていなかった。主膳正重定はれっきとした家臣の一人で、関白の御伽衆と同等の扱いをうけている。

屋敷の普請はなかなか進まなかった。だれもが聚楽第の周辺に屋敷を建てようとやっきになっているため、資材も調度も価格が高騰、人手を集めるのも至難の業だ。わたしはときおり都へ出て舅の屋敷や安威邸に宿を借り、普請の進み具合をたしかめていた。

いや、正直にいうと、これは二の次。新たな屋敷は南蛮寺のすぐそばだ。都へ出たおりは礼拝にゆくことにしていた。茨木城をあずかったものの五左衛門自身は右筆役で忙しく、秀吉のそばを離れられない。新兵衛も多忙のようで、安威邸は小姫が留守居をしているようなものだった。パードレやイルマンを招くこともあり、切支丹たちからまさにアンジョのごとく慕われていた。

天正年間のこのころ、切支丹はもう珍しい存在ではなくなっていた。京・大坂では教会へ通う信者たちが奇異な目で見られることもなくなり、大名諸将やその妻子、秀吉夫婦に仕える女たちの中にも切支丹を公言する者がいた。そんな風潮だったから、わたしも小姫も、それがいきなり暗転するとは予想だにしなかった。

七月上旬のその日も、わたしは南蛮寺を訪れた。門前に物々しい番兵がたむろしているのを見て首をかしげる。中へ入ろうとすると、槍を構えた武士に引きとめられた。

「礼拝に参りました。お通しください」

「ならぬ。帰れ。伴天連《バテレン》は追放になった」

なんのことかわからない。茫然と立ちつくしていると、眼前に槍が突きだされた。

「聞こえなんだか。伴天連追放令が発せられた。中には入れぬ」

狐につままれたような心地だったが、だれもいないというのでは帰るしかなかった。

安威邸では小姫が祭壇にぬかずいていた。

「センシア姉さま。どうしたらよいのでしょう」

血の気の失せた顔で、合わせた手指をふるわせている。

わたしは、二十数年前のあの日をおもいだしていた。武衛陣が急襲されて、小姫の両親、将軍義輝と小侍従は命を奪われた。小姫自身は、公家の姫であることと両親が死んで安威家で養育されたことしか聞かされていないはずだが、またもや京で悲運に見舞われたのだ。

「わたくしにもわかりませぬ。新兵衛が帰ればなにか……」

「追放されたと聞きましたが、南蛮寺にいた方々はどこに行ったのでしょう。わたくし、お助けしなければ……」

「お待ちなさい。捜しまわるのは危のうございます」

小姫を鎮め、わたしは舅の屋敷へ飛んでいった。

「なにがあったのか、どなたかに訊いていただけませんか」

顔の広い舅重定なら伝手《つて》があるはずだ。おもったとおり、重定はその人脈を駆使して、数日後には伴天連追放令の中身はもとより、驚愕すべき事実を聞きだしてきた。

「まさか、ジュストさまがッ」

「成敗されたとは聞かぬゆえ、どこぞへ御身を隠しておられるのではないかと……」

「明石はどうなるのですか」

「むろん、とりあげられた」

六月十九日、筑前国博多《ちくぜんのくにはかた》にほど近い箱崎《はこざき》で、秀吉は五か条からなる伴天連追放令を発布したという。異国からの邪法の持ちこみを禁じ、伴天連（パードレすなわち宣教師）は二十日以内に日本から去るべしという内容である。さらに詳しい「覚書」によれば、人身売買以外の南蛮貿易は許可、個人がキリスト教を信仰するのはかまわないが、大名諸将が領民に信仰を強要することはまかりならぬ……とも。

発布にともなって、ジュスト右近に信仰を棄てるよう命じた。ところが右近はこれを拒み、身分、俸給、領地……すべてを棄てても切支丹でありつづけるほうを選んだ。

祭壇の十字架を見つめる右近の決然とした横顔、信仰に燃える双眸が目に浮かぶ。右近がわたしの従兄であることを、このときほど誇らしくおもったことはない。同時に、はるか彼方の九州から、突然、無謀な命令を下した秀吉に烈しい怒りを覚えた。

「なにも、切支丹を目の敵にしなくても。切支丹がなにをしたというのでしょう」

舅はうなずいただけだった。余計なことをいえばかえって火に油をそそぐとおもったのかもしれない。ややあって、ひとこと――。

「殿下には、殿下のお考えがあろうよ」

柔和な顔でそういうと、わたしを茶室に招き入れた。風炉《ふろ》に炭を入れる。湯が沸くのを待つあいだ、漆塗の棗《なつめ》から茶杓《ちゃしゃく》で茶を高麗茶碗に入れ、柄杓《ひしゃく》で湯をそそぐ仕草も、茶筅をつかう手つきもまったりとしなやかで、客座のわたしも怒りの矛先を見失ってしまう。

会話はなかった。

舅の点ててくれた茶を味わいながら、ここで泣こうが喚《わめ》こうがどうにもならないという事実をかみしめた。何事もまずは冷静にうけとめ、それから自分になにができるかを心に問うことだ。わたしは短慮で、すぐにカッとなる悪い癖がある。

むろん、伴天連追放令に納得したわけではなかった。秀吉への怒りが消えたわけでもない。舅は秀吉びいきで、秀吉が黒といえば白も黒にしてしまう人である。そもそも切支丹でもない者に、この焦燥が理解できようか。

「くわしいことがわかるまでは静観しておいでなさい。勝手に行動してはなりませんよ」

小姫にもよくよくいいきかせた。

西岡への帰路、今一度南蛮寺へたちよってみたが、番兵はまだ目を光らせていた。やはり住人は皆、追い払われてしまったようだ。

それからしばらくは進展もなく、新たな噂も聞こえてこなかった。詳細ないきさつがわかったのは、秀吉の軍勢が大坂へ凱旋、織部が西岡へ帰還してからである。


(帰るなり咬《か》みつかれた。そなたのために南蛮の器を手に入れてやったのに、あわや粉々にされるところだった)

待ちかまえていたように、織部が話しかけてくる。

——土産なんぞでごまかされるものですか。

遠い昔のことなのに、わたしもそのことを忘れてしまう。

——なにゆえ黙って見ていらしたのですか、パードレやジュストさまが追放されるのを。

(わしになにができるというのだ)

——だとしても、よもや、かようなことが……安土城下ではセミナリヨまで許されておりましたよ。

ふっと織部の息づかいを感じる。頬がふうわりと温かくなる。

あのときもそうだった。いきりたつわたしを鎮めようとしてぐいと膝をよせ、織部は両手でわたしの頬をつつみこんだ。

(よう聞け。聞いてくれ。突然おもいついたようにみえるが、あれはさように単純なことではなかった。関白殿下は以前から苦々しくおもわれ、機会を計っていたのだ)

——苦々しい……切支丹が？

(切支丹そのものではない。切支丹の寺内町だ)

そう。織部はあのときも懇切丁寧に説明してくれた。


信長が最も手を焼いたのは、武田でも上杉でも北条《ほうじょう》でもなかった。一向宗だ。一向宗の寺内町では、住民は主従関係以上の強い絆でむすばれていた。老若男女だれもが武器を手に戦い、自らの命を嬉々として捧げる光景は、その心境が理解できない為政者にはなににも勝る脅威だったにちがいない。しかも、その寺内町が、雨後の筍のごとくあっちこっちにつくられて、横のつながりをもってゆくとなれば……。

だからこそ、その一向宗徒が、同じ一神教の切支丹へ転向してゆくのは、初めのうちは歓迎すべきことだった。さまざまな宗教が牽制し合って互いに巨大化するのを防いでくれるならそれこそ願ってもないことだ。

ところが高槻は——切支丹の寺内町は——新たな脅威になりかけていた。寺社から訴えがあったという。そこで明石へ転封させたが、領民までごそっと移ってしまった。しかも明石の人々は切支丹一色に染まろうとしていた。

正体のわからぬ敵と戦うほど厄介なことはない。どうしたものかと苦慮していたとき、秀吉は肥後国高瀬《ひごのくにたかせ》の湊《みなと》へおもむいた。そこで長崎を中心とした周囲の状況が目にも耳にもとびこんできた。

（長崎や茂木《もぎ》の湊がイエズス会に譲渡されていた。さらに口之津《くちのつ》、島原《しまばら》、高瀬、朽網《くさみ》、府内《ふない》も……まさに切支丹の寺内町がそこここに出現しようとしておったのじゃ。そこでイエズス会の準管区長コエリョとフロイスのもとへ、小西行長《こにしゆきなが》の家臣と五左衛門どのをつかわし、詰問させた）

——驚きました。まさか叔父上がさようなお役目を申しつかるなんて。

小西行長も叔父のシモン五左衛門も熱心な切支丹である。それでも秀吉の命令とあらば逆らうわけにはいかない。従順な五左衛門がくちびるを噛《か》みしめ、無感情をよそおって役目を果たしている姿が、わたしには今も見えるようだった。

コエリョは巧みに弁明をした。が、秀吉はかえって怒りを爆発させた。

（殿下はの、南蛮人が家畜の牛や馬を食らうことが許せなんだ。異国の商人たちが人商いまでしていると知り、激怒された）

戦で捕虜になった人々が肥後へつれて行かれ、島原の高来《たかく》から異国へ売りわたされていたそうで、イエズス会がそれを黙認していることに腹を立てたのだ。

これにはわたしも返すことばがなかった。遠い九州の地でなにが行われているか、知るすべなどない。

――だとしても、それはデウスさまのせいではありませぬ。ジュストさまだって、もし、そんなことをご存じだったら……。

織部のいたわりのまなざしを、わたしは今もはっきりと感じることができる。

（そなたの叔父上も、小西さまも、殿下の命にしたがうと誓った。もっとも、胸の内でなにを信じようが、それはお二人の勝手）

――そして、ジュスト右近さまだけがお怒りをこうむったのですね。

ジュスト右近は、荒木村重謀反の際も、村重と信長のあいだに立って悩んだあげく、武士の身分を棄てた。

（あのお方は頑固一徹ゆえ……）

――ええ。それこそ、ジュストさまらしゅうございます。

あのときもそうだった。今もそう。秀吉への怒りは薄らいでいる。伴天連追放令は腹立たしいし、キリスト教を目の敵にされることには断固、異議を唱えたいが、天下の為政者となった秀吉が愛嬌たっぷりのお調子者だけではいられないことも理解はできる。生きるか死ぬか戦の絶えない摂津の興亡を眺め、信長や兄清秀の死にざまを目の当たりにしたせいか、日々神に祈っていても、清らかな信仰だけでは此岸《しがん》をわたってはいけないことを、わたしは少しずつ実感し始めていた。

——あなたは仰せでしたね。右近どのなら心配いらぬ、殿下とて清廉なお人柄を高《たこ》う買っておられる、と。必ずや、手をさしのべるお方がいるとも。

(そのとおりになったろう)

——はい。前田さまが手をさしのべてくださいました。

(あのころはまだ、それだけ世の中が鷹揚《おうよう》だったということよ)

織部がため息まじりにつぶやき、わたしも深くうなずく。

九州侵攻があった天正十五年の九月、秀吉が大坂城から落成した聚楽第へ入るや、大名諸将もこぞって京へ移った。わたしたち夫婦も、西岡館を留守居の家臣、木村《きむら》竹右衛門尉にまかせて、京へ移り住んだ。

「大茶会が開かれるぞ」

翌月、織部ははずんだ声でわたしに告げた。のちに〈北野《きたの》大茶湯《おおちゃのゆ》〉と呼ばれる茶会で、場所は北野天満宮《てんまんぐう》。聚楽第の落成と九州での勝利を祝う茶会だった。

織部に与えられたのは裏方として準備の万端をとりしきる役だったが、それがよほどうれしかったとみえて、利休のもとへ何度も相談に出むき、粗相のないよう神経をはりめぐらせてお役目に没頭した。

このときの手腕が秀吉の目に留まったのだろう。織部は次第に茶人として世に知られるようになってゆく。聚楽第の数寄屋――露地に設けられた質素な茶亭――で幽斎こと細川藤孝と千利休が催した茶会には、織部も茶人の一人として同席した。

とはいえ、最優先される役目は直臣として秀吉に仕えることだったから、翌年四月に聚楽第へ後陽成《ごようぜい》天皇の行幸を迎える際も家臣団の行列にくわわっていた。関白秀吉は朝廷の規範に格別な重きをおいている。従五位下諸大夫の一団に名を連ねるためには、装束から作法まで細かな決まりがあるので、わたしは身重のしんどさをおしかくして、晴れ舞台にのぞむ夫の仕度に専心した。

わたしはまた身ごもっていた。この年に生まれたのは小三郎である。五人目の出産ともなればさすがに慣れたもので、つわりの辛さもそのあとにつづくけだるさもあたりまえのようにやりすごすことができた。が、初産の妊婦ではそうはいかない。

「口外は無用ぞ」

などといいながら、ややこをあやしていたわたしの耳に織部がささやいたのは、秀吉の妻の一人、織田家の血をひく茶々《ちゃちゃ》姫の懐妊だった。茶々は信長の妹のお市と浅井長政の娘で、浅井家滅亡後、柴田勝家に嫁いだお市が賤ヶ岳で敗戦した勝家と共に北ノ庄城で自刃してしまったため、秀吉に身柄を預けられた。遺された三人の姫の中で長女の茶々が秀吉の何人目かの妻になったそうで、秀吉の子を身ごもっているという。

「関白殿下はさぞやお喜びでしょうね」

養女や猶子はいるものの、秀吉には実子がいない。わたしが初めて懐妊したとき織部がどんなに喜んだか、夫の顔をおもいだしておもわず頬をゆるめた。

「おめでたきことなのに、なぜ口外無用なのですか」

「これまでお子ができなんだゆえ、陰であれこれいう者も多い。もし勘違いだったら、無事生まれなんだら……笑い者になることを怖れておられるのだろう」

「関白ともあろうお方が、皆になんとおもわれるかを気にされるなんて……」

「関白になったればこそ、よけいに人の噂が気になるのじゃ」

天下をめざしているときはがむしゃらにがんばればよかった。が、頂点に立ってしまえば、いつ蹴落《けお》とされるか、噂ひとつも聞き逃せない。そういうものだと織部はいう。

茶々は聚楽第から茨木城へ移った。

「まあ、茨木城へ……」

もとはといえば中川の城である。兄清秀の死後は、短いあいだではあったがわたしたち夫婦も住んでいた。しかも今は叔父のシモンこと安威五左衛門が城代になっている。

「そなたの叔父上がどれほど関白殿下に信頼されているか、この一事をみてもわかる」

「叔父上のおそばなら、茶々さまも安心ですね」

「出産のために淀津《よどのつ》の城を改築するそうだ。が、それまでは人目を忍んで茨木城でお暮らしになるらしい」

淀津は宇治川や桂川、木津川が合流する舟運《しゅううん》の陸揚げ地で、京・大坂の中間地点でもある。大坂城と聚楽第を行き来する秀吉には、茨木以上に便利な場所だった。ここにあった古い城を改築して茶々と生まれてくるややこの城にすれば、正室の北政所《きたのまんどころ》に気兼ねすることなく逢えると秀吉は考えたのだろう。

天正十七年は淀《よど》城の普請と共に始まった。といっても、大坂城の二の丸の普請も聚楽第築城も一昨年には終わっていたので、それより規模の小さい淀城の普請は、京では話題にものぼらなかった。

茶々の懐妊についても、噂はひそかに飛びかっていたものの、まだ公に発表されていないので声高に話す者はいない。秀吉には片手の指で数えきれないほどの妻と数多の妾《しょう》がいて、女たちは大坂城か聚楽第に住んでいた。夫に耳打ちされたわたしはともかく、都の人々は茶々が聚楽第にいるとおもっていたはずだ。

だから、その不届き者は、聚楽第の表門である南鉄門に落首を貼りだしたのだろう。秀吉に怨みを抱いていたのかもしれないし、ただ面白おかしく揶揄《やゆ》してやろうとおもっただけかもしれない。落首の中には明らかに茶々の妊娠を暗示するものがあった。

たとえば――。

ささたえて茶々生いしげる内野原　今日は傾城《けいせい》香をきそいける

大仏のくどくもあれややりかたな　くぎかすがいは子だからめぐむ

戯れだったとしても、秀吉は、そうはおもわなかった。

恐ろしいことが起こった。

まず、御門の番をしていた十七人が、落首を防げなかったという罪で捕らえられた。十人は鼻と耳を削《そ》がれる拷問をされた上で逆さ磔にされた。それを耳にした大政所が息子秀吉に泣きついて拷問だけは止めさせたものの、六人は市中引きまわしの上に磔、のこる一人も斬首という凄《すさ》まじさだった。

処刑の話はあっというまにひろまった。庶民の口をふさごうにも間に合わない。

わたしはふるえあがった。驚愕と恐怖で声もなく、ただ小浜と抱き合っていた。番兵に知り合いはいなかったが、御門をくぐる際に見た番兵の顔などをおもいだして、もしやあの若者も……と想像するだけでおぞましく、吐き気がこみあげてくる。

ちなみに聚楽第には、庭に設えた舞台で能楽が催された際——大名諸将の妻たちに城の豪華さをみせびらかすために——わたしも招かれたことがあった。このときは、秀次の正室に仕えている中納言こと亀姫や、徳川邸の隣に立派な屋敷を建てた中川秀政が大坂から呼びよせた鶴姫も同席していた。亀姫は小浜が愛しんでいた同郷の寺の娘である。

おもいだすことさえおぞましい落首騒動には、まだつづきがあった。

落首の嫌疑をかけられ、酷い処刑に怖れをなした武士や牢人《ろうにん》らが大坂の天満《てんま》にある本願寺へ逃げこんだため、秀吉はさらなる怒りを爆発させた。牢人の首をさしださせただけではすまず町人たちを捕縛し、寺内町を焼き払うという徹底ぶり。天満森では六十三人が、それ以外にも五十人が捕縛され、京の六条河原で磔に処された。なにより驚愕したのは、そうしなければ秀吉の怒りがおさまらないというので、住民たちが〈くじ〉で下手人を決めたという話が聞こえてきたことだ。そのため八十すぎの老人や幼子、本願寺門徒の法師までが命を奪われることになってしまった。

この惨劇をどううけとめたらよいか、わたしにはわからなかった。信長が荒木一族の女たちを三条河原で処刑したときも衝撃は大きかった。その中に幼なじみのダシがいたこともわたしを苦しめた。今でさえ、おもいだすだけで息苦しく、うめき声がもれてしまう。

それでもこれは、あの、信長がしたことだった。ダシが信長と敵対する本願寺派の寺内町で生まれた娘だったという不運も、無関係ではなかった。

けれど、こたびのことは――。

人好きのする男、舅も叔父の五左衛門も亡き兄清秀も、夫織部までもが魅了されている「あの秀吉」が命じたのである。侮辱されて腹を立てたとはいえ、事の起こりは落首。しかも実際に手を下した者がだれかもわからないのに、百何十人もの命をむごたらしく奪うとは、なんと残虐非道なやり口か。

「なにゆえですかッ」

わたしは夫に怒りをぶつけた。他にぶつける相手はいない。口を閉ざし胸中に怒りを隠して平然と生きてゆくなど、わたしにはできない。

「教えてください。なにゆえあの者たちは、処罰されなければならなかったのですか」

しばらくのあいだ、織部はなにもいわなかった。なんといえばよいか、わからなかったのだろう。肩を上下させて荒い息を吐き、片手で盆の窪《くぼ》を揉み、眉間に深いしわをきざんだまま、じっと目を閉じている。晩春の薄ら寒い季節だというのに、額には汗の粒が浮かんでいた。

「なにかいってください」

織部はぐぐぐと喉の奥でうめいた。

「教えてやりたいが……わしにもわからぬ」

「悪霊がのりうつったとしかおもえませぬ。でなければ悪鬼か……」

「そうではあるまい」

「なれど、まともな人のやることとはおもえませぬ」

「人、なればこそ、じゃ」

けげんな顔をしたわたしを見て、織部はうなずいた。

「悪鬼や悪霊なれば、怯えや怒りのあまり我を失い、自分がなにをしているかさえもわからぬ……などということはないはず」

「では、関白殿下は、我を失ったというのですか。それも、怯えと怒りのために」

「そうとしかおもえぬ」

織部の考えは、苦しまぎれの、答えにもならぬ答えのようにおもえた。

「怒りはともあれ怯えなど……天下人になって本性が顕《あらわ》れた。皆、騙されていたのじゃ、あそこまで残忍な男だとはだれも気づかず……」

憤りがおさまらない。吐きだすだけ吐きだしてしまうまで、織部は辛抱強く待っていた。

「本性というなら、昔から殿下は、愛嬌のある愉快なお人ではなかった。いや、そう見えたのはたしかだが、決してそれだけではなかった。それだけではないことを、わしらは皆、よう知っていた」

卑しさ貧しさ教養のなさ、山ほどの劣等感を抱えこんでいたからこそ、笑われようが貶《おと》しめられようがなにくそと発奮、下手に出ることで相手を油断させ、愛嬌をふりまいて好意を勝ち取り、とうとう権力の座を手に入れた。苦労知らずのお人よしなら、決して出来はすまいと、織部はおもうところを述べた。

「むろん、こたびのことはたしかにやりすぎだ。定かなことはわからぬが……関白になったこと、脅威となる敵がいなくなったこと、初めてのお子が宿ったこと、すべてがおもいどおりに進んでいることが突如、恐ろしゅうなったのではないかの」

「異なことを仰せですね。すべてが上手くいっているなら、なにに怯えるのですか」

そんな理不尽な話があるものかと、ますます怒りがつのる。

織部は大真面目だった。

「一文も持たぬ者が天下を手に入れた。あとはどうだ？　失う恐れに苛《さいな》まれるのみ」

当時のわたしは三十代の半ばだった。五人の子を産み、いくつもの土地で暮らし、多くの死別を経験して、世の中の変遷を見つめてきた。たいがいのことはわかっているつもりだったが実際は、人間とはどういうものか、まったく理解していなかった。

「それにしても、許せぬやつがいる」

織部はそこで、突然、怒りをあらわにした。これまでの冷静な口ぶりとはうってかわって、声が尖り、昂っている。

「許せぬやつ、とは……」

とまどって、訊きかえした。

「本願寺へおもむき下手人の引き渡しを迫ったのは石田《いしだ》三成《みつなり》だ。天満森で無実の村人たちを捕らえたのも三成。残忍な処刑を殿下に進言したのも三成だそうな」

石田三成の名はこのころよく耳にするようになっていた。どこで目に留めたか、秀吉自らがとりたて育てた子飼いの家臣の一人で、武略より算術に長けているところが気に入られ、ぐんぐんと出世をしていた。

そもそも出自に負い目のある秀吉には、自分の武士団というものがなかった。ほとんどの家臣は、織部のように元は信長の家臣だったり、兄清秀のように自らが一国一城の主だったりで秀吉の子飼いではない。胸の奥に気おくれや怯えがひそんでいるとすれば、それはそうした心もとなさが関係しているとも考えられる。その点、三成なら、前の主と比較されないし、素の自分を見せても馬鹿にされない。裏切られる心配のない分身のようなものなのだ。

「こたびのこと、その石田さまとやらが裏で殿下を焚《た》きつけたのですか」

「まあ、どこまで真かわからぬが、殿下は、北政所さまや大政所さまにも居所を教えず、三成とこもっておられたそうだ」

「まだお若いのでしょう、三成とやらは」

「三十そこそこか。しかし歳のわりに狡知《こうち》に長け、只者ではないとも……」

人を変えるのは人。秀吉の本性にはただ人が好《よ》いだけではない闇がひそんでいた。だとしても、そうそう表に顕れるものではない。怯えを増幅させ怒りを爆発させたのは、煽《あお》りたてる人がいたからだと織部はいう。

やがて騒動は鎮まった。悪評がひろまったことにあわてた秀吉は、出産間近の茶々に災いが及ぶのを怖れて妊娠を公表、聚楽第で「金賦《かねくば》り」を挙行した。祝賀として諸大名や寺社に金銀をばらまいたのだ。

五月二十七日、淀城で男児が無事、誕生した。

「播磨はどうでしたか」

「今のところはとりたてて騒動もなく……中川の家臣団は結束が固《かと》うございます」

「亡き兄上のお人柄のゆえじゃ」

天正十八年の春、花の盛りにはまだ少し早いころ、弟の新兵衛が四条の古田邸へ久方ぶりに訪ねてきた。

新兵衛は、中川家の所領である播磨国三木城の様子を見にゆき、京へもどってきたところだった。中川家では当主の秀政と一万五千石を分地された弟の秀成が、二人ながら秀吉に随従して京と大坂を行き来していた。領国が気になって見てきてほしいと新兵衛に頼んだのはわたしだ。三木城には家老をつとめる織部の甥と、古田家へ嫁いだわたしの娘の千がいる。

二十五年以上前、九死に一生をえて稲田城から脱出したとき、新兵衛は六歳の稚《いとけな》い童だった。色白で華奢な体つきから女児の扮装《ふんそう》をさせられたものだ。三十をすぎた今も、痩せぎすで優しげな顔は変わらない。

「千は寂しがってはいませんでしたか」

「いいえ。若いながらもすでに家刀自の風格をそなえております。古田の者たちは皆、千姫の顔色をうかがっておるようで……」

姉上と織部さまの娘だけありますね……などといわれて、わたしは苦笑する。

「千姫は仲むつまじい両親を見て育ちました。それがしの娘もそうであるように、と」

人質になっていたころ、新兵衛は池田一族の娘と婚約していた。中川へもどってから異母兄の清秀に中川縁の娘を娶るよう勧められたそうだが、これを断り、許婚の池田の娘を妻として子を生した。一人娘は安威五左衛門の嫡男と縁談が決まっている。

この縁談は、わたしにとっても願ってもないものだった。信頼する叔父、シモン五左衛門の息子と、愛しい弟の娘が、遠からず夫婦になるのだ。それだけではない。稲田城からの逃亡の途上、新兵衛を池田へ質としてのこしてゆくことになったとき、五左衛門がどれほど苦悶したか。それがこうして大団円となったわけで、最後の審判の日によみがえったら、母も感涙にむせぶにちがいない。

「義兄上もご在宅とうかがいました。ぜひともご挨拶をさせてください」

「ええ、珍しく家におります。ご機嫌よう、茶道具と戯れておりますよ」

新兵衛を書院へ案内した。

夫織部は、庭に面した広々とした座敷に茶碗や茶入を並べて、左見右見《とみこうみ》していた。まわりでは十二歳になる小平次と十歳の左内が遊んでいる。

織部は子煩悩だ。といっても、ほとんど家にいないから、たまに在宅しているときは子供たちを身近におきたがる。

「小平次どの、お父上の大切な茶器ですよ。汚い手で触ってはなりませぬ」

茶碗に手をのばそうとする息子を、わたしは叱った。左内は茶器など見むきもせず、炭で絵を描いたり綾取《あやと》りをしたりと好き勝手なことをしている。

織部は目を細めた。

「よいよい。汚れたら拭《ふ》くだけじゃ。小平次は瀬戸白が気にいったとみえる。利休さまは昨年の茶会で瀬戸の水差しをつかわれた」

千利休が用いたことで注目をあびた志野陶《しのとう》に息子が興味を示したことが、織部はむしろうれしそうだ。が、そこで、来客に気づいた。

「おう、新兵衛どのか。よう参られた」

「あ、叔父上だッ」

小平次と左内は器も紙も放りだして、新兵衛のもとへ駆けよる。

「なんですか行儀の悪い……二人とも、叔父上にきちんとご挨拶をなさい」

乳母を呼び、話が終わるまで庭で遊ぶようにと、子供たちを退《さが》らせる。

「家においでだとはしゃいでばかりで……なにをしても叱られないとわかっているのです」

武家の頭領は常に威厳を保つべきで、子供はたとえ幼くても父親の前では礼をつくすべしとわたしは教えられてきた。わたしの父は慈悲深い人だったが、城主らしくいつも堂々としていた。なのに、織部ときたら……。

「ま、たまにしか会えぬのだ。よいではないか。それより、どうじゃ、新兵衛どの、古田家の皆は息災か」

「はい。播磨は安泰にて……。千姫もつつがのうお暮らしのご様子、安堵いたしました。ここへうかがう道すがら主膳正さまにもご挨拶をして参りましたが、重行《しげゆき》どのは鶴松《つるまつ》さまの御小姓に上がられるそうで、主膳正さまもたいそうお喜びにございました」

織部の長男の九郎八は、元服後、重行と名乗り、舅の主膳正重定の家で暮らしている。

秀吉の御伽衆である重定にとって、孫の重行が秀吉の嫡子の直臣になることは、なによりの喜びだろう。といっても鶴松は昨年生まれたばかりで、遊び相手になるだけだが、武ばったことの嫌いな重行にはうってつけの役目といえるかもしれない。

「中川も古田も、安泰でなにより」

わたしが笑顔で口をはさむと、織部と新兵衛は顔を見合わせた。

「戦さえなければのう……」

「それがしも、そのことでこれより大坂へ……」

わたしは聞きとがめた。子供の世話にかまけ、身内のことしか頭になかった。このところ世情には疎くなっていた。

「まさか、また戦になるとでもいうのですか」

「このままでは避けられまい。殿下は北条が目障りでならぬのよ」

「北条が、相模国《さがみのくに》で、出兵するのですか」

「何度、催促しても上洛を拒んでおる。ゆえに殿下は宣戦布告状を送りつけた」

九州侵攻に勝利したので、今度は東国へ侵攻しようというのか。

「それなのに、のんびり茶道具などいじっておられるとは……」

「のんびりいじっておるわけではないぞ。また長々と戦場にかりだされる。そうおもえば、なおのこと愛しい。茶道具もだが、子らも、そなたも……」

真顔でいわれてわたしはどぎまぎした。新兵衛も目を泳がせる。

「いつ、お出かけになるのですか」

「さあな、お下知次第じゃ」

こたびは秀吉軍ではなく、秀吉の義理の甥が差配する木下軍にくわわることになるという。もっとも二千三千の中川軍とちがって、古田は百余騎の小軍だから、いつものように戦闘そのものではなく狼煙《のろし》をあげたり密使を送ったりと使い番の役目を期待されているのだろう。

「いつになったら戦が無《の》うなるのでしょう。新兵衛、戦を憂えて高野山にこもられた父さまのこと、忘れてはなりませんよ」

「むろんにございます。それがしも、ときおり父上の足跡をたどりとうなります」

「われらの話が殿下のお耳に入ったら、それこそ烈火のごとくお怒りになろうな」

織部の言葉に、わたしも新兵衛も首をすくめる。

戦嫌いの三人なればこその団欒《だんらん》だった。


小田原《おだわら》侵攻は、やはり避けられなかった。

豊臣方の軍勢は三月一日、東国へむけて出陣した。東海道《とうかいどう》を東進する秀吉軍の他、上杉軍や前田軍が北方から関東へまわりこむ。

古田軍は木下軍に組みこまれ、浅野長政《あさのながまさ》の大軍に与して鎌倉から江戸、上総《かずさ》、下総《しもうさ》、武蔵《むさし》と転戦、諸城を落としていき、その間、織部は秀吉と行動を共にしていた千利休ともひんぱんに文のやりとりをしていた。

（北条が動かぬゆえ戦闘も止まったままだった。敵城を睨んでおるだけで、殿下も退屈して茶会などしばしば催しておられたそうでの。こちらはこちらで、暇さえあれば竹で花筒などつくっておったゆえ、利休さまにもようお贈りしたものよ）

——両軍が睨みおうていたことは、わたくしの耳にも聞こえておりました。北政所さまのかわりに、淀《よど》殿と呼ばれるようになった茶々さまが陣中見舞いに小田原まで出かけたという噂も流れて参りました。

小田原戦について、織部とわたしは何度も話題にしている。

（まあ、長閑《のどか》といえば長閑な戦だったな。むろん、三万五千ともいう北条軍を総勢二十万にも及ぶ豊臣軍が攻めていたのだ、勝敗は決まっていたようなもの。われらは半分、遊山気分じゃったわ）

——戦を物見遊山とは……不謹慎にもほどがあります。

（すまぬすまぬ。そなたのいうとおりだ。戦は命のやりとり、軽々しゅういうつもりはなかったのだが……）

北条が降参したのは七月五日だった。翌六日には小田原城が開城となった。城主の父親と重臣数名が切腹となったものの他は助命されたそうで、そのあと関東へ足を延ばした秀吉の本軍も九月初めには京へ凱旋した。

——お帰りになったあなたは、いつになく明るいお顔をしておられました。

（そうだったかのう）

——利休さまと熱海《あたみ》の湯にお入りになられたとか。

（おう、そうだ。利休さまから文をいただいた。そなたにも見せたような気がするが……）

——ええ、見せていただきましたよ。あなたはなんでも、お独りの胸にしまっておくことが苦手なお人ですから。

子供のように得意げに小鼻をふくらませた織部の顔を、わたしはおもい浮かべる。

（それはちがうぞ。そなたにだけは隠し事をしとうないのだ）

——わたくしも同じにございます。


帰宅後、ひと月ほどして、織部は利休の口切の茶会へ招かれた。織部の話はただの自慢ではなく、利休の織部への評価がぐんと高まった証しでもあった。

そうした期待にこたえるべく、織部は茶の湯に没頭した。寝ても覚めても茶の湯、という日々がつづいた。もしかしたら、あまりに没頭していたがゆえに、利休の身にふりかかる災難の予兆に、気づきそこねてしまったのかもしれない。

天正十九年、小田原合戦の翌年は、わたしたち夫婦には重大な意味をもつ、生と死がちりばめられた忘れがたい年だった。

いったいいつから、秀吉と千利休のあいだに不和が生じるようになったのか。

利休はかつて信長に重用されていた。当時は粗野で無教養な田舎侍だった秀吉である。利休の態度や会話の端々に——本人はそのつもりがなくても——尊大に見えるところがあり、出自に負い目を抱いていた秀吉は馬鹿にされているとおもいこんで気分を害した、ということも大いに考えられる。ほんのちょっとした、どうでもいいようなことが積もり積もって、ある日気づいたときにはまさに「坊主憎けりゃ袈裟まで憎し」の諺《ことわざ》さながらになっていることもよくある。

二月十三日、秀吉は利休に蟄居を申しつけ、堺へ下るよう命じた。

寝耳に水だった。織部にとっても青天の霹靂だったにちがいない。驚きあわて、利休の弟子たちとも図って秀吉のもとへ無罪放免の嘆願に駆けつけると、わたしはおもった。

たしかに、知らせを聞くや、織部は蒼白になった。が、それは驚愕したというより、怖れていたことが現実になってしまったという諦念《ていねん》と落胆のまじりあった表情だった。

「出かけてくる」

「いずこへ？　もう遅うございますよ」

「お見送りをせねばならぬ」

従者を数人つれただけで、織部は出かけてしまった。

その夜、織部と旧知の細川藤孝は、夜陰にまぎれて淀の船着き場で、堺へ下る利休を見送った。二人は西岡に領地をもつ隣人同士、淀は西岡の近くだ。

弟子たちや諸大名の助命嘆願もむなしく、二十六日に京へ呼びもどされた利休は、二十八日上杉軍が物々しくとりかこむ聚楽第の屋敷で切腹、七十年の生涯を閉じた。このあと一条戻橋《いちじようもどりばし》で梟首《きようしゆ》されたが、その上に、大徳寺の楼門にかかげられていた利休の木像が、首をふみつけるようなかたちでおかれた。そのため都人は、秀吉の逆鱗《げきりん》は、楼門をくぐるたびに木像の足でふみつけられたためだと噂し合った。また、茶道具を高値で売りつけることにも我慢がならず、〈増上慢《ぞうじょうまん》〉〈売僧《まいす》〉の科で成敗されたと噂する者もいた。

千利休の切腹について、織部はどう解釈していたのか。それが少しずつわかってきたのは、翌年開始された大陸侵攻から帰国したのちのことだった。それまでは名護屋《なごや》へ出征していたので、あえて考えないようにつとめ、口にすることさえ拒絶して、ただ淡々と命じられた役目をこなしていたという。

実際、饒舌なはずの織部が、あのころは寡黙だった。眸の輝きが失せて、顔色もくすんで見えた。口にできないだけに、恩師利休の賜死がどれほどこたえていたか、わたしには想像がつく。なにをどうしたらよいかわからず、この間はわたしもとまどうばかりだった。

いつだったか、ずいぶん時が経ってから、織部はわたしに茶を点ててくれた。点前《てまえ》のあと、利休の話題になった。

蟄居を命じられる九日前の二月四日、利休は夜半に我が家を訪ねてきたという。しかも、前触れがあったとおもったらもう現れるという、唐突な訪問だった。

幼い子供たちの世話に明け暮れていたわたしは、利休の訪問を知らなかった。翌朝になって「どなたかいらしたのですか」とたずねたのは覚えているが、それが利休だと聞いた記憶はなく、聞いたとしても、とりたてて関心を抱かなかった。

「あの夜、利休さまは白川《しらかわ》で伊達政宗公《だてまさむね》を出迎えた。その帰りに我が家へ立ちよったのだ」

利休は伊達政宗と気脈を通じていた。それだけでなく、小田原合戦以降、毛利輝元《てるもと》をはじめ大名諸将を次々に茶会へ招いた。茶会は密談の場であり、さまざまな憶測を呼びかねない。

「利休さまには叛意《はんい》などなかったろう。が、奇妙なことに、石田三成が、二月三月とたてつづけに東北へ探索に出むいていた」

「石田三成さま……」

秀吉は利休のふるまいが鼻についていた。軍議にまで口出しをされてうっとうしくなっていたところへ、三成から謀反の噂を吹きこまれた。もしそうなら、真偽などどうでもよい。茶聖として尊崇を集め、諸大名とつながりを密にしている男を排除する好機が到来したのだ。秀吉は小躍りしたのではないか。

おもえば、千利休が賜死したこの年は、年初から不穏な予兆があった。

一月下旬、秀吉の弟で、大和国郡山城主だった豊臣秀長の訃報が聞こえてきた。ここ数年、秀吉の勘気をこうむって領国に逼塞《ひっそく》していたとはいえ、秀長は温厚な人柄で人々の信頼を集めていた。会ったことのないわたしがそんなことをいうのは、秀長が千利休と親しく、また切支丹にも寛容だという話をしばしば耳にしていたからだ。

伴天連追放令以降、京や大坂でも教会がとりこわされ、切支丹は白い目で見られるようになっていた。そんな中、異国から帰還した遣欧使節団の少年たちをともなって、あのバリニャーノが聚楽第を表敬訪問した。

バリニャーノが日本に来ていたことをわたしは知らなかった。聚楽第で秀吉に謁見したことも後日知ったので、実際にどんな迎えられ方をしたかはわからない。無事でよかったというのがいちばんの感想だ。それでも、知ったとたん、背筋がぞくりとした。秀吉に表と裏の顔があるとわかっていたからだ。歓待されたからといって命の保証はないのだ。

バリニャーノが京を去るとほぼ同時に利休が罪を得たことは、直接のかかわりはなかったとはいえ、偶然とはおもえなかった。わたしは足元の地面がギシギシと耳障りな音をたてて歪《ゆが》んでゆくような恐ろしさを覚えた。なにか不吉なことが起こるのではないか……と。

七月、秀吉が猶子にして可愛がっていた、織田信雄の娘が七歳で死去した。

八月には鶴松が死んだ。こちらはわずか三歳。我が子の誕生にあれほど狂喜した秀吉は、その早すぎる死に慟哭《どうこく》、元結を切り、二泊三日御籠《おこも》りをして愛児の死を悼んだ。葬儀の場に居合わせた大名諸将、その従者までが元結を切って関白に追随したという。

葬儀を終えて帰宅した織部もざんばらな総髪姿だった。それを見てわたしは悪寒を覚えた。夫が元結を切ったことではなく、秀長も利休も死んでしまった今、秀吉に逆らえる者がもはや一人もいないことに気づいたからだ。

「殿下は、これから、どうなさるのでしょう」

「心配はいらぬ。意欲満々、次なる戦にとりかかる準備をしておられる」

中国、四国、九州、さらには関東から東北まで制覇した秀吉は、小田原合戦に勝利したときから異国へ目をむけていた。大盤振る舞いをして恩に着せ、ちやほやされることがなにより好きな秀吉だから、恩賞を与えたくても与える土地が無いという事態だけは避けたい。となれば領地を拡大するしかないわけで、大陸へ侵攻して領土を広げることが次なる目標になった。

数々の死がちりばめられた波乱の年に子をさずかる……もしかしたらこれは、武衛陣が急襲されて将軍義輝が殺戮された激烈な年に生をうけた小姫の宿命《さだめ》だったのかもしれない。

年の瀬、小浜がわたしに耳打ちをした。

わたしは仰天した。このところ夫の周辺が騒がしかったので、安威邸へ行けなかった。南蛮寺も破却されてしまったので、しばらく小姫とも会っていなかった。

「それは愛らしい姫さまだそうにございますよ」

「小姫さまが嫁いだとは初耳です。夫はだれじゃ」

「お名は存じません。実は、パードレ、ではないかと……」

「もしや、異人の、お子……」

「追放されたのちも匿《かくも》うておられたそうですが、もはや、それも危のうなってしまい……」

かろうじて胸の動悸《どうき》を鎮める。

「安威邸の者たちは事情を知っているのですか」

「何人かは……なれど心配はいりません。すべて五左衛門さまが算段を……」

安威一族には戸伏姓を名乗り、中川家の家臣となった者たちがいた。その一人、戸伏某が小姫の夫で、戦死したことになっているという。ややこは安威姫さまと呼ばれて、大切に養育されていた。

「小姫さまはややこを、ひそかにカペラと呼んでおられるそうです」

「カペラ……」

「小さな聖堂の意にございます。小姫さまにとっては、ややここそ祈りなのでしょう」

わたしはこの話を織部に伝えた。

「アンジョがカペラをお産みになった。なにか、意味があるのかもしれませぬ」

織部も思案深げな顔になる。

「耶蘇教のことはわからぬが……安威姫さまは、なんとまあふしぎな縁、いや、天命を背負うた御子にあられるのう」

ややこには足利将軍家と南蛮人の血が流れているのだ。

「なんとしても、お守りせねばなりませんね」

「うむ。人々を幸運に導く御子となるように」

次なる開戦の号令に戦々恐々としながらも、わたしと織部は笑みをかわしあった。


その年の十二月二十八日、秀吉は甥の秀次に関白職を譲った。これは翌年、いよいよ秀吉が総大将となって大陸へ侵攻するための布石で、すでに九州の北西、玄界灘《げんかいなだ》に突き出た東松浦《ひがしまつうら》半島に陣屋となる名護屋城を築城中だった。

大陸侵攻は小田原合戦に勝利したころからの念願、この年の初めに大陸侵攻に反対していた弟の秀長が死去し、つづいて目の上のたん瘤《こぶ》だった利休も自刃したため、ようやく実現のはこびとなった。さらにいえば、伴天連追放令で、秀吉は人商い以外の南蛮貿易を許可するとしていた。それなのにこのころ、堺や博多の豪商から南蛮商人への訴えがひっきりなしにあったのも異国への戦闘意欲をかきたてた一因らしい。

「異国とはどのようなところなのでしょう」

島津の薩摩《さつま》を、武田の甲斐を、北条の相模を攻めるのはわかる。けれど異国は……。小姫が異人の子を産んだときから、わたしの関心もふくらんでいた。

「海を渡ったところが朝鮮、その先に明《みん》という国があるそうだが……遠い、だけでなく、なにもかもわからぬことだらけだ。こたびは長い戦になるぞ。いや、いつ帰れるか」

名護屋城の城下には諸大名の陣屋も普請中で、織部も小さいながら古田家の陣屋を目下、築造中だった。小田原合戦のときと同じで、大陸侵攻を命じられるまではそこで待機することになる。となれば、当然、茶会もひんぱんに催される。

「こんなとき、利休さまがいてくだされば……」

織部は珍しく泣き言をもらした。

千利休亡き今は、織部が茶頭として秀吉の茶事をとりしきる。それとは別に、城を守る後備衆の役目もおろそかにはできない。古田の小軍をひきいるのも織部の役目だ。

「わしはじきに五十だぞ。そろそろ家督を倅に譲って、茶の湯に専心したいものだ」

そうはいっても、子供たちは幼く、豊臣家の直臣にとりたてられた長男の重行以外は元服さえまだ済ませていない。

「まだまだ当分のあいだは、どうぞ、お励みください」

わたしはこれまで何度となくしてきた戦支度に、またもやとりかかった。

第八章

天正二十年三月二十六日、作り髭をつけた馬上の秀吉は、金銀の鎧で飾られた馬、猩々緋《しょうじょうひ》の羽織姿の馬廻衆、美々しい輿《こし》、おびただしい軍兵にかこまれ、意気揚々と肥前国名護屋城へむけて出陣した。

肥前名護屋へむかう行列には織部の古田軍もくわわっていた。小平次と左内をともない、聚楽第で行列を見送ったわたしは、その華々しさに度肝をぬかれた。信長は絢爛豪華な安土城を築いて天下布武を見せつけた。秀吉は、海のかなたへ侵攻する雄姿を万民に見せることで天下人の威勢をひけらかしたのだ。

このとき女たちのあいだでは、輿にだれが乗っているかがひそかな話題となっていた。七丁つらなる輿の中でひときわ見事な二丁に、秀吉の寵姫の京極龍子《きょうごくたつこ》と愛児の死に涙したばかりの淀殿が乗っている、というのがもっぱらの噂だった。女の身でひと月ほどかかる長旅はさぞや難儀にちがいない。

実は、織部もわたしを名護屋へつれていこうとした。愛馬で野を駈けまわっていたから、長旅には自信がある。なにより肥前の地へ行ってみたくてたまらなかった。

ところが残念なことに、わたしはこのとき三女のお百を産んだばかりだった。各々に乳母がついているとはいえ、六人もの子供を抱えていては、母の役目を放棄して九州くんだりまで出かけてはいられない。

「お身のまわりの世話をする女子をおつれください」

長い戦になるかもしれない。大名諸将は皆、このときとばかり寵妾を呼び寄せることになっていると聞き、今回ばかりは夫に妾ができても仕方ないと自身にいいきかせていた。

「いや、やめておく。異国の強者と戦うより、そなたの焼きもちのほうがよほど怖い」

身のまわりの世話なら小者で十分だと、織部はわたしの勧めに耳を貸さなかった。大らかなようで頑固、他人に迎合しないところは織部の真骨頂だ。名護屋でも、秀吉はじめ皆から変人扱いされたそうで、中には自分の妾を貸してやろうといいだす者までいたとやら。

「古田どのは奥方の尻に敷かれている」

そんな噂がひろまっていたおかげで、わたしが夫の大切にしている壺をうっかり割ってしまったときも、それみたことかと笑われ、「悋気《りんき》壺」などと面白おかしくいいふらされた。

断言しておくが、織部に妾はいない。わたしと夫婦になる前は、長男の重行を産んだ女以外にも契った女人がいたかもしれない。が、そのあとの七人の子の母はすべてわたしだ。

大切な壺を割ってしまったのは、嫉妬《しっと》からではなかった。驚きと怒りによるものだ。

これまで何度となく恐ろしい目にあってきた。身内を喪って打ちのめされたことも数えきれない。大抵の災難は経験済みで、恐怖に青ざめたり悲嘆に暮れたりすることはあっても、我を忘れることはめったになかった。

文禄《ぶんろく》元年――十二月八日に天正から文禄に改元――も終わりに近づいたその日は冬の真っ只中で、寒々とした曇天がいつしか雪空に変わった。

「肥前も雪が降るそうにございますよ」

「おや、なれば綿入れをお入れしなければ。お風邪をひかれぬように」

小浜に手伝わせ、わたしは名護屋にいる織部のために陣中見舞いの品の荷造りをしていた。

三月下旬に京を出立した豊臣軍は、四月下旬に名護屋へ到着。ただちに渡海をした第一陣は三か月で朝鮮の首都である漢城《かんじょう》を落とし、平壌《へいじょう》へ迫る快進撃をつづけていた。秀吉は自らも出陣をする気でいたようだ。が、後陽成天皇の勅書に諫められ、大政所にも嘆願されて、あきらめざるをえなかった。そんなとき、追いかけるように大政所の訃報がとどき、秀吉は大あわてで大坂へ帰ってきた。聞くところによれば、母の死に目にあえず、葬儀をとりおこない、伏見へ隠居用の城を建てるよう指示をして、あわただしく名護屋へもどっていった。

この間、織部は名護屋に滞在していた。まだ当分、帰れそうにないというので、寒さをしのぐ衣類や賀詞のための装束などを送ることにしたのだ。名護屋城には秀吉の茶室も設けられているので、織部からも何点か茶道具を送るよう頼まれていた。

急報は、まさにそんなところへとどけられた。留守居の用人が血の気の失せた顔で駆けこんできたとき、夫の所望はこれだったかと茶壺を木箱からとりだそうとしていた。我にかえったときは、箱の角に当たって割れた壺が膝元に転がっていた。

寒さで手指がかじかんでいたせいばかりとはおもえない。自分でもなぜそんな不注意をしてしまったのかふしぎだが、それほど動転していたのだ。

壺を落としたのが「中川秀政さまご落命」と聞いたときか、それとも「鷹狩中に敵の伏兵に襲われた」と聞いたときか。それさえ覚えていない。

「今、なんとッ。秀政は、敵地で、鷹狩をしていたのか。戦死ではなく、伏兵に不意打ちされて命を奪われたのか」

兄清秀は賤ヶ岳の戦で最後まで砦を守り、華々しく戦死を遂げた。その功績もあって秀政は秀吉に目をかけられ、まだ若いのに十三万石の大名となり、三千の兵をひきいて海のかなたへ出陣した。戦の合間に鷹狩をするだけなら咎《とが》められはしないかもしれないが、そんなときに油断から命を落とすなど、武将としてあってはならない。なにより恥ずべきことである。

中川と古田が幾重にも深い縁で結ばれているからこそ、真っ先に訃報がとどけられたのだった。口頭ということからして、まだ公にはされていないようだ。秀吉の耳に入ったら、さぞや立腹するのでは……。あの秀吉のこと、お家取り潰《つぶ》しもあり得る。といって、こういうことはどんなに隠しても最後には必ずもれてしまうもので、織部も今ごろ、どうしたら穏便に済ませられるか、頭を悩ませているにちがいない。

それにしても、秀政はなぜ注意を怠ったのだろう。敵地だというのに……。勝ち戦がつづいていたので気が大きくなっていたのか。驕《おご》り昂る心が災いを招いたのではないか。

「甥のことは、危ぶんでおりました」

わたしは小浜にやり場のない憤懣をぶつけた。

「お若いゆえの過ち、お責めになるのは酷にございます。ましてやもう、この世のお人ではないのですから」

小浜はわたしを諌めた。

「若いというても二十五ですよ。未熟で思慮が足りなんだのじゃ。主を喪った者たちはこれからどうなるのか……」

織部がこの場にいたら、小浜同様、死者に鞭《むち》打ってはならぬと叱っていたにちがいない。けれどこのときのわたしは、秀政の死を悼むより先に悔しさがこみあげ、腹立たしくて我慢がならなかった。兄清秀は己が命を懸けて中川家を興した。なにもないところから、野心と努力で大大名にのしあがった。それが今、海の藻くずのように消えてゆこうとしている……。

じっとしてはいられなかった。わたしは聚楽第の中川邸へ飛んでいった。が、重苦しい気配がたちこめているだけで、わたしが知る以上の事実を知らされている者はいなかった。

鶴姫は茫然としていた。父織田信長も不意を衝かれて横死した。今度は夫が、油断がもとで横死したのだ。わたしには慰めることばもない。

織部から文がとどくまでの、祈るしかなかった数日がどれほど長く感じられたか。何か月も経ったようにおもわれたものの、実際はひと月ほどでまず短い文がとどいた。

そこには「心配無用、中川は無事」とだけ。詳細がわかったのは年が明けてからだ。

大陸に渡った中川軍は、釜山《ふざん》という湊から上陸して各地を転戦、秀政が横死したときは水原《すいげん》城を占拠していた。兄の死で弟の秀成が指揮をとることになり、城から討って出て、包囲していた敵の大軍を撃退したという。

秀成はなんとか当面の危機を乗り越えたようだ。が、この戦で、中川家の家老となった古田一族の当主が戦死した。わたしの娘、千の夫の重続である。まだ二十六歳だった。

再度、中川邸へ駆けつけ、傷心の娘を抱きしめて涙したのはいうまでもない。このときはわたしもう平静になっていて、亡父のごとく勇猛であろうと功に逸りながら、一瞬の油断で惨殺されてしまった秀政の悲運を心から悼むことができた。

わたしは帰国した織部からのちの経緯を教えられた。当初、秀政の死因は伏せられていた。ところが噂がひろまり、真実が隠蔽《いんぺい》されていたとわかると秀吉は激怒した。

「もしあの場に中川の者がいたら首を刎ねられていたはずだ」

織部も背筋が凍りついたという。

幸いなことに、援軍に駆けつけた福島正則《ふくしままさのり》が秀成の見事な敵軍突破を報告したので、秀吉は怒りを鎮め、秀成の家督相続と中川家の存続を許した。中川家は十三万石から六万六千石に減俸されはしたものの、少なくともその年の夏に帰国するまでは、三木城主のままだった。

戦はつづいていた。海を渡った軍兵は壮絶な戦いを強いられ、各地で目を覆うような死闘がくりひろげられていた。が、当初の勢いは次第に失われ、身内でのいがみ合いがはじまっていたようだ。

そんな最中に、淀殿の懐妊がわかった。秀吉は年初に淀殿を京へ帰し、明国の講和使と和睦をした。後年、この和睦は偽りだったと判明する。

淀殿は八月三日に大坂城で男子を出産。和睦に安堵して急ぎ帰国した秀吉は、同月二十五日、ややこと歓喜の対面をした。

「捨て子は丈夫に育つというので、わざわざ地面において留守居役に拾わせたとか」

「まあ、それで〈おひろい〉さまと名付けられたのですね」

「おひろいではありませんよ。下々の者も〈ひろい〉とお呼びせよ、と……」

太閤の嫡子が生まれたというので、巷《ちまた》は騒がしい。甥の秀次に関白職を譲った秀吉は〈太閤殿下〉と呼ばれるようになっていた。

淀殿が鶴松を産んだときは、数多の女を侍《はべ》らせながら子ができなかった秀吉に子ができたので、実の子ではない、などと風評が流れた。それが秀吉を苛つかせて、とうとう落首騒動にまで発展してしまった。百数十人が命を奪われた悪夢のごとき出来事が身に染みているからか、今回はだれも余計なことをいわず、秀吉を怒らせるような噂も聞こえてこなかった。巷にあふれる声も祝賀一辺倒だ。

そもそもわたしも、織部と夫婦になって子を産むまで九年かかった。戦つづきの当時は五年十年子ができない夫婦は珍しくなかったので、鶴松やひろいが秀吉の実子でないとの噂は耳に留まらなかった。淀殿がどんなに豪胆でもあの秀吉の目をごまかすことは不可能におもえるし、鶴松を喪ったときの秀吉の悲嘆ぶりやひろいへの溺愛《できあい》ぶりをみれば、父は秀吉以外に考えられない。わたし自身はそう信じて疑わなかった。

それにつけても、生まれたとき親がどのような境遇にあったかで、子供の人生は天と地ほど変わってしまう。過酷な現実である。天下人の嫡子として生まれたひろいと、異人の父無し子として生をうけた安威姫カペラ——この二人が後年、運命の出会いを果たすとは、いったいだれがおもったか。

当時のわたしの心配は、秀政の横死で後家になってしまった鶴姫と夫に戦死されたわたしの長女千の身の振り方だった。

文禄二年八月、秀吉の帰国と相前後して織部が京へ帰るまでのあいだ、わたしはせっせと文を認め、不安や迷いを訴えた。これまでは筆まめな織部からの文にわたしがおざなりに短い返事を書く……というのが常だった。が、このときばかりは、遠国の肥前へまだとどいてもいないのにもう次の文を送る、といった性急さだったから、織部はそんなわたしにあきれていたにちがいない。


（いかにも。あきれておったわ。そなたときたら、矢継ぎ早に……）

案の定、織部の声がする。

――あなたも気を揉んでおられるとばかり……。千はわたくしたちの初子、あなたは目の中へ入れても痛《いと》うないほど愛しんでいらしたではありませんか。

（しかし中川の家老、古田家の家刀自だ。それに嫡子の母でもあった）

――むろん、千は気丈にしておりました。とはいえまだ十六になったばかりでした。生涯後家のままでは、いくらなんでも可哀そうで……。

（わしとて考えておったわ。千の行く末も、それから鶴姫さまのことも）

――鶴姫さまとは、聚楽第を訪ねて何度も話をいたしました。鶴姫さまは中川と離縁して母方のお里でひっそり暮らしたいとの仰せ。お子もおりませんし、わたくしもなんとか願いを叶えてさしあげとうて……。

（それはわかるが、あのときはまだ戦が継続しておったのだぞ。陣屋におっては、やいのやい

のいわれても、どうすることもできなんだ）

織部は当時、秀吉の思惑をおしはかっていたそうだ。淀殿の懐妊は秀吉にとっても予想外の出来事だったから、織部ばかりか諸将にはまったく先が見とおせなかった。

秀吉は名護屋へもどらなかった。大名諸将も合戦を中断して次々に帰国した。

織部も帰ってきた。夫との再会を、わたしはどんなに待ちわびていたか。

——あのときほど、あなたのお顔を見て安堵したことはありませぬ。なれどあなたは、まだ不安そうでしたね。

（先が見えなんだのよ、合戦のことも、中川家のことも）

兄の遺骨と共に帰国した秀成は、十一月、従五位下修理大夫《じゆごいげしゆりだいぶ》に任じられた。秀成は大陸へ侵攻する前に、秀吉の命令で新庄直頼《しんじようなおより》の養女、虎姫を娶っている。虎姫は賤ヶ岳戦で中川清秀を討ち取った佐久間盛政の娘だ。盛政が秀吉軍に捕らえられて成敗されたあと、盛政の妻は大政所の甥の直頼に再嫁したこともあって、虎姫は新庄家から嫁いだのだが、秀成からすれば、亡父の仇、しかも中川が成敗した男の娘を正室に迎えたわけで、さぞや複雑な心境だったにちがいない。

帰国した秀成に、秀吉は転封を命じた。選択肢はみっつ——。淡路《あわじ》の洲本《すもと》か。伊予《いよ》の宇和島《うわじま》か。豊後の岡《おか》か。検地によれば、豊後の岡は六万六千石で一番の小国だった。

秀成は、その小国を選んだ。

――なにゆえ豊後なのか、わたくしは動転しました。あまりに遠い、島流し同然ではないかと納得がゆかず……。

摂津国茨木城主だった中川家が播磨へ転封されたことでさえ承服できなかった。それなのに自ら九州の小国を選ぶとは、秀成の気が知れない。

――でもあなたは、秀成どのは大器だと感心されて……。

（そなたはけげんな顔をしておったが、わしはわかっていた。秀成どのは太閤殿下のお胸の内を読まれたのだ。懇切丁寧に話してやったゆえ、そなたもうなずいた）

――ええ。ようわかりました。豊後は大友宗麟《おおともそうりん》の息子から召し上げた土地、殿下の直轄地以外は殿下の御馬廻衆や近臣の領地ばかりだったのですね。

（筑前には黒田、肥後には加藤《かとう》と小西、殿下は大陸侵攻の兵站《へいたん》地として、九州を身内同然の者たちで固めようとしておられた）

――国内では戦がまだ終わっていないと聞いて暗澹《あんたん》としましたが……。

（うむ。なればこそ、豊後を守るぞ、お任せあれと、中川の当主が自ら名乗り出たのだ。殿下は膝を打って喜ばれた。で、兄者の失態も帳消しになった）

――あの秀成どのが、真にそこまで考えていたのでしょうか。

（いたとも。いうたはずだぞ、若いが大器だと）

――あのときはまだ少々割り切れぬおもいもありましたが……今はわたくしもおもうており

ます、豊後の岡は中川にとって最良の領地だったと。

織部は満足そうに笑った。

（気に入らいでか。豊後には切支丹があふれていた）


年明けに豊後へ移ると聞いた織部とわたしは、文禄二年の年の瀬、聚楽第にいる秀成のもとへ挨拶に出むいた。

「叔父上、叔母上《おばうえ》、あとのこと、よろしゅうお頼み申します」

秀成は円座を下り、律義に畳へ両手をついた。勇猛すぎる兄のせいで軟弱にみられていたものの、大陸では果敢な戦ぶりが称賛された。それが自信になったのだろう、凜々《りり》しさを増した横顔にわたしは見惚れた。

「豊後には大友の残党がいる。敵陣へのりこむごときものじゃ。が、若殿なればきっと、その者たちをも同心させられよう。焦らず腰をすえて、堂々と事に当たるがよい」

織部は秀成を激励した。

「切支丹が大勢いると聞きました。秀成どの、どうか守ってやってください」

「むろんにございます。それがしは高山の右近さまをだれより敬愛しております」

秀成にとってジュスト右近は亡父の従弟、名護屋にいたときも世話になったという。秀吉に追放されて前田家の客将になっている右近だが、大陸侵攻に参戦して、秀吉からも寛容なあつかいをうけ、茶席にも招かれたと聞いている。

秀成はあらためてわたしに頭を下げた。

「留守のあいだ、妻をよろしゅうお願い申します。義姉上《あねうえ》のことも、なにとぞよしなに」

秀成の妻は虎姫、義姉上とは先代秀政の正室の鶴姫だ。虎姫は鶴姫にかわって聚楽第の中川邸で暮らすことになった。わたしが見たところ、虎姫はこの転封を歓迎してはいないようで、遠国の豊後へ行くのは死んでも嫌だと拒んでいるらしい。さすがは猛将の娘、つれてゆかれたら自害する……などといわれれば、だれも無理強いはできない。

鶴姫については、本人のかねてからの望みどおり、中川と縁を切って、古田一族出身の母の里へ帰ることになった。これは織部の尽力によるものだ。

「ご心配にはおよばぬ。鶴姫さまは我が股肱の臣が、ご郷里までしかとお送りいたした。すでにご到着されたころかと……」

「奥方さまの御事なれば、ご不便なきよう、常々気づこうております」

夫婦そろって応じたところで、わたしはおもむろに膝を進めた。

「千にも、かたじけなきご配慮をたまわりました。心より御礼を申し上げます」

実家へ帰っていた千も再婚が決まった。こちらは慣例どおり、戦死した古田重続の家督を継いだ弟の重則《しげのり》に嫁ぐことになった。千はまだ若いので縁談にはなんの支障もなく、昨年のうちにささやかながらも祝言がとりおこなわれた。

古田重則も秀成に随従して、豊後へおもむくことになっていた。が、豊後はまったくの未知の国である。織部がいうように前領主の大友氏の残党がなにを仕掛けてくるかも知れぬ中で、城や城下の整備をしなければならない。それもあって、多くの妻子同様、千もとりあえずは、このまま京に住むことになっていた。

「中川も、変わりました」

古田邸へ帰ったわたしはため息をついた。中川といえば清秀、あの麒麟児《きりんじ》がいてこそ、摂津国でその存在を誇示できたのだ。

「世の中が変わったのよ、やむをえぬわ」

織部はわたしに、ついてくるようようながした。


古田邸は秀吉の聚楽第築城にあわせて建てられた屋敷で、織部は小田原合戦や大陸侵攻へ参陣し、不在のことが多かった。千利休が自刃してしまったために名護屋では秀吉の茶頭をつとめることもままあったようで、御伽衆を仰せつかってからは、京にいるときもおおむね秀吉の側に侍っている。

そんなわけで、古田邸へ客を招き、大々的に茶会を催す機会はまだなかった。茶室は織部の研鑽の場であり、思索の場だ。それがわかっていたので、茶室にいるときはなるべく近づかぬようにしていた。

だからこの日、夫がなにもいわず自ら先導して茶室へ招じ入れたとき、わたしはいぶかしげな顔をしていたはずだ。

「そこへ座りなさい」

「ここへ、で、ございますか」

「今日はそなたが正客じゃ。わしが心をこめて茶を点てる」

「まあ、どういう風の吹きまわしでしょう」

そういいながらも、わたしは客畳へ膝をそろえた。にわかに胸がはずんでくる。

「なにやら、もったいのうございます」

おもわずつぶやくと、水差しから釜に水をそそぎ、風炉に火を入れようとしていた夫はふと手を止め、宙の一点をじっと見つめた。

「名護屋城におったとき、太閤殿下は仰せられた。利休居士《こじ》の茶の湯は堺の商人どものためのもの。これからは町人茶ではのうて武家の茶でのうてはならぬ、と」

わたしは首をかしげた。

「武家の茶……とは、いかようなものにございますか」

「それがわかれば苦労はせぬわ」

夫は苦笑した。が、宙にあった視線をわたしの目に移したときは、かつて見たことがないほど真剣なまなざしになっていた。

「いくつか、おもいついたことがある。いや、前々からおもうていたことだ。茶室も茶道具も作法も、わしは、わしの好きにやろうとおもう」

「お好きになさるとは、どんなふうに？」

「まだ、きちんと説明はできぬが……利休さまの茶の湯は利休さまの茶の湯。茶聖と崇められたお方の真似をしてもはじまらぬ」

「さようにございますね。わたくしもずっとおもうておりました。あなたは、どなたにも似ておられぬ。大らかで、奇抜で、愉快で……」

織部は我が意を得たりと膝を叩いた。

「やはりそなたは、天下一の女房どのじゃ」

文禄の役と呼ばれる大陸侵攻から帰国した当初は家にいる日が以前より多かったので、織部はこのあともわたしに茶事の相手をさせることがままあった。茶の湯は素人だけれど、亡母が奉公衆をつとめる安威家の娘だったので、わたしもひととおりの作法は身につけている。その後、舅からも教えられた。さらにいえば、いっぱしの茶人を自認していた兄清秀のおかげで中川家にいたころも茶事に親しんでおり、安土城下に住んでいたときはセミナリヨで伝授される茶事を眺めていた。織部もわたしをまったくの門外漢とはおもっていなかった。

「こいつをどうおもう？」

茶道具にかぎらず、掛軸や花、器についてよく意見を求められた。

「この花入れは妙なかたちにございますね。おや、こちらはヒビが入っておりますよ」

「伊賀焼は歪みとヒビこそが身上」

「そういわれれば、たしかに面白うございます。あ、あれはなんに使うのですか」

「さて、なんに使おうかのう。名護屋で拾うたものでの、唐津《からつ》の出来損ないじゃ」

そんなことを話しているときの織部は、童子にかえったかのように愉しそうだ。

この時期、わたし以上に織部と茶事に励んでいたのは、古田家の重臣の一人、木村竹右衛門尉である。本巣出身の家老、馬場や青木とちがい、舅が京で召し抱えた家臣だ。茶人の木村宗《むね》喜《よし》としても知られている。夫の側近となってからは西岡の領地に在住して、年貢の取り立てなどもまかされていた。

宗喜が足しげくやって来たのは、茶事の相手をするためだけではない。伏見の屋敷の普請をまかされていたので、その進み具合を知らせる役目もあった。

そう。伏見では、今また大名諸将が屋敷の築造に追われていた。鶴松が死去したあと、大陸侵攻に専念するために関白の座と聚楽第を甥の秀次にゆずり、秀吉は伏見の指月《しげつ》に隠居用の城を築かせることにした。ところが淀殿が第二子を懐妊、明国と講和して帰国したあとは、隠居という言葉をいっさい口にしなくなった。秀吉は、秀次に与えてしまった聚楽第に勝る豪勢な城を築いて我が子を呼び寄せ、異国からの使者を招いて度肝をぬくと同時に、自らの絶対的な力を世に誇示しようと考えたのだ。

障子を開け放しても流れてくるのは生ぬるい風。書院からのぞむ庭も夏景色だ。池の水面《みなも》はすいれんの緑と紅で華やいでいるが、反橋の先の築山は満開のつつじが終わり、深緑が強烈な日差しにたじろいでいる。

仲夏の午後、久方ぶりに夫婦そろってくつろいでいると、伏見から木村宗喜がやって来た。しかも、おもいがけない客人をともなっていた。

「まあ、驚いた。叔父上がいらしてくださるとは……うれしいこと」

客人とは安威五左衛門だった。

中川家が播磨へ転封になったあと、五左衛門は茨木城の城代になった。だが懐妊中の淀殿がしばらくのあいだ養生していただけで、城は秀吉の鷹狩のときくらいしか利用されていない。五左衛門自身も右筆役が忙しくなってしまい、京、大坂、名護屋と秀吉に随従していた。聚楽第で顔を合わせたことはあったが、五左衛門が古田邸を訪れることはなかった。

　正確にいえば亡母の従弟である五左衛門は、五十代の半ばになるというのに鬢《びん》の白髪を別とすれば、風貌も体つきも昔とさほど変わらない。

「安威どのには伏見で世話になった。洛中にご帰還とのことで、お誘いした次第」

　敷居際に手をつき、宗喜は日焼けして赤らんだ顔をほころばせた。都育ちでおっとりとして見えるが何事にも一家言のある堅物で、そこが舅重定や織部から信頼されている。

　五左衛門は額の汗をぬぐった。

「世話になっておるのは手前にて……ひとことお礼を、と立ち寄りました」

　安威家も伏見城下に屋敷を築造中で、不足しがちな資材や人手を中川や古田に融通してもらっているという。かつては名門だった安威も、足利氏の失脚と共に衰退してしまい、秀吉に登用された五左衛門が茨木城へ移ったのを機に、摂津の安威城も破却されてしまった。

「礼などと水臭いわ。それより、さ、安威どのもこちらへ。多少は涼しかろうよ」

　織部はじれったそうに手招きをした。

　気心の知れた三人は車座になる。

　こういうとき妻女は席をはずすのが通例だろう。が、わたしも会話にくわわるよう、夫はうながした。なんのてらいもなく、それがあたりまえといった顔である。

「伏見はどうじゃ」

「手前の屋敷は小体《こてい》ゆえ、今月中には普請が終わる予定にございます」

　織部に訊かれ、五左衛門が答える。

「われらもそのころには……」と、宗喜があとをつづけた。「そういえば中川さまでは落成と聞き及んでおります。ただし奥方さまは移るの移らぬのとお迷いとか……」

伏見へゆくのは嫌だと虎姫がいいはじめている話は、わたしも聞いていた。

「なにも急ぐことはありませぬ」

「しかし御方さま、いずこの大名家も、先を競って伏見へ移られる由……」

「それでは関白さまのお立場が無《の》うなりはしませんか」

関白秀次は聚楽第にいる。秀吉の指月城が落成して大名諸将まで伏見へごっそり移ってしまったら、秀次は不愉快な思いをするにちがいない。

宗喜はうなずいた。

「聚楽第か指月城か、これよりはわれらも、よくよく考えた上で動かねばなりませぬ」

そのとおりだ。たとえば賀詞を述べるにしても、まずは指月で……となるのか。秀吉のもとには石田三成がいるから、聚楽第をひんぱんに訪ねればすぐさま秀吉の耳に入り、機嫌をそこねてしまうかもしれない。

「厄介なことになったのう」

織部も苦笑する。

五左衛門は膝をのりだした。

「ご注意あれ。あらゆることが殿下のお耳に入って参ります」

「あらゆること……」

「だれがだれとどこでなにをしたか……先日の常光院《じょうこういん》での茶会も、どなたが招かれたか、書き留めてございます」

去る六月二十六日、徳川家康が建仁寺《けんにんじ》の塔頭《たっちゅう》の常光院で茶会を催した。公卿や豪商の他、秀吉の側近も招かれ、その中には織部の名もあった。右筆の五左衛門は詳細に記録するよう命じられ、織部の名も記載したという。

「殿下にはお許しをもろうたぞ」

「さようでしょうが、それでも用心にこしたことはございませぬ」

かねてより定まっていた五左衛門の嫡男の八左衛門勝宗とわたしの弟新兵衛の娘との婚儀の様子や、秀吉に追放されて加賀の前田家に身を寄せながらも各地へ出むいてひそかに耶蘇教の布教につとめているジュスト右近とダリオ叔父の動向など、五左衛門は近況を伝えた。

「小姫さまとややこは息災ですか」

「はあ。なんとも愛らしい姫君にて……屋敷ができたら伏見へつれて参ろうかと」

「まあ、ぜひおつれください」

京にいてももう教会はない。礼拝はできない。

織部は五左衛門と宗喜を茶室へ招いて茶をふるまった。

「久々に叔父上と話が出来てうれしゅうございました」

ひと足先に帰ってゆく五左衛門を見送ったわたしは、よほど名残惜しそうな顔をしていたようだ。織部はわたしを気づかった。

「なあに。伏見へ移れば行き来もままよ」

「叔父上の屋敷はお近くなのですか」

「安威どのは城の北西、われらは桃山《ももやま》南麓の六地蔵《ろくじぞう》、さほど近くはないが……」

「姪御さまのおられる池田邸は、伏見でもひときわ豪壮なお屋敷にございますぞ」

宗喜が口をはさんだ。兄清秀の娘、姪の糸姫とは長いこと会っていないが、文のやりとりはつづけている。糸姫は本能寺の変の前の一時期、安土の古田邸に滞在していた。清秀は糸姫を池田恒興の嫡男、輝政《てるまさ》に嫁がせている。

この池田氏は尾張出身の信長の家臣で、荒木村重やわたしの父の主君だった池田長正とは異なる一族である。池田恒興は小牧・長久手の戦で戦死して、今は嫡男の輝政が池田家の当主となり、秀吉に重用されていた。恒興の死後、秀吉は輝政の弟長吉《ながよし》を養子にして、羽柴姓を与えた。輝政や長吉の妹は関白秀次の正室で「若政所」と呼ばれている。

織部と宗喜はこのあと帳面をひろげて普請の費用や年貢の話をはじめた。

わたしは席を立ち、子供たちのもとへもどった。


伏見指月城は宇治川をのぞむ景勝地、指月の丘に築城され、隠居所どころか金箔をふんだんに使った絢爛豪華な城だった。十一月、大坂城にいた淀殿と、ひろいから秀頼《ひでより》と名を改めた幼子が移ってきた。それにともない、わたしたちも伏見へ居を移した。

洛中の屋敷とちがって、伏見の六地蔵にある古田邸は北に桃山を仰ぎ、宇治川やその支流にかこまれた自然豊かな場所にある。風光明媚なだけでなく、このあたりが銘茶の産地であることも、織部は大いに気に入っていた。木村宗喜が何度も相談に来ていたのは、ここなら茶の湯に最適、どんな茶室を設えるか、二人で討議を重ねるためだ。

「どうじゃ。見よ」

引っ越し早々、織部はわたしを茶室へともない、自慢した。

「まあ、明るうございますね。それに広々と感じられます」

四畳半の茶室がある一方で、昨今は一畳や二畳の茶室も珍しくない。この茶室は三畳の座敷に台目畳がそえられ、さらに一畳ほどの相伴席が設けられていた。しかも大きさのちがう窓がいくつもあるから明るい。冷涼として、青畳の香も清々しい。

「茶室とは狭く薄暗いものかと……」

「いや、これこそ、わしの茶室じゃ」

野趣に富んだ屋敷で、心ゆくまで茶の湯に没頭する——織部の夢が叶ったのだ。

伏見で暮らすようになると、徳川家の茶会に招かれる回数も増えた。同じく御伽衆に列している織田信雄や古馴染の細川幽斎（旧名は藤孝）ともひんぱんに行き来をするようになった。船越景直《ふなこしかげなお》のような秀吉の直臣や、半月ほど遅れて近所に越してきた小堀政一《こぼりまさかず》も、弟子を自認して入り浸っている。

小堀政一は、秀吉の弟秀長の家老の家に生まれ、相次ぐ当主の死に遭遇したあと、秀吉に召し抱えられたばかりだった。その心細さもあったのか、なにかと織部を頼りにしていて、織部のほうでも、まだ十代半ばの若者ながら器用で上達が早いと目を細めていた。

この時期は織部の茶人としての名声が高まると同時に、人脈も大いにひろがった。千利休は人をとりこにする話術とふところの深さをもっていたが、軍師ゆえに近づきがたくもあった。その点、織部には上も下もなく、生来気さくで愛嬌があるので、だれもが安心して教えを乞いに来られたのだろう。

新たな屋敷で安穏とした暮らしにどっぷりつかり、日々充実した織部の姿を見ることで満足していたわたしは、関白秀次の身に災難がふりかかろうとしているとはおもいもしなかった。気づいたところでどうなるものでもなかったけれど、利休の賜死とちがい、こたびは夫にとっても寝耳に水だった。七月八日にその知らせを耳にするや、夫婦ともども青ざめ凍りつき、茫然と目と目を見合わせた。

最初の知らせは、秀次が関白職をはく奪されて高野山へ送られた、というものだ。実はその五日前、謀反の疑いがあるというので、石田三成をはじめとする奉行たちが聚楽第へのりこんで秀次を詰問したという。この話がどこまでひろまっていたにせよ、伏見にいたわたしたちの耳にはとどかなかった。秀次は誓紙を認めて無実を訴え、秀吉も伏見へ呼んで話し合う気でいたようだが、八日に伏見へおもむいた秀次は、面会を拒絶され、高野山へ逐《お》われた。

「いったい、どういうことでしょう」

「わからぬ。だれぞ讒言《ざんげん》しおったか」

それでもこのときは、身の毛もよだつ結末が待っているとは予想だにしなかった。

「出かけてくる」

織部はあわただしく身支度をした。

「どちらへ行かれるのですか」

「まずは幽斎さまに会《お》うて、事情を聞いてみる。聚楽第へ行くことになるやもしれぬ」

細川家は本能寺の変のあと嫡男忠興《ただおき》の代になっていて、幽斎は聚楽第の屋敷にいることが多いようだ。いずれにしても織部が真っ先に駆けつけるとすれば、利休の弟子仲間であり、若き日、武将になる前から親交のあった幽斎のところしかなかった。

「くれぐれもご短慮はなさいませんよう」

「案ずるな。そうじゃ、宗喜にも使いをやり、動くな、じっとしておれと伝えてくれ」

宗喜の遠縁には、利休の弟子仲間で、秀次とことのほか親密な大名がいた。秀次追放の噂が耳に入れば、縁者のもとへ駆けつけるかもしれない。こんなときはまず落ち着くことがなにより大事で、事情がわかるまで下手に動かぬほうがよい。

織部が出かけてしまうと、一気に不安がおしよせた。関白は朝廷における最高位である。秀次が聚楽第にいるのは、帝や公家衆と親交を深めつつ、朝廷へ睨みを利かせるためで、茶の湯はもとより和歌や漢籍にも秀でて教養の高い秀次は、秀吉が大陸侵攻で留守にしているあいだも地歩を固め、円満な関係を築いていた。その秀次に謀反の嫌疑がふりかかるとは……これまで親しくつきあってきた人々は、事態が呑みこめぬまま動転しているにちがいない。

織部や宗喜をはじめ関白家とかかわりのある者は山ほどいた。男たちだけでなく、姪の糸姫は池田輝政の正室で、輝政の妹は秀次の妻の若政所である。さらにもう一人……。

「御方さま。亀姫さまはどうなるのでございましょう。どうか、お助けください」

噂を聞くや、小浜は蒼白になった。

中納言局と呼ばれている亀姫は、秀次の寵愛をうけて娘を産んでいた。亀姫は小浜がだれより愛しんでいる同郷の娘である。

「なんといっても秀次さまは殿下の甥御、よもや大事にはなりますまい」

そうなだめるよりなかった。実の甥なのだ、たとえ高野山へ逐われたとしても最悪の事態は避けられるはずだ。万にひとつも命を奪われたりはすまいと、わたしは信じていた。

これは浅はかなおもいこみだった。兄が弟を騙し討ちにした例は、信長が最初でも最後でもない。摂津国では一族どころか親子ですらしょっちゅう戦をしていたし、身内なればこそ家督をめぐって殺し合う例も枚挙にいとまがなかった。

秀次は、七月十五日、高野山の青巌寺《せいがんじ》で自刃して果てた。御小姓衆数名も共に切腹、他にも多くの家臣や秀次に同心したとみなされた大名諸将までが次々に斬首され、もしくは自刃に追いこまれた。

宗喜の親戚の大名もその一人だった。自害を命じられたばかりか、長男は切腹の上に梟首、娘まで磔刑に処せられた。織部から動かぬようにと命じられたおかげで宗喜に累が及ばなかったのは不幸中の幸いだったが、縁者の酷い最期を知って、どれほど悲嘆にくれているか。

八日に家を飛びだしてから、織部はなんの知らせもよこさなかった。噂は錯綜していて事実を測りがたかった上に、わたし自身も勝手に動くなと釘を刺されていた。いったい何人が連座させられたのかも定かではない。不安はつのるばかりだ。

それでも、小浜や子供たちの前では平静をよそおうよう努めた。

「定かなことはわかりませぬ。とりこし苦労はおやめなさい」

秀次の自刃は動かしがたい事実として、謀反のいきさつも、罪を問われた家臣や同心者の名さえ、どこまでが確かなのかわからない。

小浜は聚楽第へ駆けつけ、亀姫母娘《おやこ》を慰めたいといいだした。

「御方さま、お手をお放しください」

「いいえ、放しませぬ。そなたを危うい目にあわせるわけにはゆかぬ」

「亀姫さまをお助けせねば……」

「亀姫さまを愛おしむ気持ちはわかります。なれど、そなたが行ってしまえばわたくしはどうなるのじゃ。四十年も共に生きてきたわたくしは、どうなってもよいというのですか」

「御方さま……」

行かせてやりたかった。が、小浜の命だけは、なんとしても守らなければならない。


数日後、織部が帰宅した。疲労困憊の体だった。話を聞こうと待ちかまえていたわたしも、しばらくは声をかけられなかった。

なにがあったか知ろうと、織部は第一報を耳にしたあと、すぐさま細川幽斎を訪ねた。が、そこでも大騒動になっていたという。

細川家はじめ大半の大名諸将が秀次の失脚を知ったのは、織部と同じ、秀次一行が伏見から高野山へ逐われたその日だった。当初は二、三百の供揃えだったから、噂はひろまるべくしてひろまった。が、途上、一泊二泊するうちに人数が減らされて、高野山の青巌寺へ入ったときはわずか数人になっていた。

細川家では――大多数の大名家でも――秀次に見舞状や見舞いの品を贈ろうとした。幽斎と秀次は茶の湯はむろん多岐にわたって親しくしていたから、これは当然の礼儀だった。

「殿下の勘気をこうむって謹慎する、それなら以前もあったことだ。大事になるとは、幽斎さまもおもわれなんだ」

ところが秀次自身から「見舞いは停止」と通達があった。秀次の罪状は「山中で同心者を集めて謀反を企てた」ことだった。疑わしい者が次々に詮議をうけているとわかるや、だれもがふるえあがった。

「幽斎さまも危ういところだった」

親交の深さは知れたこと。その上、金銭の貸し借りがあったようで、厳しい詮議をうけ、あわや連座の罪に問われそうになった。細川家では逃げだす家臣までいたという。

「まさにご自身も首の皮一枚。秀次さまの助命を嘆願したくとも、自らの潔白を申し立てるだけで精一杯。それをおしてなお秀次さまを庇《かば》うた者たちは同心とみなされた」

白井《しらい》範秀《のりひで》や熊谷大善も謀反に加担したとされ、成敗された。

「とんだとばっちりよ」

背筋を冷たいものが流れた。織部なら秀次の助命を秀吉に掛け合ってもおかしくはない。わたしだってその場にいたらそうしていたにちがいない。けれどこのときは、どんなに自己本位と蔑《さげす》まれても、夫が無謀なことをしないでくれたことに感謝した。

「よう、ほんによう、こらえてくださいました」

声をうるませると、織部は苦笑した。

「わしは閉じこめられておったゆえ」

細川幽斎にはこれまでも助けられている。幽斎は織部の私欲のなさや明るい気性を高く評価していた。細川家の使い番をしていたころから目をかけてくれていたのだ。秀次の失脚は寝耳に水だったとわたしはおもっていたが、もしかしたら、淀の船着き場で利休を見送ったあのときから、なにか忌々しいことが起こるやもしれぬとの予兆が二人のあいだで共有されていたのかもしれない。利休だけではすまぬぞ……と。

実際に閉じこめられたわけではなかったようだが、幽斎にひきとめられて身動きがとれなかったのは事実で、その間に細川家では金銭をかきあつめ、秀吉の疑いを晴らすべく奔走していたのだとか。

「徳川さまがお力添えくださったそうでの。幽斎さまは、これで徳川には足をむけて寝られぬと苦笑いをしておられたわ」

のちに聞いたことだが、千利休同様、秀次にも、伊達政宗と共に謀反を企んだという嫌疑がかけられたそうだ。両者のあいだにつながりがあったことは事実で、当の政宗はいち早く釈明して難を逃れた。秀吉は、この機に、邪魔になった秀次を葬り、連座させても反乱がおきないと見越した者だけを巧みに選別して、見せしめのために命を奪ったのだろう。

巧みに選別して――。

そのとおり。池田輝政の妹の若政所は助命された。が、亀姫は……。わたしが真っ先に夫にたずねたのは、亀姫や秀次の妻子の安否だった。

「秀次さまには、若政所さまや一《いち》の台《だい》さまの他にも数多の妻妾がおられました。皆さまはどうなったのですか。亀姫さまやお小さい姫さま、他のお子たちは……」

「丹波亀山城へ送られたそうな」

そう答えた織部も、秀次の妻子は幽閉されはしても、そのうち里家へ帰されるだろうと心底信じていた。わたしも安堵の息をついた。

「小浜に知らせてやらなければ」

「母娘をここへ迎えて、お心が癒えるまで休ませてやってはどうじゃ」

「さようですね。小浜も喜びます」

ところが、半月もしないうちに事態は一変した。それも最悪の方向へ。

世の中には目をそむけ耳をふさぎたくなる出来事が山ほどある。物心ついたときから、いやというほど悲惨な死にざまに遭遇してきたので、わたしは命の儚《はかな》さを自らに納得させんがために〈永遠の命〉を説くデウスの教えに導かれていったのだとおもう。あなたは此岸で辛酸をなめた、でもその時が来たら、永遠の命を得ることができますよ……と。

亀姫も、いつの日かよみがえり、永遠の命を得ることができるのだろうか。亀姫と共に三条河原で儚い命を散らした三十余人の女や子供たちはどうなのか。秀次のそばにいたというだけの、多くの罪なき者たちは……。

小浜は、納得しなかった。恨みも憤りも口にはしなかったが、溺《おぼ》れるほど泣いて、涙が涸れるとロザリオをひきちぎった。

わたしはなんと慰めればよいかわからなかった。耳をふさいでいても噂は流れてくる。目を閉じれば丹波亀山から京へ戻された女たちが荷車にのせられて市中をひきまわされる光景が浮かんできた。夜、床につけば、むごたらしく首を討たれる阿鼻叫喚《あびきょうかん》が聞こえてくるようだ。一の台の娘は十三だったとか。奥州の大名、最上《もがみ》氏の娘は側室にあがったばかりで、寝所に呼ばれたこともなかったとか。無惨に命を絶たれた女たちの骸《むくろ》がその場に掘られた穴の中へ次々に投げこまれる光景が、見ていたわけでもないのに脳裏に焼きついてしまい、物を食べようとすると吐き気がこみあげた。

わたしは泣かなかった。いつもと変わらず家刀自の役をつとめ、子供たちと相対していたけれど、わたしの心の変化は夫の目には明らかだった。

「本巣でゆるりとしてきてはどうじゃ」

ここにいては噂から逃れられない。織部はわたしを京から遠ざけようとした。本巣には城や砦はもとより城館ももうなかったが、それでも古田一族の縁者が暮らしていた。あの豊かな自然の中に身をおけば、心が癒されるかもしれない。古田家ゆかりの祐國寺の若き住職、宗純にも今一度会いたかったが……。

「千は亀姫さまと親しゅうしていたそうで、さぞや胸を痛めておりましょう。虎姫さまにも小さいお子がおりますし、わたくし一人、逃げだすわけにはゆきませせぬ」

虎姫は昨年、嫡男を産んだ。

文禄四年七月十五日に秀次が切腹、八月二日に三十余人の妻妾や子らが三条河原で斬首されるや、秀吉は聚楽第の破却を命じた。

中川家もこのころには伏見の新邸へ移っていた。今度ばかりは虎姫も四の五のいってはいられない。もっとも二年前に播磨国三木から豊後国岡へ転封になったときは、家臣郎党とその家族およそ四千の領民が五十艘《そう》の船を仕立てて豊後小浦《こうら》の湊へ渡ったそうで、伏見に在住している者たちを除けば、今ごろは皆、岡城と城下の築造であわただしくすごしているはずだ。

織部が危惧《きぐ》していたように、入部の際は大友の残党に抵抗されて、一戦交えることになったという。無事に切り抜けることができたのは秀成の采配によるもので、兄秀政の生存中はおとなしくて目立たなかった若者が、今は一段と頼もしさを増している。

兄弟といえば、わたしと織部の息子たちのうち上の二人は元服を済ませて、重広《しげひろ》、重尚《しげなお》と名乗ることになった。小平次と呼ばれていた重広は十七歳で、左内と呼ばれていた重尚は十五歳である。秀頼の御小姓になっている長男の重行は庶子なので、夫は重広に古田家の家督を継がせると決めていた。

重広は茶事に関心を抱き、織部が茶室にいるときは、かたわらに座して、あきずに父の茶の湯を眺めている。気くばりが細やかで、気性ものびやか、手先が器用なところも茶人にむいているようだ。

下の二人、小三郎と左近はまだ八歳と六歳なのでなんともいえないが、年長の小三郎のほうが気弱でひっこみ思案、それに比べて左近は闊達で物怖じしない。

「子供とは面白いものよのう」

「はい。一人一人まるでちがいます。同じように育てているつもりなのに」

「ちごうてもらわねば困る。今や古田もただの使い番ではないゆえの」

秋から冬へ移ろう季節、湯気をたてる茶釜のかたわらで、わたしたちはよく子供たちの話をした。秀次騒動の衝撃がいまだ冷めやらず、床に入ればうなされることもあるわたしには、夫婦水入らずのそんなひとときがなによりの救いだった。

翌年にはもうひとつ、忘れがたい出来事があった。ジュスト右近の父、高山飛騨守が京で永眠した。兄清秀とは叔父と甥ながらも敵となって戦うことが一度ならずあったが、沢城へ迎えてくれたときの親愛と熱意にあふれた切支丹の素顔は、克明に胸にきざまれている。

わたしはかつてダリオ叔父から――いや、ドン・フランシスコだったか、もしかしたらパードレかイルマンのだれかだったかもしれない――こんな話を教えられた。大昔、異国でのこと。人々があまりにも悪いことばかりするのでデウスさまが怒り、大洪水をおこして皆を滅ぼしてしまうことにした。一人だけノアという善人に方舟《はこぶね》を造って家族や動物を乗せるよう告げ、命を助けたので、その子孫が今につづいている……と。

なぜ、そんな話をおもいだしたのか。

神の怒りを感じたからだ。あの残虐な、無辜《むこ》の者たちへのむごたらしい処刑を目の当たりにして、神デウスがお怒りにならぬはずはない。でなければ、あんなに凄まじい地鳴りがおこるものか。

この年、文禄五年――十月二十七日に慶長《けいちょう》と改元――七月十三日、伏見は大地震にみまわれた。まさに、秀次と巻き添えになった者たちの怨念《おんねん》が鉄槌《てっつい》と化して、デウスによってふりおろされたのである。そうとしかおもえないのは、明の使者を数日後に迎えようとしていた伏見城が天守もろとも崩れ落ち、黄金の大仏が真っぷたつに割れてしまったからだ。伏見城内での死者は五百をはるかに超えて、城下の大名屋敷や家長屋にいたるまで倒壊、その死者も数知れず。命拾いをした秀吉は台所で一夜を明かしたと聞くが、天の怒りにさぞや生きた心地がしなかったのではないか。

我が古田邸も一部が倒壊した。といってもご大層な屋敷でなかったのが幸いして、軽い怪我をした者はいたものの、命を落とした者はいなかった。

とはいえ、このままここにはいられない。どこかへ避難しなければ。四条の屋敷には聚楽第破却後、一度も足をむけていなかった。あんなににぎわっていた聚楽第が空地や瓦礫《がれき》の山になっているところなど想像もつかないし、目にしたくもない。

となれば西岡か――。

家族の無事をたしかめるや、織部は主だった家臣をともなって登城してしまった。まずは主君の安否をたしかめるのが家臣のつとめで、後れをとるわけにはいかない。

「西岡の様子を見てきておくれ」

早川小市に命じ、屋敷内を見てまわった。被害の少ない座敷に女や子供たちを集める。

「皆、ここを離れてはなりませぬ」

重広と重尚は父と共に城へ出かけていたので、ここには十四歳から五歳まで四人の子供たちがいた。地面はいまだにときおりゆれていて、そのたびに子供たちは悲鳴をあげる。

「おや、小三郎はどこですか」

「今までここにいらしたのですが……」

庭には瓦礫が散乱していた。塀や垣根が倒れてくる心配もあった。郎党たちがあたりを捜しまわったものの姿は見えない。

「そうじゃ。捜すまでもなかった」

わたしは茶室へ行ってみた。おもったとおり、小三郎は茶室の畳に座りこんで、茶碗のかけらを拾い集めていた。茶室そのものに被害はないようで、大事な茶道具類も蔵にしまっていたので無事だったが、二重釣棚に飾っていた茶碗が転げ落ちて割れてしまった。

「指を切りますよ」

「父上が大切にしておられた瀬戸白が……」

「利休さまにいただいたものですね」

「はい。これだけはなんとしても、と……」

小三郎は涙を浮かべている。わたしは息子の華奢な体を抱きよせた。

「心配はいりませぬ。割れただけで、無くなったわけではないのですから」

織部なら、割れたことなどものともせずに欠片《かけら》を貼りつけ、平気でまた使うだろう。そういうと、小三郎は目をしばたたいた。

「お父上が大切にしておられる茶碗のことをおもいだして駆けつけたのは、小三郎どのの細やかな気づかい、お父上もお褒めくださいましょう。でもね、どんなに高価でも、茶碗は物にすぎませぬ。たくさんの人々が怯え傷ついている。命を失った者もおるそうじゃ。命は貼り合わせるわけにはゆきませぬ」

今は幼い弟妹や怪我をしている人々を気づかうほうが先ですよ——そう諭すと、小三郎はこくりとうなずいた。

息子と共に皆のいる座敷へもどると、おもいがけない顔があった。

「父が様子を見て来いと……ご自分は城へゆかねばならぬそうで、それがしにかわりに行くよう命じられました」

安威五左衛門の息子の八左衛門である。

「皆、お怪我がなくてようございました」

わたしの弟の新兵衛もいっしょだった。こちらは中川邸から駆けつけたそうで、中川家では怪我人もなく、皆、無事だという。八左衛門や新兵衛によると、伏見ほどではないものの洛中も被害が出ているそうだが、それでも都へ行く道は人であふれていたという。

「西岡までお送りします」

大災害の直後は治安が乱れ、略奪が横行する。二人はわたしたちを案じて、西岡まで送ってゆくと申し出た。

「歩くのがお辛ければ、それがしがおぶってさしあげますよ」

新兵衛から声をかけられた小浜は目頭をうるませた。亀姫母娘の非業の死以来、すっかり気力が失せてしまっていたものの、昔、新兵衛とひとつ駕籠にゆられて稲田城を脱出した日の光景がよみがえったのだろう。しかも一緒にいるのが新兵衛の娘の夫で、五左衛門の息子である八左衛門なのだから、感慨もひとしお。小浜はうれしそうに手を合わせる。

「わたくしなど、生きていてもなんのお役にも立ちませぬ、死んだほうがましとおもうていましたが、こうしてお二人に助けていただくとは……生きていた甲斐がありました」

近ごろは小浜の口から阿弥陀如来やデウスの名を聞くこともなくなっていた。熱心な一向宗徒だった小浜は、耶蘇教に宗旨替えしても、同じような熱意で祈りつづけてきた。その信仰はこれまでなにがあってもゆるがなかったのに、亀姫母娘が斬首されたことで、神に裏切られたような気がしているのかもしれない。

デウスさまはご自分の御子キリストのお命を棄てることで、わたくしたちを罪から救ってくださったのですよ――そういいたかったが、わたしにはなにもいえなかった。小浜の悲しみの深さをおもえば、なにをいっても空しく響くだけだろう。

前触れの使いを出しておいたので、西岡では木村宗喜が待ちかまえていた。こちらはたいした被害がなかったそうで、その夜は子供たちもようやく安心して眠りについた。

伏見の屋敷の修復が成るまで、わたしたちは西岡で暮らすことになった。

このころ秀吉は木幡山《こはたやま》に建てた仮小屋にいたそうで、山頂に新たな城を築かせていた。大名諸将が自らの屋敷の修復をあとまわしにして総動員で築造にあたったので、十月半ばには本丸が完成。織部も大忙しで、この間は西岡まで家族の顔を見に来ることさえできなかった。

大地震は関白の祟《たた》りにちがいない――。

巷ではまことしやかに囁《ささや》く者たちがいた。その声は秀吉にもとどいていたのか。秀吉自身はどうおもっていたのだろう。

秀吉は大言壮語をくりかえし、明使の偽言に気づいて立腹したこともあって、またもや大陸侵攻を口にするようになっていたそうだ。眼光が尋常ではなく、それが織部には恐ろしくおもえたという。城と城下の修築でざわついているなか、だれもが秀吉の勘気にふれぬよう、顔色をうかがっているのが現実だった。

秀次一族の成敗では、織部は実父の主膳正重定のことをなにより気づかっていた。舅は公家衆との付き合いもひろく、秀次とも長年の親交があった。一方で秀吉も実の息子のように可愛がっていた。秀吉の豹変《ひょうへん》ぶりが信じられず、なにかのまちがいだとおもいこもうとしていたようだ。心配が高じたせいか、近ごろは衰弱が激しい。

「親父どのは聞く耳をもたなんだが、殿下にはもとより残虐な一面があった」

落首騒動だけではない。大陸侵攻でも異国の無辜の人々を捕らえて、数を知るために耳削ぎ鼻削ぎを命じたそうで、耳や鼻は塩漬けにされて日本へ送られた。供養のために耳塚が建てられたとはいうものの……。

「まあ、残虐なのは殿下だけではないか。そうでのうては武将はつとまらぬ。それがいやならそなたの父上のように高野山へゆくしかあるまい」

「でなければ、武将をやめて茶人になるか」

織部はうなずいた。

「子供のころ、虫を捕まえて遊ぶたびに祐國寺の和尚に叱られた。一寸の虫にも五分の魂がある、無益な殺生はならぬ、と」

わたしは笑みを浮かべた。

「父もようそういうておりました、同じようなことを」

織部は真顔になる。

「比叡の僧どもは暴虐のかぎりを尽くしていた。それが信長さまの怒りを買い、あの焼き討ちとなった。しかし聞くところによると、切支丹も異端者を片っ端から火刑に処し、他国へ侵略して目を覆う蛮行を働いておるとか」

「それは……」

「先日、禅師さまに会うた。石田どのも教えを乞うておるそうじゃ。人は、わからぬ」

禅宗の禅師、春屋宗園《しゅんおくそうえん》は大徳寺の住持である。石田とは、むろんあの三成だ。

織部はたぶん、どんな宗教でも妄信すれば害を及ぼすぞと、わたしに警告しておきたかったのだろう。善悪は表裏一体。善いところだけを見るのは過ちだし、悪しきところだけを見るのもまちがっている……と。

石田三成にしてもそうだ。わたしは三成を冷徹な策士として忌み嫌ってきたけれど、それはあくまで風評をうのみにしたにすぎない。会ったこともない三成の胸の内など、知りようがないのだから。

年の瀬になって、織部の話を反芻《はんすう》させられる出来事が聞こえてきた。

秀吉はこのころ、加齢もあって、ますます尊大かつ蒙昧になっていたようだ。うがちすぎかもしれないけれど、これまで為してきたことが急に恐ろしくなってさらなる暴虐に駆り立てられているのやも……。土佐《とさ》に漂着したサン・フェリペ号に乗っていたフランシスコ会のパードレが秀吉を怒らせるようなことをいった。秀吉は切支丹を捕らえて処刑するよう、京都奉行の石田三成に命じた。三成は京のフランシスコ会の切支丹など二十四名を捕縛、長崎へ送り、途上でくわわった二名も含めて二十六名を磔に処した。

伴天連追放令が発布されてから十年近くが経っている。この間、大っぴらに礼拝することは禁じられていたものの、秀吉自身がバリニャーノと面会したり、ジュスト右近を茶会に招いたりと寛容な態度を示したこともあって、切支丹の数はまた徐々に増えはじめていた。わたしも屋敷内ながら、家中の目を気にせず、十字架をおいた祭壇にぬかずいて祈っていた。

だから、切支丹の捕縛の噂には驚愕した。

今回も三成――。拳《こぶし》をにぎりしめたわたしを見て、織部はまちがいを正した。

「殿下は高山右近を捕らえよと命じたそうじゃ。石田三成が殿下に掛け合《お》うて、なんとか助命してもろうたそうな」

ジュスト右近は、三成のとりなしで加賀前田家へ逃げ帰ったという。

「こたびばかりは石田さまに頭を下げねばならぬのう」

多数の切支丹が磔刑に処されたと聞くだけで胸が張り裂けそうなのに、従兄の右近までもが……想像したとたんに血の気がひいた。わたしは三成を誤解していたのだろうか。

慶長二年の年明けは、長崎での切支丹磔刑の噂が流れてきたことで、一気に重苦しく悲痛なものになってしまった。が、これはわたしに限ったことで、切支丹でない者たちにとっては遠国での些細な出来事としかうけとられなかったようだ。大地震からの復興が成った伏見には新たな屋敷が建ち並び、商いは活況を呈して、往来には人が行きかっている。

こうした中で秀吉も活力が横溢《おういつ》してきたのか――のちにおもえば空元気だったような気もするけれど――二月には二度目の大陸侵攻の命が下された。もっともこたびは前回より規模が縮小されて、出兵するのは主に九州を領国とする大名諸将である。

豊後国岡に転封された中川家も、夏までには出陣することになっていた。昨年は岡城の普請が終わったとおもったら地震で伏見の屋敷が半壊……ようやく修築が成り、秀吉への賀詞のために伏見へ来ていた秀成だったが、出陣の準備のためにあわただしく岡へ帰っていった。もちろん虎姫は伏見から動かない。夫婦には長女と嫡男がいた。勇名を馳せた清秀にちなんで清蔵と名付けられた嫡男は四歳。中川清秀と佐久間盛政という二人の祖父の血をひく──しかも虎姫所生の──男子がどんな武将になるか、わたしの期待も大である。

織部は出陣をまぬがれた。名護屋は遠い。またもや長旅かと案じていたので、戦に行かずにすんで安堵した。が、喜ぶのは早かった。二度目の大陸侵攻が始まった春ごろから、織部は木幡山城に居つづけで、伏見城下にある我が家へはほとんど帰れなくなってしまった。御伽衆であれば秀吉のそばに侍るのは当然で、それ自体は驚くことではないのだが、夫の話によれば、使い番だったころの本領を発揮して、秀吉の下知を諸将にとどける役目についていたようだ。

「今さらながら、利休さまのご心労が身にしみるわ」

あわただしく帰宅した際、織部がもらしたひと言に、わたしはぎょっとした。千利休は茶人の枠を超えて軍師のような役割を果たしていた。それが行きすぎて、最後には秀吉に疎まれたと聞いている。

「ご用心なされませ。御身にすぎたことは、どうぞなさいませんように」

「わかっておる」と、織部は太い息を吐いた。「わしは、軍師にはなれぬ」

くわしいことを話さなかったが、慶長二年から三年にかけてのこの時期、織部は秀吉のそばに仕えているだけでたいそう気をつかい、心身共に消耗していたようだ。あとからおもえば、傍目《はため》には意気軒昂に見えたものの、秀吉にはすでに老病の兆しがあり、周囲を困らせる尋常でない言動もままあったらしい。

慶長二年、木幡山城は本丸につづいて天守閣や西の丸が完成、地震のあと大坂城へ移っていた淀殿と秀頼が五月に西の丸へ入った。

織部がひと息つき、久々にゆっくり我が家ですごすことができたのは、涼風が吹きはじめるころだった。同じ茶事でも、秀吉のために茶を点てるのと、自らの茶室で好みの茶道具をつかって心静かに茶を点てるのとでは雲泥の差だ。織部は、これまでの飢《かつ》えを満たすかのように、茶の湯に没頭した。もっとも心静かといえるかどうか。弟子を自認する者が教えを乞いにやって来るかとおもえば、こんなものを焼いてみました……などと作陶家が茶器を見せにきたり、鑑定を依頼する豪商までおしかける。織部も知友を招いてたびたび茶会を催した。

「高麗茶碗にこの水差しは信楽《しがらき》ですか。あれ、こちらは歪んでおります」

「備前じゃよ。ほれ、ここに太い線がある。へらでつけたそうな。豪快で味があろう」

かとおもえば、古芦屋《こあしや》の姥口《うばぐち》の釜も。歯のない老婆の口に似た釜は、秀吉からゆずりうけたものだとか。

「見ているだけで楽しゅうございますね」

わたしまで茶室に入りびたる日が多くなる。茶人を目指している重広はもとより、弟たちも武将の教養として欠かせぬ茶の湯を学ぶべく茶室に日参していた。

翌慶長三年、三月十五日に伏見の醍醐《だいご》寺で盛大な花見が催された。

織部はまたもや準備に忙殺された。女たちが妍《けん》を競う花見は五十町四方の山々に二十三か所の警固《けいご》場をおき、街道には小姓や馬廻衆が総出で立ち並ぶ。さらには幾重にも柵や垣根をめぐらせるという物々しさで、まるで戦場のような騒ぎだった。大名諸将の妻たちも手伝いにかりだされることになったので、わたしもこの日のために着物を新調した。当日は忙しくて花を愛でる余裕などなかったが、このあとにつづく不幸の連鎖をおもえば、まるで夢幻のごとき華やぎだった。

煌びやかな美女たちを侍らせ、咲き誇る花を独り占めした贅沢が神の怒りを招いた……かどうかはともあれ、醍醐寺の花見を境に、秀吉の命の火があえかになっていったのはまちがいない。秀吉の発病は五月五日とされているけれど、前月に六歳の秀頼が参内して従二位権中納言となり、そのあと公家衆の祝儀をうけたときも伏見城から出られず、五月朔日《ついたち》に上洛したときもその日のうちに伏見へ帰ってしまったそうだから、このころはもうよほど体調が悪化していたのだろう。

秀吉はこの年、慶長三年八月十八日、伏見の木幡山城で逝去した。秀吉自身が死期を悟ってからの出来事や大名諸将への遺言については、様々な話が伝わっている。わたしがその一端を知ったのは、葬儀が終わって世の中が多少なりとも鎮まり、織部が帰宅してからだ。

秀吉の死期が迫っていることは、少なくとも側近は――公表されたのは年末だったが――わかっていたので、織部も数日前から城に詰めていた。舅の主膳正重定も、孫の重行と共に登城し、ほんの一瞬ながら秀吉に今生の別れをした。

かつては勘阿弥と呼ばれていた重定は、城を辞して屋敷へ帰って出家し、訃報に接するや、翌朝、だれにも告げず、茶室へ入って追い腹を切った。

知らせを聞いたわたしは驚きあわて、夫は多忙で駆けつけられないだろうとおもったので、とるものもとりあえず舅の家へ駆けつけた。案の定、織部の姿はなかったが、血染めの白装束のまま安置された骸の枕辺で、重行が滂沱《ぼうだ》の涙を流していた。

遺言には「大恩ある太閤殿下に殉ずる」としかなかったものの、重行は数日前に祖父が冗談めかしていったことばを覚えていた。

「まさか、追い腹のお覚悟とはおもわず……」

「なんと仰せられたのですか」

「御子の御為に、わしが罪を贖う……と」

重行が人知れず耶蘇教を信仰しているのに気づいていて、舅はあえてそんな言い方をしたのだろう。秀吉の悪行の報いが秀頼に及ばぬよう、我が命を捧げる……と。

「祖父《じい》さまは、関白さまの御事以来、不眠のご様子。秀頼さまを頼むと何度も仰せでした」

舅が追い腹を切ったのは、大恩ある秀吉に殉ずることで誠を示すためだ。自らも高齢でもう長くないと悟っていたので、今こそ死に時とおもったにちがいない。

けれど重行に冗談めかしていったことばからして、自分が命を棄てれば残虐非道な行いが多々あった秀吉の罪が許され、秀頼へ累が及ばずにすむのではないかと期待したことも事実だろう。秀次一族の血縁を絶やしさえすれば我が子は安泰だと秀吉は考えていたかもしれないが、舅はそうはおもわなかった。祟りを招くと確信していたのだ。

「舅上は豊臣の安泰を願《ねご》うておられました。重行どの。舅上のためにも、そなたは秀頼さまをお守りしなければなりませんよ」

わたしは亡母の最期をおもった。斬殺される間際に、赤子だった小姫を五左衛門に託した。足利将軍家の血を絶やさぬために……。

重行は、祖父の死に顔をじっと見つめている。老いて病がちだったその体は、わたしが最初に出会ったころの勘阿弥と比べれば半分ほどにちぢんでしまったが、白布の下の顔は穏やかでむしろ若やいで見えた。

「母上。それがしは一命を賭《と》して秀頼さまにお仕えいたします。それが、これまで教え導き、お支え下さった祖父さまへのご恩返しと心得ます」

わたしはのちに、何度となくこのときの光景をおもい浮かべた。他に家人が何人もいたはずなのに、なぜか、だれの顔もおもいだせない。時の狭間《はざま》へ落ちこんでしまったかのような静寂の中で、わたしと重行だけが骸のかたわらで語り合っている。いつしか夜の帳《とばり》が下りて、燭台の火影がゆらめいていた。純白の布は聖衣のように見えた。仄《ほの》かにただよう香りはいつか嗅《か》いだことのある異国の乳香のようにも……。南蛮寺やセミナリヨ、沢城や高山の礼拝堂の光景が走馬灯のように流れて消える。主《あるじ》の罪を贖うために自らの命を捧げた舅は、長崎で磔刑となった殉教者のように、わたしにはおもえた。

織部は夜が更けてからやって来た。

織部も驚愕を隠さなかった。が、落ち着きをとりもどしたあとは、実父の心の内が理解できたのか、その死を穏やかにうけとめた。

——あのとき、あなたは仰せになられましたね。命を棄ててまで守りたきお人がいた父上は果報者だ……と。

おもわず話しかけている。

織部はうなずく。きっと、うなずいているはずだ。

——あなたはそれ以上、なにも仰せになりませんでした。でも、わたくしにはわかっておりました。お舅上の殉死が、あなたにとって、どれほど大きなことだったか……。

織部は家督を嫡男の重広にゆずった。自らは隠居して、舅の遺領だった西岡の三千石のみをうけつぐこととした。

(父の死だけではなかったが……いや、父の死が背中を押したのは事実だ。命は儚い。これからは茶の湯三昧の日々を送ろうと……)

——わたくしは反対しました。重広は二十歳、未熟にございます。あなたに後見をしていただかなければ、と。

(心配無用とわしはいったな。あいつはわしよりはるかに武将としての才をそなえている。おもうがままにやらせればよい……と)

重広は豊臣家の重臣の一人、仙石秀久《せんごくひでひさ》の娘と婚約していた。地震や秀吉の発病で延び延びになっていた上に、秀吉の逝去で婚礼どころではなくなってしまったが、内々で祝言を挙げた。

——ほんに、心配は杞憂でした。隠居などといいながら、あなたはますます忙《せわ》しゅうなってしまい……。

織部は茶人であると同時に古田家の当主で、武将としての役目があった。秀吉に呼ばれればなにをおいても駆けつけなければならなかった。それがわかっていたから、周囲の者たちにも遠慮があった。

ところが隠居してからは、がらりと様相が変わった。年が明けるころにはもう、伏見六地蔵の古田邸は門前市をなすかのごときありさまになっていた。

――あのころはなにやら恐ろしゅうございました。気がつけば金子《きんす》があふれて……。

（こちらから催促したわけではないぞ。勝手においていったのだ）

――だとしても、噂がひろまれば、非難の目をむける者も出てくるのではないかと……。

鑑定料が跳ね上がった。織部に褒められれば価値が倍にも三倍にもなるというので、茶道具を持ちこむ者も後を絶たなかった。

もちろん所領はわずかで、禄高の少ない我が家である。八人も子供がいるため、以前は内証も苦しかった。豊かな暮らしができるのはありがたい。織部もわたしも――私欲を貪らない夫と切支丹の妻ではあったけれど――しょせんは卑小な人間で、正直に打ち明ければ、もとより好んで清貧を貫いていたわけではなかった。銭を持てば欲が出る。つい贅沢もしたくなる。とりわけ茶道具に目のない織部は、私欲を抑えきれぬときもあったはずだ。

――なれどわたくしたちは、いつも己を省みて、互いに戒め合うておりましたね。

（そなたもわしも、千利休さまの最期を見てきたからだ）

――さようですね。利休さまだけではありませぬ。あなたと、わたくしと、たくさんのものを見聞きして、たくさんのことを話し合うて参りました。

もしかしたら、それがいちばんの宝だったのかもしれない。

第九章

秀吉が逝去した翌年の慶長四年、織部の名声は一気に高まった。

「茶の湯名人・古田織部」の名は、今や世にひろく知れわたっている。

息子に家督をゆずった織部は、水を得た魚のごとく精力的に茶会を催した。小堀政一や金森《かなもり》可重《ありしげ》のように、弟子ながらもいっぱしの茶人として活躍している仲間はもとより、毛利秀元《ひでもと》や小早川秀包《ひでかね》といった武将、博多の神屋《かみや》宗湛《そうたん》や堺の津田宗及のような豪商、興福寺の多聞院主《たもんいんじゅ》や本願寺の教如《きょうにょ》など、その人脈は多岐にわたる。

「凝碧亭」と名づけられた我が家の茶室で使用される茶器も、高麗や瀬戸、備前に青磁まで多種多様で、瀬戸の薄茶茶碗のようにかたちが歪な「ヘウゲモノ」を好んで使用するたびに、それがまた大評判になった。五十代半ばのこのころが織部の人生の中でいちばん活気にあふれた時期だったといえる。けれどこのころ、揚々たる古田邸から伏見城へ、さらに大坂城へ目を転じれば、茶の湯どころではない、忌々しき事態がまさに起ころうとしていた。

逝去する少し前、自らの死期を悟った秀吉は、主だった家臣や大名諸将を枕辺へ呼び集め、秀頼へ忠誠を尽くすよう誓詞を認めさせた。幼少の秀頼にかわって天下を治めるために五大老五奉行をおき、五大老の筆頭で内大臣ゆえに内府とも呼ばれる徳川家康の孫娘と秀頼の婚約を決めるなど、後顧の憂いをとりはらうべく秀吉は最期の力をふりしぼった。

秀頼は六歳。あまりにも幼い。秀吉の弟も甥ももうこの世にはいないから、こんなとき身内以上に信頼ができ、なおかつ皆への重石ともなりうるのは盟友の前田利家《としいえ》しかいなかったが、その利家も老齢で病がちだった。

秀吉は家康をことのほか警戒していた。秀頼の後ろ盾になると確約させるため、涙ぐましい努力をしたものの、危惧していたとおり、秀吉が逝去するや、待っていたように家康が頭角を現した。頼みの綱だった前田利家もあとを追いかけるように鬼籍に入ってしまい、最後の砦となるはずの秀吉恩顧の大名たちも一枚岩ではなかった。そもそも名護屋にいたころから、大陸で戦っていた加藤清正《きよまさ》や福島正則のような武功派の大名諸将のあいだで、能吏の石田三成は忌み嫌われていたようだ。わたしも三成が嫌いだった。目から鼻へぬけるように賢く、いかなるときも冷静でしくじることなく、人前で喜怒哀楽を見せない男に、だれが好感を抱けようか。

秀吉という後ろ盾を失うや、三成は、三成嫌いの大名たちからたまりにたまった不満の矛先をむけられた。屋敷を襲撃されて逃げこんだ先は徳川邸。家康のとりなしで一命を助けられ、所領の佐和山《さわやま》城にて逼塞する。

何度も問うたことながら、やはり問わずにはいられない。

――今一度うかがいます。なぜ内府さまは、三成を匿《かくも》うたのでしょう。あのとき身柄をわたしてしまえば、戦もなかった。多くの者が死なずにすんだのに。

織部も根気よく応じてくれる。

（三成の命ひとつ奪っても、いつまただれが反旗を翻すか。後顧の憂いをのこしたままではいつまでたっても安眠できぬと、内府さまは考えたのであろうよ）

――では、戦をするためにわざと三成を生かしたのですね。

（それだけ上手《うわて》だったということよ。深謀遠慮がおありだったのだ）

慶長五年六月十六日、内府こと家康は上杉討伐のために会津《あいづ》へむかうべく大坂城から出陣。豊臣恩顧の大名たちも各々戦仕度をととのえて、我先に出陣していった。古田軍を統率するのは家督を継いだ重広である。重広も大坂で仕度をととのえ、早々と出陣した。

淀殿と秀頼は秀吉の遺言にしたがい、秀吉が逝去した翌年の初頭には大坂城へ移っている。補佐役の家康も西の丸へ入ったので、政の中心は伏見から大坂にかわっていた。大名諸将もこぞって大坂へ移り住んでいたが、わたしたち夫婦は伏見の六地蔵にある屋敷を動かなかった。織部がすでに隠居の身だったためである。

――出陣せずにすむと安堵していたのですよ。それなのに、伏見城代の鳥居元忠《とりいもとただ》さまにお会いになるため伏見城へ立ちよられた内府さまは、あなたにも従軍をお命じになられました。

（わずかな兵などかき集めてもお役には立たぬ。さよう申し上げたが、茶人のわしにしかできぬお役目だといわれた。となれば、ゆかずばなるまい）

――いったいどのようなお役目かと、わたくしはいぶかりました。

（茶の湯の友なれば、武器なくして相対し、腹を割って話ができる）

――はい。あなたはこれまでも数々の戦で使い番をおつとめになられました。こたびも調略や交渉を進める役をになうよう、命じられたのですね。

（いずこへ行っても戦はついてくる。それが宿命《さだめ》というものよ）


出立前、織部はわたしに厳命した。伏見も大坂も危うい、子供たちをつれて西岡へ行き、じっとこもっているように……と。逆らうわけにもゆかず、西岡の屋敷へひき移った。東北へ出陣するというのに、なぜ伏見から離れなければならぬのか。西岡は手狭で不便なのにと、このときは首をかしげたものだが、のちにその訳がわかった。

織部は伏見が戦場になるのではないかと危惧していたのだ。京も大坂も危ういということは大戦が起こると予想していたのか。おそらく家康と鳥居の密談の一端を聞いていたのだろう。織部の不安は的中した。

七月十九日、反徳川を掲げる軍勢が伏見城を急襲した。

「援軍はまだか。いったい、伏見はどうなっているのですか」

様子を見に行かせた早川小市が帰るや、問いただした。急襲から十日経っても勝敗はつかない。毛利や宇喜多ら三成に同心する軍勢にとりかこまれ、鳥居軍は籠城をつづけている。

「島津さまや小早川さまが援軍を申し出たそうにございますが、追い払われたとか」

「なにゆえじゃ」

「敵に通じていると疑われたのではないかと……いずれにいたしましても、鳥居のご老人は城を枕に死ぬるが本望と、お覚悟を召されているようにおもわれます」

小市によれば、三成本人も逼塞中の佐和山城を出て伏見へむかっているそうで、到着すればいよいよ攻勢も激しくなる。伏見城の鳥居軍はいつまでもちこたえられようか。

小市は伏見に数人の家来をのこしていたので、戦況は刻々ともたらされた。

それにしても――。こうなることはわかっていたはずだ。家康も鳥居も、すべて承知の上で計ったのかもしれない。三成をおびきだすために、高齢の鳥居元忠は伏見城で死に花を咲かせることにしたのだ。三成の軍勢がくわわれば、伏見城が落ちるのは時間の問題である。鳥居軍は全滅する。

「ただちに大坂へ行っておくれ」

「大坂……に、ございますか」

「中川の屋敷へ行き、千をつれて参るのじゃ。虎姫さまもご一緒に」

大坂がどうなっているか、わたしにはわからなかった。家康の呼びかけに応じて中川軍も参陣したと聞いてはいたが、中川の主力部隊ははるか九州の地にいる。もとより彼の地は秀吉恩顧の領主がほとんどで、徳川に従う者と反発を強める者とが常に争っていると聞いていた。千の二番目の夫の古田重則も豊後国にいる。大坂にいる女たちは不安にかられているはずだ。

「小姫さま母娘も大坂の屋敷に避難しておるやもしれませぬ。共に西岡へ」

「なんといっておつれいたせばよろしゅうございましょうや」

「大坂は危ういと……いえ、わたくしが危篤だとでもなんとでも」

どうしてもっと早く、大坂へ迎えをやらなかったのか。そうすれば、女たちに怖いおもいをさせずにすんだ。

事態は、わたしが予想した以上に早く進んでいた。三成方の軍勢が伏見城を急襲する数日前には、大坂に在住していた大名諸将の妻子に城内へ入るよう命が下っていたという。むろん、石田三成からの指示である。

三成は佐和山城に逼塞中ながら、徳川軍が出陣するや反徳川の奉行を集めて家康への弾劾状を作成した。伏見城を攻める準備をととのえ、いち早く女たちを質にとることにしたのだ。徳川方の大名諸将を動揺させ、こちらへ寝返らせるために。

中川家からは虎姫と千が質にとられた。が、小姫母娘だけは首尾よく逃すことができた。小市は二人をともない、監視の目が厳しくなっていた大坂を脱出、淀川も京街道もごったがえしていたので牧野、戸津、佐山と山野の道を縫うようにして西岡までつれてきた。

小姫とわたしは手をとりあって再会を喜びあった。

「センシア姉さまが御病だとうかがい……ああ、お元気でようございました」

「そなたこそ。こちらがカペラさまですね。まあ、なんと愛らしい……」

安威姫カペラの成長ぶりに目を細める。異人の血をうけついだ童女は、薄茶色の大きな双眸でじっとわたしを見つめていた。天使のように澄んだまなざしで……。

出産の際に駆けつけた小浜も、ひと目で安威姫のとりこになっていたようだ。亀姫母娘を喪った小浜には、小姫母娘が生まれ変わりのように想えたのかもしれない。

「伏見で戦が始まったと聞いて、千さまは母さまの御身を案じ、すぐにも駆けつけようとされたのですが……」

虎姫が大坂の屋敷を出ることを拒んだため、家老の妻たる千ものこることになった。

「虎姫さまはご自分には中川の留守宅を死守するつとめがあると仰せで……」

大坂城へ移れと命じられた際も、長槍をふりまわして抵抗したというから、さすがに猛将佐久間盛政の娘だけある。不本意な婚礼に不満を隠さず、なにかといえば家中の者たちを困らせてきた虎姫だが、家刀自としての自覚だけは人一倍もちあわせていたようだ。

のちにわたしは、大坂での人質騒動の顚末を教えられた。そしてまたもや、筆舌に尽くしがたい衝撃をうけた。石田三成から大坂城へ入るよう命じられた大名諸将の妻たちは、各々異なる行動をとった。素直にしたがった者もいれば、強引につれていかれた者、隙を狙って逃げだした者……。細川忠興の正室の玉姫《たまひめ》は、命令を拒み、忠実な家臣に自らを刺殺させて、屋敷に火を放つよう命じた。刺殺——そう、玉姫はガラシャ（神の恩寵の意）という洗礼名をもつ切支丹だった。切支丹は自死を禁じられている。

忠興は、織部がだれより頼りとしている幽斎の嫡男である。玉姫は、本能寺の変で織田信長の命を奪った明智光秀の娘だ。卑劣な裏切り者の娘だというので、一時は僻地《へきち》へ幽閉されていた。それでも離縁もされず、再び正室として大坂の細川邸に迎えられたのだから、忠興の妻への執着には並々ならぬものがあったにちがいない。

「ご自分が質にとられて城へ入れば、夫の心に迷いが生ずる。そうなることを怖れて、玉姫さまは苦渋の決断をされたのでしょう」

逆臣の汚名を着せられて成敗された父を見ている玉姫は、夫が自分のために徳川に叛《そむ》くことだけは承服できなかったにちがいない。だがこの玉姫の壮絶な決断のおかげで、質の話は立ち消えとなり、皆、屋敷へ帰された。玉姫の非業の死が世間にひろまり、三成の卑劣なやり方への非難がわきおこったので、これ以上、悪評が高くなっては逆効果だと三成は質をとることをあきらめた。

家臣たちの知らせで、池田家の奥方——わたしの姪で兄清秀の長女の糸姫——も無事でいることがわかった。わたしはようやく安堵の胸をなでおろした。

小姫母娘が西岡へ到着したころ、伏見城ではすでに勝敗が決していた。敵方に三成の軍勢がくわわったため、鳥居軍はいよいよ覚悟を決し、何度か討って出たものの、最後は三百五十人ほどに数を減らし、全員が本丸で壮絶な戦死を遂げた。

この知らせは、西岡へも速やかにとどけられた。これが八月一日だった。その後、三成がいつまで伏見にいたか、大坂へむかったのか佐和山へ帰ったのかは知るところではなかったが、十一日に大垣へ出陣したとの噂が聞こえてきた。伏見城を落としたことで勢いづき、これまで雌雄を決するまではと様子見をしていた者たちが三成方に与したため、軍勢はおびただしい数にふくれあがった。

一方の家康はこのころ、どこでどうしていたのか。我が子、重広ひきいる古田軍は、豊後国から駆けつけた中川軍は、夫織部はなにをしていたのか。

まったくわからなかった。

京か大坂にいれば知らせがとどいたかもしれないが、西岡までは伝わってこない。木村宗喜や三男の重尚も織部に随従していたので——なにしろ隠居の織部には兵力が乏しく——伝手を頼って聞き歩く家来もいなかった。戦で殺伐としてしまった伏見が三成方の兵に占拠されているることだけは確かで、不用意に足をふみいれれば捕縛されかねない。

そんなわけで、小市ら少人数の家臣、末は九歳という子供たち、小姫母娘とわたし、小浜は身を寄せあって、次なる知らせを怖れ戦《おのの》きながら待つことになった。息子たちはまだ遊びたい盛りだったが、十三になる小三郎は、わたしたちをおもんぱかって、茶室で茶を点ててくれた。ぎこちないながらも心のこもった点前に、皆、どれほど慰められたか。

「池田家より急使が参りました。輝政さま、お手柄、岐阜城を落とされた由」

「それにしても、徳川さまは今、いずこにおられるのでしょう」

「大軍にて進軍途上とのことにございます」

両軍が関ケ原《せきがはら》で戦闘を開始したとの知らせがとどいたのは、九月十五日の夜も更けてからだった。実はそのころには合戦は終わっていた。

石田三成の敗因は聡明でありすぎたことと、清濁併せ呑む度量の大きさがなかったこと――五奉行の一人、大谷刑部《おおたにぎょうぶ》は家康とも懇意でありながら三成の再三の懇願に負けて戦死覚悟で三成に加勢したと聞くから、親友には誠実で信頼に足る男だったのかもしれないが――その狭量さは多くの敵をつくった。

幸運にも、織部は無傷で帰宅した。

夫の説明で、わたしもようやく合戦のあらましがわかった。

慶長四年九月十五日、午前七時過ぎ、関ケ原で三成方の西軍と家康方の東軍の戦闘の火蓋が切られた。初めは互角、いや、西軍が圧倒する勢いだった。が、小早川軍の寝返りなど運も味方して東軍が巻き返し、半日余りで東軍の勝利が明らかになった。

合戦のあと、山中へ身をひそめていた三成ほか小西行長や安国寺恵瓊《あんこくじえけい》は捕らえられ、市中引き回しの上、六条河原で斬首された。宇喜多秀家《ひでいえ》、長宗我部盛親《もりちか》のように所領没収となった者、上杉景勝《かげかつ》や佐竹義宣《さたけよしのぶ》のように所領を減らされた者など西軍の武将たちの処分がつづき、天下を分けた大戦の余波が鎮まるまでには長い月日がかかった。

織部は大和国井戸堂《いどどう》などに七千石の加増をうけた。舅の遺領と合わせて一万石になったのにあまりうれしそうな顔をしなかった。

「手柄が認められたのですから、素直にお喜びになればよいのです」

「しかしこうなると、のんびり隠居を決めこむわけにはいかんぞ」

家康から恩賞を与えられた。となれば主従の契りを結んだも同じこと、徳川家の家臣として誠心誠意仕えなければならない。

「おや、いつから徳川さまのご家臣になられたのですか」

「さあな。ま、わしができることは茶の湯、それは変わらぬが……これよりは徳川さまの御為に茶を点てることになる」

織部はわたしに、関ケ原戦での手柄がなんだったかを教えた。それは、茶の湯をとおして培った人脈を駆使して、東軍につくよう大名諸将と交渉する役目だった。ひとつ例をあげれば、三成方だと疑われていた常陸国《ひたちのくに》の大名、佐竹義宣のもとへおもむき、家康への忠誠を証するために人質を出すよう交渉したという。義宣と織部は茶の湯仲間だった。今後もその人脈を徳川のために利用せよ、というのだ。

わたしは後年、関ケ原戦のころのことをおもいだして、あのとき加増を辞退して庵《いおり》にこもり茶の湯三昧の暮らしをすることはできなかったのかとよく考えたものだ。西岡で、でなければ本巣でもよい。朝は鳥のさえずりで目覚め、爽やかな一服を点てる。昼は野歩きのあと一服、宵になれば月を愛でながら一服……。

けれど、わたしはおもいちがいをしていた。茶人は寺僧ではない。茶の湯は人にふるまい、またふるまわれることで成り立つ。人と人との魂のふれあいこそが茶の湯の真髄だと舅や夫から教えられてきた。それゆえに耶蘇教のパードレでさえ、茶の湯を布教に利用しようと考えたのだ。つまり茶の湯――武家の茶の湯――は、武器を持たぬ戦だともいえる。茶人であるかぎり、織部は武将でありつづけるしかなかったのだ。

では、中川家はどうしていたのか。

京・大坂の近隣で暮らす者が〈関ケ原戦〉と呼んでいる大戦は、実は全国各地で行われていた。東北や北陸、九州でも、領主が西と東に分かれて壮絶な戦いをくりひろげていた。

豊後国岡城主の中川秀成は真っ先に東軍を表明し、筆頭家老や千の二番目の夫である古田重則を徳川の上杉征伐に出陣させた。が、秀成の本隊は豊後にのこっていた。彼の地ではいまだ戦が絶えず、ここでも東西に分かれた戦が始まっていたからだ。

この合戦で、不運な誤解が生じた。西軍の旗をかかげた中に、まちがって中川の旗を立てた者がいて、はるか遠方にいた家康が「中川は西軍と通じている」と勘違いした。敵だと疑われたと知った中川軍は仰天して、大あわてで豊後へ帰国した。

秀吉の時代、文禄の大陸侵攻で藩主の失態からお家存続の危機におちいったわたしの実家の中川家は、今また家康から睨まれ、西軍と東軍の狭間に立って右往左往する羽目になってしまった。秀成は加藤清正に泣きついて家康へのとりなしを頼み、逆意を持たぬ証として西軍方の臼杵《うすき》城を攻めることにした。命を賭して城を奪えば疑いは解けるはずだと、家臣たちは阿修羅のごとき形相で出陣した。

この戦は中川軍が勝利した。多くの戦死者を出してまで臼杵城を奪ったことで、家康の疑いも晴れ、秀成は関ケ原戦の翌年、岡六万六千石を正式に安堵された。

けれど、わたしは戦勝を祝う気にはなれなかった。古田重則が戦死したからだ。行年二十四。千は二十三歳でまたもや夫に先立たれてしまった。

当主の相次ぐ戦死にみまわれた中川家家老の古田家は、嫡子が幼いために親族が後見することとなり、千は西岡へ帰されてきた。

「ああ、母さま……」

「千……」

なぐさめることばもない。わたしは娘のか細い肩を抱きよせ、髪を撫でるしかなかった。

「虎姫さまはどうしておられますか」

「相変わらず豊後へはゆかぬと仰せですが、わたくしには実家へ帰るようにと……」

豊後国岡では古い城館を拡張、山を切り拓《ひら》いて三層四階の天守閣をそなえた本丸や二の丸、三の丸といった城を築造して、外曲輪には重臣たちの屋敷が建ち並び、城下町も活気があふれているという。

「これで中川もようやく岡に根を張れます。わたくしの役目も終わりました」

中川へ息子をのこしてきた千は寂しそうだが、妹や弟たちにかこまれ、母のそばで傷心を癒すことが、今はいちばんの薬だ。

一方、小姫母娘は大坂へ帰っていった。

「万さまもお百さまも、せっかく安威姫さまと仲ようなられましたのに……」

わたしの末娘のお百は安威姫とひとつしか歳がちがわない。といっても、だれより別れを惜しんでいたのは小浜だった。

「大坂と伏見なら容易に行き来できますよ。戦さえなければ」

「さようですね。今度こそ、戦はこれでおしまいにしてほしいものです」

これだけの大戦がまた起こるとはおもえない。少なくともこのときは、その場にいただれもがそう信じていた。

その夜、わたしは夫に嘆願した。

「千はもう武将には嫁がせとうありませぬ」

織部もうなずいた。

「幽斎さまに相談してみよう」

細川幽斎なら公家や豪商にも顔が利く。

こののち、千は幽斎のとりもちで、朝廷で参議をつとめる公家、由緒ある羽林《うりん》家の流れを汲《く》む鷲尾《わしのお》家の嫡男の後妻となった。そして次女の万は、前田家家臣の森田小左衛門と婚約した。

前田家へはのちに三男の重尚も仕官することになるのだが、これは数年先の話だ。

織田信長から豊臣秀吉へ、さらに徳川家康へ、天下人は目まぐるしく入れ替わる。怒濤《どとう》に揉まれながらも、古田織部があやつる小舟は、目下のところはまだ、波間を器用にくぐりぬけていた。

生ある者は必ず死あり——。

「あなたは、塵《ちり》だから、塵に帰る」と聖書の教えにあるそうだが、それは生を全うしてのちにくる死のことだ。若者、ましてや幼子の死となると……。

関ケ原戦のあと加増を賜って一万石の大名格となり、茶人古田織部としても華々しい名声を得て、「欠けたることのない満月」のようだと羨《うらや》まれていた織部とわたしは、慶長八年のこのころ、表むきの幸福な暮らしとは裏腹に、度重なる不幸に胸を痛めていた。

不幸とは、古田家の家督を継いだ重広の子供たちの相次ぐ早世である。大坂城の秀頼に仕える重行とちがって、重広は将軍家——家康はこの二月に征夷大将軍になった——の家臣だから順風満帆。妻は信濃《しなの》小諸《こもろ》城主の仙石秀久《せんごくひでひさ》の娘で、仙石家も戦功を立てて徳川の覚えがめでたい。ところが鍋丸、吉千代、さらにはつい先日、三男の助三郎までがやっと立ち歩きをしたと喜んだのもつかの間、流行病であっけなく他界してしまった。

嫁いで間もない次女の万が夫に先立たれて家に帰っているときだったので、若者と幼子という身内の死に、織部もわたしもうちのめされていた。

「さぞや力を落としていることでしょう。なんぞ見舞いの品を……」

「力を落としておられるのはご隠居さまにございますよ。可愛い孫をこう次々に喪ったのでは茶の湯にも身が入りますまい」

わたしと小浜が話すのを聞いて、万は暗い顔をなおのこと曇らせた。

「姉さまもわたしも、兄さままで……お父上お母上を悲しませてばかりです」

子のいない万はもとより、二人の夫に先立たれたのちに公家へ嫁いだ長女の千も、我が子とは縁が薄い。織部は子煩悩だから孫のいない寂しさはひとしおで、そのせいもあるのか、近ごろは足しげく大徳寺へ参禅に通っている。

大戦が終わったので、一家も伏見城下の六地蔵の屋敷へ帰ってきた。わたしはおおむねこの上屋敷にいる。織部は木幡の下屋敷や京堀川の四条屋敷、大和国井戸堂の新屋敷などを行き来して、茶の湯仲間を招いたり招かれたりしていた。父に随行して雑事の手伝いをしたり身のまわりの世話をやいたりしているのは小三郎だ。むろん茶人としては未熟なので、木村宗喜や甥の裕意が随時、補佐役をつとめていた。

名声が高まるにつれて、茶の湯を仲立ちとする織部の人脈も、大名諸将から公卿、豪商、名僧とますますひろがりをみせ、お気に入りの小堀政一はもとより本願寺教如や織田《おだ》有楽《うらく》、金森《かなもり》素玄《そげん》など多彩な門人が我が家へ出入りするようになった。

茶入は勢高肩衝《せいたかかたつき》、花入は唐津や備前、水差しは信楽か唐津、食器も瀬戸や唐津……織部の好みが披露されるなかで、茶碗は信楽や唐津、黒瀬戸のほかにも瀬戸の焼きそこないが客人の目を驚かせたり……。春屋宗園の墨蹟《ぼくせき》も織部の茶の湯にはおなじみだ。

春屋宗園は大徳寺の住持で、関ケ原戦のあと塔頭《たっちゅう》の三玄院《さんげんいん》に石田三成の遺骨を埋葬したことでも知られている。織部は京へゆくたびに洛北のこの寺へ足をのばし、小堀政一や黒田《くろだ》長政《ながまさ》らと共に春屋や弟子の江月宗玩《こうげつそうがん》から教えを乞い、参禅をすることもしばしばだった。わたしがデウスに祈って悲しみを和らげようとしていたように、織部も参禅に慰めを見出《みいだ》していたのだ。

京へゆく回数が増え、行けば滞在が長引きがちなのも、やむをえないことだと当初は気にかけぬようにしていた。これまで側妾をもたなかった夫が、六十をすぎた今になって女にうつつをぬかすともおもえない。

とはいえ、参禅だけで終日、ときには数日も帰らないのはどういうわけか。四条屋敷の者にそれとなく聞きあわせてみたところ、織部はほとんど留守にしているという。

「父上はどこへ行っておられるのですか」

織部を京へのこし、先に伏見へ帰ってきた小三郎を呼びつけて問いただした。

「大徳寺で参禅をしておられます」

「連日、それも朝から晩まで参禅ですか」

小三郎は目を泳がせた。

「それは……京にはお弟子さまが大勢おいでで……父上は人気者ゆえ、あちこちから呼ばれることがあるのです。それにそう、焼き物などを探し歩くことも……」

狼狽ぶりを見れば一目瞭然《いちもくりょうぜん》。小三郎は織部がどこに行っているか知っていて、口止めをされているにちがいない。

「京はよほど居心地がよいのでしょうね」

「そういうわけでは……」

父との約束を破るまいとする息子を、それ以上、問い詰めるわけにもいかない。

「もうよい。お退《さが》りなさい」

小三郎はまだもぞもぞしていた。

「今は、なにも申せませんが、母上がご心配なさるようなことではありませぬ」

「心配などしてはおりませぬ」

「いいえ。母上のお顔を見ればわかります。母上はお心の内を隠せぬお人ですから」

子供たちはわたしをよく知っていた。とりわけこの小三郎は……。小三郎は十六になった。元服して重嗣《しげつぐ》という名をさずかったものの、仕官もせずに家にいるので、相変わらず小三郎と呼んで愛しんでいる。気弱で人見知りなので茶人になるのはむずかしいかもしれないが、細やかな心遣いのできる優しい息子である。

もし小三郎に忠告されなかったら腹に据えかね、自ら四条屋敷へ出むいて織部の行先をつきとめようとしていたかもしれない。少なくとも夫に問いただしていたはずだ。

わたしと織部は——子供たちからは奇異な夫婦だとおもわれているようだが——嘘偽りなくむきあい、ときには喧嘩も辞さず、隠し事をしないように努めてきた。それができたのは、なんといっても織部の、ものにこだわらない、大らかな性格による。その夫が息子に、わたしにいうなと命じたのなら、それ相応の訳があるにちがいない。

「わかりました。わたしからはなにも申しませんよ。お好きにさせておきましょう」

小三郎は安堵したようだった。息子が出てゆくや、胸元からロザリオをひきだしてぎゅっとにぎりしめた。ざわめく胸を鎮めるために。徳川の世になってから新たな禁制は発布されていないが、家康は切支丹への警戒を強めているようだ。そうした噂がひろまっているせいもあって、おおっぴらに信仰をひけらかす者はいない。パードレの渡来も近年は途絶え、教会も破却されてしまった。

それでも、弾圧の気配が色濃くなればなるほど信仰は熱をおびてゆくようだ。京・大坂ではひそかに集って礼拝をする者たちがまた増えはじめているらしい。関ケ原戦で多くの牢人が生まれたことも、切支丹増加の一因になっていると聞く。

不本意ではあったが、わたしも伏見や京の奥座敷においていた祭壇をとりはらった。万が一切支丹でない織部に迷惑をかけてはと案じたからだ。今や織部は徳川から禄をいただく身である。我が家にも徳川家中の人々が訪れる。わたしのせいで織部が不利益を被ることだけは避けなければならない。

織部は、京で、なにをしているのか——。


それがわかったのは初夏のある日のことだった。このときも、織部は数日前から京へ出かけていた。なにをこそこそやっているのだろうと内心では眉をひそめていたわたしも、子供たちの手前、黙って送りだした。

数日後の朝、前触れもなく、四条屋敷から迎えがきた。

「御方さまに、これより京へお越しいただきたいとの仰せにございます」

理由を訊いても答えない。とにかくすぐに来てほしいというので、わたしは織部が病で倒れたのではないかと蒼くなった。小三郎も父のそばについているそうだから、離れられないほど切迫しているのかもしれない。

「すぐに仕度をします」

「母上、わたくしも……」

万がついてゆくという。足腰が弱くなった小浜に留守を託し、万と共に駕籠へ乗りこんだ。急な外出ではあっても、古田織部の妻女と娘だから、供も少人数ではすまない。

四条屋敷で、小三郎が待ちかまえていた。

「なんだ、姉上もいっしょか」

「父上のことが心配で」

「いや、父上はお変わりないよ」

小三郎はわたしへ目をむけた。

「母上。駕籠へお乗りください。父上のところへ案内させます」

「ここにおられるのではないのですか」

「いえ。さるところに……」

同行しようとした姉をひきとめ、小三郎はわたしだけを駕籠に乗せた。なにがなにやらわからぬものの、病でないとわかっただけで心が軽くなっている。

織部に若い女がついていても許そう——と、わたしは我が胸にいいきかせた。六十と五十の夫婦である。今さら嫉妬は見苦しい。こんなに長い歳月、妻以外の女に見むきもしなかった夫は褒められてしかるべきだろう。

そうおもう半面、目の奥がちくちくしていた。おもわず頬に手を当てたのは、頭に血が上っていたからか。

古田家の四条屋敷は二条城の南、堀川通の東の三条大路との境にあった。駕籠は堀川沿いを北へ進み、報恩寺《ほうおんじ》の手前で川に沿って西へ、少し行ってまた北へむかう。

大徳寺へゆくのだろうとわたしはおもった。

堀川に沿ったこの道は織部が大徳寺へ参禅に行くときにとおる道だから、他には考えようがない。やはり織部は大徳寺に入りびたっていたのだ。そこでだれかと出会ってわたしにも会わせようとおもいついたのではないか。

洛中から北へ進むにつれて往来はまばらになった。四方は寺ばかりで、竹藪や雑木がうっそうとつづいている。天神《てんじん》ノ森と呼ばれる一画には天神を祀《まつ》った社があると聞いていた。

ふっと、洛北ではなく、別の場所にいるような錯覚を起こした。澄んだ川面《かわも》のきらめきや青々とした木々のたたずまい、それ以上に、郷愁を誘う、なにか……。

駕籠を降りて歩きたいと、そうおもった矢先、聞きなれた声がした。

「おーい、こっちだぞーッ」

織部の声だ。

声のしたほうへ目をやると、林の奥へつづく細い道の入り口で、織部が両手をふりまわしていた。大昔、初対面の際も、坂の下から駈けのぼってきて唐突に話しかけられ、驚いたものだ。目の先に粗末な木の橋が架かっていた。が、織部は渡ってくるつもりはないようだ。かわりにこっちへ来いと合図をしている。

わたしは駕籠を降りて木の橋を渡った。

そういえば織部ゆかりの本巣を訪ねたときも、こんなことがあった。突然、蛍を見ようといいだして、織部はわたしを小川の岸辺へつれていった。

そう。「別の場所」とおもったのは、本巣だったのだ。

それにしても、織部は突拍子もないことばかりする。焼きそこないの歪な茶器やわざと割って貼り合わせた茶碗で茶を点てたり……そもそも物事はこうでなければならぬという思い込みが、織部の中にはないのだろう。

「まあ、かようなところまでお出迎えにいらしてくださるとは……」

「いずこへ参るとおもうたのじゃ」

「大徳寺へ」

それを聞くと織部は呵々《かか》と笑った。いたずらを首尾よく成し遂げた子供のように、得意げな顔である。

「いかにも。大徳寺に玉林院《ぎよくりんいん》ができた。典医の曲直瀬《まなせ》正琳《しようりん》さまが月岑《げつしん》宗印《そういん》さまを開祖として建てられたんじゃ。月岑和尚さまは素晴らしいお方だ。わしは和尚さまに心酔しておっての、さまざまに学びを得ている。が、他にもこの界隈《かいわい》には次々に寺が建てられている」

「まさか、寺を創建されたのではありますまいね」

軽口のつもりだった。が、織部は真顔になった。

「良き土地を見つけた。そなたもきっと気に入る」

さあ、来いと、わたしの手をとった。

驚いてその手をふりはらおうとしたものの、おもいとどまった。従者は駕籠と共に対岸へのこしてきた。見ている者はいない。いや、六十翁《おきな》と五十媼《おうな》が手をつないだところで、なにを臆《おく》することがあろうか。

「良き土地、と仰せになられましたね。それを探し歩いておられたのですか」

「まあ、来ればわかる。わしはのう、十の子供にもどったようにはしゃぎたい気分よ」

織部に誘われたのは、竹林と雑木林にかこまれた、なんの変哲もない野原だった。が、足元にはきらきらと澄みきった小川が流れ、木々の合間から遠方を眺めれば、影絵のように山脈が連なっている。

「そなたも気づいたか。洛中からさほど離れてはおらぬが、ずいぶんと鄙びた景色だ。蛍が飛びかう小川、それにほれ、柿の木も……」

「ええ。似ています。どこがどうというわけではないのに、本巣にいるような……」

織部は、それだけではないとあとをつづけた。

「岩倉《いわくら》からこの北野のあたりは、地面の下に清水がふんだんにたくわえられておるそうな」

伏見の古田邸の周囲には茶畑がある。茶の湯に必要不可欠なものは、良質な茶葉ともうひとつ、清冽な水だ。

「それでここが気に入られたのですね。それゆえいつかここに……」

「ま、そういうことだ」

織部が滞在を一日延ばしにしていたのは、大徳寺にも近い、この北野の地が気に入り、ささやかでもよい、なんとか土地を手に入れたいと駆けまわっていたからだという。

「月岑さまにも話してある。いつか遠からず、わしとそなたの菩提寺にふさわしい寺を建てると……。ま、わしらにはちっぽけな草庵がふさわしいやもしれぬがのう」

「草庵で十分にございます。小さな草庵に、孫たちの供養塔を建てましょう」

なぜもっと早く教えてくれなかったのかとたずねると、織部は苦笑した。

「土地の入手はなかなかにややっこしい。ぬか喜びをさせとうなかったのだ。が、それだけではないぞ。そなたが異を唱えはせぬかと……」

「なにゆえですか」

「そなたはセンシアア、切支丹ではなかったか」

「それはまあ、さようにはございますが……」

「小三郎に相談したら、母上はきっと喜ばれるといわれた。なんであれ、敬虔《けいけん》な気持ちで祈ることが大切だと、今の母上ならさよういわれるにちがいない……と」

やはり小三郎は、母をよく観察していた。

沢城でデウスに祈っていたころから、長い歳月が経っていた。世の中が変わり、為政者が変わり、人も変わった。だからこそ夫はここ、本巣を想起させるこの場所に心の拠り所をつくろうとしているのだ。

「さてと。ここまで来たのだ。もうひとつ、創建されたばかりの寺へ寄ってゆこう」

織部はさらに北東へ足を進めた。雑木林や竹林の道をしばらく行くと築地と上土門が見えてきた。扉が開いたままの門をくぐる。先方に真新しい堂宇が見えた。玄関へつづく敷石の左右には丹精された庭も見える。

堂宇の玄関にたたずんでいた僧が、わたしたちを見つけてこちらへ歩いてきた。

「当寺のご住持、虚応円耳《こおうえんに》さまだ」

織部がわたしに僧を紹介した。円耳は手を合わせてわたしに目礼をした。四十半ばといった年恰好《としかっこう》で、鈍色の袈裟をまとった体はやせて骨ばっているものの、目元や口元に浮かぶ笑みのせいか、豊かさを感じさせる。

「古田さまにはなにからなにまで世話になり申した。奥方さまにも御礼を申しあげる」

円耳によると、この寺は興正寺《こうしょうじ》（のちの興聖寺とも）といって、創建にあたっては織部からも寄進をうけ、その人脈の助けも借りて普請の後押しをしてもらったという。

「亡父からご高名を聞かされておっての。大徳寺へ行く道でいつも眺めている森の奥にお住まいと聞いたゆえ、ふらりと訪ねてみたのじゃ。おかげで、われらの草庵となる地にもめぐりあえた」

「これもデウスさまの……いえ、ありがたき宿縁にございますね」

わたしはおもわず宿縁といいなおしたけれど、さらに時を経たのちに、この寺とは再び縁を結ぶことになる。

北野に草庵を――。
言うは易し行うは難しで、多忙な織部には寺を建立する暇も財もなかった。けれどささやかながらも土地は得た。二人でいつか……そんな夢を描くことで、わたしたち夫婦は度重なる身内の不幸から立ちなおることができた。
そんなころ――慶長八年の夏――大坂城では豊臣秀頼のもとへ千姫が入輿《じゅよ》するという吉事があった。
吉事……にはちがいないけれど、これについては見すごせないことがある。千姫は徳川家康の孫、秀忠《ひでただ》の娘で、七歳だった。秀頼は十一歳。この婚約は秀吉が死の床にあった五年前に定められたもので反故《ほご》にすることはできない。とはいえ徳川としてはめでたいどころか不承不承だった。おそらく家康は、千姫が入輿すれば豊臣家の内情を探りやすくなるうえに、豊臣を臣下として従わせるにも好都合だと考え、婚儀を予定どおり進めることにしたのだろう。

わたしがなぜ、徳川が不承不承だったとおもったかといえば、婚儀の際の徳川方の冷淡な態度に織部が腹を立てていたからだ。秀頼のもとには織部の長男の重行がいる。安威五左衛門もいた。二人から知らされる豊臣方の声ばかりでなく、千姫を送りとどけた徳川の家臣でさえも簡素な行列や大名家からの賀使の辞退など、前例のない地味な婚礼に首をかしげていた。

「大久保《おおくぼ》さまもお役目をつとめられたが、あれでは姫さまがお気の毒だと仰せだった」

織部は茶の湯をとおして徳川の家臣、大久保忠隣《ただちか》と懇意にしていた。さらには細川幽斎も徳川から賀使は不要と断られて、けげんな顔だった。家康の孫娘で前田家へ嫁いだ珠姫《たまひめ》の婚礼行列が前代未聞の華々しさだったという話が、皆の耳にのこっていたせいもあって、徳川が豊臣をいかに軽んじているか、まざまざとおもい知らされた。織部の胸に徳川への不信が芽生えはじめたのは、このときだったのかもしれない。

千姫の入輿では不服そうな顔をしていた織部だったが、徳川の禄を食《は》む者としてのつとめは精力的にこなしていた。翌慶長九年には、肝胆相照らす仲の小堀政一と共に伏見城の作事をまかされた。その一方で茶の湯も活況を呈し、金森可重や後藤徳乗《ごとうとくじょう》、本願寺教如や万里小路充房《までのこうじあつふさ》など、多彩な人々が伏見の古田邸を訪れた。しかもそんななか、徳川秀忠がたてつづけに二度もお忍びで我が家を訪れ、織部の茶会に臨席した。秀忠が上洛したのは、将軍宣下をうけるためだった。このときから秀忠が征夷大将軍となり、家康は大御所と呼ばれるようになる。これは同時に、徳川の世が盤石となり、もはや豊臣の出る幕がなくなったことを意味していた。秀頼はこのときまだ十三歳で、政を執るには若すぎるからやむをえなかったとはいえ、豊臣恩顧の大名は落胆と焦燥を隠せなかった。

「豊臣はこれからどうなるのでしょう」

「秀頼さまがご立派に成長あそばすのを見守るよりなかろう。将軍家にとっても娘婿ゆえ、粗略な扱いはなさるまい」

わたしたちはそんなことを話しあった。

もっとも、豊臣家の心配をしている暇はなかった。新将軍を我が家へ迎えるとなれば、この上ない名誉であると同時に、わずかな粗相も許されない。将軍の御成が決まったときから大騒動だった。夫は木村宗喜や裕意と茶室にこもって談議を重ねた。茶碗は唐津か今焼か。茶入れは勢高肩衝として、花入れは備前か、いっそ籠のほうがさりげなくてよいかもしれない。となれば水差しを備前にして、食器を瀬戸にする手もある。墨蹟は春屋宗園でよかろうか……。わたしも塵ひとつないよう屋敷内を掃き清めさせ、庭木を丹精し、賄い場の女たちにも細々と指図をして秀忠一行の御成を待った。

将軍秀忠は四月五日と九日に来訪、茶会に臨席。このとき、元服をすませて重久となったばかりの末息子の左近が将軍の御小姓にとりたてられる誉れを得た。

古田邸で茶の湯のふるまいをうけた将軍は、終始にこやかだった。驕らず威張らず周囲の話によく耳をかたむけ、下々の者への気づかいも忘れない。

「奥方は中川清秀どのの御妹とか。兄者の勇名は余も聞いておる」

わたしにまで声をかけ、兄清秀の武勇を話すようながした。わたしは元亀二年に荒木村重と共に池田軍にくわわっていた兄が、和田惟政を討ちとった郡山合戦のさわりを語った。兄の名が一気にひろまった戦いで、兄自身からも幾度となく自慢話を聞かされている。臆しもせずに堂々と語る妻を大半の夫ならあわてて止めようとするかもしれないが、織部は得意げに頰を上気させていた。わたしは新将軍に好感を抱いたが、織部も同様だったにちがいない。重久の仕官が決まったことを、その夜、わたしたちは二人で喜びあった。

庶子の重行が豊臣、わたしが産んだ重広と重久が徳川、重尚も前田への仕官が決まったばかりで、小三郎だけは弟にも先を越されていまだ仕官のあてのない身だが、それもまたよいとわたしはおもっていた。一人くらいは手元においておきたい。

「よう、ここまで育ててくれた」

「子は勝手に育つもの。大病をしないでくれただけで、うれしゅうございます」

「あとは小三郎の仕官か。それと、お百の婿と……」

「百はまだ十四にございますよ」

「十四では遅いくらいだ。もっともそなたは可愛い末娘を手放しとうはなかろうが」

「それはあなたにございましょう。なんにつけてもお百お百と……」

三人の娘たちのうち、千は三度目の結婚で公家の鷲尾《わしのお》家へ嫁いでいる。前田家の家臣のもとへ嫁ぎ、夫の死去で実家へ帰っていた万は、昨年、再嫁した。二番目の夫は島津家の家臣の伊《い》勢《せ》平兵衛貞之《さだゆき》である。

この縁組のきっかけも茶の湯だった。茶道具の目利きとしても名を成していた織部は、このころ島津家の当主が領国でつくらせている薩摩焼に関心をもち、しばしば茶会で用いていた。将軍からも依頼があり、将軍家と島津家双方の家臣とやりとりをする中で、万の再婚話がもちあがった。そんなわけで、我が家にいる娘はお百のみ。

六十代も半ばになろうというのに、織部は多忙だった。昨日は京、今日は伏見、明日は奈良と飛びまわって茶会をひらく。大名家や公家に招かれて家臣たちに指南をする機会も増えて、教えを乞う者はあとを絶たない。異形の釜はどうか、瀬戸三島《みしま》茶碗にしようか……と茶道具選びも真剣勝負で、近ごろは陶工のもとへ出かけていって、自ら形や模様を細かく指示することもあった。

「少しはお休みください」

わたしは夫の体を気づかっていたけれど、おもえば夫婦になってから、織部は一度も大病をしたことがなかった。若いころから使い番として諸国を駆けまわっていたためか、大柄ではないが頑強な体を誇っている。同じことはわたしにもいえた。合戦つづきの世に生まれ、子供のころからあっちへ逃げこっちへ逃げ、戦のないときでも愛馬を乗りまわしていたおかげで、病で寝こむこともなく、流産や早産の憂き目にあうこともなかった。子供たちが一人も欠けることなく健やかに成長したのも、両親の丈夫な体をうけついだからだろう。

それでも身内の不幸からは逃れられない。慶長十二年には嫁いで間もない万の二番目の夫の伊勢貞之が、先走るようだが、翌年には千の三番目の夫の鷲尾大納言家隆が、相次いで他界した。万は二十五、千は三十一で、娘たちが二人ながら後家になってしまったのである。

第十章

慶長十二年初夏。伏見の六地蔵にある古田邸の庭の築山は、満開のつつじで紅に染まっていた。泉から湧き出た水が、幾重にも連なる数珠のようにきらめきながら池へ流れこむ。庭の片隅には数本の茶の木が植えられていて、緑の葉がひときわ艶《つや》めいていた。

織部は、茶葉を一枚もぎとって口にふくんだ。嚙《か》みしめて満足そうにうなずく。この界隈の茶畑ではもう茶摘みが始まっていた。今年の出来をたしかめるために今朝早く出かけてゆき、近所をひとまわりして帰ったところだ。小袖に投げ頭巾《ずきん》、下駄《げた》といった気軽ないでたちで、背筋はしゃんとのび、足どりも若々しい。

わたしは濡れ縁から夫に声をかけた。

「いかがでしたか」

「今年の茶葉か。うむ、とびきり上等。口切が楽しみだのう」

織部はふりむいて笑顔を見せた。日焼けした顔には深いしわがきざまれている。

「そうではありませぬ。秀頼さまはいかがでしたか。ご立派になられましたでしょう」

織部は昨夕、大坂から帰ったばかりだ。

大坂城には淀殿と秀頼がいる。その秀頼から招かれたのだが、十五歳の城主に茶の湯を指南するというのは口実のようなもの。大坂城に集った面々に格式の高い台子《だいす》の茶の湯をふるまうのが目的だった。

「ずいぶんとお背がのびておられた。お顔立ちはおっとりとして、淀殿のお父上の浅井の殿に似ておられるそうじゃ。一、二年もすれば天下無双の武将になられよう」

「淀殿も待ちかねておられましょう。そうなれば豊臣も安泰」

「太閤殿下がご存命なら、どれほどご自慢におもわれたか」

「茶の湯もつつがのう終わりましたか」

「おう、そのことよ」

織部は愉快そうに眸を躍らせた。濡れ縁までやって来て、ひょいと腰をかける。

「久々に有楽どのと心ゆくまで語りおうたわ」

茶人の有楽は織田信長の弟で、千利休の門弟だったことでも知られている。織部とは旧くからの朋友でもあった。茶会のあと、二人は座敷に寝転んで、茶を喫しながら四方山《よもやま》話に花を咲かせたという。

「大坂では気兼ねがいらぬようで……」

「いかにも。実家におるような気安さじゃった」

織部は大坂城とはさほどなじみがない。かつては大坂にも古田邸があったが、息子にゆずってしまったし、屋敷があったころもほとんど伏見か京にいた。それでも大坂城で気が休まるというのは、徳川と豊臣の家風のちがいといえるかもしれない。

秀吉は気まぐれで、腹を立てるとなにをするかわからぬ恐ろしさがあった。その半面、鷹揚で遊び心をもっていた。がんじがらめでガチガチに格式ばった徳川とは正反対だ。

大坂城の主が年若い秀頼であることも、大名諸将には気安いのだろう。いくら豪放磊落《らいらく》な織部や有楽でも、徳川の伏見城では寝転ぶどころか、足を投げだすことさえできないはずだから。

「羽をのばしていらしたご様子、ようございました。重行どのや安威の叔父上もお変わりありませんでしたか」

「うむ。重行は豊臣に重用されておっての、妻子ともども御長屋に住みこんで秀頼さまのお世話に励んでおる」

己の命に替えても秀頼さまをお守りせよとは、わたしの舅から孫の重行への遺言である。

「安威家も今や豊臣の重臣、ご城内に大層な屋敷をかまえ、倅の八左衛門どのが秀頼さまのおそばにぴたりと控えておったわ」

摂津の有力国人で足利将軍家の奉公衆でもあった安威一族は、足利家滅亡後は家運が衰退、摂津の国人衆の垂涎《すいぜん》の的でもあった安威城ももう無くなってしまった。が、五左衛門父子は命運をつなぎ、豊臣の傘下で教養の高さという本領を発揮している。

これはもちろん、わたしにとってもうれしいことだった。わたしは「叔父上」と呼んで敬愛しているが、五左衛門は母の従弟、息子の八左衛門の妻はわたしの弟新兵衛の娘だ。中川と安威の縁は幾重にも結ばれている。

織部の話では、安威邸に身を寄せている小姫母娘も穏やかな日々を送っているという。

「そういえば安威姫さまは奥御殿へあがるそうじゃ。淀殿と秀頼さまのたってのご所望ゆえ、お断りができなんだそうでの……。母ゆずりの美貌はもとより異人の血をひく華やいだお顔だち、なまじあれこれ詮索されるより奥御殿にいらしたほうがお幸せだろうということになったのだと」

「安威姫さまはたしか、十七……」

奥勤めをするとはどういうことか、このときのわたしは深く考えもしなかった。小姫がわたしの母の命運を決めたように、安威姫がこの先わたしたち夫婦の命運を左右することになる、などとはいったいだれが考えよう。

わたしの長女の千と次女の万はどちらも夫を亡くしていた。が、二人とも実家には帰っていない。鷲尾家の御簾中《ごれんちゅう》となった千は、前妻が遺した幼い娘が二人いるので継母となって養育に専心している。万のほうは大坂にとどまり、安威邸に仮寓していた。実は小姫の具合が優れないそうで、娘が奥御殿へ上がることになったため心細さもつのっているのか、万が看病がてら話し相手をつとめている。

「もう少し若ければ、わたしが駆けつけるところなのですが……」

こちらも、やれ腰痛だ膝痛だと病をかかえている小浜はため息をついた。もちろん大坂へは行かせられない。小浜にまで大坂で寝込まれては一大事。

万には婚家の伊勢家からも、淀殿の侍女にあがってはどうかと推挙されていた。淀殿に重用されている阿古《おこ》大上﨟《おおじょうろう》は伊勢家の娘である。

「万にとってはそれもよいやもしれませぬ。ここへ帰れば、すぐにも縁談が舞いこみましょうが、千のように三度も嫁ぐことが果たしてあの娘の幸せかどうか……」

千は物心がついたころに本能寺の変に遭遇、命からがら逃げまどう経験をしている。万とちがって、前夫も二人ながら戦で喪っていた。三度目の婚姻で生さぬ仲の子らを育てるのはさぞや気苦労もあるはずだが、数々の不幸をのりこえてきた千なら耐えてゆけるにちがいない。

一方、姉とちがって、万は自我が強い。古田織部の娘なら引く手あまたではあるものの、城勤めのほうがむいているのかもしれない。

「万のことは、好きにさせてやりましょう」

織部も異を唱えなかった。女子の婚姻は男子の仕官のようなもの、大多数の親なら「好きなように」などとはいえない。織部が夫でよかったとおもうのはこんなときである。


万はさておき、末娘のお百にはこれぞという婿を見つけてやりたいと、織部とわたしは常日頃から話しあっていた。縁談はひっきりなしだ。が、目に入れても痛くないほど愛しい娘なので、織部もおいそれとは首を縦にふらない。

ところがある日、興奮した面持ちで若侍の名を告げた。

「鈴木《すずき》左《さ》馬助《まのすけ》……さような名は聞いたことがありませぬ。鈴木家とはどのようなお家なのですか」

池田や前田、島津や毛利、細川や中川といった大名家の家臣なら馴染みがあったが、鈴木という名は知らない。

「紀伊国《きいのくに》穂積《ほづみ》氏の嫡流で、由緒ある家柄だ。それはどうでもよい。今や天下の総代官として並ぶ者なき大久保長安《ながやす》さまが、たいそう目をかけておられるそうな」

大久保長安は、金銀銅山の采配を一手にひきうけ、遠国奉行をつとめるなど、徳川家の家臣の中でも絶大な権力を誇っていた。もとはといえば猿楽師だというが、徳川の重臣、大久保忠隣の与力となって手腕を発揮、今では家康の信任もことのほか篤い。

織部と大久保忠隣は茶の湯をとおして親しくつきあっていた。そこから長安とも知己になった。長安の息子の一人は、池田輝政の娘を娶っている。わたしの兄、中川清秀の娘の糸が輝政の正室になっているので、古田家と大久保家は遠縁でもあった。

織部は、長安が猿楽師から出世をしたということに、いたく感銘をうけているようだった。鈴木左馬助という若侍も——由緒ある家柄とはいうものの——裸一貫で長安に見いだされ、大津の代官格をまかされたそうで、そういう独立独歩の豪胆さが夫の目には好もしく映ったのだ。茶の湯でも他人と一味ちがう趣向を好む織部は、「あの長安に認められた若者」なればこそ、娘の婿にふさわしいと飛びついたのである。

「どうじゃ。末が楽しみではないか」

財なら多くはいらない。名声ももう十分。徳川の信頼もある。格式ばった相手に頭を下げるより、才ある若者の行く末に賭《か》けたほうが面白い。それが織部の考えだった。

「大津の代官をしておられるのですね」

「まだ補佐役らしいが、このままゆけば代官どころか奉行にもなれると大久保さまは仰せ」

「さようですか……お百はなんと……」

「わしの娘ぞ。喜ぶに決まっておるわ」

晩年にできた子はことさら可愛いものだ。織部がお百を猫かわいがりするせいで、お百も父をだれよりも敬愛している。父が決めたことはことごとく正しいと信じていた。

縁談はとんとん拍子に進んだ。

末娘のお百が大津代官格の鈴木左馬助のもとへ嫁いだ慶長十四年当時、織部もわたしも、わたしたち夫婦や家族、古田一族にこののち災いがふりかかるとはおもいもしなかった。

わたしたちだけではない。茶の湯の同胞、大久保忠隣も、左馬助の上役である大久保長安も、あのころは肩で風を切って歩いていた。そして大坂城も平穏だった。千姫はまだ十三で懐妊の兆しはなかったが、秀頼の側室が昨年とこの年、たてつづけに長男と長女を産んでいる。順風満帆におもえた当時、わたしが案じていたのは小姫と小浜の体調と、年齢より若々しく見えるものの六十七になった織部の相も変わらぬ多忙さだった。この年も四月に細川幽斎の孫の忠利と秀忠将軍の養女の千代姫との婚儀が豊後国でおこなわれることになり、そのため下向途上だった徳川家の重臣たちに伏見の上屋敷で茶の湯をふるまっている。

翌年、家康は天下普請と称して西国大名に名古屋《なごや》城の築城を命じた。このときは織部も茶屋や庭園の意匠にたずさわった。しかもこのあと、織部は江戸城で茶の湯の指南をするよう、秀忠将軍から命じられた。

話を聞いたわたしは耳を疑った。

「お江戸ははるかかなたにございますよ。ご辞退するわけにはゆかぬのですか」

壮健とはいえ六十八、長旅はこたえる。

「ゆかねばならぬ。なんとしてもゆかねば。そなたとて、わかっておるはずじゃ」

むろん、わかっていた。将軍の命令に逆らうことはできない。

「それではいたしかたございませぬ。重広どのにお世話を頼みましょう」

古田家の家督を継いだ重広は、秀忠の家臣なので、江戸にも屋敷をかまえている。相次いで男子に早世されたため女子しかいないが、今は山城守と呼ばれて、ときには将軍家の点前を仰せつかることもあった。あえて織部を呼びよせるのは、古式ゆかしい武門の茶――茶碗は、水差しは、障子紙はいかにすべきか――を伝授してほしいということだろう。

息子一家に会うのが楽しみでもあるようで、織部はいそいそと出かけていった。

慶長十五年秋から十六年春までの江戸滞在については、帰宅後、同行していた小三郎から話を聞いた。一行は重広一家に歓待されて古田家の江戸屋敷に滞在、江戸見物をしたそうだ。

――ほんに案じていたのですよ。お歳がお歳でしたから。

気が気でないおもいで朝晩祈っていた半年余りの日々が、あざやかによみがえる。

――お元気なお姿を見たときは、おもわず涙がこみあげて……。

(年寄り扱いはやめてくれ。そなたは大げさでいかん)

――扱いもなにも、年寄りではありませんか。

(まあ、それもそうだが……おかげで冥途《めいど》の土産ができた)

あのときも織部はそういった。満足そうな顔をしていた。けれど今、わたしはふっとおもいついたことがある。

――今さらとおおもいでしょうが、ひとつ、お訊きしてもよろしゅうございますか。

(なんじゃ。いうてみよ)

――江戸にいらしたあいだに、将軍の伊達家江戸屋敷への御成があったとうかがいましたが……あなたは伊達政宗公から将軍を迎えるための準備について助言を求められたと。

(うむ。伊達政宗さま直々に御文をもろうた)

織部は得意げだが、わたしは背筋がぞくりとする。

――ふとおもうたのです。伊達さまと親しゅうされたことが、もしや……。

(馬鹿を申すな。伏見でも京でもしょっちゅう茶会で同席しておるわ)

――そうではありませぬ。将軍のお膝許の江戸で、直筆の文をやりとりしたり行き来したりしたのは……。おもえば、千利休さまも、関白秀次さまも、伊達さまと密会されたあとに非業の死を……。

織部は笑う。ぎこちなくも、不自然にもおもえる笑い声だ。

(なにをいうかとおもえば……。伊達さまは将軍家が御成あそばすほどの大大名だった)

――さようにはございますが……。

(徳川は盤石。わしも重広も将軍家とは上手くやっていた。あのことは……それとはなんのかかわりもない)

わたしはうなずく。むろん、織部のいうとおりだったのだろう。

織部と伊達政宗が親交を深めたことでなにかが起こったわけではなかった。けれど、なんといわれようとも、わたしは釈然としない。古田と徳川の歯車が嚙みあわなくなってきたのは、今にしておもえば、このころからだった。

慶長十六年三月、後陽成天皇の譲位があった。そのため、家康はじめ徳川家の重臣たちが次々に上洛した。家康は織田有楽をとおして、大坂城にいる秀頼にも上洛するよう要請した。拒む理由はない。秀頼は上洛、二条城で家康と対面した。十九になる豊臣家の当主を、都人は歓喜して迎えた。

吉凶は表裏一体。吉とおもわれたことが、のちになって凶だったとわかることはよくある。二条城での家康と秀頼の会見が、まさにそれだろう。

家康はこのとき、孫娘の婿でもある豊臣家の若き当主の成長した姿をじっくり眺め、自分の手の内にとりこめるか否かを見きわめるつもりでいたはずだ。ところが、予想外の恐るべき事実をつきつけられた。

まずひとつは、四年前に織部が大坂城で対面した際も感心していたように、秀頼の見事な成長ぶりだ。十五のときすでに堂々として威厳たっぷりだったというから、十九になった秀頼は見惚れるほどの偉丈夫になっていたにちがいない。幼いころの面影を抱いていた家康は、驚くと同時に圧倒され、内心たじたじとしたのではないか。

会見の場でのことは、もちろんわたしの知るところではないけれど、それ以外のことについてもくわしく聞いている。秀頼の寵臣の重行が供奉衆《ぐぶ》にくわわっていたからだ。

「それはもう、すさまじい熱狂ぶりでした。堀川通から御城の庭まで群衆があふれ、だれもが歓声を上げて、中には感激のあまり泣きだす者まで……」

都人がどれほど秀頼を歓迎しているか。衰えることのない豊臣人気は、徳川方の面々に衝撃を与えた。

「大坂から供奉をした片桐《かたぎり》さまや大野《おおの》さまはむろんですが、大御所さまのお子たちに随伴して鳥羽《とば》まで出迎えた浅野《あさの》さまや加藤さまもそれはもう得意満面にて……」

秀頼のそばに仕えている片桐且元《かつもと》や大野治長《はるなが》はともあれ、浅野幸長《よしなが》や加藤清正は豊臣恩顧の西国大名である。家康自身が命じた随伴だったとしても、秀頼の成長を寿ぎ、期待をこめて見つめる大名たちの姿は、家康に危機感を抱かせた。

しかもこれを機に——先の後陽成天皇は豊臣びいきで知られていた——即位した後水尾《ごみずのお》天皇や公家衆も、豊臣家との交流を深めることになった。家康としては大いなる誤算にちがいない。

もっとも、当時のわたしは、そうしたことを考える余裕はなかった。またもや家族の不幸に見舞われ、悲嘆に暮れていたからだ。

千が、死んだ。

わたしと織部の長女が鷲尾家で病死した。慶長十六年八月八日、行年三十四だった。数日前から熱があったそうだが寝こむほどではなく、わたしたちには知らされなかった。急変してからはあっという間だったという。夫もわたしも茫然とするばかりで声も出なかった。

わたしたち夫婦は年齢が離れていた上に、戦つづきで共に暮らせなかったこともあって、祝言をしてから千を懐妊するまでに八年もの時がかかった。それだけに初子《ういご》の千が無事に誕生したときの喜びは筆舌に尽くしがたいもので、夫の狂喜するさまはいまだにわたしの眼裏に焼きついている。

千が生まれたのは安土城下だった。あのころは戦に次ぐ戦で、千もわたしと同様、戦まみれの前半生をすごした。しかも千は、わたしとちがって二人の夫を戦で喪った。戦ではないが、三人目の夫にも先立たれている。

「代わってやりとうございました。この命、あの娘にあげられるものなら……」

わたしは夫にすがって泣いた。我が子を喪ったのは初めてで、悲しいだけでなく体の半分をもぎとられるほどの痛烈な痛みをともなうことを、わたしはこのときにおもい知らされた。

織部のたっての希望で、千の亡骸《なきがら》は鷲尾家から堀川の四条屋敷へ帰され、興正寺の墓地に葬られた。わたしたち夫婦もしばらく京の屋敷に滞在することにした。悲しみは容易には癒えなかったが、今や天下一の茶人である織部は長々と喪に服しているわけにはいかない。九月の上旬にはもう四条屋敷で茶会をもよおしていた。

織部は、翌年の夏まで、四条屋敷と伏見六地蔵の上屋敷、木幡の下屋敷の三か所を行き来して茶の湯に専心した。江戸まで呼ばれて将軍に茶の湯を指南した織部を世人が放っておくはずもなく、高齢の身に鞭打って飛びまわっていたのだ。一方で、ひんぱんに大徳寺へ参禅、崇拝する春屋宗園は千より半年ほど前に鬼籍に入っていたものの、春屋の愛弟子《まなでし》の江月宗玩や月岑と交流を深めた。このころ茶席を主に共にしていたのは、大久保忠隣をはじめとする徳川家の家臣のほか、伊達政宗や佐竹義宣、毛利秀元などの諸大名だ。

四条屋敷をあとにしたわたしは、伏見ではなく大坂にいた。ここ数年、小姫が病がちだと聞いてずっと気にかかっていたのだが、会う機会がないまま、日々の暮らしに追われていた。次女の万がついているので、安心していたこともある。

ところが元気だとおもっていた千が急死してしまった。人はいつなにがあるかわからない。居ても立ってもいられなくなり、わたしは大坂へ行くことにした。

いちばんの目的は小姫を見舞うことだが、大坂には他にも会いたい人々がいた。まずは亡母の従弟の安威五左衛門。わたしより十以上年長だから、七十を過ぎているはずだ。家督を継いだ息子の八左衛門に右筆役もゆずり、今は書物三昧とか。早く会っておかなければ会えずじまいになりかねない。

この機会に重行ともじっくり話をしたいし、弟新兵衛の消息も知りたい。八左衛門の妻になった新兵衛の娘によれば、晩年の父に倣って高野山で出家をしたそうだ。

中川家では一昨年、虎姫が死去した。虎姫は最期まで豊後や江戸へ移ることを拒んで、大坂の中川邸で亡くなり、誓願寺《せいがんじ》へ埋葬された。虎姫の墓参もしたい。

虎姫はいないが、池田へ嫁いだ糸姫——兄清秀の娘——が病を理由に実家へ帰っていると聞く。糸姫とは伏見でも会う機会がなかったし、今度こそ、中川邸を訪ねたおりに兄清秀の思い出を語り合いたい。

「大坂ならいつでも行けよう。なにもそこまで欲張らずとも……」

江戸への長旅を終えた織部は、大坂ごときの旅で大騒ぎをしている妻を見て笑った。家刀自が家を留守にすることがどんなに大変か、夫にはわかっていないようだ。

「今、会《お》うておかねばと、なぜだか急き立てられるような気がするのです」

わたしがいうと織部は一変、眉をひそめた。

「縁起でもないことをいうな」

わたしははっとした。

「なにか、お気に障ることを申しましたか」

「いや、ただ……いや、よい。なんでもないわ」

のちにおもえば、織部にもこのとき、不吉な予感があったのだろう。


「ご迷惑をおかけしました」

駕籠をおりるや、小浜はまたもや頭を下げた。足腰が痛くてとても大坂へは行けない、留守番をいたします……などといいながら泣きはらした顔を隠そうとする小浜を見て、わたしは心を決めた。どんなに大変なおもいをしても、小浜をつれてゆこうと――。

幸い伏見から大坂までは船がつかえるし、あとは迎えの駕籠を頼めばよい。屋敷の外へ出られず雑用はできないとしても、安威家なら迷惑顔をする者はいないはずだ。とりわけ隠居の五左衛門は小浜との再会を喜び、二人は昔話に花を咲かせるにちがいない。

安威邸は大坂城の南方の生玉《いくたま》、三の丸内の武家屋敷が並ぶ一角にあった。かつて千利休が住んでいたという屋敷の門前に小さな坂があり、安威邸もこの坂に面している。早くも千利休の名は忘れられたのか、界隈の人々はこの坂を「安威殿坂」と呼んでいた。

「かように立派な屋敷にお住まいとは、ご出世なさったものにございます」

小浜が感心するのももっともだ。摂津国で安威といえば名門中の名門、奉公衆の安威は都人にもその名を知られていたけれど、五左衛門自身はどちらの後継者でもなく、本来なら奉公衆の家司のような立場のまま一生を終えるはずだった。従姉であるわたしの母からわたしを託され、その縁で中川や古田と交誼を結び、秀吉に見初められて、秀頼の寵臣として破格の扱いをうけるまでになったわけで、人の一生とはわからぬものである。

「ああ、母上。来てくださったのですね」

万は涙まで浮かべて、抱きつかんばかりにわたしを迎えた。

「母上をこちらへお招きするために、父上に文を認めるところでした。それでもだめなら自分でお迎えにあがろうかと……」

「小姫さまのご容体は……」

「医師からは、もうあまり長《なご》うはないだろうといわれております」

初めて出会ったとき、わたしは十二、小姫は生まれたばかりのややこだった。三好・松永軍に急襲されて将軍義輝が弑逆されたあの戦いの最中、五左衛門が小姫を救出した。都から脱出して沢城へ逃げた四人——五左衛門、小浜、わたし、ややこだった小姫——が、当の小姫の死期が迫る今、再び一堂に会するとは、なんという天の配剤か。

わたしと小浜は万が暮らしている殿舎の一隅で旅装を解いた。その日は小姫の寝顔を見るだけにとどめ、安威家が用意してくれた心づくしの海の幸に舌鼓を打った。

宴席では大坂城にいる秀頼の成長ぶりが話題になった。噂を聞きつけて集まってくる関ケ原牢人の数も増える一方で、公表はできないながらも茶会や連歌会にかこつけて家臣を送りこんでくる大名家も多々あり、公家や豪商からの進物も近ごろはひっきりなしだという。上方での豊臣人気はいまだ衰えず、徳川など及びもつかぬようだ。

「古田重行さまは御小姓組を束ねておられます。淀殿も頼りにしておられるご様子で……」

城に詰めているためにこの夜は宴にくわわれなかった八左衛門にかわって、妻女が重行の近況を教えてくれた。いうまでもなく八左衛門も豊臣母子から絶大な信頼を得ている。それもそのはず、長年、秀吉の右筆をつとめていた五左衛門は、懐妊した淀殿を茨木城で庇護していたことがあり、実直な人柄が高く評価されていたのだ。つまり淀殿と秀頼にとって、安威家は身内や親族といっても的外れではなかった。

「ですからね、お安威どのも、それはそれは大切にされておられるのですよ」

大坂城で「お安威どの」と呼ばれているのは、小姫の娘の安威姫である。実は異人の血をひく娘なれど、表むきは小姫の戦死した夫、戸伏某の娘という触れこみで、安威家の養女として奥御殿へあがっていた。秀頼が目をとめるほどの絶世の美女に成長している。

「淀殿や秀頼さまは、安威姫さまのご実父がだれか、ご存じなのですか」

「いいえ。徳川さまのお耳にでも入れば一大事ですから」

となれば、小姫が足利将軍家の末裔《まつえい》であることも断固、秘すべし。

「そうそう。弟から便りはありますか」

わたしは話題を変えた。わたしの姪である八左衛門の妻女に目をむける。

「高野山をおりて、今は諸国を遊行しているそうです。父はわたくしたちの心配など意に介していないのですよ」

姪は案じ顔だが、わたしは新兵衛らしいと苦笑した。新兵衛は父重清に似ている。とりわけ、無欲で泰然としたところが。

宴のあと、わたしは五左衛門のために茶を点てた。小浜と三人で思い出話に興じる。

「はるか昔のことのようにも、つい昨日のことのようにもおもえます」

稲田城から京へ、京から沢城へ、沢城からさらに安威城へ……逃げまどった日々の記憶をたどれば、父母や兄清秀はむろんのこと、ダリオ叔父やドン・フランシスコ、荒木の伯母や勘阿弥やダシや……今は亡き人々の面影が浮かんでくる。

「あのころは毎日が戦でしたね。まさか足利将軍が洛中で襲われようとは、耳を疑ったものですが、そのあと本能寺でも……」

「戦ばかりではありませんよ。耳目をおおうようなことが次々に……。わたしは京には決して参りませぬ。三条河原などまっぴらごめん……」

歳月を経ても、小浜は亀姫が三条河原で斬首されたことに胸を苛まれているのだろう。河原ではダシも斬首された。小姫の母の小侍従も四条の河原で処刑されている。

「先ほど安威姫さまの実父の話が出ましたが、小姫さまは、ご自身の出自のことを安威姫さまにお話ししたのでしょうか」

わたしは五左衛門に訊いてみた。

「いや、それはまだ……。聞きかじった者はいるやもしれませんが、くわしいいきさつを知っているのはわれら三人だけにございます」

母の小姫は安威一族の娘だと、安威姫は信じているようだ。そもそも小姫は安威家とかかわりが深い。戦乱の最中、安威一族であるわたしの母と五左衛門に命を助けられ、わたしが古田家へ嫁いでからは安威城で養育されている。

「小姫さまは打ち明けぬおつもりでしょうか」

「さあ……そこはなんとも……」

五左衛門は首をかしげた。

足利はもはや将軍家ではない。徳川がとってかわった今、知らせても意味がないと小姫はおもっているのかもしれない。わたしは、そうはおもわなかった。将軍義輝の血を絶やすまいと母は五左衛門にややこを託し、自らは斬殺された。生母の小侍従も、娘の存在を隠しとおして首を討たれたのである。

「小姫さまのお気持ちをうかごうてみなければ」

「それが叶えば……手前も、もっと早《はよ》う話しておけばよかったと悔やんでおります」

「さようにお悪いのですか」

五左衛門は苦渋の表情を浮かべた。

その夜、わたしは小姫のそばについていた。寝息は今にも消え入りそう、血の気のない顔は透きとおるように白く、長い睫毛《まつげ》は夢を見ているのか、微《かす》かにふるえている。

遠い日、沢城の教会で、こうしてよく小姫の寝顔を眺めたものだった。あれはそう、城から脱出する前日だ。ドン・フランシスコ——いや、ちがう、猫背で白い髭を生やした堂主——コンスタンチーノが小姫のお守りにとロザリオを手渡してくれた。あの老人は、だれも知らないはずの小姫の出自を、なぜか知っているようだった。

わたしははっと顔を上げた。

「小姫さまはロザリオを持っていらしたはずじゃ。どうなさったのですか」

わたしといっしょに枕辺で小姫を見守っていた万は、心得たようにうなずき、乱れ箱の中から小さな桐の箱をとりだした。

「お首にずっと掛けていらしたのです。お体を拭いてさしあげるときも、はずすのはお嫌だと仰せで……」

　医師や看護の人々が出入りするようになったので、万は小姫を説き伏せ、ロザリオを箱へしまった。切支丹へ厳しい目がむけられている昨今、用心にこしたことはない。

　わたしは桐の箱からロザリオを出し、小姫の胸元へおいてやった。艶やかな白と黒の珠を交互に並べたそれは、十字架がついていなければ念珠のようにも見える。

「小姫さま。いつか時が来たら、安威姫さまにも聞いていただきます。祖母上の小侍従さまのご無念やわたくしの母の願いがこれまで小姫さまをお生かししてきたこと、そしてそれは、安威姫さまにもうけつがれていることを……」

「時」とはいつかと、万はたずねた。

「さあ、いつでしょう。お子を産んで母さまになられたときか、それとも……でもね、その日が来たら、きっとわかります」

「わたくしにも話してくださいね。母上のお若いころのこと……。わたくしは伯父上のことが知りとうございます。摂津国にその名を轟《とどろ》かせた中川清秀……母上の兄さまのことを」

　万が生まれたとき、兄清秀はもうこの世にいなかった。万の伯父への憧憬は、かつてのわたしの兄への憧憬だ。歳月、人を待たず。

　翌夕、小姫は天に召された。駆けつけた安威姫にその手をにぎられて旅立つことができたのは、せめてもの慰めだった。

　小姫の葬儀が終わってからもひと月余り、わたしは大坂に留まっていた。安威邸に滞在して城内にある重行の家を訪ねたり、中川邸にいる姪の糸姫を見舞ったり、虎姫の墓参で誓願寺へも足をのばした。

虎姫のいない中川邸は閑散としていた。もっとも虎姫の生存中も、主だった家臣は国元の豊後岡か将軍のいる江戸にいて、伏見や大坂は留守居の家臣だけだったという。

「大変なのですよ。徳川さまは人づかいが荒《あろ》うて……とりわけ中川は休む間もなく……」

糸姫によれば、当主の秀成はほぼ一年おきに駿府《すんぷ》城や名古屋城の石垣の普請にかりだされ、普請にかかる莫大《ばくだい》な費用の調達までを強いられているという。

「今は岡城におられますが……」

秀成と虎姫の嫡子、久盛《ひさもり》がかわりに江戸屋敷で暮らしている。

「体《てい》のよい質のようなものです」

久盛は四年前に徳川の命で、家康の姪にあたる松平定勝《まつだいらさだかつ》の娘、万姫を妻に迎えた。このとき久盛は十五歳、万姫は六歳だった。

糸姫は、大坂城の奥へあがった安威姫のことが気になっているようだった。秀頼の妻も家康の孫の千姫である。

「安威姫さまにぜひともお伝えください。それでなくても人目をひく美貌とのお噂、くれぐれも目をつけられぬように、と……」

夫が二番目の妻を迎え、側妾もいるために、糸姫は病をきっかけに里家へ帰ってきた。が、それは表むき。二番目の妻は家康の次女で、最初は北条氏直《うじなお》に嫁ぎ、氏直の死後に池田家へ再嫁した。池田と中川は旧知の仲だが、家康の娘が送りこまれてはとうてい太刀打ちできない。糸姫は身を退くことで、家康が中川に悪感情を抱くことがないよう気づかったのである。

「万どのはどうなさるのですか」

糸姫は従妹のことも気にかけていた。

「伏見へ帰るよう勧めたのですが、阿古大上臈さまから、ぜひとも奥仕えをしてほしいと催促されているそうで……」

阿古大上臈は万の婚家、伊勢家の娘だ。大坂城の奥には小姫の娘の安威姫もいるので、万の心も動いているらしい。

「万どのにはそれもよいやもしれませぬ」

糸姫も再婚を勧めなかった。

糸姫と旧交を温めたのち、万や五左衛門と別れを惜しみ、わたしと小浜は帰路についた。

伏見へ帰ったとき、夫織部は京の四条屋敷にいた。相変わらず茶の湯三昧がつづいているようで、ゆっくり大坂の話をしたくてもできないまま日々がすぎてゆく。ようやく伏見六地蔵の屋敷へ帰ってきた織部は、疲労をにじませた顔で深々とため息をついた。

「また長旅をすることになった」

驚いた。織部は七十である。

「いずこへ行かれるのですか」

「江戸じゃ。駿府へも立ち寄らねばならぬ」

将軍秀忠の江戸城、大御所家康の駿府城、老齢の長旅というだけではない。さぞや気の張る旅となるにちがいない。

「なんの因果か。茶の湯さえしておらねば、隠居暮らしを愉しめたものを……」

織部はいつでも軽妙で潑溂としていた。愚痴をこぼすのはめずらしい。

「お疲れがたまっているのでしょう。そろそろ隠居されてはいかがですか」

とはいえ、そうしたくてもできないことはわたしも承知していた。古田織部の名が偉大になりすぎて、代替わりができない。

「小姫さまのことは残念じゃったのう」

「ご寿命ゆえ、いたしかたありませぬ。大坂へ行かせていただいたおかげで、死に水をとることができました」

「うむ。万も重行も息災で安堵した。それにしても、安威姫さまが豊臣家の奥にお仕えしようとは……わからぬものじゃ」


八月上旬、織部はあわただしく仕度をととのえて、駿府へ旅立った。

同じ八月、わたしは大坂からたてつづけに急報をうけとった。ひとつは吉報で、安威姫が懐妊したというものだ。

懐妊……そう、公言こそできないが秀頼の子である。

もうひとつは訃報だった。中川家の当主、わたしの甥の秀成が豊後国岡城で死去した。まだ四十三歳だった。

中川家は兄秀政が異国で横死したため秀吉の怒りを買い、あわや改易されそうになった。弟の秀成は豊後岡へ転封となり、壮絶な苦難をのりこえて、ようやく領国の足場固めを終えたところだ。後継者たる久盛は十九歳、若き当主にはさぞや荷が重いことだろう。

この知らせを駿府へ送ったころ、織部はすでに片桐且元と江戸へむかっていた。

二度目の駿府と江戸への旅で、織部がなにか不始末をしでかしたとは聞かない。意気揚々と出かけた最初の旅から二年しか経っていない。とはいえ、高齢の織部にとって二年は長く、体力の衰えも顕著だ。疲労が倍になり、気短で堪《こら》えがきかなくなって、だれかの機嫌をそこねることがなかったとはいいきれない。

十一月、織部は江戸の古田邸に将軍秀忠を迎えて、内々での茶会を催した。もちろん翌年の三月に伏見へ帰宅するまでには何度となく茶会が開かれ、徳川の重臣や諸大名と茶の湯で交流を深めた。帰路も駿府に逗留《とうりゅう》して、家康のために茶を点てている。

「お役目、ご苦労さまでございました。さぞやお疲れにございましょう」

ひとまわりちぢんだように見える夫を、わたしはいたわった。

「ようやっと帰った。我が家がいちばん」

もうどこへも行くものかと、織部は子供のように本音を吐いた。こちらは何事もなかったかと訊かれて、わたしは安威姫に無事、女児が誕生したことを伝えた。

「そいつはめでたい。正真正銘、足利と豊臣――将軍と関白の血をひく御子じゃの」

「はい。お舅上がご存命なら、どれほどお喜びになられたか」

舅の主膳正重定は、自らの命を捨ててまで豊臣の繁栄を願った。それをいうなら、わたしの母も命懸けで足利を守ろうとした。

「きっと黄泉では、お舅上と母が、手をとりあって大喜びしておりましょう」

「今度は重行と万が御子をお守りする。わしらはお役目を果たしたわけじゃ」

万は大坂城へ奥勤めにあがった。安威姫がややこを出産したので、安威姫のそばで乳母の采配から諸行事など、あらゆることをとりしきることになった。かつてわたしの母が小侍従のためにしていた役目だ。二度妻となったのに子を産めなかった万は、ややこを我が子のように愛しんでいるという。まったくの偶然ではあったが、ややこは萬姫と呼ばれているそうだ。

「秀頼さまには他にも国松君《くにまつぎみ》や姫さまがおられますが、ご正室の千姫さまにはいまだ……徳川さまはやきもきしておられましょうね」

わたしがいうと、織部は眉をひそめた。

「大御所さまも将軍家も、本心は、豊臣の孫や曾孫《ひまご》などほしゅうはなかろうよ」

なぜ棘《とげ》のある言葉を吐くのか。わたしはどきりとした。

織部が江戸から帰国した慶長十八年は、我が古田家にとって、あらゆることが吉から凶へひっくりかえされる、その前兆があらわれはじめた年だった。

四月二十五日に大久保長安が死去した。昨年来、中風を病んで駿府で養生していた長安は、家康から薬を下賜されるなど、表むきは寵臣としての面目を保っていた。が、すでにこのころ金銀の産出量は減少する一方で、金銀銅山を采配していた長安は幕府から不正の疑いをかけられていたらしい。

長安の死と織部は関係ないとおもわれるかもしれないが、実は大いにかかわりがある。

織部は、先の江戸下向で駿府へ立ち寄った際、行きも帰りも長安を見舞い、枕辺で長々と懇談した。なぜなら、わたしたちの末娘お百の夫の鈴木左馬助——長安に目をかけられ、大津の代官格にまで出世――が、このころちょっとした騒動に巻きこまれていたからだ。仲間内の喧嘩といった類のものだが、織部は愛娘のために長安に仲裁を頼んだ。

長安が死去するや、七月九日には不正蓄財が明らかになった。一族は成敗され、長安自身も天下の大悪逆人として埋葬した遺骸を掘り起こされ、あらためて梟首された。不正な蓄財とはどんなものだったのか。長安の罪状についてはうやむやのままだ。連座の罪には問われなかったものの、左馬助も牢人になってしまった。

「あなたのお力で、仕官先を見つけてやってはいただけませんか」

「いや、ほとぼりが冷めるまで待ったほうがよい。今は様子をみることだ」

織部は左馬助とお百を西岡にいる木村宗喜に託した。長安とのかかわりを詮索されぬよう警戒したのだ。

「そなたも用心せよ」

いつになく真剣な顔で、織部はわたしに「切支丹の話はするな」と厳命した。昨年にひきつづき切支丹禁制令が発布され、全国どこでも例外なく布教の禁止が徹底されている。

「ジュスト右近さまはご無事でしょうか」

加賀前田家の客将となった右近の噂も、近ごろは耳にしない。

「ほれ、洗礼名はいかんぞ」

織部は即座にわたしを咎めた。

悲劇は翌慶長十九年に幕を開ける。その前兆としてもうひとつ、十八年の末から翌年初めにかけて忌々しい出来事があった。

大久保は大久保でも、大久保忠隣の身に起こった災難だ。数々の武功を挙げて徳川幕府の老中となった忠隣は、将軍家の信頼も篤かった。数年前に嫡男を亡くしたのちは憔悴していたとの噂もあったが、たとえ些細なしくじりで幕府から睨まれたとしても、重臣であることに変わりはなかったし、その地位はゆるがぬものとだれもが信じていた。

ところが師走半ば、切支丹追放の役目を担って京へおもむき、新年早々、伴天連寺の破却や改宗、切支丹追放の指揮をとった忠隣は、なんの前触れもなく、その翌々日には突然、改易されてしまった。居城の小田原城も本丸以外は破却され、自身は近江の井伊家へお預けの身となった。

織部と忠隣は、茶の湯をとおして親しい間柄だった。わたしも忠隣の鷹揚な人柄を知っていたので、その忠隣が切支丹を処罰すると聞いたときは驚きと落胆を覚えたものだ。ところが、忠隣自身があっという間に囚われの身となってしまった。

「なにがあったのですか」

「わからぬ。まったくもって不可解じゃ」

織部も困惑の体である。

それだけではなかった。大久保忠隣改易の噂がひろまってからいくらもしないうちに、さらに驚くべき噂が聞こえてきた。京都所司代の板倉勝重《いたくらかつしげ》が、前田家に、高山右近の身柄をひきわたすよう命じたというのだ。前田は窮地に立たされ、今度ばかりは抵抗できなかった。高山一家は加賀国から長崎へ送られることになったという。

「ああ……右近さまは、長崎でどうなるのでしょう」

取り乱すまいとおもっても、冷静ではいられない。わたしは夫にすがった。が、織部も放心して、ことばを失っていた。

「お願いです。板倉さまに談判していただけませんか。藤堂《とうどう》さまか小堀さまか、織田有楽さまでしたらなんとかなるのでは……」

織部の人脈は多彩だ。なんとかしてくれるのではと期待したものの、甘い考えだった。

「いよいよわしも、腹をくくらねばならぬのう」

織部は険しい顔でつぶやいた。

第十一章

とうとうこの時が来てしまった。

慶長十九年と二十年を暦から永遠に切り取ってしまえたら……。この二年間に起こった身の毛もよだつ出来事をなかったことにできぬものかと、わたしはもがき苦しみながら何度となく考えた。わたしたちはどこでどうまちがってしまったのだろうか……と。

けれど一方で、すべてが成るべくして成ったのだともおもえ、悲嘆の中にもあきらめに似た気持ちが芽生えてくる。

この二年間、わたしは伏見六地蔵の古田邸にこもっていた。初めは夫織部や万、重行がわたしのぶんまで動きまわって知らせるべきことを知らせてくれた。大坂の陣の前後のことは織部や重行から、二人がいなくなったのちは万やお百、家臣から教えられた。


さて、天では戦いが起こった。ミカエルとその御使《みつかい》たちとが、龍と戦ったのである。龍は、自分が地上に投げ落とされたと知ると、男子を産んだ女を追いかけた。

ヨハネの黙示録　第十二章七、十三節

龍が徳川であることはいうまでもない。では、男子を産んだ女とは――。

慶長十九年の春から夏にかけて、織部は茶会や連歌会《れんが》へ足しげく列席し、また自分でもひんぱんに会を催した。

大坂城でも、淀殿が連歌会をしばしば開いている。日野《ひの》大納言や勧修寺《かじゅうじ》大納言など多数の公卿も常連で、その一人の西洞院時慶《にしのとういんときよし》は、京へ帰る途上、伏見の池田邸へ立ち寄ることがよくあった。時慶が池田家の当主――昨年、輝政が死去して家督を譲られた――利隆《としたか》に耳打ちする話は、茶会へ列席した利隆の口から織部の耳へ入る。利隆は中川家へ里帰りをしているわたしの姪、糸姫が産んだ嫡男である。

もう一人、大坂城の連歌会といえば欠かせない人物が、連歌師、故里村紹巴《さとむらじょうは》の息子の玄仲《げんちゅう》で、玄仲は近衛家に出入りしていた。織部と近衛信尹《のぶただ》は、茶の湯でも連歌でも親交がある。

なぜ慶長十九年に、大坂はじめ伏見や京で、徳川への警戒が強化されたかといえば、正月の大久保忠隣改易の衝撃が大きかったためだ。織部と近衛信尹のあいだでも、忠隣の安否を心配する書状がやりとりされている。

背筋が凍る出来事は、すでにその前年から始まっていた。大久保長安の一件で成敗された長安の息子には池田利隆の妹の夫もいたし、お百の夫の鈴木左馬助にもとばっちりが及んでいたから、池田家も古田家も、他人事ではいられなかったのだ。

長安、忠隣と両大久保家の災難につづき、高山右近の捕縛もあった。右近はわたしの従兄である。長崎へ送られたという右近一家の身をわたしはひたすら案じていたけれど、織部は徳川幕府の予想を超えた制裁が、この先、古田家にまで及びはすまいかと、真綿で首をしめられるかのごとき不安を感じていたようだ。

とはいえ、この年の前半にはまだ、大坂城が戦場になるなど、だれも——家康とその側近はいざ知らず——予想だにしなかった。わたしはジュスト右近とその家族の心配のほか、西岡に身をひそめている左馬助とお百夫婦の行く末のことが気になっていた。お百の夫をこの先、いつまでも牢人のままにはしておけない。

そんなとき、大坂から、安威姫が再び懐妊したとの知らせがとどいた。萬姫につづく第二子は年末ごろに生まれる予定だという。知らせを聞いたわたしは手放しで喜んだが、織部は複雑な顔で考えこんでいた。

「萬姫さまのときはもっとうれしそうなお顔でしたよ」

「あのときとはちがう。このこと、だれにもいうてはならぬぞ」

安威は豊臣と一蓮托生《いちれんたくしょう》。わたしの実家の中川は、年若い当主が徳川に首根っこをおさえつけられている。では古田は……といえば、徳川とも豊臣とも親交があり、息子たちはどちらにも仕官していた。ただし、織部自身は両大久保や右近とかかわりがあり、近ごろは幕府から疑惑の目をむけられているようだ。もとより夫は高齢で、徳川と豊臣のあいだでなにかあっても、安威姫母子を守りきる力はない。

「だれにも……もしや、徳川と豊臣が戦うとでもおっしゃるのですか。戦は二度と起こりませぬ。だれも戦など望んではいない、起こってなるものですか」

「だとよいが……わからぬぞ。大坂城には牢人があふれておるそうじゃ。淀殿も扱いに苦慮しておられるとか」

関ケ原戦で西軍について禄を失った者たちが、再起をかけて、大坂城へおしよせていた。手柄をたてるためには戦をしなければならない。牢人衆を抱えこめば徳川から睨まれるとわかってはいるものの、淀殿としては、豊臣を慕ってあつまる者たちを無下に追い払うわけにはいかないのだろう。

「北政所さまの例もある。いざ事があったときに逃げこむなら公家、安威姫さまの御事を近衛家に頼んでおこうかと考えてはいるのだが……」

関ケ原戦の際、亡き秀吉の妻女は勧修寺家へ避難した。公家の筆頭である近衛家は安威姫の母、小姫の父方の実家である。だが、小姫母子の出自を明らかにしてよいものか。安威姫の父が異人であるだけに、今のご時世では吉と出るか凶と出るか測りがたい。

それでも織部は試行錯誤を重ねていた。表むきは連歌の指南を乞うという体裁ながら、安威姫の懐妊が明らかになった五月から六月にかけて、近衛家の家司《けいし》の修理太夫と二十通近くも書状をやりとりしている。ところが高齢で病がちだった近衛家の当主はにわかに体調をくずし、重篤になってしまった。話が進まぬうちに、世に知られた方広寺《ほうこうじ》の鐘銘騒動が勃発した。

鐘銘騒動とは、豊臣秀頼が方広寺の大仏殿を再建、大仏開眼《かいげん》供養のために片桐且元が南禅寺《なんぜんじ》の長老である文英清韓《ぶんえいせいかん》に依頼をして梵鐘《ぼんしょう》に刻ませることになった銘文が、徳川方から抗議をうけ、反徳川の証とみなされて大坂の陣のきっかけとなった出来事である。

問題の銘文とは「国家安康」「君臣豊楽」で、家康は自分の名がふたつに分断されて、さらに豊臣の繁栄を願ったものだとして激怒したのだ。

「まずい。これはまずい」

織部は知らせを聞くや顔をしかめた。梵鐘の銘文くらいで……難癖ではないかという者がいたら、それは世情を知らぬ者だ。ただの梵鐘ではなかった。秀吉悲願の大仏開眼である。だれもが注目するその銘文に、疑いを招くような文句を起草すること自体、大胆不敵な徳川への当てつけである。

織部が「まずい」といったのは、いくらでも書きようがあるのに文英が危うい銘文をあえて起草した愚ではなく、文英がやむなくそう起草せざるを得ないように仕組んだ者がいた……という事実だった。

「はるか昔の落首騒動を覚えておるか」

「最後まで下手人がわからず、そのために多くの無辜の人々がむごたらしく命を奪われました。子供や老人までもが……」

「要は、だれが書いたかではない。なにを書いたかでもない。落首が見つかったことだ」

「同じだと仰《おつしや》るのですね。文英さまはわかっていてだれぞに強要されたのだと……。だれが、なんのために、さようなことを?」

「決まっておるわ。なんのために……大坂開城、または戦」

「戦ッ」

織部はわたしの顔を食い入るように見つめた。

「徳川の狙いが豊臣の威勢を削ぐことにあるのは、とうにわかっておったわ」

「まさか、さようなことが……」

「徳川はそのために着々と周囲を固めてきた。豊臣を無力にせんがために」

驚いたことに織部は、自分が家康でもそうするだろうといった。それほどに、豊臣は徳川にとって脅威なのだ、と。

「秀頼さまが上洛されたときの、都の群衆の熱狂ぶりを聞いておろう。近ごろ大坂からうけとる知らせは、戦を煽るようなものばかりだ。淀殿や秀頼さまがどうおもわれようとも、大坂はもはや止められぬ」

それでも、このときのわたしはまだ、大戦がはじまるとはおもいもしなかった。関ケ原戦から十四年が経っている。戦とは無縁の暮らしがあたりまえになっていたからだ。

大仏開眼供養は中止になった。片桐且元と文英清韓が駿府へ謝罪におもむいたことで、鐘銘騒動は落着したようにみえた。が、そうではなかった。八月半ばに家康と面会して詫びた文英は京へ帰され、蟄居の身となったが、且元はなおもひと月近く駿府へ留めおかれていたという。

この間、なにがあったのか。大坂城の淀殿が不安にかられるのは当然で、しびれを切らして大蔵卿局《おおくらきょうのつぼね》など三人の女たちを駿府へ送りこんだ。一行が家康に歓待されて大坂へ帰ったことから、淀殿の且元への信頼は大いにゆらぐことになる。

淀殿が女たちの一行を駿府へ送りだそうとしていたころ、織部も大坂城の重行から、どうなっているのか文英に問い合わせてほしいと頼まれた。文英は当事者で、しかも京に帰っているのだから、会って話を聞くのがいちばん手っとり早い。息子に頼まれれば織部としても断れなかった。というより、織部自身、文英にあの銘文を起草させた者がだれか知りたがっていたから、ふたつ返事でひきうけることにした。

織部が文英を京の四条屋敷へ招いて茶の湯をふるまったのは、且元がいまだ駿府に留め置かれていた八月二十八日である。

これがまた、裏目に出た。徳川は大坂城周辺だけでなく、伏見や洛中にも探索網を張りめぐらせていたようだ。織部が文英に茶の湯をふるまったことは即刻、家康の耳にとどいて、立腹しているとの噂が伝わってきた。

「申し開きにゆかなくてよろしいのですか」

「今さら遅いわ。だいいち、なんというのだ。大坂に頼まれて話を聞いたとでも？」

「それで、なんと仰せになられたのですか、文英和尚さまは……」

「ご自身で起草した、と。片桐さまもよしとされた、と。それしか仰せられなんだが、御目の奥に怒りの炎が燃えておったわ」

「では、まだ、なにか……」

「今はいえぬのだろう。だが、ああ見えて気骨あるお人とわしは見た」

このの ち南禅寺を追放された文英は、織部が予想したとおり、大坂方へ身を投じる。

片桐且元は九月中旬になってようやく大坂へ帰ったものの、登城の予定を反故にして、屋敷へ籠城してしまった。大坂城の者たちが且元を徳川のまわし者と見ていて、城内へ足を踏み入れれば命を奪われるとの密告があったからだ。淀殿は懇切な書状に誓詞まで認めて且元を呼びもどそうとしたが叶わず、且元は出家、秀頼に一命だけは助けられ、茨木城へ落ちのびた。

実際はどうだったのか。且元が予定どおり登城していたら命を奪われていたのか。そこまではわからないが、このころ大坂城内が大混乱だったことは事実らしい。冬の陣と呼ばれる最初の大坂戦のあと、万や重行、安威家の者たちから聞いた話によれば、血気盛んな者たちが徳川打倒の雄叫びをあげて、言い争いや暴力沙汰も多発、収拾がつかぬありさまだったとか。

且元が茨木城へ退散したのを機に、家康は大名諸将に出陣の号令をかけた。自らが駿府から尾張名古屋へ出陣したのは十月十一日だ。

文英清韓との茶の湯が家康の怒りを買ったことから——直接、咎められたわけではなかったものの——織部はこのひと月余り、伏見の屋敷で謹慎していた。それまでは茶会だ連歌会だといいながら巧妙に大坂とのやりとりをつづけていたのに、それをぱたりとやめたのは、織部の立ち位置の危うさがそっくりそのまま息子たちの命運にかかわっていたからだ。

織部とわたしは、怯えながらも、互いにそれを見せまいと必死だった。

「息子たちが敵味方に分かれて戦うところだけは見とうないが……」

重行は大坂城にいる。安威家の人々も。戦がはじまれば徳川の家臣である重広や重久と戦わなければならない。

「嫌というほど身内同士の戦を見て参りました。武士の宿命《さだめ》ゆえ、やむをえませぬ」

摂津にいたころは当然のように身内同士が戦っていた。兄弟ではないけれど、兄清秀はダリオ叔父や従弟の右近、従兄の荒木村重とも死闘をくりひろげた。

本当は胸がつぶれそうだった。「母さま」と呼んでわたしを慕ってくれた子供たちが戦場で命を奪いあうなど、おもっただけで身の毛がよだつ。でも、それを嘆いてなんになろう。もう賽子《さい》は投げられてしまったのだから。

「行ってくる。しばらく帰れぬやもしれぬ」

家康の出陣を知るや、織部はあわただしく家を出た。名古屋まで出むいて家康の軍勢を迎えようというのだ。せめて恭順の姿勢を見せておこうというのだろう。

「お独りで行かれるのですか」

「いや、半井驢庵《なからいろあん》どのに同行を頼んだ」

半井家は禁裏の御典医をつとめたことのある代々の医家で、三代目の驢庵は織部と親交がある。

「こんなときこそ幽斎さまがおられたら……。近衛さまも寝たきりゆえ、かようなことは頼めぬしのう」

だれより頼りにしていた細川幽斎は、四年前に他界していた。そんな織部も七十をすぎた。このところなにかといえば「わしも長《なご》う生きすぎた」などとつぶやいている。その夫が家康の機嫌をとるために名古屋まで出迎えにゆくのは、ひとえに古田家のため、子供たちに難がおよばぬためだった。

家康は、わざわざ出迎えに駆けつけた織部を、何事もなかったかのように歓待した。織部は狐につままれたような顔で帰ってきた。

徳川軍は名古屋を出立、二十三日には京の二条城へ入った。将軍秀忠の軍勢も翌十一月の十日には伏見城へ入った。両者は十八日に茶臼山《ちやうすやま》で落ち合った。茶臼山は大坂城の南方にある。家康軍はこの茶臼山に、秀忠軍は奈良街道をはさんで東方に並んで、大坂方を威嚇した。

大坂城の北側は淀川から流れこむ天満川《てんまがわ》で、そこに架かっているのが天満橋だ。天満橋を渡ると高槻道で、この道は高槻で西国道となり、山崎を経て京へつづいている。この高槻道の両側に布陣していたのが、わたしの甥の息子、中川久盛ひきいる中川軍と、わたしの姪の息子、池田利隆ひきいる池田軍だった。

いつの時点で、だれが発案し、どんな手をつかってこれほどの奇策を実行までもっていったのか、正確にはわからない。けれど徳川軍を出迎えるために名古屋へむかったときはもう織部の頭の中には、この大胆不敵なたくらみが形を成していたはずだ。

文英清韓に茶の湯をふるまったことを家康に詫びる……もちろんそれもあったにせよ、そのためだけに名古屋くんだりまで出かけたのではなかった。織部は使い番であった昔のように、軍の中に入りこんで自在に動きまわる必要があったのだ。どうあっても——。

豊臣と内通して、徳川の動きを知らせるためではなかった。徳川軍の先兵である我が子らを見殺しにしてまで、豊臣方を勝利させるためでもない。

どちらも、ありえない。

徳川が優勢であることは、だれが見ても明らかだった。

織部は、わたしのために、それを為したのだ。老いた我が身など棄てても惜しくないと考えた。それよりわたしが亡母から託されたもの——奇《く》しくも重行が亡き祖父から託されたものであり、安威五左衛門が己が命に替えても守ろうとしたものでもある命——を、後世へ遺そうと考えたのである。

おもいおこせば、風雲急を告げ、すべてが戦の方向へ動きだそうとしていたあのころ、戦闘が始まる前から、織部とわたしは毎日のようにやりあっていた。

――初めてうかごうたときは耳を疑いました。ご心労のあまり、とうとう気がふれてしまわれたか、と。あなたでなくて、いったいだれがさようなことをおもいつくのか。

そのおもいは今も変わらない。

わたしには織部が苦笑しているのがわかる。得意満面なのをごまかそうとして。

（徳川軍の包囲網を突破するより、そなたを説得するほうが、よほど難儀だったわ）

――よもや安威姫さまがご承知なさるとはおもいませんでした。万によれば、秀頼さまのおそばを離れとうない、どこまでもお供すると仰せになっていたそうです。

（しかし戦が始まった。さようなことはいっておれなくなった）

――戦になるとは……今も信じられませぬ。もしや、あれは悪い夢だったのではないかと、夢が覚めてくれたらと、どんなに願ったか……。

（いうたはずじゃ。あらゆることを考えておかねばならぬと。かつて浅井の男子がどうなったか。戦に敗ければむごたらしゅう処刑される。安威姫さまの腹の御子がもし男子なれば……）

――だとしても、なぜさように急ぐのか。生まれてからでも遅うはないのに。

（生まれれば徳川に知られてしまうぞ）

――だからといって萬姫さまをのこして、しかも身重のお体で……。

（幼い姫をつれて逃げれば、身を隠す意味がのうなる。これは、断じて、だれにも知られてはならぬこと。最後には淀殿も了承してくださった）

――わたくしも、負けました。あなたと議論をしても勝ち目はありませぬ。

（しかし、どうじゃ。おかげで尊い命が救われた）

――はい。今はあなたに感謝しております。あなたは自らの御命を捧げて、御子を救うてくださった。だれもがおもいもしないような、突拍子もないやり方で……。

(わしと、そなたと、だ。二人して成し遂げた。古田と中川が共に手をたずさえて)

風雲の流れは予想以上に速かった。

大軍が大坂城をとりかこむ前から、城への出入りは徳川方に見張られていた。中立な立場の公家や僧侶に仲介を頼めば容易に大坂城にいる身内と連絡がとりあえると考えていた織部は、徳川が張りめぐらした耳目の網の細かさをみくびっていたことになる。

戦が避けられないと知って、わたしは恐慌をきたした。甘かった。織部がいったことは正しかったのだ。戦は、決して、この世から消えてなくなったわけではなかった。

家康の出迎えに名古屋までおもむいたとき、わたしは織部がなにかしでかそうとしていると薄々感じていた。が、よもや懐妊中の安威姫を大坂城から脱出させるつもりだとはおもいもしなかった。いつ、どうやって、徳川方の目をかすめ、そんな大胆なことをしてのけようというのか。万にひとつの勝算もないとおもった。

ところが、織部はしてのけた。佐竹義宣の助けを借りて。

佐竹家は豊臣秀吉の時代、常陸国五十四万余石を領する大大名だったが、関ケ原戦のあと出《で》羽国《わのくに》へ転封されて、当時は久保田《くぼた》城主となっていた。義宣は織部の茶の湯の門弟で、二人はかねてより親密な関係だった。

それだけではない。義宣は織部に大恩があった。関ケ原戦が始まる前、どっちつかずの義宣は、家康から人質を出すよう要求された。このとき両者のあいだに立って仲介の労をとったのが織部で、織部の説得があったればこそ、佐竹家は存続できたのである。

十一月十九日、木津川口の戦で戦闘が始まった。二十六日には大坂城の北東、今福《いまふく》と鴫野《しぎの》で激戦がくりひろげられた。今福の佐竹軍が窮地に陥ったところを鴫野の上杉軍が救援して、大坂方の木村重成《きむらしげなり》や後藤基次《ごとうもとつぐ》の軍勢を退却させることに成功している。この後藤軍には重行もいて、重行は京橋《きようばし》口を守っていた。

翌日、織部は佐竹の陣屋を見舞った。織部は義宣に、一世一代の頼み事をした。二人は本丸へつづく青屋《あおや》口――京橋口のすぐ近く――まで行き、竹藪の中を徘徊《はいかい》していたことになっているが、もちろん息子の重行と矢文で連絡をとりあっていたのだ。

その夜、菰《こも》でおおわれた荷物を積んだ荷車が、天満口の城門を出て、宵闇にまぎれて天満橋を渡った。橋の両側に陣をかまえる中川軍の見張りからも池田軍の見張りからも見とがめられることなく、荷車は高槻道を北へ駈け去った。

青屋口にいたために、城内から飛んできた矢が織部の左こめかみをかすり、織部は軽い怪我をした。出血しやすい場所なので大事になってしまったが、実際はほんのかすり傷、痛みも感じなかったという。

話がひろまり、翌日は家康から膏薬《こうやく》がとどけられた。これに対して秀忠の陣にいた重広が家康の陣へおもむいて礼を言上するなど大騒ぎになってしまったのは、織部にとって不運だったといわざるをえない。

知らせを聞いた伊達政宗はじめ門弟からも見舞いがとどいた。そのたびに説明をしなければならず、織部は往生した。義宣と二人で青屋口まで行ったことは、余人のいないところで積もる話に興じていたとか、風炉をしかけて茶を点てたとか、茶杓にふさわしい竹を探していたとか……だれかが勝手に作り話をしたらしい。本人の苦しまぎれの言い訳なら、もう少しいいようがあったのではないかとおもう。なぜなら、上杉軍のおかげでからくも勝利したものの、佐竹軍は前日の激戦で多数の死傷者を出したばかりだった。いくら織部でも、そんなときに茶杓だ風炉だとそこまで呑気《のんき》でいられるかと、家康の周囲にも首をひねった者が少なからずいたはずだ。合戦の最中ゆえに黙殺してはいたものの……。

織部は、茶人や武将である前に使い番だった。細川藤孝をふりだしに信長、秀吉、家康の使い番としてその才を発揮してきた。老いの身に鞭打って大坂の大戦にくわわることにしたのも、〈最後の使い番〉をつとめるためだった。今回ばかりは主のためではない。古田のためですらない。わたしと織部──すなわちわたしの母と織部の父──が守ってきたもの、足利と豊臣の絆を背負う赤子を守らんがための使い番だった。

織部の奇怪な行動を嘲笑《ちょうしょう》する者もいた。禿頭《はげあたま》が光って敵に見つかった、だの、流れた血を茶巾でぬぐった、だのという埒もない噂には、本人も呵々と笑って見せたそうだ。けれどむろん、これを笑い話ではすまさぬ者たちもいた。

織部自身、そのことは、端から了解ずみだった。

十二月二十日、和議が結ばれた。家康は伏見へ帰還した。大坂にのこった秀忠は、和議のあと、即、城の堀の埋め立てを命じた。これには中川も池田もくわわっている。外堀だけとの約束は反故にされた。あれよあれよという間にすべての堀が埋められて、大坂城は裸城になってしまった。

明けて慶長二十年正月、秀忠軍に所属していた重広は、秀忠が正月十九日に伏見城へもどった際にも随従して、二十八日、秀忠軍と共に江戸へ帰った。伏見に滞在中に、わたしたち夫婦がいる六地蔵の屋敷を訪れて、父織部を見舞っている。

織部は、和議のあと、家康に随行して伏見へ帰還。養生するようにと家康からねぎらわれて家へ帰っていた。

将軍家には、古田の家督を継いだ次男の重広と、末弟の重久の他にもう一人、三男の重尚が自分の代わりに送りこんだ息子――わたしたち夫婦にとっては孫――の左介がいた。これは、重広の息子が皆、早世してしまったためで、ゆくゆくは重尚の子を古田の跡継ぎに、という内々の了解ゆえに、この孫息子に左介という織部の幼名を与えたのである。つまり、古田家からは三人が秀忠軍として戦闘にくわわっていた。

わたしの産んだ男子は重広と重久の他に二人いる。前田家に仕官している重尚、そしてずっとわたしたちと一緒に暮らしていた小三郎（諱《いみな》は重嗣）だ。が、小三郎は昨年ようやく池田家への仕官が叶った。この二人は前田軍と池田軍にくわわっていた。

長男の重行はもちろん、秀頼の寵臣として、安威家の五左衛門や八左衛門父子と共に大坂城を守っていた。

娘たちは、長女の千が死去し、次女の万は大坂城へあがって安威姫母子のそばに、三女のお百は夫で牢人の鈴木左馬助と西岡の屋敷を守る木村宗喜のもとへ身を寄せていた。さらにつけくわえておけば、池田家に嫁いで現当主の利隆を産み、中川家へ里帰りをしていた糸姫は、合戦の直前に大坂の屋敷から伏見の中川邸へ避難した。

では、戦乱の最中、大坂城から脱出した安威姫はどこにいたのか。伏見の中川邸の敷地内にある戸伏家に匿われ、ひそかに男児を出産した。戸伏は母、小姫の形の上の婚家である。

「和睦が成って、安威姫さまもさぞや安堵しておられましょうね」

大坂の合戦でもてる力をふりしぼり、精も魂もつきはててしまったのか、茶道具にもふれずぼんやり庭を眺めている織部の背中に綿入れをかけてやりながら、わたしは夫の気をひこうとして話しかけた。

「大御所さまは駿府へ、将軍家は江戸へ、それぞれお帰りあそばされた由、もう御隠れにならずともようございますね。安威姫さまはいつ大坂城へおもどりになれるのですか」

織部は目をしばたたいた。驚いたようにわたしの顔を見る。

「もどる？　城へ？　めっそうもない」

今度はわたしが目を丸くした。

「なれど、一日も早う秀頼《はよ》さまにややこを……」

織部はしッと口の前に人差し指を立てた。警戒するように左右を見まわして聞き耳をたてたのは、この屋敷内にも徳川の密偵がひそんでいるとでもおもっているのか。

「あのう……」

「なにもいうな。名を口にすることもまかりならぬ。戦は、まだ終わっとらんぞ」

「なにを仰せになられますやら……」

いいかけたわたしに首を横にふって見せ、織部は一段と声をひそめた。

「城の堀がすっかり埋められてしもうた。その話は聞いておろう」

うなずくと、織部は虚空を睨みつけた。

「話がちがうと大坂方は激怒しておる。将軍家からつきつけられた和解案もことごとくはねのけた。城には再び牢人衆があつまっておるそうな」

和解案とは、秀頼が大坂城を出て転封に応じることや、淀殿が人質として江戸へ行くこと、牢人を城から追放することなど、とうてい承服できないことばかりだという。

「承服しなければどうなるのですか」

「また戦が始まる」

わたしは絶句した。

「では、戦になると見こんで堀を……」

大坂方は牢人衆の力を借りて堀をもとにもどそうとしているようだが、徳川方がそれを黙って眺めているとはおもえない。

「となれば、今度という今度は……」

なにがあっても、重行は秀頼のそばを離れないだろう。五左衛門父子も。

「万を、つれもどさねばなりませぬ」

慶長二十年三月、このころは伏見でもさまざまな噂が飛びかい、わたしたちの耳にとどけられる話も虚実入り乱れていた。大坂城の重行や万、安威家の人々からの知らせはとどこおっている。織部もさすがに身動きができず、息をひそめて事のなりゆきを見守るばかりだ。

そんなある日、江戸にいる重広から急報がとどいた。重広の猶子となり、先の大坂の陣では将軍家の軍にくわわって奮戦した左介――重尚の息子――が逐電してしまったという。牢人になって大坂方にくわわるとの書置きがあったとか。伯父にあたる重行のもとへ馳せ参じるつもりだろう。

「忌々しきことになったのう」

織部は顔色を変えた。血気みなぎる若者が義俠心《ぎきょうしん》を燃やしたのだとしても、これがもし徳川方の耳に入れば、重広はむろん、重尚や重久にまで災いが及びかねない。それでなくても古田家は大坂方と縁が深く、疑いの目をむけられているのだ。

「重広はさぞや困惑しておりましょう」

家族に疑いがかからぬよう徳川に申し開きをして、それでもだめなら腹を切って詫びるとまでおもいつめていると聞き、わたしは焦燥にかられた。

「混乱の最中だ。病で伏見に帰っているとでもいえば、だれも詮索はすまい」

織部はいったが、わたしはじっとしていられず「早まるな」と文を認めようとした。

「やめておけ。それでは重広が……。左介には好きにさせればよい」

「それでは重広が……いえ、古田も……」

「申し開きは無用。わしとて同じことをしたやもしれぬ」

織部はいつになく強い口調でいい放った。

徳川にしたがってはいるものの、織部も腹に据えかねるおもいが多々あるのだろう。

わたしたちにはもうひとつ、気になることがあった。西岡にいる木村宗喜と鈴木左馬助の動向である。

先日、お百が父の見舞いに訪れた。見舞いは口実で、姉の万のことを相談にきた。万は安威姫のかわりに萬姫の養育をしていた。萬姫をのこして城を出るつもりはないと断言している。わたしたちも為すすべがなく頭をかかえていた。お百によれば、宗喜と左馬助は、戦火の中から万と萬姫を救い出す算段をしているという。二人は仲間を募り、密談をかさねているようで、果たして万と萬姫だけなのか、淀殿や秀頼の救出など、さらに大掛かりなことを企んでいるのではないかとお百は案じていた。

「母上。どうしたらよいのでしょう」

「お二人には、くれぐれも勝手なことはしないようにと伝えてください。なにを企んでいるのか……わかったらすぐに知らせておくれ」

うなずきはしたものの、お百は不安そうな顔で帰っていった。

織部はすぐさま西岡へ飛んでいって、あるいは伏見へ二人を呼びつけて、真偽を問いただしたかったにちがいない。けれどそうした動きでさえ、今は慎重を期す必要があった。織部はすでに要注意人物とみなされていて、軽はずみなひとこと、ちょっとした油断でさえ命取りになりかねない。

四月四日、家康は駿府城を出立、十八日に二条城へ入った。秀忠も江戸を発《た》って、二十一日には伏見城へ到着した。大名諸将も国許で軍勢をととのえて、次々に出陣している。徳川方は二手に分かれ、河内と大和方面から大坂城へ進軍を始めた。

二十八日、豊臣軍は大和国郡山や龍田《たつた》などへ出陣して、戦いの火蓋が切られた。ところがこの日、進軍するはずだった家康軍は進軍を延期した。なぜなら「二条城に放火を企てる一味がいる」との知らせが耳に入ったからだ。急報したのは大坂城内に忍ばせた徳川方の密偵で、この男が京都所司代の板倉勝重に知らせた。

一味の首謀者はなんと古田家の老臣の木村竹右衛門尉、すなわち茶人でもある宗喜だった。宗喜は、実際に京の町に火をかけようとしたのか。いや、騒動を起こして家康を京に足止めしている間に、大坂城から淀殿や秀頼を救出しようと企てたのではないか。

織部とわたしは、板倉や家康が不穏な噂を耳にするより以前に、なにか忌々しいことが起こるのではないかと危惧していた。なぜなら開戦直前の大坂城内の混乱に乗じて、左馬助がまず万と萬姫を城から逃し、船をつかって伏見木幡の古田邸へ無事匿ったとの知らせをうけていたからだ。先の戦の際、身重の安威姫は首尾よく脱出した。大坂城内の大多数の者たちはそのことを知らなかったから、このたび脱出したのは万と萬姫ではなく、安威姫が幼い娘をつれて城から逃れたとおもったようだ。左馬助は八左衛門の妻もつれてゆこうとしたが、安威姫の身代わりとなって秀頼を守り、舅や夫と共に最後まで戦うとの固い決意をゆるがすことはできなかった。

そんなわけで、木村宗喜謀反の知らせを聞いた織部とわたしは、やはり最悪の事態が起こってしまったかとひきつった顔を見合わせた。こうなったら一刻の猶予もならない。西岡はもとより木幡だろうが井戸堂だろうが、万と萬姫を古田の屋敷に匿っていたのではたちどころに見つかってしまう。

「だれぞ……」

戦の最中だ、武家や公家には頼めない。茶の湯の門弟の中でもとりわけ親密で、こんなとき余計な詮索をせずに力を貸してくれる豪胆さをもちあわせた男は……。

「そうだッ。後藤覚乗《かくじよう》がいたッ」

後藤家は室町以来の御用金匠で、茶屋《ちやや》家、角倉《すみのくら》家と共に京の三長者といわれていた。織部は後藤徳乗《とくじよう》とことのほか懇意で、茶の湯に招き招かれる仲だったが、今は甥の覚乗の代になっていた。後藤家の面々は義俠心に篤く、その上、将軍家からの信頼も篤い。

織部は早速、覚乗宛の書状を認めた。万と萬姫を上京柳原《やなぎはら》の後藤屋敷へつれてゆくよう左馬助への伝言を使いの者に託した。宗喜や左馬助がこのあとなにをしでかすつもりでいるにせよ、万と萬姫だけは守らなければならない。

使いを送りだしたあと、織部はわたしを茶室へ誘った。先の戦が終わってからは一気に老いて、茶を点てる気力さえ失せてしまったように見えたが、今は本来の織部にもどっている。

織部はわたしを客畳へ座らせた。

「そなたに茶の湯をふるまうのは、これが最後になるやもしれぬ」

驚いて訊き返そうとしたわたしを目で制し、織部は淡々と茶の湯の仕度を始めた。

「わしは生きすぎたゆえ未練はないが、子供たちには、何度でも詫びねばならぬ」

「なにを仰せられるかとおもえば……」

「左介が大坂方へ走った。宗喜も騒ぎを企てた。となればこのままで済むはずがない」

織部は唇をゆがめた。微笑んだつもりか。

「いよいよ、覚悟をせねばならぬ。そのときが来たようじゃ」

織部はひょうひょうと、いとも愉しげに茶を点てた。わたしには瀬戸三島焼の鼠志野《ねずみしの》茶碗。そのあと、このときばかりは、自らにも茶を点てた。こちらは同じ瀬戸焼でも半筒形の志野茶碗。千利休が好んだという、古臭いともいえる半筒を自分用に選んだのは、なにか意図があったのか。

織部とわたしは黙したまま茶を喫した。茶碗をおくや、わたしは十字を切った。なぜそんなことをしたのかわからないが、それ以外にできることはないような気がした。

「覚悟をせよ、と、仰せになられましたね」

「いかにも」

「お点前をいただくのは、今日が最後なのでございますね」

「さよう」

「なればうかがいます。わたくしはこれから、どういたせばよろしいのでしょう」

「デウスでも阿弥陀如来でも、わしはかまわぬ。死んだ者たちのために祈り、生きている者たちのために生きよ」

「かしこまりました」

それから……と、織部はやさしい目になった。

「左介を怨んではならぬ。若者なりに、そうせざるをえない理屈があったのだろう」

「怨みはいたしませぬ。ただ、子供たちだけはなんとか……」

「いうな。あとは、天にゆだねよう」

「天……」

そこで、とどこおってしまった。長い歳月、なんでも忌憚《きたん》なく話しあってきた。今も話したいことが山ほどあるような気がするのに、悲痛なおもいだけがあふれ、ことばが出てこない。二人はただ、互いの老顔を見つめるばかりだ。

そうだ、話すべきことはもうないのだと、ふいにわたしは気づいた。ことばにしなくても、なにもかもわかりあっている。これだけ長い歳月、共に生きてきたのだから。

夫のしわの一本、しみのひとつまで、わたしは眼裏に刻みつけた。


日暮れ前に、板倉勝重の配下の者たちがやってきた。大久保忠隣の一件以来、夫は板倉に好感情を抱いていないようだったが、かつては茶会で同席したこともあり、敵対しているわけではない。天下一の茶人として名高い織部に敬意をはらい――この時点では今回の騒動に高齢の織部自身はかかわりがないと板倉は考えていたらしい――丁重に、板倉からの指示を通達した。疑いが晴れるまでは外出しないでいただきたい……と。

穏やかな口ぶりとは裏腹に、六地蔵の古田邸は蟻の這《は》い出る隙もないほど厳重に包囲されてしまった。捕吏は木幡の古田邸へもおしかけたが、万と萬姫は左馬助の手引きで、すでにこのころ洛中の後藤家へむかっていた。

西岡の屋敷にのこっていたお百は捕縛された。古田家の西岡領を管理していた木村宗喜が首謀者とあれば、真っ先に西岡にいる者たちが捕らえられるのは当然である。ただし宗喜本人が捕縛されたのは三十日で、それまでは京で潜伏していたようだ。

一味の 謀《はかりごと》が未遂のまま頓挫してしまったので、どのような謀だったのか、わたしはよくわからない。が、発覚した経緯は明らかだ。

萬姫は三歳だった。敵軍の目をかいくぐって城から出すのは容易ではない。幼子が足かせとなって大事な計画が反故になる懸念があったのだろう。焦りもあったか、包囲網が固まらないうちに左馬助が城内へ忍びこみ、萬姫を救出することになった。前回の安威姫脱出時と同様に重行と矢文でやりとりをした。ところが城内は牢人であふれ、ごったがえしていた。疑われて斬りあいとなり、左馬助の手勢の一人が囚われた。重行のおかげで事はおさまったが、徳川方の密偵がこれを嗅ぎつけ、宗喜一味が京で騒動を起こすという話を耳にしてしまった。密偵は京都所司代の板倉に知らせた……というのが真相らしい。首謀者を捕らえて真偽をたしかめよ——即刻、命令が下ったものの、その前に戦が始まっている。

五月五日、家康は二条城を出て星田《ほしだ》に布陣した。翌日には豊臣軍と、道明寺《どうみようじ》や八尾《やお》の周辺で戦闘をくりひろげた。次いで七日にも激戦があった。豊臣方は真田《さなだ》軍が善戦したものの敗退、堀を埋められた裸城は、その日のうちに本丸が陥落した。

翌八日、天守の下の山里郭《やまざとくるわ》の御蔵に身をひそめていた淀殿と秀頼母子、とりまきの家臣と女中たちは皆、自刃して果て、天守は焰につつまれた。秀忠の娘の千姫は救いだされ、家康のもとへ送られた。

落城に至るまでの徳川方と豊臣方の交渉については、さまざまな話が伝わっている。が、定かなことはわからない。ただ、安威五左衛門と八左衛門父子が戦闘で討ち死にしたこと、八左衛門の妻——わたしの弟新兵衛の娘——が淀殿や秀頼と共に自刃したことはまちがいない。

わたしの息子の重久も戦死した。重久は秀忠の御小姓で、御書院番の青山忠俊《あおやまただとし》の組に配属されていたそうで、七日の豊臣方の猛攻によって命を落としたと聞くから、もしかしたら重行や五左衛門父子、牢人となって合戦にくわわっていた左介——重久にとっては甥——とも死闘を演じたかもしれない。

左介は牢人なので生死は不明だった。重行の生死もわからない。少なくとも、伏見六地蔵の屋敷で蟄居同然の身となっていたわたしたちの耳に、二人の安否は聞こえてこなかった。口には出せなくても、織部とわたしは子供や孫の無事を祈っていた。

戦が終わった時点で、秀頼の側妾が産んだ子供のうち、国松君は行方知れずだった。那阿姫は千姫に庇護されていた。安威姫の子らについては、萬姫が生まれた翌年に戦がはじまったこともあり、公になっていなかったためか、幸い徳川方の話題にはのぼらなかったようだ。安威姫の生死すらもあいまいなので探る手立てがなかったのだろう。

こうした話は、時を経て、徐々にわかってきた。戦後の混乱と残党狩りの最中には、宗喜と左馬助の一件はまだ世に知られていなかった。なにも知らずに我が家へ訪ねてきたり書状を送ってきたりする者もあとを絶たなかった。

織部とわたし、そしてわたしの分身ともいえる小浜と、忠実な家臣や侍女数人はしばらくのあいだ、厳重な見張りにかこまれた伏見六地蔵の屋敷で息をひそめるように日々をやりすごしていた。織部は茶の湯の話や雑談には快く応じるものの、大坂方との内通の疑惑に関しては詰問されても答えなかった。毅然《きぜん》として沈黙を守りとおした。

高齢のゆえもあったのか。大名諸将から公家、豪商、高僧と顔のひろい織部なら、いつどこから横槍が入らぬともかぎらない。そう案じる向きもあったのだろう。取り調べのために唐丸《とうまる》駕籠で京へ送られたり、荷車で市中を引きまわされたり、拷問で耳や鼻をそがれたり……そんな不名誉な目にあわされなかっただけでも幸運だった。

短い時間ではあったが、わたしたちはよく昔話をした。

「わしは、そなたと蛍を見たときが、いちばん愉しかった」

「わたくしも……。あれは本巣でしたね。洛北の北野のあたり、あの土地はどうなったのでしょう。あのときは驚かされましたが、なによりうれしゅうございました」

空耳か、馬の嘶きが聞こえるような気がした。安威の城館につづく坂を上ってくる若き日の織部の姿が眼裏によみがえる。

そんなつかの間の平安も、ほどなく終わりをむかえるときがきた。

わたしは伏見の中川邸へ移されることになった。そこで幽閉される。そのあとここへは、前田家の家臣となっている三男重尚と、池田家へ仕官したばかりの四男重嗣が、二人ながら囚われの身となって送られてくるという。

息子たちに会うことは許されなかった。

「今生の別れだ」

織部は絶望と苦悶に満ちた、赤く充血した目でわたしを正視した。

「はい。わたくしも、すぐに参ります」

「ならぬ。約束を忘れたか」

「いえ……はい。さようでした。あとのことはおまかせください」

「それでこそ我が妻じゃ」

席を立つ前に、わたしは夫の耳元に口を寄せた。

「わたくしたちは、なにより大事なお役目を果たしましたね」

織部ははっとしたように目をしばたたいた。

「守りとおしたのですよ、大切な預かりものを。二人で、命を懸けて」

長い沈黙のあと、夫織部は力強くうなずいた。

「この大役、墓場までもってゆこうぞ」


中川邸は、伏見城の北西、外堀に隣接した上屋敷の他にも、城下に下屋敷があった。わたしは下屋敷の、家老の中川（旧姓は田近《たぢか》）平右衛門《へいえもん》の屋敷の一隅に幽閉された。

実家の中川家はわたしの甥たち——秀政と秀成——がいずれも鬼籍に入ってしまい、兄清秀には孫にあたる久盛が跡を継いでいる。あの虎姫の息子だ。虎姫ももうこの世の人ではないものの、家臣の中には清秀時代から仕えている安威や古田の一族の他、高山庄にいたころの高山家と所縁のある者たちもいて、わたしの不運に胸を痛め、細々と気づかってくれた。中川家の数ある危機を支えた古田織部には、だれもが恩義を感じている。

ここへ来るまで知らなかったが、家老の一人、中川左馬允重直《さまのじょうしげなお》も京で差留になっているという。差留とは蟄居と同義だ。左馬允は、中川の家臣となって中川姓を賜っているけれど、古田重続の息子で、わたしの娘の千と最初の夫とのあいだにできた嫡子だった。古田一族へのお咎めは、中川の家臣である古田へも波及していたのだ。

当主の久盛は、このとき京の二条城に詰めていた。左馬允のように差留ではないが、将軍家に叛意のないことを誓詞で示し、家中をあげて残党狩りにあたることで恭順の意を示そうと躍起になっていた。というのは、冬の陣のあと国元の豊後へ帰っていたため、二度目の出陣の号令に大あわてで兵をととのえて大坂へむかったものの、船中で戦が終わってしまった。蒼くなって、大坂上陸後はとるものもとりあえず京の二条城へ駆けつけ、家康に平身低頭、合戦に間にあわなかった詫びを述べた。

そんな危うい立場の久盛だったから、伏見にいたとしても、罪人の妻であるわたしとの面会ははばかられたにちがいない。主だった家臣たちに会う機会もないので、わたしは安威姫母子の安否を知らないままだった。

当初は苛烈《かれつ》きわまりない残党狩りや戦の後始末に人々の関心が集まっていた。わたしも耳をふさぎたくなるような話の数々に胸のつぶれるおもいをしていた。秀頼の遺児、国松君が執拗《しつよう》な探索によって伏見の農人橋《のうにんばし》のあたりで捕らえられたのは、大坂落城から十四日経った二十二日である。翌日には六条河原で斬首された。この話を聞いたときは吐き気が止まらなかった。これまでさんざん残虐な処刑のさまを耳にしてきた。小侍従にはじまってダシや亀姫、秀次ゆかりの女や子供たち……そのたびに激しい衝撃をうけたものだ。今また、今度はあの豊臣家の末裔、太閤秀吉の孫が、わずか八歳にしてむごたらしく首を落とされるとは……わたしはもうデウスに祈る気力すらなかった。

国松処刑の衝撃が鎮まったころになって、古田織部謀反の噂が聞こえてきた。

首謀者は織部――。

京の町々を焼き払おうとした――。

豊臣方と内通した――。

噂は生き物のようにあっという間に肥え太る。織部の成功をねたむ者は、このときとばかりあることないこといいふらした。これは世の常だから、いかんともしがたい。

いずれにしても、古田家の老臣の木村宗喜が首謀者であるのは事実だった。宗喜は茶人でもあり、独自の人脈をもっていた。一味には如玄という連歌師がいて、薩摩出身のこの男が島津家と古田家のあいだをとりもっていたことや、細川忠興の次男の忠秋《ただあき》が如玄と懇意だったこと、一味の鈴木左馬助――まだ囚われていない――の妻が織部の娘であること、さらに大坂の陣で豊臣方として戦った牢人の中に徳川から出奔した織部の孫がいたことも明らかになった。父子や兄弟が敵味方になって戦うこともめずらしくはないものの、重行、左介、左馬助、木村宗喜と、徳川に盾突く者がこれだけ周辺にいたというのは、どんな弁明をもってしても無実の証しとはなりえない。

織部はとうに覚悟を決めていた。そのことはわたしもわかっていた。徳川の耳があるので、六地蔵の屋敷にいたときも口にはできなかったが、後藤家に託した萬姫と中川邸のどこかで養育されている男児の命だけは、なんとしても守りとおすと暗黙の約束をかわしあった。そのためにも、織部は一日も早く腹を切ってしまいたいと願っていたようだ。冬の陣までさかのぼって厳しい詮議をうけるようなことになれば、身重の安威姫を逃がしたことに感づかれてしまう怖れがある。そうなれば古田だけでは済まない。中川や池田にも累がおよんでしまう。

なにをぐずぐずしておる、早うせい――。

織部は焦っていたはずだ。そして、不安にかられていたにちがいない。むろんわたしも同様だった。子供や孫たちにまで罪が及ぶのではないかと……。荒木村重、豊臣秀次、つい最近では大久保長安も、一族はことごとく成敗されている。

「御方さま。少しはお寝《やす》みください」

小浜は涙ながらに訴えた。

眠ることなどできようか。

このころはもう、織部も京都所司代から取り調べをうけていたようだ。板倉勝重自身が訪れて、織部と話しこんでいくこともあったらしい。声を荒らげることはなく、威嚇されることもなく、事情を知らぬ者が見たら茶の湯指南のように見えたかもしれないが、板倉は怜悧《れいり》にして執拗な男だから、織部の表情や言葉の端々から内通の証しを見つけだそうと、神経を研ぎ澄ませていたにちがいない。

織部は、切腹を命じられた。場所は六地蔵の上屋敷ではなく、木幡の下屋敷だった。朝、沙汰が下るや、午《ひる》には切腹というあわただしさだったとか。夫だけではなかった。二人の息子たち、重尚と重嗣も切腹となった。

同日夕刻、検死役の鳥居と内藤の両武士から、切腹の儀がつつがなく終了したこと、三名とも見事な最期だったとの知らせがわたしのもとへとどけられた。古田家の財産や土地家屋、茶器にいたるまで、すべてが没収された。

「あの子たちまで……なんと、酷い……」

「御方さま。わたしはもう神も仏も信じませんよ。いくらなんでもこのような……」

「小浜。わたくしも長く生きすぎました。ああ、なぜもっと早う天に召されなかったのか」

だとしても、わたしには夫との約束がある。三人のあとを追うわけにはいかない。

この日は細川邸でも、細川忠興の次男の忠秋が切腹したという。昔、千利休が秀吉から切腹を命じられたとき、夫と幽斎の二人だけが船着き場まで見送りに出かけたものだった。幽斎が鬼籍に入っていて逆縁の憂き目にあわずにすんだことが、わたしは羨ましくさえおもえた。

「ご遺骸はいかがなりましたのでしょう」

わたしもそれだけが気がかりで中川家をとおして諸方に問い合わせてみたものの、定かな答えは得られなかった。罪人である以上、墓を建立することは許されない。しばらくは静観するように……というのが、中川からの申し渡しだった。

悲しみの中で、髪を尼削《あまそ》ぎにした。出家とは現世への執着を絶つことだけれど、絶つもなにも、わたしにはもう共に泣き共に笑う者は小浜しかいなかった。切腹となった夫織部、三男の重尚、四男の重嗣、戦死した五男の重久と安威五左衛門父子……江戸で囚われの身だと聞く次男の重広、同じく囚われの身のお百、生きているか死んでいるかわからぬままの重行と左介……。後藤家の手づるでいずこかへ逃れた万と左馬助夫婦、安威姫と二人の幼子たちは無事でいようか。

そういえば、長崎へ送られた高山右近も、今はもう此岸の人ではなかった。それを知ったのはつい先日、中川邸へ身を移してからである。右近一家は、戦で世の中がごったがえしている最中に、長崎からマニラへ追放された。右近は到着した翌月、彼の地で病死したという。

信仰に命を捧げたジュスト右近。わたしの記憶にある右近は、沢城で初めてわたしに話しかけてきたときの、あの真摯な眸をした少年だ。今はよくわかる。右近とは現世で共に歩むことはなかったけれど、わたしはいつもどこかで右近の幻を感じ、その声に耳を澄ましてきたような気がする。

「皆、逝ってしまった……」

茶会や連歌会に招き招かれ、将軍家を筆頭に名だたる人々から「天下の茶人」ともてはやされて華やいだ日々を送っていた古田織部の妻女が、今は独り、なにもできぬままに、逝ってしまった人々、行方知れずの人々の名を指を折って数えている……。

千利休の家族も同じおもいだったにちがいない。冥《くら》い海に投げだされたような孤独と焦燥――。海の底へ沈んでゆく我が子すら、助けることができない絶望――。

寝苦しさに何度となく寝返りをうつ。眠れないのは真夏の夜の蒸し暑さのせいばかりではなかった。目を閉じれば切腹の光景が浮かんでくる。煌めく刃《やいば》、白い敷布を染める血、断末魔の顔……。いつしか全身が汗まみれになっている。

ふっと生ぬるい風を感じた。

わたしは薄目を開けた。人がいるような。庭に面した縁側にうずくまって、聞き耳をたてているのは……だれ。

織部はこの世にない。老妻などもはやどうでもよいのだろう。すでに幽閉は解かれていて、見張りもいない。

「だれじゃ」

小声でたずねた。左馬助が万や萬姫、お百の安否を知らせにきたのか……。

「入ってもよろしゅうございますか」

もれそうになった驚きの声を呑みこんで、あわてて床のかたわらに膝をそろえる。

「しッ。早う」

用心深く襖《ふすま》を開けて膝でにじり入ってきたのは織部の長男、かつて九郎八と呼ばれていた重行だった。暗いので顔はよく見えないが、十二夜の月明かりで体つきはわかる。

いったいどこにいたのですか……と問いたい気持ちを抑えたのは、表情が見えなくても泣いていることだけはわかったからだ。舅が自害したときも枕辺で涙を流していた。祖父につづき父までが、命を絶つことになってしまった。重行の苦悶が胸に突き刺さる。

「間に合いませんでした。忍びこんで、父上に、ひとこと詫びをいいたかったのですが……」

「詫びる必要はありませぬ。舅上のご遺言を守って、そなたはよう働きました」

「しかし、拙者さえいなければ……」

「なにを、馬鹿な。そなたのおかげで、父上もわたくしも悲願を叶えることができました」

「悲願……」

わたしはうなずいた。

「幼い命がふたつ、預言者モーゼのように生きのびた。それこそがわれらの悲願じゃ」

「されば安威姫さまは……」

「無事、男児を出産されたそうです」

重行の口から安堵の吐息がもれた。

「おお、さすれば秀頼さまのお血筋も……」

「しッ。口にしてはなりませぬ。よう聞きなされ。父上は、息子や孫、娘の夫や家臣の罪をかぶって死んだのではありませぬ。ご自身が、わたくしたちが、与えられた役目を成し遂げるためにお腹を召されたのです」

重行と話しているうちに、わたしの声にもわずかながら力がよみがえってきた。

重行はうなずいた。

「母上にお会いできてよかった。これで安心してお祖父《じい》さまや父上のもとへ逝けます」

わたしは驚いて目をみはった。

「なにをいうかとおもえば……そなたは生きるのです。なんとしても生きなされ」

「いいえ。明朝、いちばんに所司代へ名乗り出るつもりです。弟……江戸の重広は、拙者を庇っている、拙者や左介の居所を知って隠していると疑われておるようです。拙者が捕らえられれば、あいつの命だけは助かるやもしれませぬ」

そう上手くゆくものか。重行が名乗り出たからといって、古田の当主である重広が助命されるとはおもえない。

「名乗り出たとて沙汰をくつがえすことはできませぬ。無駄死ににになるだけじゃ」

「だとしても、やってみるだけの価値はあります。いや、やらねばなりませぬ」

「ならぬッ。断じてなりませぬ」

わたしは必死だった。生さぬ仲の重行を、今ほど愛しいとおもったことはない。けれど、どうすることができたろう。重行の決意は固く、それ以外に道はないとおもい定めているのだから。

重行は、わたしに今生の別れを告げにきたのだ。わたしが産んだ子供たちが次々に死んでゆくなか、自分だけが生きのびるのは許されない。だから、死のうとおもっているのだ。

「生きていてほしいのです。そなたには、なんとしても……母をおいて行かないで」

わたしは重行の手をにぎりしめた。重行もにぎりかえした。が、その決意をくつがえすことはできなかった。

「安威の者たちと共に、拙者も秀頼さまと潔く死ぬつもりでした。ただ、父上母上にひとこと詫びたかった。それだけはなんとしても、と……」

「重行どの、九郎八……」

「今ならお祖父さまのお気持ちがようわかります。生きる意味は失《の》うなりました」

母上、お達者で、長生きしてくださいというや、重行は背中をむけた。

「ああ、行かないでッ。頼みます、お願いだから、生きて……」

涙で喉がつまり、声が掠《かす》れる。

重行も、去ってしまった。万にひとつ、弟重広の身代わりになれるかもしれぬという儚い望みを抱いて……。

翌朝、重行は捕らえられた。

大坂方の残党狩りは苛烈をきわめている。左介や左馬助もいつまで見つからずにいられるか。囚われたお百はどんなに辛い目にあっていようか。なにもかもが恐ろしい悪夢としかおもえない。

重行は、六月二十四日に切腹となった。十日以上囚われていたのは、豊臣方のだれかれの居所を教えるよう拷問をうけていたのだ。宇喜多秀家や明石掃部《あかしかもん》など九州の大名諸将とかかわりが深い者たちの行方がいまだ知れなかったからで、それでも斬首ではなく切腹となったのは、自首したことと織部の息子であることが考慮されたのだという。

孫の左介とお百の夫の左馬助、二人の行方は、いまだ不明だった。万や萬姫のこともあるので後藤家に問い合わせようかと一度ならずおもったが、そのたびに逸る気持ちを鎮めた。無事に落ちのびているとしたら、不用意に蟻の穴を開けて堤をくずすわけにはいかない。同じことをおもっているのか、後藤家からも知らせはなかった。

時がすぎてゆくのを歯を食いしばって待つしかないようだ。中川へ移ってから魂がぬけたかのように呆《ほう》け、一気に年老いてしまった小浜を看護しながら、これもおもい悩む暇を与えないための天の配剤と己が心にいいきかせ、わたしは小浜のほつれた髪を梳《す》いてやる。

重行の切腹が聞こえてきたころ、中川家の家臣が二人、わたしのもとを訪ねてきた。安威義太夫と戸伏弥次右衛門である。二人は厳重な人払いを頼んだ上で深々と頭を下げた。

「いったい何事ですか」

「すべては、古田さまのおかげにて」

「安威姫さまと御子のことを、お話ししておかねばと……」

将軍家より帰国の許しが出たので、明日、久盛一行は伏見湊から岡へむけて出航することになった。糸姫がこれに同行するという。糸姫は清秀の娘だから、当主の久盛にとっては伯母である。実家へ里帰りしているうちに夫の池田輝政が死んでしまったので、そのまま中川で暮らしていた。晩年は岡城ですごすという。

「もしや、安威姫さま母子も、ご一緒に？」

「いえ、お二人は奥御殿へお入りになられました」

「奥御殿？　中川の奥ですか」

「中川に累が及ばぬようにするためには、それしかないと……殿御自らお決めなされましてございます」

どういうことか。けげんな顔をしているわたしに、二人はかわるがわる懇切丁寧に説明を加えた。冬の陣の直前、織部と重行の古田父子の尽力で、身重の安威姫は大坂城を脱出した。実際に荷車を曳《ひ》いていたのは上源助という命知らずの強者だという。

「上家なら知っています。高山家に仕えていた切支丹の……」

徳川方に知られぬよう、戸伏家では安威姫を人目から隠していたが、赤子が生まれれば、どうしても噂がもれてしまう。冬の陣では徳川と豊臣は和睦しているので、いつなんどき母子を大坂城へ帰すことになるやもしれず、秀頼の男子は天子さまのように大切にあつかわれていたので、なおのこと隠密《おんみつ》にしておくのは困難だった。徳川の姫を正室に迎えている久盛である。安威姫のややこは殿の隠し子ではないか、などと勘ぐる者までいたという。

「あの年、殿は江戸で石垣の普請にあたっておいででした。駿府で出陣を命じられてあわてて岡へもどられ、すぐにご出陣、そもそも伏見にはおられませなんだ。殿のお子であろうはずはないのですが……」

安威と戸伏によれば、久盛の正室はまだ十四歳、しかも岡にいた。いずれにしても久盛の子でないことは明々白々である。

和睦が成ったままであれば、機をみて安威姫母子は大坂城へ帰されていたはずだ。ところが、夏の陣が始まり豊臣は滅亡した。母子は帰る場所を失ってしまった。残党狩りが激しさを増すなか、秀頼の嫡子国松君が六条河原で斬首されたと知り、事情を知る者たちはふるえあがった。その上、古田一族にも難がおよび、中川家の家臣となっていた家老の古田家までが……。そこで窮余の策が浮上した。それも、藩主である久盛のひとことで。

「では、もしや、安威姫さまの御子は、中川の殿の御子にしていただけるのですか」

「大恩ある豊臣家の御子を、粗略になどできましょうや」

「むろん、ご嫡子となられるのは正室の御子にございます。安威姫さまの御子は、安威の方と呼ばれる伏見の侍女がお生みになった庶子、ということに……」

それならひそかに子を産んだ言い訳もたつし、豊臣とのかかわりを詮索される心配もない。中川にとっても、幕府から難癖をつけられずに済む。

先のことはわからないが、当分は母子とも伏見の中川邸で暮らすことができると聞いて、わたしは心から安堵した。秀頼の側妾に安威姫がいたこと、子まで生していたことが公にされていなかったのは、不幸中の幸いだった。

「御子は津久《つく》さまと名付けられ、皆から津久丸さまと呼ばれております」

「津久丸さま……」

なんというお心の広い殿さまか——。まだ会ったことのない中川家の若き当主に、わたしは胸の内で手を合わせた。久盛は兄清秀の孫である。摂津以来の安威や古田といった旧臣を決して見棄てず、豊臣への恩義も忘れない。先々代が異国で横死した際、秀吉の温情がなければ、今の中川はなかった。わたしの舅や重行同様、久盛も、父から豊臣への恩義を教えこまれ、その志を守りとおす気でいるにちがいない。

「ややこは豊臣のお血筋、われらも、中川の誉れとして末永《なご》うお守りいたす所存……」

それだけではない。あえて二人にはいわなかったが、津久丸は、父の秀頼から豊臣と浅井の血を、母の安威姫から足利将軍と異人の血をうけついでいるのだ。

「津久丸さまの御事、ゆめゆめおろそかにはいたしませぬ」

「ご案じ召されず、御方さまもどうかお体をおいといくださいますよう」

心情あふれる二人のことばに涙をおさえ、わたしは深々と頭《こうべ》をたれた。


安威姫母子の無事を知って安堵したものの、いまだ安否の知れない者たちもいて、わたしは翌元和二年の正月を焦燥のうちに迎えた。昨年はなんという一年だったか。それをおもうと、新たな年を迎えるのがただ恐ろしい。

悲しいことに、わたしの予感は当たった。これでもかとつづく悲劇に終わりはないようだ。年が明けていくらもしないうちに、またもや脳天に雷が落ちたかとおもうほどの衝撃をうけた。

デウスはわたしに、まだ試練が足りぬとでもおおもいなのだろうか。

次男の重広——大坂の陣では徳川方として戦い、武将としても茶人としても秀忠将軍の信頼を勝ち得ていたはずの——小平次重広が、江戸本誓寺《ほんせいじ》において、昨年師走二十七日、切腹して果てていた。三十七歳だった。織部と二人の息子が京で切腹したころにはすでに蟄居の身となっていて、重行が危惧していたように、過酷な取り調べをうけていたらしい。重広の息子たちは早世、遺児は娘たちだけだったので、妻子は実家の仙石家へ帰され、罪は問われなかったそうで、それだけがせめてもの慰めだった。

涙は涸れた。もう声も出ない。

わたしの息子たち——九郎八、小平次、左内、小三郎、左近——愛しい者たちは皆、彼岸へ逝ってしまった。一人としてこの世にはいないのだ。赤子のときの、よちよち歩きの、眸をきらきらさせていた少年のころの、無手勝流に刀を振りまわし、得意げに四書を読み、ぎこちない手つきで茶を点てていたあの子たち……次々に浮かぶ面影をただ茫然とたどるのみ。とりわけ一昨年までいっしょにすごした小三郎の、はにかんだような笑顔が眼裏から消えない。

ああ、デウスさま、あなたはなぜ、こんなにも酷い仕打ちをなさるのですか。キリストならぬわたしは、自分の子供たちの命で世の民を救おうなどとおもったことは一度としてなかったのに……。いいえ、救われることなど決してない。戦は、何度も、何度も何度も何度も、懲りずに息を吹きかえすのだから。

ロザリオをひきちぎった。数珠も投げ捨てた。金輪際、信仰は棄てるつもりだった。

「もう限界です。お約束を反故にさせてください」

わたしばかりが生きていてなんになろう。すぐに命を絶とうとおもい、それができなかったのは、小浜が死の床にあったからだ。

苦しみもがきながらも、小浜はけんめいに生きようとしていた。落ち着いているときは、赤子のように無心な顔をして眠っている。

小浜を看取るまでは、死ねない。


そんなある日のことだ。

見知らぬ僧が訪ねてきた。大徳寺の塔頭、玉林院の開祖である月岑《げっしん》宗印《そういん》和尚である。そういえば、いつだったか、織部から名前を教えられたような……。

そう、あれは重広の男子が相次いで早世してしまい、織部もわたしも意気消沈していたころだった。ということは、十数年も前になる。夫は北野辺に自分たちの草庵を建てるといって、ささやかな土地を手に入れた。夫婦のその夢が、暗雲におおわれた日々に一条の光をもたらした。土地さえあればいつか……などと話していたのに、織部は多忙をきわめ、わたしも次から次へと雑事に追われて歳をとってゆくうちに、また戦乱の世が始まってしまった……。

「京からわざわざお訪ねくださったのですか。なにゆえに……」

古田織部は罪人である。幽閉こそ今は解かれているものの、わたしも世をはばかる身だ。

「お知らせすることがあって参りました。それにしても、よう生きのびられた……ご心労の数々、お察しいたします」

「もはや生きてはおりませぬ。体がここにある、というだけで」

涸れていたはずの涙があふれた。わたしは辛い苦しいと、だれかに訴えたかった。そこへ、月岑和尚が現れたのだ。まるで、夫があの世から送ってくれたかのように。

「和尚さま……」

「お泣きなされ。遠慮はいりません。そのために参りました」

堰《せき》を切ったように涙があふれた。自分の体が涙で流れてしまうかとおもった。

しばらくして落ち着き、急に気恥ずかしくなってうつむいていると、月岑和尚は訥々と話しはじめた。静かな、穏やかな、温かな声音で。

「ご主人のご遺骸は、つつしんで、我が寺へ埋葬させていただきました」

「なんですってッ」

「玉林院にご墓所を……むろん、人知れず、ということですが」

「まあ、まことにございますか」

もう少し若かったら、飛びあがって、感謝のあまり和尚に抱きついていたかもしれない。切腹後の遺骸をどうやってもらいうけ、茶毘《だび》に付して遺骨を埋葬したか、その難題の数々をいかにしてのりこえたか、月岑和尚はありのままに話してくれた。

「いっしょに出かけられますか」

「出かける？　いずこへ……」

「京へ。大徳寺の我が寺へ」

「墓参してもよろしいのでしょうか」

「あなたは囚われの身ではない。どこへでも出かけられます」

夫の墓参が叶うとは……生きていてよかったと、初めておもう。

「実は、もうひとつ、あるのですよ」

「もうひとつ……」

「会っていただきたいお人がいます。そのお人も、あなたを待っておられます」

だれかと訊いても、和尚は答えなかった。にこにこ笑っている。

「参ります、むろん。でも、すぐというわけには……」

小浜が明日をも知れぬ命だと話すと、和尚は鷹揚にうなずいた。

「お待ちします。急ぐことはありません。為すべきことを為し、お心おきなく京へ」

わたしが小浜の看病に専心しているあいだ、和尚は所縁の寺を訪ねていたらしい。

小浜はほどなく息をひきとった。安らかな最期だった。五左衛門と小浜——わたしの人生を遠方から、あるいはかたわらで、常に支えてくれた二人がどちらも彼岸へ旅立ってしまい、わたしはいよいよひとりぼっちだ。

「さあ、参りましょう」

中川家の人々に別れを告げ、小浜の遺骨を抱いて、わたしは和尚と共に京へむかった。高齢でもあり、どのみちこの状況では家屋敷もことごとく没収されて帰る当てはない。和尚の伝手でどこか尼寺の片隅にでもおいてもらって、願わくば、一日も早くわたしも皆のいる彼岸へ逝きたいと考えていた。

早春の心地よい旅である。水のきらめき、野花の愛らしさ、芳《かぐわ》しい風の香り、楽しげな鳥の声……昨年の合戦とそれにつづく悲劇は現実にあったことかと疑いたくなる。

洛中では、かつて古田邸があった四条を越えて、堀川通を北進する。そのまま大徳寺へ行くのかとおもったが、そうではなかった。

北のはずれの堀川通から一歩入ったところに、新築とおぼしき小家があった。簀戸門に網代《あじろ》垣《がき》があるだけの簡素な家だが、真新しい材木の香りが清々しい。

家の前で、月岑和尚は足を止めた。

「中川家のご家老、中川左馬允さまのお住まいにございます」

左馬允は、今は中川の姓になっているが元は古田、わたしの亡き娘の千が産んだ嫡子である。そのために連座の罪を負わされ、京で差留の身となっていた。

「左馬允は、わたくしの孫です」

「存じております。差留となられたゆえ、幼い御子に家督を譲り、隠居されたそうにて。亡妻の父御の山内《やまうち》土佐守さまが、材木を調達してくださったとか。家来の中島孫左衛門とお二人で悠然と暮らしておられます」

といっても、いつどんなご沙汰が下るか、切腹を命じられたときのために、左馬允は毎朝、沐浴《もくよく》をかかさず、身を清めているという。

そのとき、中から頰かむりをした男が出てきた。薪割《まきわ》りでもしていたか。

「おう、主が首を長《なご》うしてお待ち申しあげておりましたぞ。ささ、早う中へ……」

男は手拭《てぬぐ》いをはずして挨拶をした。

「ちょうど、この先の北野の尼寺から、尼さまもいらしておりまする。我が主は、そのお方のために庵をつくっておるところでしてな。北野のゆかりの地、古田さまの地所だそうで、そこに尼さまと、尼さまの母さまがお暮らしになるための……」

わたしは棒立ちになった。すべてが、一瞬にして腑《ふ》に落ちた。

家の中へ駆けこもうとして足がもつれる。

反対に、中から駆けだしてきた女が、わたしの老体を抱き留めた。

「お百ッ。無事だったのですね」

「母さまも……」

痛々しいほどやつれてはいたものの、尼頭巾をかぶった女はお百、わたしの末娘だ。

腕の中で娘の息づかいを感じる幸せを、わたしは、あふれる涙と共に嚙みしめていた。


——あなた……聞こえますか、さやさやと竹落ち葉の散る音が。甘やかな香りはカラタチ、柿の木のかたわらにお百が植えてくれました。花の香にまじって、ほら、水の匂いも……あなたがこの北野の地にわたくしたちの庵を、と手に入れてくださったのは近くに清らかな水が流れる小川があったからでしたね。

空のかなたへ目をやると、織部の声が微風にのって下りてくる。

(月岑和尚のおかげ、皆々のおかげだ。ことごとく奪われてしもうたかとおもうたが、ここだけはそなたに遺してやれた。あまりにもささやかな茅屋ではあるがのう)

織部の声は若やいでいる。苦悶などなかったかのように明るく涼やかだ。

——城よりも、館よりも、わたくしはここが好きにございます。願わくば、あなたと二人茶を点て、茶器を愛で、語り合《お》うてすごしとうございました。

（こうして語り合うておるではないか。尽きることのない、そなたの昔話に、わしはいつも喜んでつき合うておるぞ）

今日はなんだと訊かれて、わたしは筵《むしろ》の上で居住まいを正した。

――お知らせしたきことが……。先日、万と萬姫さまの居所がわかりました。

ほう……というように、風が木々をゆらす。

――後藤庄三郎《しょうざぶろう》どのが骨を折ってくださり、東山《ひがしやま》の麓の松ヶ崎《まつがさき》にある妙円寺《みょうえんじ》に匿われていたそうです。大黒天《だいこくてん》で知られる妙円寺は、日蓮宗《にちれんしゅう》の日英上人《にちえいしょうにん》さまの隠居所で、二人は上人さまの庇護のもと、尼となって隠れ住んでおりました。

（後藤家が知らせてくれたのか）

――万が北野の土地のことを覚えていて、それでもしや、と、上人さまにお話ししたそうです。寺のお人が捜して下さいました。もはや追手はあらわれぬのではないか、と……。

（もはや？　どういうことじゃ）

――お百の夫の左馬助どのが横死されました。

左馬助も松ヶ崎の村人の中にまぎれ、一時は残党狩りの追手の目をくらました。新宮《しんぐう》神社の社人を装い、新宮左馬助と名乗っていたらしい。ところが顔見知りの役人に見つかり白髭《しらひげ》神社の境内で斬り合いのすえに討ち果たされた。

（将来を嘱望されておったが……不運な若者であったのう）

にわかに空が曇ったようにおもえて、わたしはあえて話題を変える。

——萬姫さまはお健やかにお暮らしです。愛らしい尼君は寺の者たちの人気者で、大切にされていらっしゃるそうですよ。

（それはよかった。姫はいくつになる？）

——十にございます。万は萬姫さまを本巣へおつれしたいと願っているようです。それもよいやもしれませぬ。あなたのゆかりの地なら心穏やかに暮らせましょう。

（道連れにしてしもうた者には詫びることばもないが、たくましゅう生きておる者もいる。それがなによりの慰めだ）

——安威姫さまとご子息も中川がお守りしております。古田も生きのびましたよ。京で逼塞させられていた左馬允はようやく差留の罪が許された。お百の顔に遺る拷問の痕《あと》が消えることはないとしても、世の中は少しずつ動き始めている。

——ロザリオは捨ててしまいましたが、お百と会《お》うて心が和んだせいでしょうか。もう一度だけ、祈ってみようかとおもうのですよ。お百のために。万と萬姫さまのために。安威姫さま母子のために、そして、戦のない世のためにも……。

ざわざわと風が吹いている。

織部の声が聞こえるかとおもったが、その前に、お百の呼び声が聞こえた。

「まあ、またここにいらしたのですか。筵など敷いて……」

織部の墓は大徳寺の玉林院に、それとわからぬよう建立されている。けれどわたしは庵の庭の柿の木を「織部の墓」と想うことにした。茶道具のいっさいは没収されて、夫のよすがとなる物の持ち出しも禁じられていたので、六地蔵の屋敷を去る際、とっさに帛紗《ふくさ》をたたんでふところに隠した。織部が愛用した紫の帛紗を大木の根元に埋めた。

「母上ときたら、一日中、父上とお話をされているのですね」

「ご存命のころは忙しいお人でしたから。夫婦になった当初はあちこち駆けまわっておられましたし、茶人になればなったで席の温まる暇とてなく……。こうしてせっかく水入らずになれたのです。心ゆくまで話をさせてくださいな」

「はいはい。おじゃまはいたしませぬ。なれど日が翳《かげ》るまでには中へお入りくださいね。お風邪を召されたら大変ですから」

お百はあきらめ顔で家内へもどっていった。

わたしはひとつ息をつき、柿の木の梢を見上げる。

若葉の陰に隠れるように、薄緑色がかった白い花が咲いていた。

織部に、語りかける。

――わたくしはぜんぶお話しいたしました。さあ、お次はあなたの番ですよ。

本書は学芸通信の配信により、岐阜新聞に二〇二二年三月三日～二〇二三年一月九日、
京都新聞に二〇二二年二月八日～一二月一七日の期間順次掲載された作品を、加筆修正したものです。

《主な参考文献》

豊後『古田家譜』――古田織部の記録――〈改訂版〉』古田織部美術館編　宮帯出版社
『古田織部――安土・桃山の茶匠』丸山幸太郎著　本巣市教育委員会
『ザビエルコード』甲山堅著　eブックランド社
『古田織部　美の革命を起こした武家茶人』諏訪勝則著　中央公論新社
『摂州茨木十二万石　中川清秀伝』石田道仁著　eブックランド社
『キリシタン大名　高山右近とその時代』川村信三著　教文館
『中川氏御年譜』竹田市教育委員会編
『新修　茨木市史　第二巻　通史Ⅱ』茨木市史編さん委員会編
『戦国摂津の下克上　高山右近と中川清秀』中西裕樹著　戎光祥出版
『新修　茨木市史　年報　第十五号』茨木市史編さん委員会編
『キリシタンの記憶』木越邦子著　桂書房
『日本関係イエズス会原文書――京都外国語大学付属図書館所蔵――』松田毅一責任編集　同朋舎出版
『高槻市立しろあと歴史館平成21年秋季特別展　北摂の戦国時代　高山右近』
高槻市立しろあと歴史館編

『没後四百年　古田織部展［補訂版］』古田織部展実行委員会編　宮帯出版社
『――発掘　戦国武将伝――高山右近の生涯』高槻市教育委員会・高槻市立しろあと歴史館編
『京都時代ＭＡＰ　安土桃山編』新創社編　光村推古書院
『特別展［信長とその武将たち］』岐阜市歴史博物館編
『豊臣秀吉と京都――聚楽第・御土居と伏見城――』日本史研究会著　文理閣
『ミネルヴァ日本評伝選　淀殿――われ太閤の妻となりて――』福田千鶴著　ミネルヴァ書房
『へうげもの　古田織部伝――数寄の天下を獲った武将』桑田忠親著　矢部誠一郎監修　ダイヤモンド社
『論集日本歴史５　室町政権』小川信編　有精堂出版
『茨木のキリシタン遺物――信仰を捧げた人びと――』茨木市立文化財資料館編
『城と秀吉――戦う城から見せる城へ――』小和田哲男著　角川書店

本書の執筆にあたり、次の皆様にご教示、ご協力いただきました。
ここに謹んで感謝申し上げます。

古田織部美術館長及び宮帯出版社社長　宮下玄覇様
中京大学文学部歴史文化学科教授　馬部隆弘様
『ザビエルコード』著者　甲山　堅様
京都市歴史資料館元研究員　宇野日出生様
岐阜女子大学教授・地域文化研究所長　丸山幸太郎様
本巣町祐國寺　曽我宗慶様
京都興聖寺　望月宏済様

松成初博様
吉田典子様
山田邦和様
古澤吉次様
荒木真紀様
山根隆徳様
光森優子様
京谷怜南様
勝　夏海様

京都興聖寺寒松庵
茨木市立中央図書館館長
同志社女子大学現代社会学部社会システム学科教授
京都キリシタン研究会会長
本巣市観光協会の皆様
学芸通信社
ＫＡＤＯＫＡＷＡ　文芸局

諸田玲子（もろた　れいこ）
静岡市生まれ。1996年『眩惑』でデビュー。2003年『其《そ》の一日』で吉川英治文学新人賞、07年『奸《かん》婦《ぷ》にあらず』で新田次郎文学賞、12年『四十八人目の忠臣』で歴史時代作家クラブ賞、18年『今ひとたびの、和泉式部』で親鸞賞を受賞。「お鳥見女房」シリーズや「きりきり舞い」シリーズの他、『梅もどき』『女だてら』『ともえ』『しのぶ恋 浮世七景』『麻阿と豪』『岩に牡丹』など、著書多数。

織部《おりべ》の妻《つま》

2025年３月27日　初版発行

著者／諸田玲子《もろたれいこ》

発行者／山下直久

発行／株式会社KADOKAWA
〒102-8177　東京都千代田区富士見2-13-3
電話　0570-002-301(ナビダイヤル)

印刷所／旭印刷株式会社

製本所／本間製本株式会社

●お問い合わせ
https://www.kadokawa.co.jp/（「お問い合わせ」へお進みください）
※内容によっては、お答えできない場合があります。
※サポートは日本国内のみとさせていただきます。
※Japanese text only

定価はカバーに表示してあります。

ISBN 978-4-04-112363-8　C0093